KB059686

3기니

일러두기

1. 본문에 쓰인 인명, 지명, 책 제목, 제호 등은 외래어표기법에 따라 표기하였으나 현재 더 널리 통용되는 표기는 예외로 했다. 단행본이나 장편소설, 신문이나 잡지 제호는 겹낫표『 』로, 그 외 단편 작품은 홑낫표「 」로 표기함으로써 구분하였다.

2. 독자의 이해를 돕기 위해 본문에 쓰인 인명과 지명의 설명을 각주로 달아두었다.

3. 본문에서 (숫자)로 표시한 부분은 버지니아 울프의 주석이 달린 곳으로, 이 책의 「주석과 참고문헌」에 정리했다.

Three Guineas

3기니

버지니아 울프

오진숙 옮김

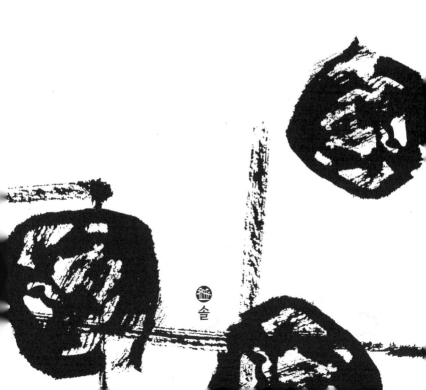

솔

울프 전집을 발간하며

왜 지금 울프인가? 1941년 3월 28일 양쪽 호주머니에 돌을 채워 넣고 우즈 강에 투신 자살한 작가 버지니아 울프의 전집을 이역만 리 한국에서 왜 지금 내놓는가?

20세기 초라면 울프에 대한 모더니스트로서의 위상 정립 작업이 필요했을 수도 있다. 또한 1980년대라면 1970년대 이후 서구에서 활발하게 진행된 페미니즘 논의와 연관시켜 페미니스트로서의 위 치 설정 작업이 필요하다고 할 수도 있다. 울프는 누가 뭐래도 페미 니스트이다. 울프의 페미니즘은 비록 예술이라는 포장지에 곱게 싸 여 있기는 하지만 나름대로 격렬한 것이다. 그럼에도 불구하고 페미 니즘은 절대로 울프 문학의 진수도 아니며, 전부는 더더욱 아니다.

그녀의 문학은 한마디로 말해서 인간주의 문학이다. 사랑을 설파 한 문학, 이타주의利他主義를 가장 소중히 여긴 고전 중의 고전이 그 녀의 문학이다. 모더니즘, 페미니즘, 사회주의와 같은 것들은 그녀 가 목적지를 향해 나아가는 도중에 잠깐씩 들른 간이역에 불과하 다. 궁극적인 목적지는 인본주의라는 정거장이었다. 그동안 그녀 는 모더니즘의 기수라는 훤칠한 한 그루의 나무로, 또는 페미니즘 의 대모代母라는 또 한 그루의 잘생긴 나무로 우리의 관심을 지나치 게 차지하여 우리가 크고도 울창한 숲과 같은 이 작가의 문학 세계 를 제대로 보지 못하는 경향이 없지 않았다. 이제는 바야흐로 이 깊 은 숲을 조망할 때가 온 것으로 믿는다. 지금 우리가 울프를 다시 읽 어야 하는 이유가 여기에 있다.

이 전집이 울프를 바로 이해하는 데 도움이 되고, 나아가 읽는 이 의 정서를 순화하는 데 작은 도움이 되었으면 한다.

울프 전집 간행위원회

차례

울프 전집을 발간하며 —5

1장 —9

2장 —72

3장 —142

주석과 참고문헌 —237

해설 —295
전쟁과 여성 그리고 돈 _ 오진숙

연보 —308

1장

3년이란 세월은 편지 한 통을 답장도 하지 않고 내버려두기에는 긴 시간입니다. 그런데 그보다 훨씬 오랫동안 나는 당신 편지에 답장도 하지 않고 그냥 내버려두었습니다. 그 편지가 스스로 답장을 하거나 다른 사람이 나를 대신하여 답장을 좀 해주기를 바랐지요. 그러나 그 편지는 "당신 생각에 어떻게 해야 우리가 전쟁을 막을 수 있겠습니까?"라는 질문을 간직한 채 여전히 답도 못 한 채 놓여 있습니다.

사실 그 질문에 여러 답이 떠올랐는데 그중 설명이 필요 없는 답은 하나도 없고 또한 설명한다는 것은 워낙 시간이 오래 걸리는 법이지요. 이번 경우에도 오해의 소지를 피하기가 특별히 어려운 이유가 있습니다. 한 페이지 가득하게 변명과 사과로, 즉 나는 적임자가 아니며 무능력하고 지식과 경험이 부족하다는 것을 표명하는 내용으로 채울 수 있으며 또한 그것이 사실일 것입니다. 그러나 그런 것을 다 이야기한다고 하더라도 여전히 어떤 어려움이 남게 되는데, 그 어려움은 너무나 근본적이어서 당신이 그것을 이해한다거나 우리가 그것을 설명하는 일이 불가능하다고 판명이 난다고 하더라도 당연할 것입니다. 그러나 당신의 편지 같은 주목할 만한 편지를, 즉 이전에 언제 교육받은 남성이 한 여성에게 '어떻게 하면 우리가 전쟁을 막을 수 있겠습니까?'라고 물어본 적이 있던가를 따져볼 때, 인간 서신 왕래의 역사에서 아마도 유일무이할 이 편지를 답장도 하지 않고 내버려두는 것을 좋아할 사람은 없지요. 그래서 답장을 한번 해보려고는 합니다. 비록 그것이 실패할 운명에 처해 있더라도 말입니다.

우선 편지를 쓰는 사람이라면 누구나 본능적으로 마음에 그려보게 되는 것, 즉 그 편지를 받을 사람에 대한 스케치를 해보도록 하지요. 편지 뒷면에서 숨 쉬고 있는 따뜻한 누군가가 존재하지 않는다면 편지란 가치가 없으니까요. 그러면 당신은, 그 질문을 하고 있는 당신은, 관자놀이 부근은 머리가 약간 희끗희끗하며 정수리 머리칼은 이제 더 이상 숱이 많지 않은 분이지요. 당신은 법조계에서 꽤 애써 일해오면서 인생의 중년에 다다랐는데 전반적으로 당신의 여정은 성공적인 편이지요. 당신의 표정에는 뭔가 척박하거나 비열하거나 불만족스러운 기미가 전혀 없습니다. 그리고, 당신에게 아첨할 의사는 없습니다만 당신은 번영한 삶을, 즉 아내, 자식, 집 등을 마땅히 향유할 만한 분이지요. 당신은 한 번도 중년의 만족스러운 삶의 무감각 속으로 가라앉은 적도 없습니다. 왜냐하면 런던 중심부에 있는 사무실에서 보낸 당신의 편지가 보여주듯 노퍽[1]에 몇 에이커의 땅을 가지고 있는데도 당신은 베개나 베고 누워 뒤척거리거나, 돼지 떼를 몰고 배나무 가지치기를 하는 대신에, 귓전에 총성이 울리는 상황에서도 편지를 쓰고 회의에 참석하고, 이 회의 저 회의를 진행하고 질문을 제기

1 잉글랜드 동부의 주.

하고 있으니 말입니다. 그 외에 당신은 훌륭한 사립학교[2]에서 교육을 받기 시작하여 대학에서 교육을 마쳤지요.

우리 사이에 의사소통의 첫 번째 어려움이 나타나는 것이 이제부터입니다. 그 이유를 빨리 지적해보기로 하지요. 우리는 둘 다, 이 혼성체의 시대, 즉 태생은 섞여 있는데 계층은 고정되어 있는 시대에서, 그냥 교육받은 계층이라고 부르는 것이 편리한 그런 계층의 출신이지요. 우리가 직접 만나게 되면 우리는 같은 악센트로 말하고 같은 식으로 칼과 포크를 사용하며 시녀가 저녁을 짓고 식사 후 설거지도 할 것이라고 똑같이 기대하며, 그리고 별 어려움 없이 정치와 사람들에 대해, 전쟁과 평화에 대해, 야만과 문명에 대해 즉 당신의 편지가 실제로 제안하고 있는 모든 질문에 관해 이야기할 수 있지요. 게다가 우리는 둘 다 자신의 생활비를 벌고 있지요. 그러나 · · · 이 세 개의 말줄임표는 절벽을, 즉 우리 사이에 너무나 깊게 패어 있는 심연을 표시하는 것으로서, 저 심연을 가로질러 말을 해보려고 하는 것이 도대체 무슨 소용이 있을까를 생각하며 나는 3년이 넘는 시간 동안 그 심연의 내 쪽 편에 그냥 줄곧 앉아 있었던 것입니다. 그러면 다른 사람, 가령 메리 킹즐리[3]에게 우리를 대신해서 이야기해달라고 요청해보기로 하지요. "독일어를 배워도 좋다는 허락을 받은 것이 제가 받은 유료 교육의 전부라는 사실을 당신에게 실토했는지 모르겠습니다. 2천 파운드가 우리 오빠의 교육비로 들어갔는데 나는 그것이 헛된 일이 아니기를 여전히 바라고 있습니다."[(1)] 여기서 메

---

2   영국, 특히 잉글랜드의 사립학교. 학생들은 연령이 13~18세 사이이고 흔히 기숙사 생활을 한다.

3   메리 헨리에타 킹즐리(Mary Henrietta Kingsley, 1862~1900). 1893년부터 아프리카를 탐험했던 영국 빅토리아 시대의 여성 탐험가, 작가. 친오빠와는 달리 그녀는 어렸을 때 받은 독일어 수업 외에는 정식 교육을 받아본 적이 거의 없었다. 그러나 아버지의 커다란 서재에서 탐험과 과학 분야의 책을 자주 읽었고 아버지의 탐험 경험담을 종종 들으며 탐험에 대한 꿈을 키웠다.

리 킹즐리는 자기 자신에 대해서만 이야기하고 있는 것이 아닙니다. 많은 교육받은 남성의 딸들을 대신하여 이야기하고 있는 것이지요. 또한 그 딸들만을 대신해서 이야기하고 있는 것도 아닙니다. 그녀는 그 딸들에 관한 매우 중요한 사실을, 뒤따라 일어나는 모든 일에도 지대한 영향을 끼치고 있음이 틀림이 없는 사실을, 즉 아서 교육기금Arthur's Education Fund[4]이라는 사실을 지적하고 있으니까요. 『펜데니스』[5]를 읽은 바 있는 당신은 그 신비로운 A. E. F. 글자가 각 가정의 가계부에 어떤 중요한 자리를 차지하고 있는지를 기억하실 겁니다. 13세기 이후 줄곧 영국 집안들은 그 계좌로 돈을 넣어왔지요. 13세기부터 이 순간까지 패스턴가부터 펜데니스가[6]에 이르는 모든 교양 있는 집안들은 그 계좌에 돈을 입금하였습니다. 그 계좌는 탐욕스러운 그릇이지요. 교육시킬 아들이 많은 경우에는 그 계좌를 가득 채워놓기 위해 그 가정에서는 상당한 노력을 해야만 했습니다. 왜냐하면 당신과 같은 아들들의 교육은 책을 통해 배우는 것만이 아니었으니까요. 운동경기는 육체를 단련해주었고 친구들과의 우정은 책이나 경기 이상의 것을 가르쳐주었지요. 친구들과의 대화는 당신의 견해를 넓혀주고 당신의 마음을 더 풍요롭게 해주었지요. 휴가 중엔 여행을 하였고 예술에 대한 취미와 다른 나라의 정치에 대한 지식을 얻었습니다. 그러고 나서도 아버지는 당신이 생활비를 벌

---

4 『펜데니스Pendennis』 18장에 나옴. 아래 주5 참조. 교육받은 남성의 아들들의 교육에 실제로 들어간 막대한 양의 돈을 총칭하고 거듭 언급해야 할 필요성에서 울프는 새커리의 소설에서 따온 이 허구적 명칭을 마치 실재하는 기금을 가리키듯 『3기니』에서 계속 사용하고 있다.

5 윌리엄 M. 새커리(William Makepeace Thackeray, 1811~1863)의 소설. 『펜데니스 The History of Pendennis: His Fortunes and Misfortunes, His Friends and His Greatest Enemy』(1848~1850) 아서 펜데니스Arthur Pendennis라는 젊은 주인공의 삶을 그린 영국 배경의 소설.

6 오래된 가문의 영국 지주들.

수 있는 때가 아직 아니므로 용돈을 주셨고, 당신 이름에 K. C. 글자[7]를 덧붙일 수 있는 자격을 주는 전문직을 공부하는 동안 당신은 이제 그 돈으로 먹고살 수 있었습니다. 이 모든 것이 아서 교육기금에서 나왔지요. 그리고 메리 킹즐리가 지적하듯 바로 이 기금에 당신의 누이들이 기부를 했습니다. 가령 독일어 선생님에게 지불한 돈과 같은 작은 액수의 돈을 제외하고는 그 누이들 몫의 교육비가 모두 그 기금으로 들어갔습니다. 그뿐만이 아니라 결국 교육의 핵심적인 부분을 이루는 여행, 교제, 고독, 집과는 별도의 숙소 등과 같은 호사를 누릴 비용과 그에 곁들여질 비용의 상당 부분이 또한 그 기금에 입금되었지요. 그것은 탐욕스러운 그릇이며 견고한 사실이었습니다. 아서 교육기금 말입니다. 참으로 너무나 구체적인 실제의 사실체여서 전체 풍경에 어떤 그림자를 드리울 정도였습니다. 그 결과 비록 같은 것을 바라본다고 하더라도 우리는 그 같은 것을 다르게 보게 되었지요. 여러 교회와 강의실과 푸르른 운동장이 있는, 수도원같이 보이는 저기 모여 있는 건물들은 무엇입니까? 당신에게는 저 건물들은 이튼이나 해로[8] 등 당신의 옛 학교요, 옥스퍼드 혹은 케임브리지 등 당신의 옛 대학으로서 셀 수 없는 추억과 전통의 원천이지요. 그러나 우리에게는, 즉 아서 교육기금의 그림자를 통해서 그것을 보고 있는 우리들에게는, 그것은 교실의 탁자요, 교실까지 태워다주는 버스요, 교육은 제대로 받지 못한 채 병든 어머니까지 부양해야 하는 빨간 코의 작은 여인이요, 옷 사고 선물하며 어른으로 성숙

7 King's Counsel. 영국 왕실의 고문 변호사.
8 영국의 유서 깊은 명문 사립학교. 이튼 칼리지Eton College는 잉글랜드 버크셔주에 위치한 사립 중학교 및 고등학교로, 1440년에 헨리 6세가 설립하였다. 영국에서 가장 유명하고 규모가 큰 남학생을 위한 사립학교다. 해로 스쿨Harrow School은 1572년 설립된 남학생을 위한 런던의 남자 기숙 사립학교다.

해가는 여행을 하는 데에 들어가는 연 50파운드의 용돈이지요. 이런 것들이 아서 교육기금이 우리에게 미치는 영향입니다. 그것은 전체 경관을 너무나 마술적으로 바꾸어놓아서, 옥스퍼드와 케임브리지의 고상한 뜰과 사각의 교정은 교육받은 남성의 딸들에게는[2] 종종 구멍이 뻥뻥 뚫린 페티코트같이, 식어빠진 양의 다리 고기같이, 그리고 차장이 그들의 면전에다 문을 쾅 닫아버린 채 해외로 출발하려는 임항 열차같이 보입니다.

아서 교육기금이 강의실과 운동장과 신성한 건물 등 전체 경관을 바꾸어놓는다는 것은 중요한 사실입니다. 그러나 이러한 측면들에 대해선 훗날 토론을 해야겠지요. 여기에선, 즉 전쟁 방지를 위해 어떻게 당신을 도울 수 있을까 하는 이 중요한 질문을 고려하는 대목에선, 우리는 단지 하나의 명백한 사실에만 관심이 있습니다. 즉 교육이 중요한 차이를 가져온다는 사실입니다. 정치와 국제관계, 경제학을 어느 정도 아는 것은 전쟁에 이르는 원인을 이해하는 데에 분명 필요하다는 것입니다. 철학, 신학조차도 이런 점에서 유용하겠지요. 그러하니 그대 교육받지 못한 자, 그대 훈련받지 못한 마음의 소유자는 아마도 이런 문제들을 만족스럽게 다뤄낼 수가 없을 것입니다. 비인격적 힘의 결과물로서의 전쟁은 훈련받지 못한 정신이 파악할 수 있는 범위 너머에 있다는 것에 당신도 동의할 테니까요. 그러나 인간성의 결과로서의 전쟁은 또 다른 문제입니다. 만약 당신이 인간 본성이, 즉 평범한 남자와 여자의 이성과 감정이 전쟁을 일으키게 된다는 것을 믿지 않았다면 우리에게 도움을 청하는 편지를 아예 쓰지도 않았을 것입니다. 당신은 남자와 여자 모두 바로 지금 여기에서 자신의 의지를 발휘할 수 있다는 것을, 즉 그들은, 보이지 않는 손이 잡고 있는 끈에 따라 춤추는 노리개나 꼭두각시가 아니라는 것을 주장하셨음에 틀림이 없습니다. 남자와 여자들은 스스로 행동하고 사유할 수 있습니다. 아마도 그들은 심지어 다른 사람의 생각과 행동에 영향을 미칠 수도 있습니다. 이러한 추론으로 말미암아 당신은 우리에게 문의해왔을 것이며 그것은 합당한 것입니다. 왜냐하면 다행히도 "무료 교육"이라는 항목에 속하는 교육의 한 분야, 즉 과학적 연상만 그 말에서 빼버리면 심리학이라고 불릴 수 있는, 인간 존재와 인간 동기의 이해라고 하는 분야가 있기 때문이지요. 결혼이라는, 시간의 벽두부터 1919년[9]까지 우리 계층에 개방되어 있는 그 한 가지 위대한 직업은, 다시 말해, 인생을 함께 성공적으로 살아갈 인간 존재를 선택하는 기술, 즉 결혼은, 심리학적인 면에 있어서 우리에게 그 방면의 기술을 마땅히 가르쳐주었어야만 했지요. 하지만 여기에서 우리는 또 다른 어려움에 직면하게 됩니다. 왜냐하면 많은 본능이 남성과 여성 안에 모두 공통으로 들어 있지만 싸움은 여자의 습성이 아니라 늘 남성의 습성이었기 때문입니다. 본래 그렇든 우연으로 그렇든, 법률과 관습이 그런 차이를 발달시켰습니다. 역사의 행로에서 인간존재가 여성의 총에 쓰러진 적은 거의 없습니다. 거의 대다수의 새와 짐승이 당신들에 의해 죽어갔지 우리에 의해서가 아니라는 말입니다. 따라서 우리가 함께하지 않은 일을 판단하기란 힘든 일이라는 것입니다.[3]

그렇다면 우리가 어떻게 당신의 문제를 이해할 수 있으며, 만약 우리가 이해할 수 없다면, 어떻게 전쟁을 방지할 수 있을까 하는 당신의 질문에 우리가 어떻게 답을 할 수 있겠습니까? 왜 싸우는가에 대해, 우리의 경험이나 심리학에 근거를 둔 답변은 어

---

9 1919년에 영국에서 성차별금지법Sex Disqualification Removal Act이 통과되어 거의 모든 공직과 전문직이 여성에게 개방되었다.

떠한 가치도 없는 답이지요. 분명 당신들에게는 우리가 결코 느껴보거나 누려보지 못한 전투에서의 어떤 영광, 필연성, 만족감이 존재합니다. 이것을 완전히 이해한다는 것은 수혈이나 기억 주입하기, 즉 여전히 과학의 영역 너머에 있는 기적에 의해서나 성취될 수 있을 것입니다. 그러나 지금 살아 있는 우리는 수혈이나 기억 주입을 대신할 대체물을 가지고 있지요. 그리고 그 대체물은 위급한 고비에 틀림없이 도움이 될 것입니다. 즉 인간의 동기를 이해하려 할 때에 경이롭고도 끊임없이 새로운 도움을, 그러나 아직은 대부분 그 물꼬가 터지지 않은 도움을, 우리 시대에는 전기나 자서전에서 제공받을 수 있다는 말입니다. 그리고 가공되지 않은 역사인 일간신문도 있습니다. 따라서 여전히 매우 좁고 매우 제한적인 보잘것없는 실제 경험의 영역에 우리가 매여 있을 이유가 더 이상 없습니다. 우리는 다른 사람들의 삶을 그린 그림을 살펴봄으로써 보충할 수 있다는 말입니다. 그것은 물론 현재로서는 단지 그림에 불과하지만 그렇기 때문에 틀림없이 쓸모가 있습니다. 전쟁이 당신에게 의미하는 바를 이해해보고자 우리가 재빠르게 그리고 간략하게 첫 번째로 눈 돌릴 부분은 바로 전기입니다. 어떤 전기에서 몇 개의 문장을 발췌해보지요.

첫째로 이것은 어느 병사의 전기에서 나온 것입니다.

나는 행복할 수 있는 한 가장 행복한 삶을 살아왔다. 늘 전쟁을 위해 일해왔고 이제 군인으로서의 삶의 전성기에 마침 가장 큰 전쟁에 참전하게 되었다. 고맙게도, 한 시간 후면 우리는 출전이다. 아, 저 장엄한 연대! 저 남자들, 저 말들! 프랜시스와 나는 열흘 안에 나란히 독일군을 향해 곧바로 말을 몰아가리라는 희망에 부풀어 있다.[4]

여기에 전기 작가는 덧붙이고 있습니다.

첫 시간부터 그는 말할 수 없이 행복하였다. 왜냐하면 그는 자신의 진정한 소명을 발견했기 때문이다.

이것에 어느 공군 병사의 전기에서 발췌한 것을 덧붙여 보기로 하지요.

우리는 국제연맹에 대하여 그리고 평화와 군비축소의 전망에 관하여 이야기하였다. 이런 주제에 관하여 그는 군사전문가라기보다는 호전적인 군인이었다. 그가 답을 찾을 수 없었던 난제란, 만약 영원한 평화가 이루어지고 육군과 해군이 존재하지 않는다면 전투가 개발해놓은 남성적 특성의 배출구가 없어질 것이며 따라서 인간의 체격 그리고 인간의 성격이 망가질 것이라는 점이었다.[5]

여기에 바로 당신의 성을 싸움으로 인도하는 세 가지 이유가 있습니다. 즉 전쟁은 하나의 직업이며, 행복과 흥분의 원천이며 남성적 특성의 배출구로서 그것 없이는 남성의 가치가 저하된다는 것입니다. 그러나 이러한 느낌과 의견은 당신의 성 모두가 보편적으로 주장하는 것은 아니라는 것이 또 다른 전기, 즉 유럽 전쟁에서 죽은 시인인 윌프레드 오언[10]의 삶에서 발췌한 다음의 인용문에 의해 증명됩니다.

---

10 윌프레드 오언(Wilfred Edward Salter Owen, 1893~1918), 20세기 초의 영국의 전쟁 시인. 제1차 세계대전에서 전사했다.

이미 나는 영국 국교회의 교리 안으로는 결코 스머들어갈 리가 만무한 한 줄기의 빛을 이해하게 되었다. 즉 그것은 그리스도의 가장 중요한 계명의 하나로 어떠한 대가를 치르더라도 저항하지 말라는 것이다. 굴욕과 치욕을 견뎌내라. 그러나 결코 무기에 호소하지 말라. 괴롭힘을 당하고 난폭한 짓을 당하고 죽임을 당한다 하더라도 결코 죽이지 말라. (…) 이렇게 하여 당신은 순수한 기독교 정신이 어떻게 순수한 애국주의와는 걸맞을 수 없는가를 깨닫게 된다.

그리고 그가 살아 있는 동안 완성하지 못한 시편을 쓰기 위해 준비했던 메모 중에는 이러한 것들이 있습니다.

무기의 부자연스러움. (…) 전쟁의 비인간성. (…) 전쟁의 견딜 수 없음. (…) 전쟁의 끔찍한 야수성. (…) 전쟁의 어리석음.[6]

이러한 인용문들로부터 같은 일에 대하여 같은 성이라도 매우 상이한 의견을 갖고 있다는 것이 명백해집니다. 그러나 또한 오늘날의 신문을 보면 상이한 의견을 가진 이들이 아무리 많다고 하더라도 당신네 성의 상당한 대다수가 오늘날 전쟁을 좋아한다는 것이 명백해집니다. 교육받은 남성들의 스카버러 연맹이나 노동자 계급 남성들의 본머스 연맹 모두 무기 구입을 위해 연간 3억 파운드를 소비하는 것은 필수적이라는 의견에 동의하고 있으니까요. 그들은 윌프레드 오언은 틀렸다고, 즉 죽임을 당하는 것보다는 죽이는 것이 더 낫다는 의견을 갖고 있는 것이지요. 그런데 의견 차이가 워낙 많다는 것을 전기는 잘 보여주고 있으므로, 이렇게까지 압도적인 의견 일치를 가져오기 위해선 지배적인 어떤 한 가지 이유가 틀림없이 있으리라는 사실이 분명해집니다. 간단하게 그것을 "애국심"이라고 부를까요? 그다음에 우리가 질문해야 하는 것은 그렇다면 당신들을 전쟁으로 이끄는 이 "애국심"이라는 것이 무엇입니까? 하는 것이지요. 영국의 수석재판관에게 우리를 대신하여 그 말을 해석하도록 해보지요.

영국인들은 영국을 자랑스러워한다. 영국 학교와 대학에서 훈련을 받은 사람들 그리고 영국에서 평생 일을 해온 사람들에게 우리나라 영국에 대해 가지고 있는 사랑보다 더 강한 사랑은 없다. 우리가 다른 나라에 대해 숙고하고 이 나라 저 나라의 정책의 장점을 판단할 때에 적용하는 것은 바로 우리나라의 기준이다. (…) 자유는 영국에서 거처를 마련하였다. 영국은 민주주의 제도의 본고장이다. (…) 우리 가운데에 많은 자유의 적들이 있으며 아마 그들 중 얼마는 다소 예상치 못한 방면에 있다는 것은 사실이다. 그러나 우리는 확고하게 서 있다. 영국인의 가정은 그의 성이라고 말한다. 자유의 본거지는 영국에 있다. 그리고 그것은 실제로 성이다, 즉 최후까지 수호될 성이다. (…) 그렇다, 우리는 대단히 축복받았다, 우리 영국인Englishmen들은![7]

이것은 애국심이 교육받은 남성들에게 무엇을 의미하며 그들에게 어떤 의무를 부과하는지에 대한 공정하고도 일반적인 진술입니다. 그러나 교육받은 남성들의 여자 형제, 바로 그녀에게 "애국심"은 무엇을 의미할까요? 그녀도 같은 이유로 영국을 자랑스러워하고 영국을 사랑하고 영국을 수호할까요? 그녀도 영국에서 "대단한 축복"을 받아온 걸까요? 역사와 전기에 물어보면 자유의 본고장에서의 그녀의 위상이란 남자 형제의 위상과는 내내 달랐다는 것을 보여주는 것 같습니다. 또한, 심리학은 역사라는 것이 정신과 육체에 영향을 미치지 않는 것은 아니라는 사실을 넌지시 이야기해주고 있는 것 같습니다. 따라서 그녀가 남자 형제와 다르게 "애국심"이라는 단어를 해석하는 것도 당연한 일이지요. 그리고 그 차이로 말미암아 남자 형제가 애국심과 그것이 부과하는 의무를 어떻게 정의하고 있는가를 그녀가 제대로 이해한다는 것은 매우 어려운 일이 되고 말았습니다. 그러므로 만일 "당신 생각에 우리가 어떻게 해야 전쟁을 방지할 수 있겠습니까?" 하는 선생님의 질문에 대한 우리의 답이 남성을 전쟁으로 이끄는 바로 그 이유와 감정과 충성심을 이해하는 데에 달려 있다고 한다면 이 편지는 반으로 찢어서 휴지통에 버리는 것이 나을 것입니다. 왜냐하면 앞서 말한 차이 때문에 우리는 서로를 이해할 수 없다는 것이 분명해 보이기 때문입니다. 다르게 태어났기 때문에 우리는 다르게 생각한다는 것이 분명해 보인다는 말입니다. 즉 그렌펠[11]의 관점이 있고 네브워스의 관점이 있고 윌프레드 오언의 관점이 있고 수석재판관의 관점이 있고 교육받은 남성의 딸들의 관점이 있지요. 모두가 다릅니다. 그러나 어떤 절대적 관점은 없을까요? 불이나 황금으로 된 글자로 확고히 기록해둔 것을 어디에선가 찾아볼 수는 없는 것일까요? "이것은 옳고, 이것은 그르다"라는 것을, 우리의 차이가 무엇이든 우리 모두가 받아들여야 하는 그런 도덕적 판단을 찾아볼 수는 없는 것일까요? 그러면 도덕성을 자신의 직업으로 삼고 있는 사람들, 즉

---

11 리버스데일 그렌펠(Riversdale Nonus Grenfell, 1880~1914), 영국인 병사 프랜시스 그렌펠Francis Octavius Grenfell의 쌍둥이 형제. 프랜시스와 함께 영국 병사였던 그는 1914년 프랑스에서 전사하였다. 그렌펠 형제의 전기는 존 버컨John Buchan의 『Francis and Riversdale Grenfell, A Memoir』참고.

성직자들에게 전쟁의 옳고 그름의 문제를 회부해보기로 합시다. "전쟁이 옳습니까, 전쟁이 그릅니까?"라는 간단한 질문을 성직자들에게 물어보면 그들은 확실하게 우리가 부인할 수 없는 명백한 답을 줄 것입니다. 그러나 그렇지 않습니다. 그 질문의 세속적인 혼돈으로부터 그 질문을 구해낼 수 있으리라 우리가 가정하는 영국 교회도 마찬가지로 두 마음으로 나뉘어 있습니다. 주교들 스스로가 서로 다투고 있습니다. 런던의 주교는 "오늘날 세계평화의 진정한 위험은 평화주의자들이다. 전쟁이 아무리 나쁘다고 해도 참전하지 않는 불명예는 훨씬 더 나쁘다"라고 주장하였지요.[8] 한편, 버밍엄의 주교[9]는 스스로를 "극단적인 평화주의자"로 묘사하며, "전쟁이 그리스도의 정신과 일치한다고 여겨질 수 있다는 것은 도저히 이해할 수 없다"라고 말하였습니다. 따라서 교회 자체가 우리에게 양분된 조언을 해주고 있습니다. 즉 어떤 상황에선 싸우는 것이 옳다, 어떤 상황에서도 싸우는 것은 옳지 않다고 말입니다. 참담하고 당혹스럽고 혼란스러운 일입니다. 그렇지만 사실만은 직면해야겠지요. 즉, 위로는 하늘에 아래로는 땅 위에 확실성이란 없다는 것을 말입니다. 사실상 더 많은 전기를 읽어볼수록, 더 많은 연설을 들어볼수록, 더 많은 의견을 구해볼수록 혼란은 점점 더 커지며, 당신들을 전쟁으로 이끄는 그 충동과 동기와 도덕성은 우리로서는 이해할 수가 없어서 당신의 전쟁 방지를 도와줄 어떤 제안을 한다는 것은 그만큼 더 불가능한 일로 보입니다.

그런데 다른 이들의 삶과 정신을 그린, 즉 전기와 역사서 외에 또 다른 그림, 실제 사실을 다룬 그림, 즉 사진이 있습니다. 물론 사진은 우리 이성에 말을 걸어오는 논쟁거리가 아니라 단지 우리 눈에 무슨 말인가를 건네는 사실의 진술일 뿐입니다. 그러나 바로 그러한 단순성 안에 우리에게 도움이 될 만한 무엇이 들어 있을 수 있습니다. 그러면 우리가 같은 사진을 볼 때 같은 것을 느끼는지 알아보기로 하지요. 여기 우리 앞 테이블 위에 사진 몇 장이 있습니다. 스페인 정부가 매우 끈질기게 매주 두 번 정도 사진을 보내오고 있습니다.[12] 그것은 바라보기에 유쾌한 사진이 결코 아닙니다. 대부분 시신의 사진입니다. 오늘 아침의 사진첩엔 남자 혹은 여자의 시신 사진이 들어 있습니다. 시신이 너무나 난도질되어 있어 다른 한편으로 보면 돼지의 사체라고 할 수 있을 정도입니다. 그러나 저 시신들은 분명히 어린아이들이며, 저것은 의심의 여지 없이 집의 한 부분입니다. 폭탄이 집 측면을 찢어발겨놓아서 추정컨대 거실로 여겨지는 곳에 아직 새장이 대롱대롱 매달려 있고 집의 나머지 부분도 허공에 매달려 있는 한 무더기의 놀이용 나뭇조각에 불과해 보입니다.

그런 사진들이 어떤 주장을 하고 있는 것은 아니지요. 단지 우리의 눈에 무슨 말인가를 건네는 조야한 사실 진술일 뿐입니다. 그러나 눈은 뇌에 연결되어 있으며 뇌는 신경조직과 연결되어 있습니다. 그 신경조직은 모든 과거의 기억과 현재의 감정을 통하여 일순간에 메시지를 보냅니다. 그러한 사진을 바라볼 때 우리 안에서는 어떤 융합이 일어납니다. 즉 받은 교육이 제아무리 다르고 우리 배후의 전통이 제아무리 다르다고 하더라도 우리의 느낌은 같은 것이며 그 느낌이 매우 격렬하다는 것입니다. 선생님 당신은 그것을 "공포와 매스꺼움"이라고 부릅니다. 우리 또한 그것을 공포와 매스꺼움이라고 부릅니다. 그리고 우리 입술은 같은 단어들을 떠올립니다. 당신은 말하지요. 전쟁은 가증스러운 만행이며 어떤 대가를 치르더라도 전쟁은 중단되어야 한다고

12 1936~1937년 겨울에 집필될 당시.(울프 주)

말입니다. 그리고 우리 역시 당신의 말을 되풀이하여 메아리칩니다. 전쟁은 가증스러운 만행이며 전쟁은 중단되어야만 한다고. 지금만큼은 마침내 우리가 같은 사진을 바라보고 있는 셈이며, 우리는 당신과 함께 같은 시신을, 폐허가 된 같은 집을 보고 있는 셈입니다.

따라서 당신네를 전쟁으로 이끄는 정치적, 애국주의적 혹은 심리학적 이유를 논함으로써 당신의 질문, 즉 전쟁 방지를 위해 우리가 어떻게 당신을 도울 수 있습니까? 하는 질문에 답을 하려는 노력은 당분간 접어두기로 하지요. 느낀 감정이 너무나 확고하고 강렬하여 끈기 있는 분석을 허락하지 않으니까요. 대신에, 우리에게 고려해보라고 당신이 보내온 실질적인 제안들에 집중해보기로 하지요. 그 제안은 세 가지입니다. 첫 번째는 신문에 기고하는 편지에 서명하는 것이며 두 번째는 어떤 협회에 가입하는 것이며 세 번째는 그 협회의 기금에 기부하는 것입니다. 이보다 더 간단해 보이는 것은 분명 없을 것입니다. 종이 한 장에 이름을 끄적이는 것은 쉬운 일이니까요. 이미 평화로운 견해를 신봉하고 있는 사람들에게 그 견해를 다소 수사학적으로 되풀이해서 말해주는 그런 모임에 참석하는 것 또한 쉬운 일입니다. 받아들이기가 모호한 의견이지만 그것을 지지한다는 뜻으로 수표 한 장을 써주는 것도 그렇게 쉬운 일은 아니지만, 양심이라고 편리하게 불릴 수 있는 그 무엇인가를 잠재우는 값싼 방법이지요. 그런데도 우리를 망설이게 하는 이유가 있습니다. 나중에 덜 피상적으로, 즉, 보다 더 철저하게 살펴봐야만 하는 이유가 있다는 겁니다. 여기에선 다음과 같이 말하는 것으로 충분하지요. 즉 당신이 제안하는 세 가지 조치는 그럴듯하긴 하지만 만약 우리가 당신이 요청하는 바를 그대로 한다고 하여도 그 사진이 일으킨 감정은 여전히 진정되지 않고 그대로 남아 있을 것 같다는 말입니다. 그 감정, 그 매우 확실한 감정은, 종이 한 장 위에 쓰인 이름 하나나, 연설을 듣는 일에 소요하는 한 시간이나, 액수가 어떻든 우리가 낼 수 있는 액수를―1기니라고 하지요―적어 넣은 수표 한 장보다는 훨씬 더 확실한 무엇인가를 요구합니다. 전쟁은 야만적이며 비인간적이며 윌프레드 오언이 말한 대로 견뎌낼 수 없으며 끔찍하고 야수적이라는 우리의 믿음을 표현해줄 수 있는 뭔가 좀 더 힘차고 적극적인 방법이 요구되는 것 같다는 말입니다. 그러나 수사학은 제쳐두고 어떤 적극적인 방법이 우리에게 개방되어 있을까요? 숙고해보고 비교해보기로 합시다. 물론 예전에 프랑스에서처럼 스페인에서도 평화를 수호하기 위하여 다시 한번 무기를 집어 들 수도 있습니다. 그러나 그것은 아마도 당신이 시도해보고는 거절했던 방법일 것입니다. 어쨌든 그 방법은 우리에게 열려 있지 않습니다. 육군과 해군 모두 우리의 성, 여성에게는 폐쇄되어 있습니다. 우리에겐 싸우는 것이 허용되지 않았으니까요. 또한, 우리는 증권거래소의 회원이 되는 것도 허락되지 않았습니다. 따라서 우리는 무력의 압력도 돈의 압력도 행사할 수 없습니다. 우리 남자 형제들이 교육받은 남성들로서 외교 분야나 교회 내에서 가지고 있는 보다 덜 직접적이면서도 여전히 효과적인 무기 또한 우리는 거부당하고 있습니다. 우리는 설교를 하거나 조약을 협상할 수 없으니까요. 또 한편으로는, 비록 우리가 언론에 기사를 쓰고 편지를 보낼 수 있는 것이 사실이라고 하더라도 그 언론을 조정하는 것, 즉 무엇을 인쇄하고 무엇을 인쇄하지 말아야 하는가를 결정하는 것은 전적으로 당신네 성의 손안에 달려 있습니다. 지난 20년 동안 공무원과 법조계가 우리를 받아들이고 있는 것은 사실입니다. 그러나 거기에서의 우리의 위상은 여전히 매우 불확실하고 우리의 권위 또한 참으로 보잘것없는 것이지요. 그리하여 교육받은 남성들이 자신의 의견을 실행에 옮기기 위해 사용하는 온갖 무기는 우리가 이해조차 할 수 없거나 거의 그런 상태여서 우리가 행여 그것을 사용한다 치더라도 생채기 하나 낼 수가 없습니다. 당신과 같은 직종에 종사하는 남자들이 만약 어떤 요구사항이 있어서 단합하여 "이 요구가 수락되지 않는다면 일을 중단할 것이다"라고 말한다면 영국의 법률이 집행되지 않을 수도 있습니다. 만약 당신과 같은 직종에 종사하는 여자들이 똑같은 내용을 말한다면 영국 법엔 그 어떤 차이도 일어나지 않을 것입니다. 우리는 우리 계층의 남자들에 비해 비교할 수 없으리만치 약할 뿐만 아니라 노동자 계층의 여성보다도 약합니다. 이 나라의 여성 노동자들이 "당신들이 전쟁에 나가면 우리는 탄약 만들기를 거부하거나 상품 생산을 돕는 일을 거부할 것이다"라고 말한다면 전쟁 도발의 어려움은 심각할 정도로 증가할 것입니다. 그러나 교육받은 남성의 딸들 모두가 내일 당장 하던 일을 그만둔다고 하더라도 지역사회 생활이나 전쟁 도발에 필수적인 그 어떤 것도 당혹스러운 상황에 처하지는 않을 것입니다. 우리는 이 나라의 모든 계층 중 가장 약한 계층이며 우리의 의지를 관철할 어떠한 무기도 갖고 있지 못한 셈입니다.[10]

왜 그런 상황에 처하게 되었는가에 대한 답은 너무나 익숙해서 쉽게 예상할 수 있습니다. 교육받은 남성의 딸들은 어떠한 직접적인 영향력도 없으며 그것은 사실이니까요. 그러나 그 딸들은 모든 힘 중에서도 가장 막강한 힘을 지니고 있습니다. 즉 교육받은 남성들에게 영향력을 행사할 수 있다는 것이지요. 이것이 사실이라면, 즉 여전히 영향력이라는 것이 우리가 가진 무기 가운데 가장 강력한 무기이며 전쟁 방지를 위해 당신을 도와주는 데에 효과가 있는 유일한 무기라고 한다면, 당신의 선언문에 서명하기 전에 그리고 당신의 협회에 가입하기 전에 그런 영향력이란 것이 어느 정도에 이르는지 살펴보기로 하지요. 분명 그것은 엄청나게 중요한 문제여서 심도 있게 오랫동안 정밀조사를 해볼 가치가 있습니다. 우리가 하는 조사라는 것이 심도 있거나 오랜 시간에 걸쳐 할 수 있는 것은 아니어서 서툴고 불완전한 것임이 틀림없지만 말입니다. 그럼에도 불구하고 시도해보기로 하지요.

그러면 전쟁과 가장 밀접하게 연결된 직업, 즉 정치에 대하여 과거 우리는 어떤 영향력을 행사하였을까요? 다시 한 번 말하지만 셀 수 없이 많고, 값을 매길 수 없이 귀중한 전기들이 있습니다. 그러나 그 막대한 정치가들의 삶으로부터 여성들이 그들에게 끼친 영향이라고 할 수 있는 특별한 한 가닥의 구절을 발췌해내는 것은 연금술사조차도 어리둥절하게 할 것입니다. 우리의 분석은 취약하고 피상적일 수밖에 없을 것입니다. 그런데도 조사 범위를 우리가 다룰 만할 정도로 좁혀서 한 세기 반 동안의 회고록을 개괄해본다면 정치에 영향을 준 여성들이 계속 있었다는 것을 부인하기 어렵습니다. 유명 인사 이름을 대충 건너뛰며 훑어보건대, 저 유명한 데번셔 공작부인[13], 파머스턴 경 부인[14], 멜번

---

13 조지아나 캐번디시Georgiana Cavendish 혹은 조지아나 스펜서(Georgiana Spencer, 1757~1806), 제5대 데번셔 공작 윌리엄 캐번디시William Cavendish의 첫 번째 아내. 여성에게 참정권이 주어지기 한참 전의 시대였음에도, 활발한 정치 운동을 펼쳤으며 카리스마, 미모, 뛰어난 지식으로 유명한 사교계 명사였다.

14 에밀리 템플(Emily Temple, 1787~1869), 18~20세기 런던의 사교장이었던 알막Almack's의 주요 인물이었다. 그녀의 가족 램Lamb가는 정치적으로 매우 유명했다.

경 부인[15], 리븐 경 부인[16], 홀랜드 경 부인[17], 애슈버턴 경 부인[18] 등, 모두 의심할 바 없이 대단한 정치적 영향력을 지니고 있었습니다. 그들의 이름난 저택과 그 안에서 이루어지는 파티들은 당대의 정치 회고록에서 매우 커다란 역할을 차지하였으므로 만약 그런 저택과 파티가 존재하지 않았더라면 영국의 정치, 심지어 영국의 전쟁이 달라졌으리라는 것은 부인하기가 힘듭니다. 그러나 그런 모든 회고록이 공통으로 지닌 한 가지 특징이 있습니다. 위대한 정치 지도자들의 이름, 즉 피트, 폭스, 버크, 셰리든, 필, 캐닝, 파머스턴, 디즈레일리, 글래드스턴[19] 이름이 모든 페이지 위에 흩뿌려져 있다는 것입니다. 그러나 손님을 맞는 계단의 상부에도 그리고 저택의 좀 더 은밀한 어떤 방에서도 교육받은 남성의 딸은 결코 발견할 수 없다는 것입니다. 그들이 매력에서 기지에서 서열에서 옷차림에서 부족했을지도 모릅니다. 그 이유가 어찌 되었건 간에 한 장, 또 한 장을 넘기고 한 권, 또 한 권을 넘기

15 엘리자베스 램(Elizabeth Lamb, 1751~1818), 휘그당 정치인 페니스턴 램Peniston Lamb의 아내이자 에밀리 템플(파머스턴 경 부인)의 어머니. 활발한 정치 운동과 영국 귀족들과의 친분으로 유명했다.

16 카타리나 리븐(Katharina Alexandra Dorothea Fürstin von Lieven, 1785~1857), 1812~1834년까지 런던에서 활동한 러시아의 대사 크리스토프 폰 리븐Christoph Heinrich von Lieven 왕자의 아내.

17 엘리자베스 폭스(Elizabeth Vassall Fox, 1771~1845), 영국 휘그당의 정치인 헨리 폭스 홀랜드 경의 아내. 남편과 함께 정치, 문학 모임을 집(홀랜드 저택)에서 주최했다.

18 루이자 베링(Louisa Caroline Baring, 1827~1903), 스코틀랜드의 미술품 수집가이자 자선가. 당대의 예술가, 문학가들과 밀접한 친분이 있었다.

19 전 영국 재무부 장관 윌리엄 피트(William Pitt, 1759~1806). 전 영국 하원 장관 찰스 제임스 폭스(Charles James Fox, 1749~1806). 아일랜드의 정치인 에드먼드 버크(Edmund Burke, 1729~1797). 아일랜드의 극작가이자 정치인 리처드 브린즐리 셰리든(Richard Brinsley Butler Sheridan, 1751~1816). 전 영국 총리 로버트 필(Robert Peel, 1788~1850). 전 영국 총리 조지 캐닝(George Canning, 1770~1827). 제3대 파머스턴 자작 헨리 존 템플(Henry John Temple, 1784~1865). 제1대 비컨즈필드 백작 벤저민 디즈레일리(Benjamin Disraeli, 1804~1881). 전 영국 총리 윌리엄 이워트 글래드스턴(William Ewart Gladstone, 1809~1898).

다 보면 남자 형제나 남편들—데번셔 저택의 셰리든, 홀랜드 저택의 매콜리[20], 랜스다운 저택[21]의 매슈 아널드[22], 심지어 배스 저택의 칼라일[23]은 눈에 띈다고 하더라도 제인 오스틴[24], 샬럿 브론테[25], 조지 엘리엇[26]의 이름은 나타나지 않습니다. 칼라일 부인이 나타나긴 하지만 그 부인은 자신의 등장에 대해 스스로 거북스러워했던 것 같습니다.

그러나 당신도 지적하겠지만 교육받은 남성의 딸들은 또 다른 종류의 영향력을 갖고 있었는지도 모릅니다. 즉 막강한 부인들의 막강한 저택을 그토록 유혹적인 것으로 만드는 재산과 지위와 포도주와 음식과 옷과 그 밖의 다른 모든 쾌적한 요소들로부터 독립된 어떤 영향력 말입니다. 이 대목에서 사실상 우리는 좀 더 단단한 기반 위에 있다 하겠습니다. 지난 150년 동안 교육받은 남성의 딸들이 가슴속에 깊이 품어왔던 하나의 정치적 목적, 여성 참정권이라는 목적이 있었으니까요. 그러나 그 목적을 얻어 내는 데에 얼마나 오랜 시간이 걸렸으며 어떤 수고를 해야 했는

---

20 토머스 매콜리(Thomas Babington Macaulay, 1800~1859). 영국의 사학자, 평론가. 휘그당 정치가.

21 잉글랜드 웨스트민스터 시에 있는 영국의 전 수상 혹은 정치인들이 소유, 거주했던 건물.

22 매슈 아널드(Matthew Arnold, 1822~1888). 영국의 시인, 평론가. 럭비 스쿨의 교장 토머스 아널드Thomas Arnold의 아들.

23 토머스 칼라일(Thomas Carlyle, 1795~1881). 스코틀랜드의 철학자, 비평가, 수필가, 번역가, 수학자, 사학가, 교육가.

24 제인 오스틴(Jane Austen, 1775~1817). 18세기 영국 중·상류층 여성들을 다루는 영국의 여성 소설가. 대표작으로는 『오만과 편견Pride and Prejudice』 『이성과 감성Sense and Sensibility』 『맨스필드 파크Mansfield Park』 『에마Emma』 등이 있다.

25 샬럿 브론테(Charlotte Brontë, 1816~1855). 영국의 여성 소설가이자 시인. 브론테 자매 중 맏언니이다. 대표작으로는 『제인 에어Jane Eyre』와 『셜리Shirley』가 있다.

26 조지 엘리엇(George Eliot, 1819~1880). 본명은 메리 앤 에번스Mary Ann Evans. 빅토리아 시대 영국의 소설가, 시인, 저널리스트, 번역가. 대표작으로는 『플로스 강변의 물방앗간 The Mill on the Floss』 『사일러스 마너Silas Marner』 『미들마치Middle March』 등이 있다.

가를 고려해보면, 영향력이라는 것이 정치적 무기로서 효과적으로 쓰이기 위해서는 부와 결합되어야 하며 교육받은 남성의 딸들이 행사할 수 있는 그런 종류의 영향력은 세력에 있어서 매우 약하고, 행동으로 옮기는 데에서는 매우 느리며, 그것을 활용하는 데에 있어서 매우 고통스러운 것이라고 결론 내릴 수밖에 없습니다.[11] 확실히, 교육받은 남성의 딸의 그 위대한 한 가지 정치적 업적은 그녀로 하여금 한 세기가 넘는 동안 가장 힘들고도 비천한 노동의 대가를 치르게 하였지요. 즉, 그녀는 계속 터벅터벅 행진해야 했고 계속 여기저기 사무실에서 일해야 했고 길모퉁이에서 계속 연설해야 했으며 그러다 마침내 무력을 사용했다 해서 감옥에 가야 했지요. 그리고 아마 여전히 그녀는 계속 거기에 갇혀 있었을 것입니다. 매우 역설적이게도 남자 형제들이 무력을 사용할 때 그녀가 준 도움 덕분에, 마침내 비록 친딸은 아니더라도 스스로를 영국의 의붓딸이라고 부를 수 있는 권리를 부여받게 되지 않았더라면 말이지요.[12]

그런데 시련을 받을 땐 영향력이라는 것은 지위와 부와 대저택과 결합될 때만이 충분한 효과가 있는 것 같습니다. 영향력 있는 사람들은 귀족의 딸들이지 교육받은 남성의 딸들이 아니니 말입니다. 그리고 그 영향력이라는 것은 선생님이 속해 있는 직군의 저명한 일원인 고 어니스트 와일드 경[27]이 다음과 같이 기술하고 있는 그런 종류의 영향력이지요.

여성들이 남성들에게 발휘하는 위대한 영향력은 늘 그래왔고 늘 그래야 하듯 간접적 영향력이라고 그는 주장했다. 남성

---

27 어니스트 와일드(Ernest Wild, 1869~1934), 영국의 법정 변호사, 판사, 영국 의회의 보수 당원.

은 실은 여성이 원하는 것을 하고 있으면서도 자신의 일을 스스로 하고 있다고 생각하기를 좋아했다. 그러나 현명한 여성은 남자로 하여금 사실이 그렇지 않더라도 스스로 쇼를 이끌고 있다고 생각하게끔 했다. 정치에 대해 관심을 갖기로 한 여성은 그 누구라도 투표권이 있을 때보다 투표권이 없을 때 훨씬 더 막강한 세력을 발휘했는데 왜냐하면 그녀는 많은 유권자에게 영향을 미칠 수 있기 때문이다. 여성을 남성의 수준으로 끌어내리는 것은 옳지 않다고 그는 느꼈다. 그는 여성을 우러러보았고 계속 그러하기를 원했다. 그는 기사도 시대가 지나가버리지 않기를 소원했다. 왜냐하면 자신을 좋아하는 여성을 둔 남성은 모두 그녀의 눈 속에서 빛나고 싶어 했기 때문이다.[13]

기타 등등 계속되지요.

만약 이런 것이 우리가 지닌 영향력의 참된 특성이며 위에 묘사된 것을 우리 모두가 인정한다면 그리고 그 효과를 주목해서 보아왔다면, 그런 영향력이란 우리의 영역 너머에 있거나 — 왜냐하면 우리 대부분은 못생기고 가난하고 늙었으니까요 — 아니면 그런 영향력은 경멸할 가치조차 없는 것입니다. 왜냐하면 우리 중 많은 이는 그런 영향력을 발휘하느니 차라리 스스로를 그저 창녀라고 부르며 피커딜리 서커스[28] 가로등 아래서 공공연히 우리 입장을 밝히는 것을 더 좋아할 테니까요. 만약 그런 것이 이 유명한 무기의 진정한 특성이자 간접적 특성이라고 한다면 우리는 그런 무기 없이 지내면서, 당신들의 보다 더 실질적인 힘에 우리의 미미한 힘을 보태어 당신이 제안하는 대로 편지에 서명하고, 협회에 가입하고, 때때로 작은 액수의 수표를 쓰는 일에나 의지해

28 1891년에 세워진 런던의 원형 광장.

야 하겠지요. 아무래도 이러한 것이 여성의 영향력의 특성에 관한 탐구의 참담하지만 어쩔 수 없는 결론 같아 보입니다. 만약, 그 자체로 결코 무시될 수 없는 투표권이라는 것이, 만족스럽게 설명된 적이 없는 어떤 이유로 인해, 묘하게 또 하나의 권리, 즉 교육받은 남성의 딸들에게는 너무나 막대한 가치가 있는 것으로서 "영향력"이라는 단어를 포함하여 사전의 거의 모든 단어를 바꾸어놓은 또 다른 어떤 권리와 관련되어 있지 않았더라면 말입니다.[14] 지금 이야기하고 있는 이 말이 스스로의 생활비를 벌 권리를 지칭하는 것이라고 설명한다면 그것이 결코 과장은 아니라고 당신도 생각하실 겁니다.

선생님, 그 권리는 지금부터 20년도 채 안 된 1919년에 여러 직업의 빗장을 풀어준 법률에 따라 우리에게 부여된 것입니다. 사적이기만 하던 가정집 문이 활짝 열어젖혀졌지요. 모든 이의 지갑 속에 반짝이는 새 돈 6펜스 은화 한 닢이 들어 있거나 아마 들어 있었을 겁니다. 그런데 그 은화의 빛 속에선 모든 생각과 모든 광경, 모든 행동이 다르게 보였습니다. 세월 흐르는 것이 그러하듯, 20년은 긴 시간도 아니며 6펜스 은화 조각이 아주 중요한 동전도 아니며 6펜스 은화의 새 주인의 삶과 정신이 어떠하였는지 전기에 의존하여 알아낼 수도 없지요. 그러나 아마 상상 속에서 교육받은 남성의 딸을 그려볼 수는 있습니다. 그녀가 가정집 그늘에서 빠져나와 구세계와 신세계 사이에 놓여 있는 다리 위에서서 그 신성한 동전을 손안에서 빙빙 돌리며 묻고 있습니다. "이것을 가지고 나는 무엇을 할까? 이것을 가지고 있으면 무엇이 보이는가?" 그 빛을 통과하면 그녀가 보고 있는 모든 것이, 즉 남자, 여자, 자동차 그리고 교회가 다르게 보였습니다. 얼룩덜룩한 달조차―사실 달은 잊혀진 분화구로 상처투성이니까요―그녀에게는 새하얀 6펜스 은화로, 정결한 6펜스 은화로 보였으며, 그리고 굽실거리는 자들이나 서명으로 종속된 자들the signers-on과는 결코 한편이 되지 않겠다고 맹세하는 제단으로 보였습니다. 이제 그녀는 자신의 손으로 직접 벌어들인 신성한 6펜스 은화, 그것을 가지고 자신이 원하는 것을 할 수 있게 되었습니다. 그리고, 따분한 분별력으로 상상력을 제어해가며 직업에 의존한다는 것은 또 다른 형태의 노예 상태라고 당신이 혹시 반론을 제기하더라도, 직업에 의존하는 것은 아버지에게 의존하는 것보다 혐오스러움이 훨씬 덜한 형태의 노예 상태라는 것을 당신도 당신의 경험에 비추어 인정할 것입니다. 당신이 첫 소송 사건 적요서로 벌어들인 첫 기니(금화)를 받았을 때의 기쁨과 아서 교육기금에 의존하던 시절이 끝났을 때 당신이 들이킨 자유의 심호흡을 회상해보십시오. 아이들이 불을 붙이면 나무가 벌떡 일어나는 작은 마술 알갱이처럼, 그 기니로부터 당신이 소중히 여기는 모든 것이, 아내, 아이들, 가정, 그리고 무엇보다 이제 당신으로 하여금 다른 남자들에게 영향을 미치도록 해주는 영향력이 용수철처럼 튀어나왔지요. 만약 당신이 여전히 가족의 지갑에서 매년 40파운드를 꺼내 쓰고 그 수입에 추가되는 어떤 액수에 대해서도 아버지에게—그분이 세상 아버지 중 가장 인자한 분이라고 하더라도 말입니다—의존하고 있다면 그 영향력이라는 것이 어떤 영향력이겠습니까? 상세히 설명할 필요가 없지요. 자부심이든, 자유에 대한 사랑이든, 위선에 대한 혐오이든, 무슨 이유에서든, 1919년에 당신의 여자 형제들이 금화도 아니고 6펜스 은화 한 닢을 벌기 시작할 때의 흥분을 당신은 이해할 것이며, 그 자부심을 비웃지 않을 것이며, 그 자부심이 정당한 근거를 가지고 있음을 부인하지 않을 것입니다. 왜냐하면 여성들이 이제 더 이상 어니스트 와

일드 경이 묘사하는 그런 영향력을 사용할 필요가 없다는 것을 의미하기 때문이지요.

그래서 "영향력"이라는 말이 변하였습니다. 교육받은 남성의 딸들은 이제 전에 가졌던 어떤 영향력과도 다른 영향력을 좌지우지하게 되었습니다. 그것은 저 위대한 부인, 사이렌[29]이 지닌 영향력이 아닙니다. 또한 투표권이 없을 때 교육받은 남성의 딸이 지녔던 영향력이 아니며, 또한 투표권은 가졌으되 자신의 생활비를 버는 권리가 막혀 있을 때 지녔던 영향력이 아닙니다. 그것은 다릅니다. 왜냐하면 그것은 마(매)력Charm의 요소가 제거된 영향력이며, 돈의 요소가 제거된 영향력이기 때문입니다. 그녀는 더 이상 아버지나 남자 형제에게서 돈을 얻어내기 위해 마(매)력을 사용할 필요가 없습니다. 이제 가족이 그녀에게 재정적 형벌을 가할 수 없게 되었으므로 그녀는 자신의 의견을 맘껏 표현할 수 있게 되었습니다. 돈의 필요성 때문에 종종 무의식적으로 튀어나왔던 찬미나 반감 대신에 자신이 진정으로 좋아하는 것과 싫어하는 것을 선언할 수 있게 되었습니다. 결론적으로, 그녀는 이제 묵묵히 따를 필요가 없으며 또한 비판도 할 수 있습니다. 마침내 그녀는 사심 없는 영향력을 소유하게 된 것입니다.

대강 급하게 윤곽을 그려본 이러한 것이 우리의 새 무기, 즉 생활비를 벌 수 있게 됨으로써 교육받은 남성의 딸이 발휘할 수 있게 된 영향력의 특성입니다. 그러므로 다음으로 논의되어야 할 질문은 당신이 전쟁을 방지하도록 도와주는 데에 있어서 이러한 새 무기를 어떻게 사용할 수 있는가 하는 것입니다. 그런데 직업을 통해 생활비를 버는 남성들과 여성들 사이에 아무런 차이

---

29 그리스 신화에 나오는 반은 여자이고 반은 새인 바다의 마녀이다. 바닷가 외딴섬에 살면서 매혹적인 노래를 불러 그 마(매)력으로 근처를 지나는 배들을 좌초시켰다.

가 없다면 이 편지는 여기서 끝날 수 있다는 것이 즉각 명백해집니다. 우리의 관점이 당신의 관점과 똑같다면 당신의 금화에 우리의 6펜스 은화를 보태고는 당신의 방법을 따르고 당신의 말을 되풀이하기만 하면 되니까요. 그러나 불행인지 다행인지 그것이 그렇지가 않습니다. 그 두 계층은 여전히 어마어마하게 상이합니다. 이것을 증명하기 위하여 심리학자와 생물학자의 위험하고도 불확실한 이론에 의존할 필요는 없습니다. 사실에 호소할 수 있으니까요. 교육에 대한 사실을 예로 들어보지요. 당신 계층은 5백 년 혹은 6백 년 동안 사립학교와 대학에서 교육을 받았고 우리 계층은 60년 동안 받았습니다. 재산에 관한 사실을 예로 들어보지요.[15] 당신 계층은 본래부터, 결혼을 통해서가 아니라, 영국의 모든 자본, 모든 땅, 모든 귀중품을 실질적으로 소유하고 모든 후원을 받고 있습니다. 우리 계층은 본래부터, 결혼을 통해서가 아니라, 영국의 어떠한 자본도, 어떠한 땅도, 어떠한 귀중품도 전혀 소유하고 있지 않으며 어떠한 후원도 받고 있지 않습니다. 그러한 차이가 정신과 육체에서의 상당한 차이를 조장한다는 것을 어떤 심리학자나 생물학자도 부정하지 못할 것입니다. 그렇다면 "우리"는ㅡ"우리"라는 말이 의미하는 것은 기억과 전통의 영향을 받은 몸과 뇌와 그리고 영혼으로 구성된 전체지요ㅡ근본적인 면에 있어서 "당신"들, 즉 그토록 다르게 훈련되었고 그토록 다르게 기억과 전통의 영향을 받은 몸과 뇌와 영혼을 지닌 당신들과는 여전히 다르지 않을 수가 없다는 것이 논박할 수 없는 사실로서 뒤따라오는 것 같습니다. 같은 세계를 바라본다고 하여도 우리는 각각 다른 눈을 통하여 보고 있지요. 우리가 당신에게 줄 수 있는 어떠한 도움도 당신이 스스로에게 줄 수 있는 도움과는 다를 수밖에 없으며, 아마 우리가 줄 수 있는 도움의 가치는 바로 그런 차이라고 하는 사실에 놓여 있는지도 모릅니다. 따라서 당신의 선언문에 서명하고 당신의 협회에 가입하기로 동의하기 전에 그 차이가 어디에 놓여 있는지를 알아내는 것이 무리는 아닐 것입니다. 그다음에 우리가 줄 수 있는 도움이 어디에 놓여 있는지도 발견하게 될 테니까요. 그러면 아주 초보적인 시작으로 당신 앞에 사진 한 장을, 조야한 색채의 컬러사진 한 장을, 내놓아보지요. 그것은 우리가 가정집 문턱에서, 성 바오로가 우리 눈에 여전히 씌워놓은 베일의 그림자를 통하여, 그리고 개인 가정집과 공적인 삶의 세계를 연결하는 다리에 서서 바라볼 때, 우리에게 비추어오는 당신들 세계의 사진입니다.

그러니까, 이 각도에서 바라보면 당신의 세계, 즉 전문직이라는 공적인 삶의 세계는 의심의 여지 없이 기이하게 보입니다. 우선 첫눈에 그것은 엄청나게 인상적입니다. 매우 작은 공간 안에 세인트 폴 성당, 영국 은행, 시장 관저, 육중하지만 음울한 왕립 재판소의 흉벽이 꽉 들어차 있으며, 다른 편에는 웨스트민스터 사원과 영국 국회의사당이 있습니다. 이런 과도기의 순간에 우리는 다리 위에 잠시 멈춰 서서, 우리 아버지와 남자 형제들이 지금까지 저기에서 자신의 삶을 보내왔구나 하고 혼잣말을 합니다. 지금까지 몇백 년 동안 내내 그들은 저 계단 위를 올라가고 저 문들을 들락거리고, 저 설교단 위에 올라 설교하고, 돈을 벌고, 법을 집행해왔던 것입니다. 개인 가정집은 (대충 말해서 웨스트엔드[30] 어딘가에 있는 가정집은) 각자의 종교적 신조와, 법률과, 옷과 카펫과 소고기와 양고기를 바로 이 세계로부터 얻어왔지요. 그러고는, 이제는 들어갈 수 있게 되었으므로, 이러한 사원 중 하나의

---

30 런던의 한 지역으로 행정, 상업, 문화 시설이 집중되어 있는 곳이다. 19세기 초부터 이 지명이 사용되었으며, 채링 크로스Charing Cross의 서쪽에 상류사회가 형성되어 있는 지역을 지칭했다.

반회전문을 조심스럽게 옆으로 밀쳐 열고 까치발을 떼며 들어가 그 장면을 더욱 자세하게 조사해보기로 하지요. 거대한 크기에 대한 그리고 장엄한 석공술에 대한 처음의 흥분은 의문 섞인 놀라움의 수많은 점으로 잘게 부수어집니다. 우선 당신의 옷에 너무나 놀라 우리 입이 딱 벌어집니다.[16] 그 옷이 얼마나 가짓수가 많으며 얼마나 휘황찬란하고 얼마나 극도로 장식적인지요! 공적인 영역에서 교육받은 남성들이 입는 옷 말입니다. 이번엔 보랏빛 옷을 입었는데 보석으로 장식된 십자가가 가슴 위에 매달려 있네요. 이번엔 어깨가 레이스로 덮여 있고, 이번엔 담비 모피 가운으로 덮여 있고. 이번엔 보석이 박힌 목걸이 여러 개가 연결되어 늘어뜨려져 있네요. 이제 머리 위엔 장식 가발을 썼고, 눈금을 박아놓은 듯한 곱슬머리 가닥들이 목까지 내려와 있군요. 이번엔 모자 모양이 배 모양이고 혹은 위로 접혀 있고, 이번엔 까만 모피로 된 모자가 원통 모양으로 올라가 있고 이번에는 놋쇠와 채광창 모양으로 만들어져 있으며, 이번엔 빨간 깃털 장식이 이번엔 파란 깃털 장식이 맨 위에 올라가 있네요. 때로는 가운이 내려와 다리를 덮고 때로는 각반이 올라와 다리를 덮고 있군요. 사자와 유니콘 자수가 놓인 문장 박은 겉옷이 어깨에 걸쳐 있고, 별 모양 혹은 원 모양으로 자른 금속 장식이 가슴 위에서 번쩍거리는 군요. 파랑, 자주, 주홍색 등 온갖 색깔의 리본이 어깨를 가로질러 있네요. 집에서 입는 비교적 단순한 옷을 보다가 당신의 공적인 복장을 보니 그 광채에 눈이 부십니다.

그러나 훨씬 기이한 것은 우리 눈이 처음의 놀라움에서 회복되면서 점차 드러나는 또 다른 두 가지 사실입니다. 남성 전체가 여름 겨울 할 것 없이 똑같은 옷을 입었을 뿐만 아니라—이것은 철에 따라 그리고 개인적 취향과 편안함에 따라 옷을 갈아입는 여성에게는 이상한 특징이지요 — 장미꽃 모양과 줄무늬로 된 모든 단추가 어떤 상징적 의미를 띠고 있다는 것입니다. 어떤 이들은 평범한 단추만 달 권리가 있고, 다른 이들은 장미꽃 모양만을 달 권리가 있고, 어떤 이들은 한 줄의 줄무늬가 있는 단추만을 달 수 있고 다른 이들은 셋, 넷, 다섯 줄의 줄무늬가 있는 것을 달 수 있습니다. 그리고 각각 고불거리는 무늬나 줄무늬는 정확하게 일정 간격으로 띄엄띄엄 바느질되어 있는데 그 간격이 아마 어떤 사람에게는 1인치, 또 다른 사람에게는 1.25인치이지요. 또한, 어깨 위의 금세공 실, 바지 위의 꼰 실, 모자의 추켜올림을 규제하는 규칙이 있는데 하지만 한 쌍의 눈만으론 이 모든 구별을 정확하게 설명하기는커녕 관찰할 수도 없는 지경입니다.

그러나 당신들 복장의 상징적 광채보다도 한층 더 이상한 것은 당신들이 그것을 입고 진행하는 의식입니다. 여기서는 무릎을 꿇고, 저기서는 고개 숙여 인사하고, 여기서는 은색 막대기 든 남자 뒤에서 행렬을 이루어 나아가고, 문양이 새겨진 의자에 오르고, 채색된 나뭇조각에 경의를 표하는 듯하고 화려하게 엮인 비단 장식으로 덮인 테이블 앞에서 자신을 낮추는 것 같습니다. 이러한 의식들이 무엇을 의미하든 간에 당신들은 그것들을 늘 다 같이, 단계별로, 그 사람과 행사에 고유한 단체복을 입고 거행합니다.

이런 의식과는 별도로, 우리가 처음 보았을 때 그러한 장식적인 복장은 극도로 기이하게 보입니다. 우리가 옷을 이용하는 용도는 비교적 단순하니까요. 몸을 가려주는 가장 중요한 기능 외에, 우리의 드레스는 또 다른 두 가지 임무를 가지고 있지요. 눈에 보기 좋은 아름다움을 창조하고 당신네 성, 즉 남성의 경탄을 끌어낼 임무 말입니다. 1919년까지, 즉 20년도 채 안 되기 전까

보이스카우트의 창설자 로버트 베이든파월Robert Baden-Powell

지, 결혼은 우리에게 개방된 유일한 직업이었으므로 옷의 막대한 중요성에 대해서는 아무리 많은 말을 해도 과장된 것이 아니지요. 옷과 여성과의 관계는 사건 의뢰인과 당신의 관계와 같은 것으로서 옷이란 대법관이 될 수 있는 그녀의 으뜸가는 그리고 아마 유일한 방법이었을 것입니다. 그러나 당신의 매우 정교한 옷은 명백히 또 다른 기능이 있습니다. 그것은 벌거벗음을 가려주고 허영심을 만족시켜주며 눈을 즐겁게 해줄 뿐만 아니라 그 옷을 입은 사람의 사회적, 직업적, 지적 지위를 광고해준다는 점입니다. 비천한 예증을 드는 것을 용서해주신다면, 당신의 옷은 식료품 가게의 라벨과 똑같은 기능을 수행합니다. 그러나 여기에서는, "이것은 마가린입니다, 이것은 순 버터입니다, 이것은 시중에 나온 것 중 가장 좋은 품질의 버터입니다"라고 말하는 대신에 "이 사람은 똑똑한 사람입니다, 석사지요, 이 사람은 매우 똑똑합니다, 문학박사니까요. 이 사람은 정말 매우 똑똑합니다, 메리트 훈장[31]을 받은 회원이라니까요"라고 말합니다. 우리에게 가장 이상하게 보이는 것은 당신네 옷의 이러한 기능, 즉 광고 기능입니다. 성 바오로의 의견으로는 여하튼 그러한 광고는 우리 여성에게는 부적당하며 무례한 것입니다. 불과 몇 년 전까지만 해도 여성이 옷을 가지고 광고하는 것은 허용되지 않았습니다. 금속 조각과 리본을 달거나 색깔 있는 후드나 가운을 입음으로써 지적이든 도덕적이든 여하한 종류의 가치를 표현한다는 것은 야만인들의 제전에나 던져지는 야유를 받아 마땅한 만행이라고 말하는 전통 내지는 믿음이 아직도 우리 사이에 남아 있지요. 왼쪽 어깨 위에 말총 장식 술을 달아서 자신이 어머니임을 광고하는 여자는 당

---

31 메리트 훈장(Order of Merit, O. M.)은 영국 연방 왕국의 훈장으로, 군사, 과학, 예술, 문학, 문화 진흥에 공헌한 인물에게 수여되었다. 1902년에 에드워드 7세에 의해 시작되었다.

신도 동의하다시피 존경할 만한 대상이 될 수는 없지요.

그런데 이 대목에서 우리의 이런 차이가 눈앞에 제기된 문제에 대하여 어떤 빛을 비춰줄 수 있을까요? 교육받은 남성이 입은 휘황찬란한 의상과 폐허가 된 집의 사진 그리고 시신의 사진 사이에는 어떤 연관성이 있는 것일까요? 분명 옷과 전쟁 사이의 상관관계를 멀리서 찾아낼 필요는 없습니다. 당신이 입고 있는 옷 중에서 가장 훌륭한 옷은 당신이 군인으로서 입는 옷이니까요. 붉은색 옷, 황금빛 옷, 그리고 금속과 깃털은 현역 복무 중에는 벗어버리고 떼어버리는 것으로 보아, 비싸고도 추측건대 위생적이지도 않은 그런 옷의 광채는, 일부는 바라보는 이들에게 군 복무란 장엄하다는 인상을 깊이 새겨주기 위해 그리고 일부는 군복의 허영을 통해 젊은이들로 하여금 군인이 되도록 유도하기 위해 고안되었다는 것이 분명해집니다. 그러면 바로 이 점에서 우리의 영향력이 그리고 남성과 우리 사이의 차이가 어떤 효력을 발휘할 수 있을 것 같습니다. 우리 자신은 그런 옷을 입는 것이 금지되어 있으므로 그 화려한 군복을 입은 사람이 우리가 보기에 유쾌하거나 인상적인 광경은 아니라는 의견을 피력할 수 있으니까요. 그런 사람은 반대로 우스꽝스럽고 야만적이고 불쾌한 광경입니다. 그러나 교육받은 남성의 딸로서 우리는 우리와 같은 계층, 즉 교육받은 남성의 계층에 대해 우리 스스로의 영향력을 또다른 방향에서 효과적으로 발휘할 수 있습니다. 법정과 대학에서 우리는 옷에 대한 똑같은 사랑을 발견하게 되니까요. 거기에서도 역시 벨벳, 실크, 일반 모피와 담비 모피가 있습니다. 교육받은 남성들이 옷을 다르게 입거나 이름 앞에 칭호를 붙이고 이름 뒤에는 글자(학위 약자)를 보탬으로써 태생 혹은 지성의 면에서 다른 사람들보다 우월함을 강조하는 것은, 경쟁심과 질투심을, 즉 전

영국 왕실기병대

기에 의존하여 증명하거나 심리학에 물어보아 설명할 필요도 없이, 전쟁을 향한 성향을 북돋우는 데 한몫하는 감정들을 일으키는 행위라고 말할 수 있습니다. 그렇다면 그런 모든 구별의 표시는 그것을 소지한 자를 우스꽝스럽게 만들고 학문을 경멸스럽게 만든다는 의견을 우리가 피력하게 되면 우리는 전쟁으로 이어질 정서를 간접적으로 억제하는 셈이 됩니다. 다행히도 우리는 이제 의견 표명을 하는 것보다 더 많은 일을 할 수 있게 되었습니다. 그러한 온갖 구별 표시나 온갖 단체복을 우리 스스로 거부할 수 있으니 말입니다. 이것은 전쟁을 어떻게 방지할 것인가라는 눈앞의 문제에 대한 사소하지만 명확한 기여가 될 것이며, 다른 훈련을 받고 다른 전통을 가진 우리가 당신들보다 더 쉽게 할 수 있는 기여일 것입니다.[17]

그러나 사물의 바깥에 대한 우리의 조감도는 완전히 고무적인 것만은 아닙니다. 우리가 계속 들여다보고 있는 저 컬러사진이 괄목할 만한 특징을 보여주는 것은 사실입니다. 그러나 그 사진이 일조하고 있는 대목은 우리는 들어갈 수 없는 많은 내실과 비밀스러운 방들이 존재한다는 것을 상기시켜주는 데에 있습니다. 법률과 사업과 종교와 정치면에서 우리가 어떤 실제적인 영향을 미칠 수 있을까요? 많은 문이 여전히 우리에게는 잠겨 있거나 기껏해야 빠끔히 열려 있고, 게다가 우리는 배후에 자본도 힘도 가지고 있지 않으니 말입니다. 우리의 영향은 표피적 차원에 그칠 수밖에 없어 보입니다. 표면적인 것에 대한 의견을 표현하는 일이라면 우리는 할 수 있는 일은 모두 다한 셈이지요. 물론 표면이 깊이와 어떤 상관관계를 지니고 있으리라는 것은 사실이지요. 그러나 우리가 전쟁 방지를 위해 당신을 도와주고자 한다면 표면 아래로 더 깊숙이 침투하려고 노력해야만 합니다. 그러면 또 다른 방향으로, 즉 교육받은 남성의 딸들에게 당연히 중요한 교육 자체의 방향으로 눈을 돌려봅시다.

여기서 다행히 그해, 즉 신성한 1919년도가 우리에게 도움이 됩니다. 그해에, 교육받은 남성의 딸들은 자신의 생활비를 버는 능력이 생김으로써 교육에 대하여 마침내 실질적인 영향을 미치게 되었습니다. 그들이 돈을 가지게 되었다는 말입니다. 어떤 목적을 위해 정기적으로 기부할 수 있는 돈을 가진 것입니다. 명예회계 담당자가 그들의 도움을 촉구합니다. 때마침 이것을 증명이라도 하듯 여자대학 재건에 필요한 돈을 요청하는 어느 회계 담당자가 보낸 편지가 여기 당신의 편지와 볼을 맞대고 나란히 놓여 있습니다. 그런데 명예 회계 담당자가 도움을 요청할 때엔 그들과 일종의 협상을 하는 것이 사리에 어긋나는 일은 아닙니다. 따라서 "우리 앞에 놓여 있는 전쟁 방지 편지를 보낸 이 신사를 당신이 도와주어야만, 당신도 당신 대학의 재건에 도움이 될 금화를 우리에게서 얻게 될 것입니다"라고 대학의 회계 담당자에게 말할 권리가 우리에겐 있습니다. "당신은 젊은이들이 전쟁을 미워하도록 교육해야 합니다. 당신은 그들이 전쟁의 비인간성, 야수성, 참혹함을 느끼도록 가르쳐야 합니다"라고 우리는 그 담당자에게 말할 수 있습니다. 그러나 어떤 종류의 교육에 대해 흥정을 해야 할까요? 어떤 종류의 교육을 해야 젊은이들로 하여금 전쟁을 미워하도록 가르칠 수 있을까요?

이것은 본질적으로 매우 어려운 질문이며 메리 킹즐리 파의 사람들, 즉 대학교육을 직접 경험해보지 않은 사람들은 답하기가 거의 불가능해 보이는 질문입니다. 그러나 교육이 인간 삶에서 너무나 중요한 역할을 담당하고, 당신 질문에 답하는 데도 교육이 너무나 큰 역할을 수행하므로, 어떻게 교육을 통하여 젊은

영국의 전 수상 스탠리 볼드윈(오른쪽에서 두 번째)

이들이 전쟁에 반대하도록 영향을 미칠 수 있을지 알아보려는 시도조차 회피하는 것은 비겁한 일일 것입니다. 따라서 템스 강을 가로지르는 다리 위에 우리가 머물렀던 지점을 떠나 또 다른 강 위에 놓인 또 다른 다리 위로 옮겨 가보기로 하지요. 이번에는 위대한 두 대학 중의 한 대학 안에 있는 강과 다리로 말입니다. 두 대학 모두 강이 있고 두 대학 모두 우리가 그 위에 설 수 있는 다리가 있으니까요. 다시 한 번, 이 유리한 위치에서 보면, 그것이, 즉 둥근 지붕, 뾰족탑, 강의실, 그리고 실험실로 이루어진 그 세계가 얼마나 기이하게 보이는지요! 당신에게 보이는 것과는 얼마나 다르게 우리에게 보이는지요! "독일어를 배우도록 허락받은 것이 내가 받은 유료 교육의 전부다"라는 메리 킹즐리와 같은 각도에서 바라보는 사람들에게는 그 세계는 너무 소원하고 너무 막대하고 그 예식과 전통에 있어서 너무 복잡한 세계로 보여서 어떤 비평이나 논평도 무의미해 보일 정도지요. 여기서도 또한 우리는 당신들 의복의 눈부심에 놀랍니다. 여기서도 역시 우리는 직장[32]이 벌떡 일어나자 여러 행진 행렬이 이루어지는 것을 관찰하며, 현란함에 눈이 부셔 차이를 설명하기는커녕 그 차이를 기록조차 할 수 없는 상태가 되어, 감지하기도 어렵게 구별되어 있는 여러 가지 모자와 학위 표시 휘장, 자주색과 주홍색, 벨벳 천과 여러 옷감, 모자와 가운을 주목하게 됩니다. 그것은 장엄한 광경입니다. 『펜데니스』에 나오는 아서의 노랫말이 입가에 떠오릅니다.

> 내 비록 들어가지 않아도,
> 그래도 그곳 주변
> 이따금 맴도네,

---

32 대학 총장, 시장 등의 공직자가 권위의 상징으로 들고 다니는 장식용 지팡이.

그리고 거룩한 문 앞에서,
갈망의 눈길로 기다리네,
무언가를 기대하며……

그리고 다시,

내 결코 거기 들어가지 않으리,
감당키 어려운 생각들로
당신의 순수한 기도를 더럽힐라.

그러나 나 서성이도록 허락해주오
그 금지된 곳 주위를,
일 분을 머뭇거리며,
천국의 문을 통해
그 안의 천사들을
기다렸다 보고 마는
버려진 혼령처럼.

그러나 당신과 대학 재건 기금의 명예 회계 담당자 두 사람 모두, 자신들의 편지에 답해주기를 기다리고 있으니 오래된 다리 위에서 옛 노래나 흥얼거리는 일은 그만두고, 완벽하게는 못 하더라도 교육의 문제를 다루어보려고 시도해야겠지요.

그렇다면 메리 킹즐리의 자매들이 그렇게 많이 귀로 듣고 그렇게 고통스럽게 기부를 해온 "대학교육"이라는 것이 무엇입니까? 성취하는 데에 3년이 걸리고, 현금 목돈이 들어가며 조야하고 미숙한 존재를 세련된 완성품으로, 즉 교육받은 남자나 여자로 바꾸어놓는 이 불가사의한 과정은 대체 무엇입니까? 우선 그것의 탁월한 가치에 대해서는 의심의 여지가 없습니다. 영어를 읽을 수 있는 사람이면 누구라도 공립 도서관의 선반에서 자문해볼 수 있는 전기라는 증인은 이 점에 관하여 만장일치를 보입니다. 즉 교육의 가치는 모든 인간 가치 중 가장 중요한 것 중의 하나라는 것 말입니다. 전기는 두 가지 방법으로 이 점을 증명합니다. 첫째, 과거 5백 년 동안 영국을 지배해온 남자들 그리고 현재 의회와 공직에서 영국을 지배하고 있는 남자들의 거의 대다수가 대학교육을 받았다는 사실입니다. 두 번째로 대학교육이란 말이 넌지시 암시하고 있는 노고와 궁핍함을 고려해볼 때 훨씬 더 인상 깊게 다가오는 사실이 있는데 이 사실에 대해서도 전기에 풍부한 증거가 있습니다. 즉 과거 5백 년 동안 교육에 쓰인 돈의 액수가 어마어마하다는 사실입니다. 옥스퍼드 대학의 수입은 43만 5,656파운드(1933~1934)이며 케임브리지 대학의 수입은 21만 2천 파운드(1930)입니다. 대학 전체 수입에 덧붙여 개별 대학마다 자체 별도의 수입이 있는데, 그런 수입은 신문에 가끔 발표되는 증여금과 유산으로 판단해보건대 어떤 경우에는 믿을 수 없을 정도로 엄청난 규모임에 틀림이 없습니다.[18] 더 나아가 커다란 사립학교, 가령 제일 큰 학교의 이름만 대보면, 이튼, 해로, 윈체스터[33], 럭비[34] 등등이 향유하는 수입을 추가해보면 너무나 큰 액수의 돈이 되는 걸 보면 인간이 교육에 부여하는 막대한 가치에 대해서 의심할 수가 없습니다. 그리고 전기를, 즉 가난한 사람들, 미천한 사람들, 교육받지 못한 사람들의 삶을 살펴보면 그들이 저 큰 대

---

33 윈체스터 칼리지Winchester College는 잉글랜드 햄프셔주 윈체스터에 있는 1382년 설립된 남자 기숙 사립학교다.
34 럭비 스쿨Rugby School은 1567년 세워진 잉글랜드 워릭셔주 럭비에 있는 사립학교다. 럭비 운동이 처음 유래한 곳으로도 유명하다.

학의 어느 한 곳에서 교육을 받기 위해 어떠한 노력이나 어떠한 희생도 감수하려고 한다는 것이 증명되고 있습니다.[19]

그러나 아마도 교육의 가치에 대해 여러 전기에서 볼 수 있는 가장 커다란 증언은 교육받은 남성의 여자 형제들이 남자 형제들을 교육하기 위해 어쩔 수 없이 자신의 평안함과 즐거움을 희생하였을 뿐만 아니라 또한 그들 스스로도 실제로 교육받기를 갈망하였다는 사실입니다. 이 주제에 관한 영국 교회의 판결, 즉 우리가 전기를 통해 아는 바와 같이 불과 몇 년 전만 해도 유효했던 판결의 내용, 즉 "……여성의 내면에 있는 배움에의 열망은 신의 뜻에 위배되는 것이라고 나는 들었고, (…)"라는 내용을[20] 고려해보면 여성들의 열망이 참으로 강렬했었다는 것이 틀림이 없습니다. 그리고 대학교육을 통해 남자 형제들이 적절히 준비되어 들어가는 여러 직업이 여자 형제들에게는 폐쇄되어 있었다는 것을 고려해보면 교육의 가치에 대한 여성의 믿음이 한층 더 강렬한 것이었음은 틀림없어 보입니다. 여성은 교육을 그 자체로 틀림없이 강하게 믿었을 테니까요. 그리고 더 나아가 그녀에게 개방된 한 가지 직업, 즉 결혼은 교육이란 것이 필요하지 않고, 사실상 교육을 받으면 여성들이 그 직업을 수행하는 데는 오히려 부적절해지는 특성이 있다는 것을 반추해보면, 여성들 스스로가 교육받고 싶은 소원이나 시도를 포기하고 남자 형제들에게 교육을 제공하는 것으로 자족해왔다는 사실을 새삼 알게 되더라도 전혀 놀랄 일이 아니었을 것입니다. 즉 거의 대부분의 여성, 즉 이름 없는 여성들이나, 가난한 여성들은 가계비를 절약함으로써 그리고 극소수는, 즉 작위가 있는 여성들이나 부자 여성들은 남자 대학을 설립하거나 거기에 돈을 기부함으로써 남자 형제들에게 교육을 제공하였던 것이지요. 정말 실제로 그들은 이러한 것을 행동으로 하였지요. 그러나 교육에 대한 열망은 인간 본성 안에 엄연히 내재되어 있어서, 전기를 참고해보면, 전통과 가난과 비웃음이 도중에 일으키는 온갖 훼방에도 불구하고 여성들 사이에도 똑같은 교육에의 열망이 존재하였다는 것을 당신도 알게 됩니다. 이 점을 증명하기 위하여 단지 한 사람의 삶, 즉 메리 아스텔[35]의 삶을 살펴보기로 하지요.[(21)] 그녀에 대해 알려진 바는 매우 적지만, 거의 250여 년 전에 그토록 완고하면서도 아마도 반종교적이라고 할 수 있는 열망이 그녀 안에 살아 있었으며, 실제로 여성을 위한 대학 설립을 그녀가 제안하였다는 것을 보여주고도 남는 충분한 사실들이 알려져 있습니다. 거의 똑같이 괄목할 만한 것은 앤 공주[36]가 그녀에게 그 비용으로 1만 파운드를 줄 채비를 하고 있었다는 것이며, 그런 액수는 그 당시에나 그리고 사실상 지금도 어떤 여성이 마음대로 쓰기에는 매우 상당한 액수의 돈입니다. 그런데 그때 우리는 역사적으로나 심리학적으로 극도로 흥미로운 사실과 만나게 됩니다. 즉 교회가 끼어든 것입니다. 버넷 주교님[37]은, 교육받은 남성들의 여자 형제들을 교육한다는 것은 기독교 신앙의 잘못된 분파, 다시 말해서 로마 가톨릭 분파를 조장할 것이라는 의견을 가지고 있었습니다. 그 돈은 딴 곳으로 가게 되었고 여성을 위한 대학은 결코 설립되지 않았습니다.

그러나 이러한 사실들은 종종 그러하듯 양면성을 지니고 있다는 것이 증명됩니다. 왜냐하면 비록 그런 사실들이 교육의 가치를 확립시켜주기는 하지만 또한 교육이란 것이 결코 의문의 여

---

35 메리 아스텔(Mary Astell, 1666~1731), 영국의 최초 페미니스트 작가로 알려져 있다. 그녀는 여성을 위한 평등한 교육 기회 제공의 필요를 주장했다.

36 앤(Anne, 1665~1714), 잉글랜드-스코틀랜드 동군 연합의 마지막 여왕이자 그레이트 브리튼 왕국 최초의 여왕 및 아일랜드의 여왕.

37 길버트 버넷(Gilbert Burnet, 1643~1715), 스코틀랜드의 철학가, 역사가, 작가, 그리고 잉글랜드 솔즈베리Salisbury의 주교. 휘그당과 밀접한 관련이 있었다.

지 없이 확고한 가치는 아니라는 것도 증명하기 때문입니다. 즉 교육이 모든 상황에서 좋고 모든 사람에게 좋은 것만은 아니며 오로지 어떤 사람에게만 어떤 목적을 위해서만 좋다는 것입니다. 교육이 영국 교회에 대한 믿음을 낳으면 좋은 것이며, 그것이 로마 교회에 대한 믿음을 낳으면 나쁜 것입니다. 그것은 한쪽 성과 어떤 직업에는 좋으나, 다른 쪽 성과 다른 직업에는 나쁘다는 것입니다.

그러한 정도가 적어도 전기가 보여주는 답변인 것 같습니다. 귀중한 정보를 주는 그 책은 말을 않고 있는 것은 아니나 미덥지는 않으니까요. 그러나 교육을 통하여 젊은이들이 전쟁에 반대하도록 영향을 미치기 위해 우리의 영향력을 발휘해야만 하는 것은 매우 중요한 일이므로 우리는 전기가 회피하고 있는 것에 대해 당황하지 말아야 하며 전기의 매력에 유혹당하지도 말아야 합니다. 우리의 영향력이 실은 대학에 속해 있고 또한 그것이 표면 아래로 침투할 가능성이 가장 큰 곳도 대학이니, 그곳에서 영향력을 발휘하고자 전력을 다하기 위해서는 우리는 교육받은 남성의 여자 형제가 현재 어떤 종류의 교육을 받고 있는지 알아보려고 노력해야 합니다. 다행히도 이제 더 이상 우리는 전기에 의존할 필요가 없으며 전기란 개인적 삶과 관련되어 있으므로 헤아릴 수 없이 많은 개인적 의견의 갈등으로 가득 차 있기 마련이지요. 이제 우리도 역사라고 하는 공적인 삶의 기록을 통해 도움을 얻어야 합니다. 심지어 아웃사이더조차 공공단체의 연대기에서 자문을 얻을 수가 있으니까요. 그런 연대기는 개인들의 일상적인 견해를 기록하는 것이 아니라 더 광범위한 말투를 사용하면서 의회와 여러 평의회의 입을 통하여 교육받은 남성 단체들의 사려 깊은 의견들을 전달하고 있지요.

역사를 보면 현재 옥스퍼드와 케임브리지에는 교육받은 남성의 여자 형제를 위한 대학이 존재하고 있으며 그것은 1870년 이후 내내 있었다는 것을 바로 알게 됩니다. 그러나 역사는 또한 다른 여러 사실도 알려줍니다. 즉 대학의 젊은이들이 자신들이 받는 교육을 통하여 전쟁에 반대하도록 영향력을 행사하려는 모든 시도는 대학의 특성상 포기되어야 한다는 것입니다. 그러한 사실을 면전에 둔 채 "젊은이들에게 영향 미치기"에 대하여 이야기한다는 것은 단지 시간과 호흡의 낭비이며, 명예 회계 담당자가 금화를 가져가도록 허락할 조건을 정하는 일도 부질없어서, 대학의 신성한 대문을 자주 기웃거리는 것보다는 차라리 런던행 첫 열차를 타는 것이 더 나은 일이지요. 그런데, 이러한 사실들, 즉 이 역사적이지만 통탄할 사실들이 대체 어떤 것이냐며 당신은 끼어들겠지요. 그래서 그 사실들을 당신 앞에 내놓기로 하지요. 그런데 그런 사실은 아웃사이더의 손에 들어올 수 있는 그런 기록에서만 그리고 당신 대학 즉 케임브리지가 아닌 다른 대학의 연대기에서만 가지고 온 것이라는 것을 당신에게 통고하면서 내놓습니다. 그리하여 당신의 판단력이 오래된 유대관계에 대한 충성심이나 혜택받은 것에 대한 감사함으로 인해 왜곡되지 않고 오히려 공평하고 사심없는 것이 될 것입니다.

그럼 우리가 멈추었던 곳에서 다시 시작해보지요. 앤 여왕은 죽었고 버넷 주교도 죽었고 메리 아스텔도 죽었습니다. 그러나 여성을 위한 대학을 설립하고자 하는 욕망은 죽지 않았습니다. 사실상 그것은 더 강해지고 더 강렬해졌습니다. 19세기 중반쯤엔 그 욕망이 너무나 커져 케임브리지 안의 한 건물을 택하여 학생들로 하여금 기거하게 하였지요. 좋은 집은 아니었고 시끄러운 거리의 한복판에 있으면서 정원도 없는 집이었습니다. 그다음 두 번째 집이 정해졌는데, 이번엔 좀 더 나은 집이었습니다. 비록 폭풍우가 부는 날엔 식당에 온통 물이 밀려들어 오고 운동장도 없었던 것이 사실이긴 하지만 말입니다. 그러나 그 집도 충분하지는 않았습니다. 교육에 대한 열망이 너무나 절박해져서 더 많은 방이, 산책할 수 있는 뜰이, 운동하며 놀 수 있는 운동장이 필요하게 되었던 것이지요. 따라서 또 다른 집이 필요했습니다. 이제 이러한 집을 짓기 위해 돈이 필요해졌다는 사실을 역사는 우리에게 말해줍니다. 그러한 사실에 당신이 의문을 품지는 않을 것입니다. 그러나 다음의 사실, 즉 그 돈을 빌려왔다는 사실에는 당신이 의문을 품는 것도 당연한 일입니다. 그 돈을 기부받았다고 하면 더 그럴듯한 일로 여겨지겠지요. 당신은 말할 겁니다. 다른 대학들은 돈이 많던데요 하고 말입니다. 모든 대학은 간접적으로 그리고 어떤 경우엔 직접 여자 형제들로부터 그 수입을 끌어왔습니다. 이것을 증명하는 그레이[38]의 서시가 있습니다. 당신은 그레이가 시를 통하여 여러 은인, 즉 펨브로크 칼리지를 설립한 펨브로크 백작부인[39], 클레어 칼리지를 설립한 클레어 백작부인[40], 퀸즈 칼리지를 설립한 마거릿 앙주[41], 세인트존스 칼리지와 크라

---

38 토머스 그레이(Thomas Gray, 1716~1771), 영국의 시인, 학자, 케임브리지 펨브로크 칼리지Pembroke College 교수, 당시 널리 알려졌지만 생전 13편의 시만 출판하고 계관시인 자리도 거절하였다. 그의 가장 유명한 시는 「시골 묘지에서 쓴 비가Elegy Written in a Country Churchyard」다.

39 펨브로크 백작부인Countess of Pembroke으로 알려진 마리 드 세인트 폴(Marie de St Pol, 1303~1377)은 케임브리지 대학의 구성 대학인 펨브로크 칼리지를 1347년 잉글랜드에 설립하였다.

40 엘리자베스 드 클레어(Elizabeth de Clare, 1295~1360), 케임브리지 대학의 구성 대학인 클레어 칼리지Clare College를 설립했다. 1326년에 홀 대학교University Hall라는 이름으로 설립되었으나, 곧이어 재정 문제를 겪었고, 1338년에 클레어 백작부인의 기부금으로 클레어 홀Clare Hall이라는 이름으로 재명명되었다.

41 마거릿 앙주(Margaret of Anjou, 1430~1482), 랭커스터 왕가의 국왕 헨리 6세의 아내. 1448년에 케임브리지 대학의 구성 대학인 퀸즈 칼리지Queens' College를 세웠다.

이스트 칼리지를 설립한 리치먼드 · 더비 백작부인[42]을 환호하고 있다는 것을 인용할 수 있을 것입니다.

> 위엄은 무엇일까, 권세는 무엇일까?
> 더 막중한 수고, 더 뛰어난 고통이네.
> 우리가 받는 빛나는 보상은 무엇일까?
> 선량한 분들에 대한 은혜로운 기억.
> 봄날 소나기의 숨결은 감미롭네,
> 꿀벌이 모아놓은 보물은 감미롭네,
> 음악의 녹아내림은 감미롭네, 하지만 더 감미로운 건
> 감사함의 조용한 작은 목소리라네.[(22)]

당신은 과장되지 않은 산문체로 말하겠지요. 이제 여기서 빚 갚을 기회가 왔다고 말입니다. 얼마만 한 액수가 필요했냐고요? 겨우 1만 파운드입니다. 주교님이 약 2세기 전에 도중에 가로챘던 바로 그 액수입니다. 그 돈을 삼켰던 교회는 그 1만 파운드를 확실하게 게워냈습니까? 그런데 교회는 자신들이 삼킨 것을 잘 토해내지를 않습니다. 그러면, 은혜를 입은 대학들은 저 여성 은인들을 기념하여 기꺼이 그 액수를 틀림없이 내주었겠네요? 하고 당신은 말할 것입니다. 1만 파운드라는 것이 세인트존스 칼리지, 클레어 칼리지, 크라이스트 칼리지에 어떤 의미가 있을 수 있나요? 그리고 그 땅은 세인트존스 칼리지에 속한 것이었

---

42 리치먼드 · 더비 백작부인Countess of Richmond and Derby라 불리는 마거릿 보퍼트(Margaret Beaufort, 1443~1509)는 헨리 7세의 어머니였다. 장미 전쟁의 핵심인물 중 한 명이었으며, 튜더 왕조의 영향력 있는 인물이었다. 케임브리지의 구성 대학인 크라이스트 칼리지Christ's College를 1505년에 설립하였으며, 세인트존스 칼리지St. John's College의 발전에 도움을 준 것으로 알려져 있다.

습니다. 그러나 역사가 말해주기를 그 땅은 다른 용도로 임대되었고 1만 파운드도 주어지지 않았다고 합니다. 1만 파운드는 개개인의 지갑으로부터 힘들게 모아졌습니다. 그들 중 어떤 부인은 1천 파운드를 주었으므로 영원히 기억되어야만 하지요. 익명의 여성들은 자신들이 받기로 합의한 만큼의 감사만 받아야겠지요. 그들은 20파운드에서 100파운드에 이르는 액수를 냈으니까요. 그리고 어떤 부인은 어머니로부터 물려받은 유산 덕분에, 무보수로 여선생님으로서 근무해주었습니다. 그리고 학생들 자신도 학생으로서 할 수 있는 한 침대를 정돈하고 설거지를 하고 호사스러운 생활은 포기하고 간단히 먹고살아감으로써 기부금을 낸 셈이지요. 1만 파운드란 그것이 가난한 사람들의 지갑에서 그리고 젊은이들 무리에서 거둬들여질 때는 결코 빈약한 액수가 아닙니다. 그 돈을 모아들이는 데에는 시간과 에너지와 두뇌가 필요하며 그 돈을 내는 데에는 희생이 필요한 법이지요. 물론 몇몇 교육받은 남성들은 매우 친절하여 여자 형제들에게 강의를 해주었습니다. 다른 교육받은 남성들은 그렇게 친절하지는 않아서 여자 형제들에게 강의해주는 것을 거부하였지요. 어떤 교육받은 남성들은 매우 친절하여 여자 형제들을 북돋아주었으며 다른 이들은 그렇게 친절하지는 않아서 여자 형제들을 낙심시켰습니다.[23] 그런데도 기어코 누군가가 시험에 합격한 날이 드디어 왔다고 역사는 말해주고 있습니다. 그러자 여선생님, 교장 선생님들은 혹은 스스로를 무엇이라고 부르든ㅡ왜냐하면 봉급을 받지 않는 여성이 갖게 될 직함이란 틀림없이 의심스런 것일 테니까요ㅡ시험을 통과한 여학생들도 신사들이 하듯 이름 뒤에 특별한 글자를 보탬으로써 그 시험을 통과한 사실을 광고해도 되는지 물어보았습니다. 자신들의 직함의 문제에 관한 것이라면 어쨌든 의심의 여지가 없는 남자 총장님들과 선생님들에게 말입니다. 이것은 현명한 일이었습니다. 왜냐하면 메리트 훈장 수여자이며 왕립학회 연구원으로 현 트리니티 칼리지[43] 학장인 톰슨 경[44]은 자신의 이름 뒤에 글자를 넣는 사람들의 "용서받을 만한 허영"에 대해 정당화시키듯 조금 놀려댄 뒤 다음과 같이 우리에게 알려주고 있기 때문이지요. "학위를 취득하지 못한 일반 대중은 학위를 취득한 사람들보다 이름 뒤의 B.A.(학사 학위)에 훨씬 더 많은 중요성을 부여한다. 그리하여 여자 교장 선생님들도 이름 뒤에 글자가 붙은 교사들을 선호하며 따라서 뉴넘[45]과 거튼 칼리지[46]의 학생들은 자신의 이름 뒤에 B.A.를 넣을 수 없기 때문에 직업을 얻는 데에 있어서 불리하다"고 말입니다. 아마 우리 둘 다 묻겠지요. B.A.가 직업을 얻는 데에 도움이 된다면 대관절 어떤 상상할 수 있는 이유가 있어서 그들로 하여금 이름 뒤에 그 글자를 넣는 것을 막고 있을까요? 하고 말입니다. 그 질문에 대해서 역사는 어떠한 답도 제공하지 않고 있습니다. 우리는 심리학이나 전기에서 답을 찾아보아야 합니다. 그런데 역사는 사실이란 것을 제공하지요. "그러나 그 제안은," 트리니티 칼리지 학장은 계속 말합니다. 그 제안 즉 시험을 통과한 사람들이 자신을 학사라고 부를 수 있게 해달라는 제안은 "가장 단호한 반대에 부딪쳤다. (⋯) 투표 당일에 많

---

43 1546년에 잉글랜드의 헨리 8세에 의해 설립된 케임브리지 대학의 구성 대학 중 하나다.

44 조셉 존 톰슨(Joseph John Thomson, 1856~1940), 영국의 물리학자. 전자와 동위원소를 발견하였으며 질량 분석계를 발명하였다. 1906년에 노벨 물리학상을 받았다. 메리트 훈장을 서훈 받았으며, 영국의 과학자들의 모임인 자연 지식의 향상을 위한 런던 왕립학회The Royal Society of London for Improvement of Natural Knowledge의 회원Fellow of Royal Society(F. R. S.)이었다.

45 케임브리지 대학교의 구성 대학 중 하나이며, 1871년에 설립되었으며 케임브리지의 여성을 위한 거튼 칼리지 다음으로 두 번째 학교다.

46 케임브리지 대학교의 구성 대학 중 하나로, 1869년에 설립되었으며 케임브리지의 최초 여학교다. 1976년에 남녀공학으로 바뀌었다.

은 비거주자가 유입되었으며 그 제안은 1707 대 661의 압도적인 다수에 의해 부결되었다. 내 생각에 투표자의 숫자가 이처럼 많은 적은 한 번도 없었다. (…) 그 투표 결과가 상원의사당에서 선포된 후 학부 학생들의 행동은 예외적으로 개탄할 만한 것이었으며 수치스러운 것이었다. 그들은 큰 무리를 지어 상원의사당을 떠나 뉴넘 칼리지로 행진하였고 초대 학장이었던 미스 클러프[47]에 대한 기념비로 세워졌던 청동 대문을 망가뜨렸다."[(24)]

이것으로 충분하지 않은가요? 대학에서 받는 교육을 통하여 젊은이들로 하여금 전쟁에 반대하도록 영향력을 행사하겠다는 모든 시도는 포기되어야 한다는 진술을 증명하기 위하여 역사와 전기로부터 이보다 더 많은 사실을 수집할 필요가 있을까요? 왜냐하면 교육, 그것도 세상에서 가장 훌륭하다는 교육이 사람들로 하여금 무력을 미워하도록 가르치는 것이 아니라 오히려 그것을 사용하도록 가르친다는 것이 증명되고 있지 않은가요? 교육이 교양 있는 아량과 관대함을 가르치기는커녕, 반대로 사람들로 하여금 자신의 소유물을, 즉 그 시인이 말하고 있는 "위엄과 권세"를 자신의 손아귀에 넣고 놓지 않으려고 안달하게 한다는 것을, 그래서 그것들을 나눠 갖자는 요청을 받으면 무력이 아니라 무력보다 더 미묘한 방법을 사용하려 든다는 것이 증명되고 있지 않은가요? 그리고 무력과 소유욕은 전쟁과 매우 밀접하게 관련되어 있지 않은가요? 그렇다면 전쟁을 방지하기 위하여 사람들에게 영향력을 발휘하는 데 있어서 대학교육은 어떤 소용이 있다는 말입니까? 그러나 역사는 물론 계속됩니다. 해에 해가 거듭됩니다. 세월은 사물을 변화시키지요. 조금씩 그러나 알아차릴

---

47 앤 클러프(Anne Jemima Clough, 1820~1892), 영국의 초기 여성 참정권론자였으며, 여성의 고등교육 확대를 주장했다. 뉴넘 칼리지의 초대 학장으로 영국 사립학교의 교육 시스템에 커다란 영향을 미쳤다.

수 없게 사물을 바꾸어놓습니다. 그리하여 역사는 말해주고 있지요. 우리 여성에게 기대되는 겸손함과 그리고 아울러 탄원자라면 마땅히 지녀야 할 겸손함을 갖고 권위 당국에 반복하여 탄원하는 일에 있어서 측량할 수 없이 소중한 요소인 긴 시간과 막강한 힘을 소비한 후, 마침내 이름 뒤에 학사 학위 머리글자 B. A.를 넣어서 여자 교장 선생님들에게 깊은 인상을 줄 수 있는 권리가 여성들에게 허용되었다고 밀입니다. 그러나 역사는 또한 말해주기를 그러한 권리는 다만 이름뿐인 권리였다고 합니다. 1937년에도 케임브리지의 여자대학은—선생님, 당신은 거의 믿으려고 하지 않으시겠지만, 다시 한 번 말하거니와, 지금 말하고 있는 것은 허구의 목소리가 아니라 사실의 목소리입니다—전체 대학의 일원이 되는 것이 허용되지 않고 있습니다.[25] 그리고 대학교육을 받도록 허락된 교육받은 남성의 딸들의 숫자는 여전히 엄격하게 제한되어 있습니다. 비록 양성 모두가 대학 기금에 기부하고 있지만 말입니다.[26] 가난에 대해서는 『타임스』가 관련 숫자를 제공하고 있으며, 어떤 철물상도 30센티 막대자foot-rule를 팔고 있지요. 남자 대학에서 장학금으로 쓸 수 있는 돈과 여자대학에서 여자 형제를 위해 쓸 수 있는 돈을 비교 평가해보면 우리 스스로 합산의 수고를 덜게 될 것이며 교육받은 남성의 딸들의 대학은 남자 형제의 대학과 비교해볼 때 믿을 수 없을 정도로 그리고 수치스러울 정도로 가난하다는 결론에 이르게 됩니다.[27]

이 마지막 사실은 대학 재건 기금을 요청하고 있는 명예 회계 담당자의 편지를 건넴으로써 꼭 들어맞게 증명이 되지요. 그녀는 꽤 오랫동안 요청해왔고 여전히 요청하고 있는 것 같습니다. 그러나 위에서 말한 내용을 듣고 보면 그녀가 가난하다는 사실이나 그녀가 일하고 있는 여자대학을 재건할 필요가 있다는 사실 어디에서도 우리를 어리둥절하게 만들 만한 일은 하나도 없습니다. 위에서 밝혀진 사실에 비추어 볼 때 우리를 당황하게 하는 것은 그리고 한층 더 당황스럽게 하는 것은 이 점입니다. 즉 그녀가 대학 재건을 도와달라고 요청할 때에 우리가 어떤 답을 그녀에게 줄 수 있는가? 하는 것입니다. 역사, 전기 그리고 그 둘 중간 정도에 있는 일간신문을 보면 그녀의 편지에 답장하는 일이나 조건을 명시하는 일이 어려워지기만 합니다. 역사, 전기, 일간신문이 서로간에 많은 질문을 제기해왔으니까요. 우선 대학교육이 그 피교육자들로 하여금 전쟁에 반대하도록 만든다고 생각할 만한 어떤 이유가 있는 것일까요? 다시 한 번 말하거니와, 교육받은 남성의 딸들이 케임브리지에 가도록 도와준다면 그녀가 교육에 대해서가 아니라 전쟁에 관해 생각하도록 강요하는 셈이 되는 것은 아닐까요? 즉 어떻게 학문을 연마할 것인가에 대해서가 아니라 남자 형제들과 같은 이점을 얻기 위해서 어떻게 싸울 것인가 대하여 생각하도록 강요하는 것은 아닐까요? 게다가 교육받은 남성의 딸들은 케임브리지 대학의 일원이 아니므로 교육에 대해 말할 권리가 없으며, 따라서 설령 우리가 그들에게 요청한다고 한들 그들이 어떻게 그 교육을 바꿀 수 있을까요? 그리고 물론 다른 의문들도 떠오릅니다. 그것은 실질적인 성질의 의문들이어서 선생님, 당신과 같이 바쁜 사람, 명예 회계 담당자들은 쉽게 이해할 수 있을 것입니다. 당신은 다음의 내용에 동의하는 첫 번째 사람일 테니까요. 즉 대학 재건 기금 조성에 크게 몰두하고 있는 사람들에게 교육의 특성과 그것이 전쟁에 어떤 영향을 미칠 수 있는가에 대해 고려해보라고 요구하는 것은 이미 과중한 짐을 지고 있는 등에다 또 다른 짐을 지우는 격이 된다는 것 말입니다. 더욱이 아무런 발언권이 없는 아웃사이더가 그런 요구를 한다면 당연히 입에 담지도 못할 만큼 너무나 심한 답변을 받을 수 있고 어쩌면 받고 있는지도 모릅니다. 그러나 우리는 우리의 영향력을, 즉 우리가 벌어들인 돈의 영향력을 발휘함으로써 당신의 전쟁 방지 노력을 돕기 위해 우리가 할 수 있는 모든 일을 하겠다고 맹세하였습니다. 그리고 교육은 그 명백한 방법입니다. 그녀는 가난해서 돈을 요청하고 있고 한편 돈을 기부하는 사람은 조건을 제시할 권리가 있으므로, 대학 재건을 돕기 위해 기부하는 우리 돈을 그녀가 어떤 조건하에서 받아야 하는지를 규정해보면서 모험을 무릅쓰고 그녀에게 보낼 편지 초안을 써보기로 하지요. 그러면 시도해보지요.

"부인, 당신의 편지에 답장도 하지 못한 채 시간이 꽤 흘렀습니다. 그런데 어떤 의심과 의문이 생겼습니다. 외부인이 기부 요청을 받을 경우 으레 그런 것처럼 뭐가 뭔지 잘 모르는 상태에서, 그러나 외부인이니 응당 그래야 하는 것처럼 솔직하게, 그 의심과 의문을 당신에게 토로해도 되겠지요? 당신 말씀대로 당신은 대학 재건을 위해 10만 파운드를 요청하고 있습니다. 하지만 당신은 어쩜 그렇게도 어리석을 수가 있습니까? 아니면 당신은 나이팅게일과 버드나무에 묻혀 세상과 뚝 떨어져 사느라, 혹은 모자와 가운 문제에 대해 심오한 질문을 하느라, 혹은 남자 교장의 퍼그 강아지와 여교장의 작은 강아지 중 어떤 애완견이 먼저 학장의 응접실에 들어갈 것인가에 대해 심오한 질문을 하느라 너무 바빠서 일간지를 읽을 시간도 없다는 말인가요? 아니면 무관심한 대중으로부터 10만 파운드를 품위 있게 끌어내는 문제로 너무나 시달려서 오로지 호소문과 위원회, 바자와 얼음, 딸기와 크림 생각만 하는 건가요?

"그러면 당신에게 알려드리지요. 우리는 해마다 육군과 해군에

3억 파운드를 쓰고 있습니다. 당신 편지 바로 옆에 놓여 있는 또 다른 편지에 의하면 전쟁의 위험이 심상치 않기 때문이지요. 그렇다면 어떻게 당신은 대학 재건에 필요한 돈을 달라고 우리에게 진지하게 요청할 수가 있습니까? 그 대학은 싸구려 날림으로 건립되었으므로 재건의 필요가 있다고 당신이 답을 한다면 그것은 아마 사실일 것입니다. 그러나 당신이 계속하여 대중은 관대하므로 대학 건립을 위해 큰 액수를 제공할 능력을 여전히 갖추고 있다고 말한다면 트리니티 대학장이 쓴 회고록의 한 구절에 주목하시기 바랍니다. 그 구절은 이러합니다. '그러나 다행히 금세기가 시작되고 나서 곧 우리 대학은 매우 많은 유산과 기부금을 연속적으로 받기 시작했다. 그리고 정부로부터 후한 보조금까지 보태져 이러한 유산과 기부금은 대학의 재정을 매우 양호한 상태로 만들었고 따라서 개별 대학으로부터의 분담금 증액을 요청할 필요가 거의 없게 되었다. 모든 수입원으로부터 거둬들인 대학의 수입이 1900년에 6만 파운드에서 1930년에 21만 2천 파운드로 증가하였으니 말이다. 이것은 대부분 우리 대학에서 이루어진 중요하고 매우 흥미로운 발견들 덕택이라고 짐작한다면 터무니없는 추정은 아니다. 따라서 케임브리지는 연구 자체를 위한 연구가 실질적 성과를 이뤄낸 실례로써 인용되어도 좋을 것이다.'

"마지막 문장만을 고려해보십시오. '케임브리지는 연구 자체를 위한 연구가 실질적 성과를 이뤄낸 실례로써 인용되어도 좋을 것이다.' 그런데 당신네 대학은 거대한 제조업자들이 당신 대학에 기부하도록 고무하기 위해 무슨 일을 해왔습니까? 전쟁 도구를 발명하는 일에 선도적으로 참여하였던가요? 당신 대학의 학생들이 사업방면에서 자본가로서 어느 정도 성공하였던가요? 그렇다면 당신은 어떻게 '매우 많은 유산과 기부금'이 당신의 수

중에 떨어지기를 기대할 수가 있습니까? 또 당신 대학은 케임브리지 대학의 일원입니까? 아니지요. 그렇다면 어떻게 그 유산과 기부금의 분배와 관련하여 발언권을 당당히 요구할 수가 있겠습니까? 할 수 없습니다. 따라서 부인, 당신이 손에 모자를 들고 문간에 서 있어야 하고, 파티를 열어야 하고, 기부금을 내달라 간청하는 데에 시간과 노력을 들여야 함은 당연한 일입니다. 그것은 자명합니다. 그런데 또 다른 자명한 일은 이러합니다. 즉 당신이 이런 일에 몰두하고 있는 것을 아는 외부인들이 대학 재건을 위한 기부금 청탁을 받으면 다음과 같은 질문을 틀림없이 스스로에게 할 것이라는 점입니다. 즉 기부금을 보낼 것인가 말 것인가, 보낸다면 그 기부금을 가지고 무엇을 하라고 요구할 것인가, 그들에게 옛 노선대로 대학을 재건하라고 요청할 것인가, 아니면 재건은 하되 다르게 하라고 할 것인가, 아니면 넝마 조각과 휘발유와 브라이언트 앤드 메이 회사[48] 성냥을 사서 대학을 불태워 폭삭 주저앉도록 요구할 것인가 등등을 틀림없이 스스로에게 물어볼 것이라는 것이지요.

"부인, 이런 질문들 때문에 그토록 오랫동안 당신의 편지에 답장을 못 했던 것입니다. 그것은 매우 어려운 질문들이며 어쩌면 쓸모없는 것들인지도 모릅니다. 그러나 이 신사의 질문을 생각해보면 그런 질문들을 어떻게 묻지 않고 내버려둘 수 있겠습니까? 그는 전쟁 방지를 위해 우리가 어떻게 그를 도울 수 있는가에 관해 묻고 있습니다. 자유를 수호하고 문화를 수호하기 위해 어떻게 그를 도울 수 있는가에 관해 묻고 있단 말입니다. 또한, 이 사진들을 살펴보십시오. 죽은 시신과 폐허가 된 집들의 사진입니

---

48 19세기 중반 설립된 영국의 성냥 제조회사. 이 회사의 열악한 노동여건에 항의하는 여공 소녀들에 의해 시작된 파업은 역사적인 '1888년 런던 성냥 공장 소녀들 파업'으로 이어졌다.

다. 이런 질문들과 사진들을 살펴보면 대학 재건을 시작하기에 앞서 당신은 교육의 목적이 무엇이며, 어떤 사회, 어떤 인간을 교육이 이뤄내고자 하는가를 매우 신중하게 고려해보아야 한다는 게 확실해집니다. 아무튼, 나는 대학을 재건할 금화 하나를 당신에게 보내겠습니다. 단, 전쟁을 방지하는 데에 도움이 될 그런 사회, 그런 사람들을 만들어내는 데에 당신이 그것을 쓰겠다는 것을 나에게 납득시킬 수 있다면 말이지요.

"그러면 어떤 교육이 필요한지에 대해 가능한 한 신속하게 논의해보기로 하지요. 자, 아웃사이더가 이용할 수 있는 유일한 증거인 역사와 전기는 오래된 대학의 오래된 교육은 자유에 대한 특별한 존경심도 전쟁에 대한 특별한 증오심도 키워주지 못한다는 것을 증명하는 듯합니다. 따라서 당신이 대학을 다른 식으로 재건해야만 한다는 것이 분명해집니다. 당신네 대학은 오래되지 않았고 가난합니다. 따라서 그런 특성을 이용하여, 즉 가난과 젊음을 토대로 하여 대학을 건립하도록 해보십시오. 그러면 분명 틀림없이 실험적인 대학, 모험적인 대학이 될 것입니다. 즉 대학 자체의 고유 노선을 따라 설립하십시오. 문양 새긴 돌과 채색 유리가 아니라, 먼지를 쌓아두지도 않고 관습을 영구화시키지도 않는 값싸고 쉽게 연소하는 재료로 건립되어야만 합니다. 교회는 세우지 마십시오.[28] 유리 진열장 안에 책과 초판본을 쇠사슬에 매달아 넣어두는 박물관이나 도서관도 짓지 마십시오. 그림과 책을 새로운 것으로 교체하고 늘 바꾸십시오. 세대별로 돈은 많이 들이지 않으면서 자신의 손으로 직접 대학을 새롭게 꾸미도록 하십시오. 현존하는 작가들의 작품은 값이 싸며, 종종 그들은 기부가 허용되는 것 자체가 좋아서 작품을 기부하려고 할 것입니다. 다음으로, 이제 이 새로운 대학, 가난한 대학에서 무엇을 가르쳐야 할까요? 다른 사람을 지배하는 기술은 아니지요. 군림하고 죽이고 땅과 자본을 쟁취하는 기술도 아닙니다. 그러한 것은 너무나 많은 경상비, 즉 봉급, 제복, 예식비가 듭니다. 가난한 대학은 가난한 사람들이 값싸게 배우고 실행할 수 있는 기술만을 가르쳐야 합니다. 가령 예를 들면 약학, 수학, 음악, 회화 그리고 문학이지요. 인간 교제의 기술, 다른 이들의 삶과 마음을 이해하는 기술, 그리고 그런 기술과 밀접히 연관된 대화하고 옷 입고 요리하는 기술 등 자잘한 기술들을 가르쳐야 합니다. 새로운 대학, 값싼 대학의 목적은 분리하고 전문화하는 것이 아니라 통합하는 것이어야 합니다. 정신과 육체가 서로 협력하게 하는 방법을 모색하고 정신과 육체가 어떤 새로운 형태로 결합해야 인간 삶에서의 멋진 전체성을 이뤄낼 것인가를 발견해야 합니다. 선생님은 훌륭한 사색가만이 아니라 덕 있는 사람 중에서 선발해야 합니다. 선생님들을 끌어들이는 일은 어렵지 않을 것입니다. 부와 의식의 장벽, 광고와 경쟁의 장벽이 하나도 없을 테니까요. 그런 장벽이 오래된 부자 대학을 현재 그토록 불안한 거처로 만들고 있지요. 즉 이것은 잠겨 있고 저것은 사슬에 묶여 있으며, 분필로 표시해둔 경계선을 침범할까 봐 혹은 고관들을 불쾌하게 할까 봐 두려워 그 누구도 자유롭게 걷거나 말도 하지 못하는 분쟁의 도시로 만들고 있지요. 그런데 대학이 가난하면 줄 것도 없으므로 경쟁도 폐지되겠지요. 대학 생활은 개방되고 편안해질 것입니다. 배움 그 자체를 좋아하는 사람들이 대학에 기꺼이 들어올 것입니다. 음악가, 미술가, 작가들이 거기에서 가르치려 할 것입니다. 왜냐하면 그들은 배우려고 할 테니까요. 시험이나 학위에 대해 생각하지 않고 또는 어떻게 하면 문학이 자신들에게 명예와 이익을 가져오게 할 것인가에 대해서도 아랑곳하지 않으면서, 예술 자체에 관해서만 생각하는 사람들과 함께 글쓰기의 예술을 논하는 것보다 작가에게 더 큰 도움이 되는 것이 무엇이 있겠습니까?

"그리고 다른 예술과 예술가들에 있어서도 마찬가지입니다. 그들은 가난한 그 대학에 와서 거기에서 자신의 예술을 하려고 할 것입니다. 왜냐하면 그곳은 교제가 자유로운 장소, 즉 부유하다, 가난하다, 영리하다, 우둔하다는 애처로운 구분을 하지 않고, 정신적, 육체적, 그리고 영적인 장점의 정도와 종류가 다른 여러 사람이 서로 협동하는 그런 장소가 될 것이기 때문입니다. 그러면 이러한 새로운 대학을 설립합시다. 이 가난한 대학을 말입니다. 거기에서는 배움 그 자체를 추구하며, 광고도 폐지되고 학위도 없고, 강의도 없고, 설교도 설해지지 않으며 경쟁과 질투심을 낳는 오래되고 유독한 허영과 퍼레이드도……"[49]

편지는 거기에서 갑자기 멈추었습니다. 말할 것이 달려서가 아닙니다. 사실 장황하게 늘어놓은 말은 단지 시작에 불과하지요. 멈춘 이유는 종이 이면에 있는 얼굴, 즉 편지 쓰는 사람이 늘 보고 있는 그 얼굴이 이미 인용된 바 있는 책의 한 구절을 뭔가 울적한 표정으로 뚫어져라 쳐다보는 것 같았기 때문입니다. "따라서 여자 교장 선생님들도 이름 뒤에 글자가 붙은 교사들을 선호하며 그리하여 뉴넘과 거튼 칼리지의 학생들은 자신의 이름 뒤에 학사 머리글자를 넣을 수 없기 때문에 직업을 얻는 데에 있어서 불리하다." 명예 재건 기금 회계 담당자는 그 구절에 눈을 고정시키고 있었던 것입니다. "어떻게 하면 대학이 달라질 수 있을까를 생각하는 것이 무슨 소용이 있습니까? 대학이란 학생들이 직업을 얻기 위해 배우는 장소가 되어야만 하는 마당에"라고 그녀는 말

49 59쪽부터 매 문단마다 따옴표로 시작된 편지가 계속 이어지다가 여기에서 따옴표가 닫히며 함께 끝나고 있다. 74~78쪽, 102~140쪽에서도 같은 형식이 되풀이되고 있다.

하는 것 같았습니다. 어떤 축제를 기획하고 있던 탁자 쪽으로 돌아서며 다소 지친 듯, "당신은 당신 꿈이나 꾸세요. 당신의 수사학을 맘껏 발휘해보시지요. 하지만 우리는 직면해야 할 현실이 있답니다"라고 그녀가 덧붙이는 것 같았습니다.

그렇다면 그녀가 시선을 고정시켜 응시한 "현실"이란 바로 그것, 즉 생활비를 벌기 위해 학생은 배워야 한다는 것이었지요. 그리고 그 현실이란 그녀의 대학도 다른 여타 대학들과 똑같은 노선을 따라 재건되어야 한다는 것을 의미하기 때문에 다음과 같은 결론이 당연히 뒤따르지요. 교육받은 남성의 딸들의 대학도 돈 많은 남자로부터 유산과 기부금을 유도해낼 실질적 성과를 올리도록 '연구'를 시켜야 하고, 경쟁심을 조장해야 하고, 학위와 색색의 학위 표시 휘장을 받아들이고, 커다란 부를 축적하여, 그 부를 나누어 갖는 데에 있어서 다른 사람들은 제외해야 합니다. 따라서 5백여 년 후에 그 대학 또한 선생님 당신이 지금 묻고 있는 똑같은 질문, 즉 "당신 생각에 어떻게 하면 우리가 전쟁을 방지할 수 있을까요?"라는 질문을 틀림없이 묻게 되리라는 것입니다.

그것은 바람직하지 않은 결과인 듯하며 그렇다면 왜 그런 결과를 얻으려고 금화를 기부합니까? 이 질문엔 어쨌든 답이 나왔습니다. 낡은 기안에 따라 대학을 재건하려 하는 데에는 우리가 애써 번 돈의 1기니도 들어가선 안 된다는 것이지요. 마찬가지로 확실한 것은, 애써 번 돈의 1기니도 새로운 기안에 따라 대학을 재건하는 데에는 쓰일 수 없지요. 따라서 기부하는 금화는 "헝겊 조각, 석유, 성냥"에 배정되어야 한다는 것이지요. 그리고 이런 쪽지도 붙여놓아야 합니다. "이 금화를 받아서 대학을 폭삭 주저앉게 불태워버리는 데 쓰십시오. 낡은 위선에 불을 붙이십시오. 불타오르는 건물의 빛이 나이팅게일을 놀라게 하고 버드나무를 붉게 물들게 하십시오. 그리고 교육받은 남성의 딸들이 불 주위에서 춤을 추며 타는 불길 위에 죽은 나뭇잎을 한 아름, 또 한 아름 쌓아올리게 하십시오. 그들의 어머니가 저 위쪽 창문 밖으로 몸을 숙여 내다보며 '훨훨 타올라라. 훨훨 타올라라. 우리는 이제 이 '교육'이란 것과는 끝장이 났으니!'라고 소리치게 하십시오."

위 구절은, 선생님, 공허한 수사학이 아닙니다. 왜냐하면 그것은 이튼 칼리지의 전 교장이며 더럼 학교의 현 학장인 분의 존경할 만한 견해에 근거하고 있으니까요.[29] 그럼에도 불구하고 그 견해가 어느 한순간 사실과 어긋나는 데서 드러나듯 그 구절에는 뭔가 공허한 점이 있습니다. 교육받은 남성의 딸들이 전쟁에 반대하여 현재 발휘할 수 있는 유일한 영향력은 생활비를 벌게 됨으로써 얻게 된 사심 없는 영향력이라고 말한 바 있습니다. 만약 그들이 생활비를 벌도록 훈련할 수단이 전혀 없다면 그러한 영향력은 끝이 날 것입니다. 그들은 직장을 얻을 수 없게 될 테니까요. 직장을 얻을 수 없다면 그들은 다시 아버지와 남자 형제들에게 의존할 것입니다. 그리고 다시 아버지와 남자 형제들에게 의존하면 그들은 다시 의식적으로나 무의식적으로 전쟁을 찬성하게 될 것입니다. 역사는 그런 사실이 의심의 여지가 없다는 것을 보여주는 것 같습니다. 따라서 우리는 대학 재건 기금의 회계 담당자에게 금화를 보내지 않을 수가 없지요. 그리고 그 돈으로 그녀가 할 수 있는 일을 하도록 내버려두어야 합니다. 사정이 이러하므로 그 금화를 어떻게 쓸 것인가 대해 조건을 붙인다는 것은 쓸데없는 일입니다.

자 그렇다면 이런 것이 우리의 질문에 대한 다소 어설프고 우울한 답변인 셈입니다. 우리의 질문은 과연 대학 당국에 교육받은 남성의 딸들이 교육을 통하여 전쟁에 반대하는 영향력을 발휘할 수 있게 해달라고 요청할 수 있을까 하는 것이었지요. 대학 당국에 아무것도 하지 말아 달라고 요청할 수는 있을 것 같습니다. 틀림없이 그들은 오래된 목적을 향한 오래된 길을 따라갈 것이며 아웃사이더로서의 우리의 영향력은 단지 가장 간접적인 것밖에 될 수 없으니까요. 만약 우리에게 가르치라는 요청을 해온다면 우리는 그런 가르침의 목적을 매우 주의 깊게 살펴보고 전쟁을 장려하는 어떤 예술이나 과학도 거부할 수 있지요. 더 나아가, 예배, 학위 그리고 시험의 가치에 가벼운 냉소를 퍼부을 수도 있습니다. 어떤 훌륭한 시는 경연대회 입상작이었다는 사실과는 별도로 여전히 탁월하다고 넌지시 알려줄 수 있고, 어떤 책은 그 작가가 케임브리지 대학의 영어 우등 졸업시험에서 최우수상을 받았다는 사실과는 별도로 여전히 읽을 가치가 있는 작품이라고 주장할 수 있습니다. 강의를 부탁받으면 강의를 거절함으로써 헛되고 사악한 강의 제도를 펀드는 일을 거부할 수도 있습니다.[30] 그리고 물론 우리 자신에게 표창과 학위가 주어지면 그것도 거부할 수 있습니다. 여러 사실을 비추어 생각해보건대 사실 어떻게 우리가 과연 그 밖의 다른 일을 할 수 있겠습니까? 그러나 현재 상황에선 전쟁 방지를 위해 우리가 교육을 통하여 당신을 도울 수 있는 가장 효과적인 방법은 교육받은 남성의 딸들의 대학에 가능한 한 관대하게 기부하는 것이라는 사실을 무시할 수 없습니다. 왜냐하면 반복해서 말하거니와 그 딸들이 교육을 받지 못하면 그들은 생활비를 벌지 못할 것입니다. 생활비를 벌지 못하면 그들은 또다시 개인 가정에서의 교육에만 묶이게 될 것입니다. 가정교육에만 제한된다면 그들은, 다시 한 번 더, 의식적으로나 무의식적으로 전쟁을 찬성하는 쪽으로 사신들의 모든 영향력을 발휘할 것입니다. 그 점에 관해선 거의 의심이 있을 수 없습니다. 당신이 의심이 난다면, 당신이 증명을 요구한다면, 다시한 번 더 전기로부터 자문해보기로 하지요. 이 점에 관해 전기에서 찾아볼 수 있는 증언은 너무나 확실하고 그러면서도 너무나 방대해서 많은 분량을 하나의 이야기로 압축하기 위해 노력해야만 합니다. 자 그러면 여기 19세기 어느 가정에서 아버지와 남자 형제에게 의존하여 살아가는 어떤 교육받은 남성의 딸이 살아온 이야기가 있습니다.

그날은 매우 더웠지만, 그녀는 밖으로 나갈 수 없었습니다. "가족 마차에는 내가 탈 자리도 없고 나와 함께 산책하러 나가줄 시간이 있는 시녀도 없었으므로 집 안에 틀어박힌 채 나는 얼마나 많은 길고도 지루한 여름날들을 보냈던가." 해가 지자, 마침내 그녀는 1년에 40파운드에서 1백 파운드 사이의 용돈이 허락하는 만큼 차려입고 집을 나섰습니다.[31] 그러나 "그녀는 어떤 연회에서든 아버지나 어머니 혹은 어떤 기혼 여성을 동반해야 했다." 이렇게 차려입고 이렇게 누군가를 동반하고 간 연회에서 그녀는 누구를 만났을까요? 교육받은 남성들이지요. "각료 장관, 대사, 유명한 군인이나 그런 부류의 사람들로 모두 눈부시게 옷을 입고 장식을 달고 있었다." 그들은 무엇에 대하여 이야기하였을까요? 일에 대해 잊기를 원하는 바쁜 남자들의 마음을 상쾌하게 해주는 것이면 무엇이든, 가령 "사교춤계의 잡담" 등이 좋았지요. 여러 날이 지나갔습니다. 토요일이 왔습니다. 토요일엔 "국회의원이나 다른 바쁜 남자들도 사교를 즐길 여가가 있었다." 그들은 차를 마시러 왔고 저녁 만찬을 즐기러 왔습니다. 다음 날은 일요일이었습니다. 일요일엔 "우리 거의 대부분은 당연히 아침에 교회에 갔다." 계절이 바뀌었습니다. 여름이 되었습니다. 여름에는 방문객을, "대개 시골의 친척들"을 접대하였습니다. 이제 겨울이 되었습니다. 겨울에는 "그들은 역사와 문학과 음악을 공부하고 그림을 그리고 색칠을 해보려고 노력하였다. 비록 눈에 띌 만한 것을 이루어내지는 못하였으나 그 과정에서 많은 것을 배웠다." 그렇게 어떤 여성들은 아픈 사람을 방문하고 가난한 사람들을 가르치는 동안 세월이 흘렀습니다. 그런데 그런 세월, 그런 교육의 위대한 목적과 목표는 무엇이었습니까? 물론 결혼입니다. "……결혼을 해야 하는가가 아니라 다만 누구와 결혼해야 하는가가 문제였다"라고 그들 중의 한 사람은 말합니다. 그녀의 정신을 단련하는 것은 결혼할 목적에서였습니다. 피아노를 딩동거리기는 하되 교향악단 가입은 허용되지 않았고, 집 안의 순진무구한 장면은 그리되 누드를 보거나 배우는 것은 허락되지 않았으며, 이 책은 읽되 많이들 이야기하는 저 매력적인 책은 읽도록 허락되지 않았는데 이 모든 정신교육은 결혼을 위한 것이었습니다. 그녀의 몸을 교육하는 것도 바로 결혼할 목적에서였습니다. 시녀가 옆에 딸려 있고 거리에 나가면 안 되고 들판에 나가면 안 되며 고독을 즐기는 것이 허용되지 않았지요. 이 모든 것이 남편을 위해 자신의 몸을 고스란히 간직하도록 그녀에게 강요되었던 것입니다. 결론적으로, 결혼에 대한 생각이 그녀가 말하고 생각하고 행동하는 모든 것에 영향을 미쳤습니다. 어떤 다른 수가 있었겠습니까? 결혼은 그녀에게 개방된 유일한 직업이었으니까요.[32]

이 광경은 딸들뿐만 아니라 교육받은 남성 자신에 대해서도 시사하는 바가 커서 큰 호기심을 불러일으키므로 그 광경에 머무르고 싶은 유혹이 생깁니다. 꿩이 사랑에 미치는 영향에 대해서만도 책의 한 단원을 할애할 만하지요.[33] 그러나 우리는 지금, 교육이 인류에게 미치는 영향은 무엇인가라는 그런 흥미로운 질문을 하고 있는 것이 아닙니다. 그러한 교육이 그렇게도 교육을 잘 받은 사람으로 하여금 왜 의식적으로나 무의식적으로 전쟁을 찬성하게 만드는가를 묻고 있는 것이지요. 왜냐하면 명백한 것은, 자신에게 시녀, 마차, 좋은 옷, 멋진 파티를 — 그녀가 결혼을 성취하는 것은 바로 이러한 수단들에 의해서지요 — 제공하는 기존의 제도를 후원하기 위하여 그녀는 자신이 지닌 어떤 영향력이든 그것을 의식적으로 사용할 수밖에 없었으니까요. 일과 후의 기분전환을 원하는 바쁜 남자들, 군인들, 변호사들, 대사들, 각료 장관들에게 의식적으로 그녀는 아첨하고 그들을 구워삶기 위하여 자신이 지닌 모든 매력과 아름다움을 사용하지 않을 수 없었던 것입니다. 의식적으로 그녀는 그들의 견해를 받아들이고 그들의 법령에 동의해야만 했습니다. 왜냐하면 오로지 그렇게 함으로써만이 그들을 감언이설로 끌어들여 결혼의 수단이나 결혼 그 자체를 그녀에게 제공하도록 할 수 있었기 때문입니다.[34] 결론적으로 말해, 그녀의 모든 의식적 노력은 러브레이스 경 부인[50]이 "우리의 찬란한 제국"이라고 불렀던 것을 찬성해야 했습니다. 그리고 그 부인은 "그 찬란한 제국의 대가는 주로 여성들이 치른다"라고 덧붙입니다. 그런데 누가 그 부인의 말을 의심하거나 그 대가가 매우 막중한 것임을 의심할 수 있겠습니까?

그러나 그녀의 무의식적인 영향력은 아마 한층 더 열렬하게 전쟁을 찬성하고 있었던 것 같습니다. 그 외에 어떻게 달리 1914년 8월에 일어난 놀라운 분출을 설명할 수 있겠습니까? 그때 이렇게 교육받은 남성의 딸들은 병원으로 달려갔으며 — 어떤 이들은 여전히 시녀의 시중을 받으면서 말이지요 — 화물 자동차를 몰았고, 전쟁터와 탄약 공장에서 일하였으며, 싸우는 것은 영웅적이

---

50 오거스타 에이다 킹Augusta Ada King 혹은 에이다 러브레이스(Ada Lovelace, 1815~
    1852), 영국의 수학자이자 작가. 시인 조지 고든 바이런George Gordon Byron의 딸이며
    세계 최초의 프로그래머로 알려져 있다.

며 전쟁의 부상자는 그녀의 모든 보살핌과 칭송을 받을 만하다고 젊은이들을 설득하는 데에 자신의 모든 매력과 동정심의 거대한 창고를 사용하였던 것입니다. 이렇게 하는 이유는 위에서 말한 가정교육에 기인하고 있습니다. 잔인하고 가난하고 위선적이고 비도덕적이며 헛된 개인 가정교육에 대한 무의식적 혐오가 너무나 깊었으므로 그녀는 아무리 비천한 일이라도 떠맡으려 했으며 자신을 탈출시켜주는 매력적인 일은 제아무리 치명적이더라도 실행하려고 했던 것입니다. 그리하여 그녀는 의식적으로는 "우리의 찬란한 제국"을 열망하였으며 무의식적으로는 우리의 찬란한 전쟁을 열망하였던 것입니다.

그래서, 선생님, 당신이 전쟁을 방지하도록 우리가 도와주기를 원한다면 다음의 결론은 피할 수 없을 것 같습니다. 즉, 아무리 불완전하더라도, 개인 가정교육에 대한 유일한 대안인 여자대학을 재건하는 일을 도와야만 한다는 것이지요. 조만간 교육이 바뀌리라는 희망도 품어야 합니다. 당신 협회를 위해 당신이 요청하는 금화를 주기에 앞서 저 금화를 재건 기금으로 먼저 주어야만 한답니다. 그러나 그것은 같은 목적, 즉 전쟁 방지에 이바지하고 있습니다. 금화는 희귀합니다. 금화는 가치가 큰 돈이지요. 그러나 금화 한 닢에 어떤 조건도 붙이지 않고 재건 기금의 명예 회계 담당자에게 보내기로 하지요. 그렇게 함으로써 우리는 전쟁 방지에 확실한 이바지를 하게 되는 셈이니까요.

2장

　대학 재건을 위해 금화 한 닢을 기부하였으니 이제 전쟁 방지를 돕기 위해 우리가 할 수 있는 일이 무엇이 더 있는지 살펴봐야 하겠습니다. 앞서 영향력이라는 문제에 대해 우리가 말했던 내용이 사실이라면 이제는 직업 문제로 눈을 돌려야 한다는 것이 금방 분명해집니다. 왜냐하면 스스로의 생활비를 벌어 자신의 손안에 이 새로운 무기, 우리들의 유일한 무기, 즉 독자적인 수입에 바탕을 둔 독립적인 의견이라는 무기를 쥐고 있는 사람들에게 그 무기를 전쟁 반대에 쓰라고 설득할 수만 있다면 그것은 다음의 방법들보다 더 많이 당신을 돕는 셈이 되기 때문이지요. 즉 그것은 대학의 젊은이들에게 생활비 버는 것을 가르쳐야 하는 사람들에게 호소하는 방법이나, 젊은이들에게 그런 교육을 시행하고 있는 대학 내의 여러 금지된 장소나 신성한 대문 주위를 오랫동안 서성거리는 방법보다, 더 도움이 된다는 말입니다. 따라서 이 직업문제는 앞의 대학 재건 문제보다 더 중요합니다.

　그러면 전쟁 방지를 도와달라고 요청하는 당신의 편지를 독립적이고도 성숙한 사람들, 즉 직업을 통해 자신의 생활비를 벌고 있는 사람들 앞에 내놓기로 하지요. 수사학도 필요 없고 추측건대 논증 절차도 거의 필요 없습니다. 이렇게만 말하면 되지요. "여기 우리가 존경해야 할 모든 이유를 갖추고 있는 남자가 있습니다. 그는 전쟁은 일어날 수 있으며 또한 일어날 것 같다고 말합니다. 그는 생활비를 벌 수 있는 우리에게 우리가 할 수 있는 어떤 방식으로든 전쟁 방지를 도와달라고 요청합니다"라고 말입니다. 이렇게만 말하면 확실히 어떤 대답을, 선생님, 즉 당신이 요청하는 도움을 주게 될 대답을 불러일으키기에 충분할 것입니다. 지금도 계속 탁자 위에 쌓여가고 있는 사진들, 즉 더 많은 시신과 더 많은 폐허가 된 집을 찍은 사진들을 가리킬 필요도 없이 말입니다. 그런데…… 약간의 주저와 의심이 우리에게 있는 것 같습니다. 그렇다고 해서 전쟁은 끔찍하다, 전쟁은 야만적이다, 전쟁은 참을 수가 없다, 그리고 윌프레드 오언이 말한 대로 전쟁은 비인간적이다, 혹은 전쟁 방지를 돕기 위해 우리가 할 수 있는 모든 일을 하기를 원한다─이런 사실들에 대한 주저나 의심은 확실히 아닙니다. 그런데도 의심과 주저가 있습니다. 그것을 이해시키는 방법으로 또 다른 편지 한 통을, 당신 편지만큼 진실한 편지를, 탁자 위 당신 편지 옆에 우연히 놓여 있게 된 저 편지 한 통을 당신 앞에 내놓겠습니다.[(1)]

　그것은 또 다른 명예 회계 담당자에게서 온 편지이며, 그 편지 또한 돈을 요청하고 있습니다. "[교육받은 남성의 딸들의 취업을 도와주는 협회에][1] 기부금을 보내주시겠습니까? 우리가 생활비를 마련하도록 도와주시겠습니까?"라고 그 회계 담당자는 쓰고 있습니다. "돈이 안 된다면 책이나 과일 혹은 바자회에서 팔릴 수 있는 입지 않는 옷가지 등 어떠한 선물이라도 받겠습니다"라고

1　본문에 대괄호[　]로 표기된 부분은 원문에 포함되어 있는 첨언이다.

이어서 쓰고 있습니다. 그런데 그 편지는 위에서 언급한 의심과 주저, 그리고 우리가 당신에게 줄 수 있는 도움과 많은 관련이 있으므로 그 편지가 제기하는 질문들을 고려하기 전에는 그녀에게 금화를 보내는 것도 당신에게 금화를 보내는 것도 모두 불가능한 일로 여겨집니다.

첫 번째 제기되는 질문은 누구나 짐작하다시피 그녀가 왜 돈을 요청하느냐는 것이지요. 그녀, 즉 직업을 가진 여성의 대표자인 그녀가 왜 바자회를 위해 헌 옷가지를 구걸해야 할 정도로 가난하단 말입니까? 그것이 분명히 해명해야 할 첫 번째 문제점입니다. 왜냐하면 이 편지가 보여주는 대로 그녀가 그 정도로 가난하다면 전쟁 방지를 위해 당신을 돕는 데에 우리가 이제까지 의존해온 독립적 의견이라는 무기가, 완곡하게 말해서, 그다지 매우 강력한 무기는 아니라는 것이기 때문입니다. 그런데 다른 한편, 가난은 그 나름의 유리한 점이 있습니다. 왜냐하면 만약 그녀가 짐짓 그러는 것처럼 그렇게 가난하다면 우리는 케임브리지의 자매들과 흥정한 것처럼 그녀와도 흥정할 수 있으며 미래의 기부자로서 조건을 부과하는 권리를 행사할 수 있기 때문입니다. 그렇다면 그녀에게 금화를 주기 전에 혹은 그 금화를 받을 수 있는 조건을 규정하기 전에 그녀의 재정적 처지와 그 밖의 다른 사실들에 관하여 그녀에게 질문해보도록 합시다. 그 편지의 초안은 이러합니다.

"부인, 그렇게 오랫동안 편지 답장을 기다리게 한 점에 대해 천 번이라도 사과하오니 받아주십시오. 사실인즉 당신에게 기부금을 보내기 전에 어떤 질문이 생겨서 당신이 그 질문에 답변해주기를 부탁드려야만 하게 되었습니다. 우선 당신은 돈을, 집세 낼 돈을 요청하고 있습니다. 그런데 존경하는 부인, 어떻게, 도대체 어찌하여, 당신은 그렇게도 끔찍하게 가난하게 되었습니까? 교육받은 딸들에게 여러 직업이 개방된 지도 근 20년이 되었습니다. 따라서 그들의 대표자라고 여겨지는 당신이, 케임브리지의 자매들처럼 모자를 손에 들고 돈을, 돈이 없으면 과일이나 책이나 바자에서 판매할 헌 옷가지를, 간청하며 서 있다는 것이 도대체 있을 수 있는 일입니까? 우리는 재차 묻습니다. 어떻게 그럴 수가 있습니까? 분명히 인간성 일반에, 정의 일반에, 그리고 상식에 있어서 어떤 중대한 결함이 있는 것이 틀림없습니다. 아니면 금화를 가득 채운 스타킹을 집 안 침대 밑에 안전하게 몰래 쌓아둔 길모퉁이의 여자 거지처럼 당신도 혹시 그저 얼굴을 찡그리며 터무니없는 이야기를 늘어놓고 있는 것입니까? 어떤 경우든 이렇게 끊임없이 돈을 요구하고 가난을 이유로 내세우는 것은, 수표에 서명하는 것을 싫어하는 만큼이나 실제적인 일들에 대해 생각하기를 싫어하는 게으른 아웃사이더뿐만 아니라 교육받은 남성들도 퍼부을지 모르는 매우 엄중한 비난에 스스로를 노출하는 짓입니다. 즉 당신은, 철학가와 소설가로서의 확고한 명성을 지닌 남자들, 즉 조드 씨[2]와 웰스 씨[3]와 같은 남자들의 질책과 경멸을 스스로 자초하고 있는 셈입니다. 그들은 당신의 가난을 부정할 뿐만 아니라 당신이 냉담하고 무관심하다고 비난합니다. 그들이 비난하는 내용에 대해 주의를 기울여보세요. 우선 C. E. M. 조드 씨가 당신에게 하는 말을 들어보십시오. 그는 말합니다. '지난 50년 동안 어느 때에 젊은 여성들이 현재보다 더 정치적으로 냉담하고, 사회적으로 더 무관심한 때가 있었는지 의심이 든다.' 이렇게 비난을 시작하고 있습니다. 그리고 매우 타당하

---

2   시릴 조드(Cyril Edwin Mitchinson Joad, 1891~1953), 영국의 철학자, 방송인.
3   허버트 조지 웰스(Herbert George Wells, 1866~1946), 영국의 소설가. 역사, 정치, 사회 등 여러 분야에 관한 여러 장르의 작품을 남겼으나 과학 소설로 가장 유명하다. 대표작으로는 『투명인간The Invisible Man』 『타임머신The Time Machine』 등이 있다.

게도, 당신에게 무엇을 해야 하는지 말해주는 것은 자신의 소관이 아니라고 이어서 말하고 있습니다. 그러나 매우 친절하게도 당신이 무엇을 하면 좋을지 예를 들어보겠다고 덧붙이고 있습니다. 미국의 자매들을 모방해도 될 것이라고 합니다. '평화를 선전하는 협회'를 설립해도 될 것이라고 말하지요. 그는 예를 듭니다. 그 협회는 '어느 정도 진실인지는 모르지만, 금년에 세계가 군을 무장하는 데에 들인 파운드의 액수는, 전쟁은 비기독교적이라고 가르쳤던 그리스도가 돌아가신 후 이제까지 흘러간 시간을 분으로 나타낸 숫자(초의 숫자였던가?)와 정확하게 똑같다……'고 설명하였다지요. 왜 당신 역시 그들의 선례를 따라 영국에서도 그러한 협회를 만들 수는 없는 것입니까? 그것은 물론 돈이 필요할 것입니다. 그러나—이것은 제가 특별히 강조하고 싶은 점입니다만—당신에게 돈이 있다는 것에 대해서는 의심의 여지가 없습니다. 조드 씨가 그것을 증명하지요. '전쟁 전에 '여성사회정치연합W. S. P. U'[4]에 돈이 쏟아부어졌다. 여성들이 투표권을 얻기 위해서였다. 사람들은 그 투표권이 여성들로 하여금 전쟁을 과거지사로 만들 수 있게 해줄 것이라고 희망했고 투표권은 주어졌다.' 조드 씨는 계속 말합니다. '그런데 전쟁과 과거지사와는 참으로 거리가 멀다.' 그것은 나 자신도 확인할 수 있지요. 전쟁 방지를 도와달라고 요청하는 신사 분의 편지를 보십시오. 그리고 시신과 폐허가 된 집들의 사진들이 있지 않습니까. 그러나 조드 씨가 계속 말하도록 내버려둡시다. '현대 여성들에게 그들의 어머니들이 평등권을 얻기 위해 썼던 만큼의 에너지와 돈을

---

4 여성사회정치연합Women's Social and Political Union은 1903년 영국에서 형성된 여성 참정권 획득을 위한 여성들의 정치 연맹이었다. 에멀린 팽크허스트Emmeline Pankhurst와 그녀의 두 딸 크리스타벨와 실비아가 연합의 중심에 있었다. 에멀린과 크리스타벨이 여성당Women's Party을 형성하면서 1917년에 자연스레 해체되었다.

이제 평화를 위하여 쓰라고 요구하고, 어머니들이 그 평등권을 위해 감내했던 그만큼의 비방과 모욕을 이제 평화를 위해 감내하라고 요구하는 것은 부당한 일입니까?'라고 그는 계속 말합니다. 그런데 다시 내가 그 말을 메아리처럼 따라할 수밖에 없게 됩니다. 여성들에게 세대를 거듭하여, 처음에는 남자 형제들로부터 그 다음엔 남자 형제들을 위하여, 비방과 모욕을 계속 감내하라고 요구하는 것은 부당한 일입니까? 그것이 완전히 합당한 일입니까? 그리고 전체적으로 보아 여성들의 육체적, 도덕적, 영적인 안녕에 이득이 되는 일입니까? 하고 말입니다. 그러나 조드 씨를 중간에 가로막지는 않기로 하지요. '사정이 이러하니, 여성들이 공적인 일과 유희하는 척하는 것을 좀 더 일찌감치 포기하고 사적인 삶으로 돌아가면 갈수록 그만큼 더 좋은 일은 없다. 그들이 하원the House of Commons을 직장으로 삼을 수 없다면 적어도 자신들의 집houses을 대단하게 만들도록 하자. 남성들이 자신들의 치료 불능한 해악으로 인해 스스로에게 자초하는 파멸로부터, 여성들이 그 남성들을 구제할 수 없다면, 남성들이 자멸하기 전 그 남성들을 잘 먹이는 법이라도 배우게 하자.'[2] 투표권이 있다 한들 여성들이 조드 씨 자신도 치료할 수 없다고 인정하는 것을 어떻게 치료할 수 있는지를 묻기 위해 잠시 멈추지는 말기로 하지요. 요점은, 다음의 진술 앞에서, 어떤 연유로 당신이 나에게 집세낼 금화를 보내달라고 뻔뻔스럽게 요청하느냐는 것이니까요. 조드 씨에 의하면 당신은 엄청나게 부자일 뿐만 아니라 지독하게 게으르다고 합니다. 그래서 땅콩과 아이스크림을 먹는 데에 빠져서 남자의 자기 파멸이라는 치명적인 행위를 막아주는 것은 고사하고 그가 파멸되기 전 저녁 식사 한 끼 만들어주는 것조차 배우지 못했다는 것입니다. 그러나 더 심한 비난은 다음과 같습니다. 당신은 너무 무기력해서 당신 어머니들이 당신들에게 쟁취해 준 자유를 수호하려는 싸움조차 하지 않으려 든다는 것입니다. 그러한 비난은 살아 있는 영국 소설가 중 가장 유명한 소설가인 H. G. 웰스 씨가 당신들을 향해 던지고 있습니다. H. G. 웰스 씨 는 말합니다. '파시스트나 나치가 자행한 실질적인 자유의 말살 에 눈에 띌 만하게 저항한 여성운동은 전혀 없었다.'[3] 아무리 당 신이 부자이며 게으르고 탐욕스럽고 무기력하다고 하더라도 어 떻게 나에게 교육받은 남성의 딸들이 직업으로 생계를 유지하도 록 도와주는 협회에 기부해달라고 요청할 정도로 뻔뻔해졌습니 까? 이런 신사들이 증명하듯 당신은 투표권도 있고 그 투표권이 틀림없이 가져다주었을 부를 가지고 있음에도 불구하고 전쟁을 종식하지 못했습니다. 즉 투표권과 그 투표권이 틀림없이 가져 다주었을 힘과 능력에도 불구하고 당신은 파시스트나 나치에 의 한 실질적인 자유의 말살에 저항한 적이 없습니다. 그렇다면 '여 성운동'이라고 불리는 것 모두가 스스로를 실패작이라고 증명하 는 셈이라는 결론 외에 어떤 다른 결론에 다다를 수 있겠습니까? 그러면 내가 여기 당신에게 보내는 금화는 당신의 집세를 지불 하는 데가 아니라 당신이 세 든 건물을 불태워버리는 데에 충당 되어야 하겠지요. 그리고 그것이 불타버리고 나면, 다시 한 번 부 엌으로 물러가, 부인, 할 수 있다면 당신이 함께 먹지도 못할 저녁 식사 짓는 거나 배우시지요……'.[4]

선생님, 그 편지는 거기에서 멈췄습니다. 편지 이면에 있는 얼 굴, 편지 쓰는 이에게는 늘 보이는 얼굴에 어떤 표정이 어렸기 때 문이지요. 지루함의 표정인가 아니면 피곤함의 표정인가? 명예 회계 담당자의 눈길은 따분하고 사소한 두 가지 사실이 적혀 있 는 종잇조각 위에 머무는 듯했습니다. 그런데 그 두 가지 사실은 우리가 논의 중인 문제, 즉 직업을 통해 생계를 유지하고 있는 교육받은 남성의 딸들이 전쟁 방지를 위해 어떻게 당신을 도울 수 있을까 하는 문제와 관련이 있으므로 여기에 그대로 옮겨 적어도 좋을 것 같습니다. 첫 번째 사실은 조드 씨가 여성사회정치연합의 자산을 추정하는 근거로 삼고 있는 그 협회의 연간 수입이 (협회 활동이 최고조에 달한 1912년에) 4만 2천 파운드였다는 것입니다.[5] 두 번째 사실은 "다년간의 경력과 높은 자격 요건을 갖춘 여성에게조차 1년에 250파운드를 번다는 것은 대단한 성취다"라는 것이었습니다.[6] 이것은 1934년에 나온 진술입니다.

두 가지 사실 모두 흥미로우며 또한 우리 앞에 놓여 있는 질문과 직접적인 관련이 있으므로 잘 살펴보기로 하지요. 우선 첫 번째 사실은 우리 시대의 가장 위대한 정치적 변화 가운데 하나가 연간 4만 2천 파운드라는 믿기지 않을 정도로 적은 수입을 토대로 성취되었다는 것을 보여주어 매우 흥미롭습니다. 물론 "믿기지 않을 정도로 적은"이라는 것은 상대적인 용어입니다. 다시 말해 교육받은 여성의 남자 형제가 속해 있는 정당인 보수당이나 자유당이 정치적 목적을 위해 마음대로 쓸 수 있는 수입과 비교해볼 때 "믿기지 않을 정도로 적다"는 것이지요. 노동자 계급 여성의 남자 형제가 속해 있는 정당인 노동당이 마음대로 쓸 수 있는 수입보다도 훨씬 적은 액수라는 말입니다.[7] 그것은, 예를 들어, 노예제도 폐지 협회와 같은 단체가 노예제도 폐지를 위해 마음대로 쓸 수 있는 총액과 비교해보아도 믿기지 않을 정도로 적습니다. 교육받은 남성이 정치적 목적이 아니라 스포츠나 유흥에다 매년 소비하는 총액과 비교해볼 때도 믿기지 않을 정도로 적습니다. 그런데 교육받은 남성의 딸들이 겪는 가난에 대해서든 그들의 경제 상태에 대해서든 우리가 느끼는 놀라움은 이 경우

단연코 불쾌한 감정입니다. 왜냐하면 그 놀라움은 우리로 하여금, 자신이 가난하다는 냉철한 진실을 그 명예 회계 담당자가 지금 토로하고 있다는 의구심을 떨칠 수 없게 만들기 때문이지요. 또한, 4만 2천 파운드가 교육받은 남성의 딸들이 자신들의 목적을 위해 수년간 애써서 모을 수 있었던 총액이라면 그들이 과연 어떻게 당신의 목적을 성취하도록 도와줄 수 있는지 다시 한 번 더 묻지 않을 수 없게 만들기 때문이지요. 무기 구매에 연간 3억 파운드를 쓰고 있는 현시점에서 연간 4만 2천 파운드는 얼마만큼의 평화를 사들일 수 있는 걸까요?

그러나 두 가지 사실 중 두 번째 것은 더욱더 놀랍고 우울합니다. 다시 말해 교육받은 여성의 딸들이 돈 버는 직업을 가질 수 있게 된 지 거의 20년이 다 된 지금도 "다년간의 경력과 높은 자격 요건을 갖춘 여성에게조차 1년에 250파운드를 번다는 것은 대단한 성취다"라는 사실 말입니다. 실제로 그 사실은—그것이 사실이라면 말입니다—너무나 놀랍고 우리 앞에 놓여 있는 질문과 많은 관련이 있으므로 잠깐 멈춰서 검토해보아야만 합니다. 게다가 그것은 너무 중요한 사실이어서 전기라고 하는 채색광에 의해서가 아니라 사실이라고 하는 백색광에 비추어 검토되어야만 합니다. 그렇다면 클레오파트라의 바늘[5]이라 불리는 오벨리스크[6]가 그러한 것처럼 어떤 딴 속셈이나 이기적인 꿍꿍이가 없어 사심도 없고 치우침도 없는 권위에 의지해서, 가령 휘터커의 연감[7]에 의지해서, 그것을 살펴보기로 하지요.

---

5 고대 이집트 왕조 투트모세 3세가 세운 오벨리스크의 별칭. 19세기에 런던, 뉴욕으로 각각 가져갔다.
6 고대 이집트 왕조 때 태양 신앙의 상징으로 세워진 기념비.
7 출판업자 조셉 휘터커(Joseph Whitaker, 1820~1895)에 의해 1868년에 영국에서 창간되었다.

두말할 필요 없이 휘터커는 감정에 좌지우지되지 않는 저자 중의 한 사람일 뿐만 아니라 가장 체계적인 저자 중의 한 사람입니다. 그는 자신의 연감 속에 교육받은 남성의 딸들에게 개방된 모든 직업, 아니 거의 모든 직업에 관한 모든 사실을 수집해놓았습니다. "정부와 관공서"라고 불리는 부분에서 그는 정부가 전문적으로 누구를 고용하는지 그리고 고용된 사람들에게는 얼마를 지급하는지에 관해 명백하게 진술하고 있습니다. 휘터커가 알파벳 체계를 채택하고 있으므로 우리도 그가 인도하는 대로 알파벳 첫 여섯 글자를 살펴보기로 하지요. A 밑에는 해군본부, 항공성, 농림부가 있습니다. B 밑에는 영국방송협회가, C 밑에는 식민성과 자선사업 감독위원회가, D 밑에는 자치성과 개발위원회가, E 밑에는 성직자 위원회와 교육위원회가 있습니다. 그리고 여섯 번째 글자인 F에 이르게 되는데 그 밑에는 수산협회, 외무성, 공제조합과 예술협회가 있습니다. 이것은 우리가 자주 얘기를 듣듯이 현재 남성과 여성 모두에게 개방된 직업 중 몇 가지입니다. 그리고 거기에 고용된 사람들에게 지급되는 봉급은 양성이 균등하게 내는 공금에서 나옵니다. (다른 무엇보다) 그러한 봉급을 제공해주는 소득세는 현재 파운드당 약 5실링 선입니다. 따라서 우리는 모두 그 돈이 어떻게, 누구에게 쓰이는지 묻는 것에 관심이 있지요. 선생님, 교육위원회는 우리 양성 모두가 소속의 영예를 누릴 수 있는 등급의 위원회이므로—비록 매우 다른 직급의 형태로이긴 하지만 말입니다—그 위원회의 봉급명세서를 들여다보기로 하지요. 휘터커는 말합니다. 교육위원회의 위원장은 2천 파운드를 받고, 그의 수석 개인 비서는 847파운드에서 1,058파운드를 받으며 그의 개인 서기관보는 277파운드에서 634파운드를 받습니다. 그리고 나면 교육위원회의 사무차관이 있습니다. 그는

3천 파운드를 받고 그의 개인 비서는 277파운드에서 634파운드를 받습니다. 정무차관은 1천2백 파운드를 받고 그의 개인 비서는 277파운드에서 634파운드를 받습니다. 부차관은 2천2백 파운드를 받고 웨일즈부의 사무차관은 1,650파운드를 받습니다. 그러고 나면 수석 서기관보, 서기관보, 경리국장, 편성국장, 수석 재무 공무원, 재무 공무원, 법률 고문, 법률 부고문 등의 사람들이 있습니다. 이 모든 신사 숙녀들은, 흠잡을 데 없이 공평무사한 휘터커가 알려주는 바로는, 네 자리 숫자나 그 이상에 달하는 수입을 벌고 있습니다. 현재 연간 약 1천 파운드나 그 이상의 수입이라는 것은 그것이 꼬박꼬박 매년 제때에 지불되고 있다면 상당히 큰 액수이지요. 그러나 그 일이 전임직이고 숙련된 기술을 필요로 한다는 것을 고려해보면 우리는 이 신사 숙녀의 봉급에 대해 불평을 못 하지요. 비록 우리의 소득세가 파운드당 5실링이고 우리의 수입은 결코 매년 지불되지도, 제때 지불되지도 않는다고 하더라도 말입니다. 약 23세부터 60세까지 매일 온종일을 사무실에서 보내는 남자와 여자들은 그들이 받는 한 푼 한 푼이 응당 받을 자격이 있는 돈이지요. 다만 여기서쯤 끼어들어 다음과 같은 사항을 고려하지 않을 수가 없습니다. 즉 이런 숙녀들이 교육위원회뿐만 아니라 알파벳 처음의 해군본부the Admiralty에서부터 알파벳 끝의 노동부the Board of Works에 이르기까지 현재 그들에게 개방되어 있는 모든 위원회와 부서에서 1년에 1천 파운드, 2천 파운드 그리고 3천 파운드를 벌고 있다면 "다년간의 경력과 높은 자격 요건을 갖춘 여성에게조차 1년에 250파운드를 번다는 것은 대단한 성취다"라는 진술은 솔직히 말해서 새빨간 거짓말임이 틀림없다는 것입니다. 그야, 중앙관청가를 따라 걸으며 얼마나 많은 위원회와 부서가 거기에 즐비해 있는지를 생각해보고, 너무나 많고 너무나 훌륭히 직급이 나뉘어 있어 그 명칭만 들어도 머리가 핑핑 도는 거대한 무리의 사무관과 하급 사무관들이 각각의 위원회와 부서의 직원이고 관리라는 사실을 숙려해보고, 그 사람들 각자가 충분한 자신들의 봉급을 받고 있다는 것을 기억하기만 해도 그 진술의 내용은 가당치 않은 것이며 그것을 설명하는 일 또한 가능하지 않다고 외치게 될 것입니다. 그 말을 어떻게 설명할 수 있겠습니까? 오로지 도수가 더 센 안경을 끼고 서이지요. 명세서를 아래로 더 아래로 더 아래로 읽어내려가 보지요. 그러다 보면 마침내 "양Miss"이라는 단어가 붙은 이름에 이르게 됩니다. 그녀 이름 위쪽에 있는 모든 이름은, 즉 거액의 봉급이 붙어 있는 모든 이름은 신사들의 이름이라고 할 수 있을까요? 네, 그런 것 같습니다. 그렇다면 부족한 것은 봉급이 아니라 교육받은 남성의 딸들이네요.

자, 이러한 기묘한 결핍과 불일치에 대한 그럴듯한 이유 세 가지가 표면에 드러나 있습니다. 롭슨 박사[8]가 그 첫 번째 이유를 제공합니다. "국내 공무원직의 모든 지배적 위치를 차지하고 있는 행정 계층은, 압도적으로, 어떻게 해서든 옥스퍼드와 케임브리지에 갈 수 있었던 행운의 소수자로 구성되어 있다. 그리고 입학시험은 항상 그런 목적을 위해 특별히 고안되어왔다."[(8)] 교육받은 남성의 딸들인 우리 계층 내의 행운의 소수는 그야말로 정말 소수입니다. 우리가 이미 보았듯이 옥스퍼드와 케임브리지는 교육받은 남성의 딸들 중 대학교육을 받을 수 있는 딸들의 숫자를 엄격하게 제한하고 있으니 말입니다. 두 번째로, 아들이 늙은 아버지를 돌보고자 집에 머무는 경우보다 딸들이 늙은 어머니를

---

8   윌리엄 롭슨(William Alexander Robson, 1895~1980), 영국의 행정학 학자, 저술가, 편집자, 변호사.

돌보기 위해 집에 머무는 경우가 훨씬 많다는 것입니다. 개인 가정집은 여전히 성업 중이라는 것을 우리는 기억해야만 하지요. 따라서 아들보다 훨씬 더 적은 숫자의 딸들이 공무원 시험에 응시합니다. 세 번째로, 60년 동안의 시험 합격이라는 것은 5백 년 동안의 시험 합격만큼 효과적이지는 않다고 가정하는 것이 공정하다는 것입니다. 또한, 공무원 시험은 어려운 시험이며, 따라서 딸보다 아들들이 더 많이 시험에 합격할 것이라고 기대하는 것도 타당할 것입니다. 그럼에도 불구하고, 일정한 숫자의 딸들이 시험에 응시하고 또 합격을 하고 있는데도 이름에 "양"이라는 말이 붙어 있는 그 딸들은 네 자리 숫자의 구역에 들어가지 못하고 있는 이 이상한 사실을 우리는 설명해야만 합니다. 휘터커에 따르면, 성을 구별해주는 그것[Miss]은 기묘한 납의 특성을 가지고 있어서 그것이 붙은 이름은 어떤 것이든 하부 영역에서 계속 뱅뱅 머물게끔 만드는 무엇인가가 있는 것 같습니다. 분명 이에 대한 이유는 아마 겉에 드러나 있지 않고 내부에 놓여 있을 것입니다. 노골적으로 말해, 딸들이 원래 뭔가 모자랄 수 있으며, 또한 신뢰할 수도 없고 만족스럽지도 않다는 것을 스스로 증명하였는지도 모르지요. 또한, 필요한 능력 면에서 너무나 부족한 데가 많아서, 보수를 덜 받아서 공적인 업무 처리를 방해할 가능성도 그만큼 더 적어지는 하층 직급에 그들을 붙들어두는 것이 공익에 도움이 되는지도 모릅니다. 이러한 해답이 쉽긴 하겠지만 불행히도 우리에게 허락되어 있지는 않습니다. 수상 자신이 그런 해법을 우리에게 허락하고 있지 않으니까요. 공무원직에 있는 여성들이 신뢰할 수 없는 사람들은 아니라고 볼드윈 씨[9]가 일전에 우리

---

9 "이런 말들을 쓴 후 볼드윈 씨는 수상직을 그만두고 백작이 되었다."(울프 주)
   스탠리 볼드윈(Stanley Baldwin, 1867~1947), 영국의 보수당 정치인으로, 세 차례에 걸쳐
   영국의 수상으로 활동했다.

에게 알려주었으니까요. "많은 여성 공무원들은 그들의 일과를 수행하는 중에 비밀 정보를 수집해야 하는 위치에 놓이게 된다. 우리 정치가들이 쓰라린 경험을 하고 나서 알게 된 일이지만 비밀 정보라는 것은 매우 자주 누설되는 특이한 구석이 있다. 나는 여성으로 인한 누설 사건은 알고 있는 것이 없다. 그런데 훨씬 더 분별이 있어야 하는 남성들로 인한 누설 사건들은 알고 있다." 그러면 전통적으로 말해오듯 여성들은 그렇게 입이 가볍지도 잡담을 좋아하지도 않는 모양이지요? 이것은 나름대로 심리학에 유용하게 이바지하는 것이며 소설가에게는 하나의 실마리를 제공하지요. 하지만 여성을 공무원으로 채용하는 것에 대한 또 다른 반대 의견들이 여전히 존재할 수 있습니다.

지적으로 여성들은 남자 형제들만큼 유능하지 않을지도 모릅니다. 그러나 여기서 다시 한 번 수상이 우리가 그런 식으로 생각하는 데에 일조하지 않고 있습니다. "그는, 여성이 남성만큼 유능한지 혹은 더 나은지에 대해서 어떤 결론이 내려져 있다고 혹은 어떤 결론이 필요하긴 한 건지 말할 준비가 되어 있지 않았다. 그러나 공무원직에 있는 여성들은 스스로 만족스럽게 그리고 그들과 어떤 식으로든 관계가 있는 사람들 모두가 확실히 만족스럽게 일을 했다고 그는 생각했다." 마지막으로, 그는 의당 더 긍정적으로 보이는 개인적 의견을 표명함으로써, 결론 내리기 어려운 진술임이 의당 틀림없는 어떤 내용을 매듭지으려는 듯 다음과 같이 말하였지요. "여러 공무원직을 수행하며 내가 마주친 많은 여성의 근면과 수완과 능력과 충성심에 대해 나는 개인적으로 찬사를 보내고 싶다." 그리고는 이어서, 사업을 하는 남성들이 이런 매우 귀중한 특성을 더 많이 활용하기를 바란다는 희망을 표현하였지요.[9]

자, 누군가 여러 사실을 알 수 있는 위치에 있다고 한다면 수상이 바로 그런 사람이지요. 또한, 누군가 그런 여러 사실에 대해 진실을 이야기할 수 있다면 같은 그 신사 분이 바로 그런 사람이지요. 그런데 볼드윈 씨는 이렇게 말하고 휘터커 씨는 저렇게 말합니다. 볼드윈 씨가 제대로 정보를 알고 있다면 휘터커 씨도 그러합니다. 그런데도 그 두 사람은 서로 모순되고 있습니다. 의견이 대립하고 있습니다. 즉 볼드윈 씨는 여성은 1급 공무원이라고 말하고 휘터커 씨는 3급 공무원이라고 말합니다. 요컨대 그것은 볼드윈 대 휘터커의 소송 사건이 되는 셈이며, 교육받은 남성의 딸들의 가난에 대해서뿐만 아니라 교육받은 남성의 아들의 심리에 대한 어리둥절한 많은 질문에 대한 답도 그 소송 사건에 달려 있으므로 매우 중요한 사례가 됩니다. 따라서 수상 대 연감의 소송 사건을 심리해보기로 하지요.

선생님, 당신은 이런 재판에 관하여 확실한 자격을 갖추고 있습니다. 변호사로서 당신은 자신의 직업에 대해 직접적인 지식을 갖고 있으며 또한 교육받은 남성으로서 다른 많은 직업에 대해 간접적인 지식을 갖고 있지요. 사실 메리 킹즐리 파에 속하는 교육받은 남성의 딸들은 직접적인 지식은 전혀 가지고 있지 않다고 할 수 있지만, 아버지나 삼촌, 사촌과 남자 형제들을 통해 직장 생활에 대해 어느 정도 간접적인 지식은 갖고 있다고 스스로 주장할 수 있지요. 그들이 종종 들여다보는 것이 한 장의 사진이기도 하니까요. 또한, 그 딸들은 이러한 간접적인 지식도 마음만 먹으면 문틈을 통해 엿보거나 필기를 해두거나 분별 있게 질문함으로써 향상해나갈 수 있지요. 그러면 볼드윈 대 휘터커라는 중요한 소송건을 심리할 목적으로 직업에 관하여 우리가 가지고 있는 직접적이고 간접적인 지식을 모두 모아보면, 시작부터 직업이란 매우 야릇한 것이라는 데에 우리는 동의할 것입니다. 똑똑한 사람은 당연히 맨 위로 가고 우둔한 사람은 바닥에 머물게 되는 것이 결코 아니지요. 올라가고 내려오는 일이 결코 미리 준비된 대로거나 명쾌한 합리적 과정이 아니라는 것에 우리 둘 다 동의하게 될 것입니다. 결국, 우리 둘 다 응당 알고 있듯이 판사들은 아버지들이고 사무차관들엔 아들들이 있지요. 판사는 사법 비서관이 필요하고 사무차관은 개인 비서가 필요합니다. 조카가 사법 비서관이 되고 오랜 학교 친구의 아들이 개인 비서가 되는 일보다 더 자연스러운 것이 무엇이 있겠습니까? 자신들이 받는 것 중에 그런 부수입이 끼어 있다는 것은, 때때로 생기는 담배와 여기저기에서 얻게 되는 버려진 옷가지가 사적 하인의 부수입인 것처럼, 공적 하인public servant 즉 공무원이 마땅히 가질 수 있는 권리인 셈이지요. 그러나 그런 부수입을 나눠주고 그렇게 영향력을 발휘하는 것이 직업을 망쳐놓습니다. 아무리 두뇌의 지력이 동등하다고 하더라도 성공이 어떤 이에게는 더 쉽고 다른 이들에게는 더 어렵습니다. 그리하여 어떤 이는 예상 밖으로 올라가고 어떤 이는 예상 밖으로 떨어져서 그 결과 직업이란 것이 궁지에 몰린 형국이 됩니다. 사실 종종 직업이 궁지에 몰리는 것은 공적으로 유리합니다. 트리니티 칼리지의 학장부터 시작해서 그 이하(아마 소수의 여자 교장 선생님을 제외하고), 그 누구도 시험관의 절대 확실성을 믿는 사람은 없으므로 어느 정도의 융통성은 공적인 이득이 있습니다. 비개인적인 것엔 실수가 있는 법이고 따라서 그것이 개인적인 것으로 보충을 받는다면 좋은 일이라는 것입니다. 따라서 우리 모두에게 다행스럽게도 위원회board라는 것이 문자 그대로 오크 나무판자로 만들어지지 않았으며 또한 부서들도 철로 만들어지지 않았다는 것입니다. 위원회와 부서 둘

다 인간적 공감은 전달하고 인간적 반감은 되 튀겨냅니다. 그 결과 시험제도의 불완전함이 교정되며, 공익이 지켜지고 피와 우정의 유대가 인정되는 것입니다. 따라서 "양Miss"이라는 호칭은 시험 치르는 방에서는 나타나지 않는 어떤 가느다란 떨림을 위원회와 부서 전체에 전달하리라는 것이 상당히 가능한 일입니다. "양"은 성을 전달하고 성은 그 자체와 함께 어떤 냄새를 전달합니다. "양"은 그 자체와 함께 페티코트 스치는 소리와 칸막이 저쪽의 코에 감지되면서 동시에 그 코에 역겹게 느껴지는 향기나 다른 냄새의 기미를 전달합니다. 개인 가정에서는 매력적이고 위로를 주는 것들이 공적인 사무실에서는 혼란케 하고 노하게 할수도 있으니까요. 대주교 위원회는, 교회에서 이것이 사실이라고 확실하게 말합니다.[10] 중앙관청가도 마찬가지로 영향 받기 쉬울 것입니다. 아무튼 "양"은 여성이므로 양은 이튼이나 크라이스트처치에서 교육을 받지 못했습니다. 양은 여성이기 때문에 아들도 남자 조카도 아닙니다. 우리는 가늠하기 힘든 수많은 요소 사이를 위험을 무릅쓰고 나아가고 있습니다. 아무리 발끝으로 소리를 죽이면서 나아간다 해도 그것을 지나치다고 할 수 없을 정도지요. 우리는 어떤 냄새가 관공서 내에서의 성이라는 것에 붙어 있는지 발견하려고 노력하고 있다는 것을 잊지 마십시오. 우리는 사실이 아니라 어떤 냄새, 기미의 냄새를 매우 정교하게 맡으려하고 있습니다. 따라서 우리 자신의 코에 의존하는 것이 아니라 바깥에서 증거를 불러들이는 편이 아마 좋을 것입니다. 공적 언론에 의지하여, 관청가 안에서의 "양"이라는 말을 둘러싸고 있는 그 향기, 분위기에 관한 정교하고 어려운 질문에 답하고자 시도할 때 우리를 잘 안내해줄 힌트를 언론에 발표된 여론 안에서 발견할 수 있는지 알아보도록 하지요. 신문에 자문하겠습니다.

첫째:

나는 귀사의 특파원이 (…) 여성들이 너무나 많은 자유를 누리린다고 논평할 때 그가 이러한 논의를 제대로 요약한 것이라고 생각한다. 소위 이런 자유란 전쟁과 더불어 유래했고 전쟁 시에 여성들은 이제까지 그들이 알지 못했던 책임을 떠맡았던 것 같다. 그 당시 여성들은 정말 훌륭하게 이바지했다. 불행히도, 그들은 그들이 이룬 성과의 가치에 비해서는 너무 지나치게 칭송되고 총애를 받았다.[11]

시작으로서는 잘 나가고 있습니다. 그러나 더 나아가봅시다.

나는 그 공동체의 이 부문[사무직]에 만연해 있는 고민의 상당한 부분은, 가능한 한 어디에서든 여성 대신 남성을 고용하는 정책을 통해 완화될 것이라는 의견을 가지고 있다. 오늘날 정부의 관공서, 우체국, 보험회사와 은행과 다른 사무실에서 수천 명의 여성이 남성들이 할 수 있는 일을 하고 있다. 동시에 어떤 직업도 갖지 못한 수천 명의 자격 있는 젊은 남자, 중년 남자들이 있다. 가정 살림domestic arts 부문에서는 여성 노동에 대한 큰 수요가 있으므로, 사무직으로 흘러들어왔던 수많은 여성을 등급 재조정 과정을 통해 가사 업무에 충당시킬 수 있을 것이다.[12]

냄새가 짙어진다고 당신도 동의할 것입니다.
그러면 다시 한 번 더.

만약 남자들이 현재 수천 명의 여성들이 하고 있는 일을 하게 된다면 그들은 그 같은 여성들을 꽤 괜찮은 집안에 모셔둘 수 있게 될 것이라고 말함으로써 나는 수천 명의 젊은 남자들의 의견을 대변해주고 있다고 확신한다. 가정이야말로, 남성들로 하여금 빈둥거릴 수밖에 없도록 만들고 있는 여성들이 진정으로 가 있어야 할 장소이다. 지금이야말로 정부가 고용주들로 하여금 더 많은 남성에게 일자리를 주도록 역설하여, 남자들이 지금은 접근도 할 수 없는 여성들과 결혼할 수 있게 해줘야 할 때이다.[13]

거봐요, 자 의심의 여지 없이 냄새가 나는군요. 고양이가 가방 밖으로 나왔고[10] 그 고양이는 수컷 고양이[Tom][11]입니다.

이러한 세 가지 인용문에 담겨 있는 증거를 고려해보면 당신도 동의하게 될 것입니다. "양"이라는 말이 개인 가정집에서는 그 향기가 제아무리 달콤하더라도, 칸막이 저쪽에 있는 코에게는 불쾌하게 느껴진다고 생각할 만한 타당한 이유가 있다는 것을 말입니다. 그리고 "양"이 부착된 이름은, 이 냄새 때문에, 상당한 봉급을 주는 상위권에 올라가기보다는 봉급이 작은 하위권에 맴돌기에 십상입니다. "부인Mrs."에 대해 말하자면 그것은 오염된 단어이며 외설적인 단어입니다. 그 단어에 대해서는 언급하지 않을수록 더 좋습니다. 그 단어가 풍기는 냄새가 그러하고 관청가의 콧구멍 안에선 그토록 썩은 냄새를 발해서 관청가에서는 그 단어를 완전히 몰아내었습니다. 관청가 안에서는 천국에서와 마

---

10 The cat is out of the bag: "비밀이 누설되었다."

11 수컷 고양이를 의미하는 'tom'이 아닌 'Tom'(흔히 남성의 이름을 의미한다)으로 표기되어 있는데, 이는 동음이의어를 이용한 울프의 말장난이라 할 수 있다.

찬가지로 결혼하는 일도 결혼을 공표하는 일도 없으니까요.[(14)]

그런데 냄새는—아니면 그것을 "분위기"라고 부를까요?—직장생활에서 매우 중요한 요소입니다. 다른 중요한 요소처럼 그것이 감지하기 어렵다는 사실에도 불구하고 말이지요. 그 냄새는 시험 치는 방에서 시험관의 코는 피해 가지만, 위원회와 부서에는 침투하여 거기에 있는 사람들의 감각에 영향을 미칠 수 있습니다. 그 냄새가 바로 우리 앞에 놓여 있는 소송 사건과 관련이 있다는 것을 부인할 수 없습니다. 볼드윈 대 휘터커의 사례에 있어서 그 냄새로 인해 우리는 수상과 연감 모두가 진실을 말하고 있다는 판결을 내릴 수 있으니까요. 즉 여성 공무원은 남자들만큼의 봉급을 받을 자격이 있는 것도 사실이며 그들이 남자들만큼의 봉급을 받고 있지 않다는 것도 사실입니다. 이 어긋남은 그 분위기 때문입니다.

분위기는 분명히 매우 강력한 힘입니다. 분위기는 사물의 크기와 모양을 변화시킬 뿐만 아니라, 분위기에 둔감하다고 사람들이 생각해왔을 법한 봉급 같은 고체에도 영향을 미칩니다. 분위기에 대해 서사시 한 편을 쓸 수 있습니다. 혹은 열 권이나 열댓 권으로 된 소설을 쓸 수도 있습니다. 그러나 지금 쓰고 있는 이것은 단지 편지이며 당신은 시간에 쫓기고 있으니, 분위기라는 것은 교육받은 남성의 딸들이 싸워야 할 가장 힘센 적 중의 하나라는 명백한 진술에만 한정하여 말하기로 하지요. 전부는 아니지만, 분위기라는 것은 감지되기 가장 어려운 적 중의 하나이기 때문에 가장 힘이 센 적 중의 하나가 되는 것이지요. 만일 그 진술이 과장되었다고 생각하면 위의 세 가지 인용문에 담겨 있는 분위기의 표본을 다시 한 번 살펴보십시오. 우리는 거기에서 왜 직업 여성의 봉급이 여전히 그렇게 적은지에 대한 이유뿐만 아니라 그보다 더 위험한 무엇, 즉 퍼져 나가면 양성을 똑같이 독살할 수도 있는 무엇인가를 발견하게 될 것입니다. 그 인용문 안에는, 다른 나라에서는 다른 이름으로 불리는, 우리가 알고 있는 것과 바로 똑같은 벌레의 알이 들어 있습니다. 거기에는, 이탈리아인 혹은 독일인이면서 우리가 독재자라고 부르는 피조물이 초기 태아 상태로 들어 있는데 그것은 다른 인간들에게 어떻게 살 것인가, 무엇을 할 것인가를 명령할 수 있는 권리를 ─ 그것이 신, 자연, 성, 혹은 인종에 의해 주어진 것인지는 중요하지 않지요 ─ 갖고 있다고 믿고 있습니다. 다시 인용해보기로 하지요. "가정이야말로, 남성들로 하여금 빈둥거릴 수밖에 없도록 만들고 있는 여성들이 진정으로 가 있어야 할 장소이다. 지금이야말로 정부가 고용주들로 하여금 더 많은 남성에게 일자리를 주도록 역설하여 남자들이 지금은 접근도 할 수 없는 여성들과 결혼할 수 있게 해줘야 할 때이다." 그 옆에 또 다른 인용문을 놓아보십시오. "국가의 삶에는, 남성의 세계와 여성의 세계, 두 세계가 있다. 자연이 남자에게 가족과 나라를 돌보는 일을 위임한 것은 잘한 일이다. 여성의 세계는 그녀의 가족, 남편, 아이들 그리고 가정이다." 하나는 영어로, 다른 하나는 독일어로 쓰여 있습니다. 그러나 어디에 차이가 있단 말입니까? 둘 다 같은 것을 이야기하고 있는 것 아닌가요? 그 둘 다 영어로 말하든 독일어로 말하든 독재자의 목소리가 아닌가요? 우리가 해외에서 만나보는 그 독재자는 매우 추할 뿐만 아니라 매우 위험한 동물이라고 우리 모두 동의하지 않나요? 그런데 그가 우리 사이에 있습니다. 그 추한 머리를 들고, 독을 뿜으며, 여전히 작지만, 나뭇잎 위의 유충처럼 웅크린 채, 영국의 심장부 안에 존재하고 있습니다. 웰스 씨를 다시 인용하면, "파시스트와 나치에 의한 [우리] 자유의 실질적인 말살"이란 것은 이러한 알에서 기원한 것이 아닌가요? 자신의 사무실에서 몰래 무기도 없이 그 독을 들이마시고 그런 벌레와 싸워야만 하는 사람은 여성이 아닌가요? 그런 여성이야말로, 직접 무기를 들고 세상의 주목을 받으며 파시스트나 나치와 싸우고 있는 사람들과 마찬가지로 분명히 그런 독재자와 싸우고 있는 게 아닌가요? 그리고 그런 싸움은 필시 그녀의 체력을 소모시키고 그녀의 정신을 지치게 하지 않나요? 해외에서 독재자를 진압하는 일을 도와달라고 그녀에게 요청하기 전에 바로 우리나라 안에서 그런 독재자를 진압하도록 도와달라고 요청해야 하지 않을까요? 선생님, 어느 요일을 막론하고 우리나라의 가장 존경할 만한 일간신문들을 털면 이와 같은 알이 툭툭 떨어지는 판에 우리가 다른 나라를 향해 자유와 정의라는 이상을 떠벌리고 다닐 무슨 권리가 있는 것일까요?

이쯤에서, 마땅히, 당신은 장광설이 될 모든 징조를 보이는 이 말에 저지를 가할 것입니다. 비록 이런 여러 편지 속에 표명된 의견들을 우리의 국가적 자존심이 완전히 받아들일 수 있는 것은 아니지만 그 의견들은 우리가 비난에 앞서 이해부터 해야 하는 어떤 두려움과 질투를 자연스럽게 표출하고 있다고 지적하면서 말입니다. 당신은 이렇게 말하겠지요. 이 신사들이 자신들의 봉급과 안전에 대해 다소 과도한 관심이 있는 듯이 보이는 것은 사실이지만, 그러나 그들 성의 전통을 고려하면 이해할 만하며 심지어 그것은 자유를 진실로 사랑하고 독재를 진실로 증오하는 일과 양립할 수 있는 일이라고 말하겠지요. 왜냐하면 이 신사들은 남편이고 아버지이며 혹은 그렇게 되기를 바라며 그런 경우에 가족을 부양하는 일이 그들에게 달려 있기 때문입니다. 다르게 말해서, 선생님, 현재 존재하는 세계는 두 가지 업무로 나뉘어 있다는 것을 당신이 의미하고 있다고 나는 받아들입니다. 하나는 공적인 업무고 다른 하나는 사적인 업무입니다. 한쪽 세계에서 교육받은 남성의 아들들은 공무원, 판사, 군인으로서 일하고 그 일에 대해 돈을 받습니다. 또 다른 세계에선 교육받은 남성의 딸들이 아내, 엄마, 딸로서 일을 합니다―그러나 그들은 그런 일을 한 것에 대해 돈을 받지 못하고 있지 않습니까? 어머니, 아내, 딸의 일은 국가에 대해 어떤 확실한 현금의 가치가 없는 것입니까? 그 사실은―그것이 사실이라면 말이지요―너무나 놀라워서 흠잡을 데 없는 휘터커에게 다시 한 번 호소함으로써 확인해보아야겠습니다. 다시 그가 기록한 지면에 의지해보기로 하지요. 페이지를 넘기고 다시 넘깁니다. 믿을 수 없지만 부인할 수가 없는 듯합니다. 모든 사무실 가운데에 어머니의 사무실 같은 것은 없다는 것 말이지요. 모든 봉급 가운데에 어머니의 봉급 같은 것은 없다는 것 말입니다. 대주교의 일은 국가에 연 1만 5천 파운드의 가치가 있으며 판사는 연 5천 파운드가, 사무차관의 일은 연 3천 파운드의 가치가 있습니다. 육군 대위, 해군 대령, 기병 하사관, 경관, 우체부의 일은―이 모든 일은 세금에서 지불할 가치가 있습니다. 그러나 아내와 어머니와 딸은 온종일 그것도 매일매일 일하고, 그들이 일하지 않으면 국가는 붕괴하고 산산조각이 나며 그들이 일하지 않으면, 선생님, 당신의 아들들이 더 이상 존재하지 않음에도 그들은 단 한 푼도 지불받지 못하고 있습니다. 이런 일이 가능할 수 있습니까? 아니면 우리가 휘터커를, 흠잡을 데 없는 그 사람을, 정오표 죄로 유죄 판결을 내린 것인가요?

아, 여기에 또 다른 오해가 있다고 당신이 끼어들 것입니다. 남편과 아내는 일심동체일 뿐만 아니라 또한 지갑도 하나라고 말입니다. 아내의 봉급은 남편 소득의 절반이라고. 남자는 바로 그 이유로 여성보다 더 많이 받는 것이라고―왜냐하면 그는 부양해야 할 아내가 있기 때문이라고 할 것입니다. 그렇다면 미혼 남성은 미혼 여성과 같은 등급의 봉급을 받습니까? 그런 것 같지는 않습니다—분위기의 또 다른 기묘한 효과이지요, 의심의 여지 없이. 그러나 이것은 그냥 넘어가기로 하지요. 아내의 봉급이 남편 소득의 절반이라는 당신의 진술은 공평한 합의인 듯하며, 공평하므로 의심할 바 없이 법에 의해 확증되어 있지요. 법은 이러한 사적인 문제는 사적으로 결정하도록 내버려둔다는 당신의 답변은 덜 만족스럽습니다. 왜냐하면 그것은, 공동 수입에 대한 아내의 절반의 몫이라고 하는 것이 법적으로 그녀의 손안이 아니라 남편의 손안에 쥐어지도록 지불된다는 것을 의미하기 때문입니다. 그러나 여전히 정신적 권리라는 것이 법적 권리만큼 구속력이 있을 수도 있지요. 그리고 교육받은 남성의 아내가 남편 소득의 절반에 대해 정신적 권리가 있다면 그러면 교육받은 남성의 아내는, 일단 가정의 공동 고지서를 지불하고 나면, 자신의 흥미를 끄는 어떤 대의명분에든 쓸 돈을 남편만큼 가지고 있으리라고 가정해볼 수도 있습니다. 자, 휘터커를 보고 일간지에 실리는 유언장들을 보십시오, 남편은 종종 자신의 직장에서 많은 돈을 받을 뿐만 아니라 상당한 액수의 일시불 지급액의 주인이 되기도 합니다. 따라서 연간 250파운드가 여성이 오늘날 직업을 통해 벌 수 있는 전부라고 주장하는 이 부인은 문제를 피하고 있는 것이지요. 왜냐하면 교육받은 남성의 계층에서의 결혼이라는 직업은, 그녀가 남편 봉급의 절반에 대해 권리가, 정신적인 권리가 있으므로, 높은 봉급의 직업이기 때문입니다. 당혹스러움은 심화되고 불가사의는 짙어갑니다. 왜냐하면 부자 남자들의 아내는 스스로도 부자 여성이라면 여성사회정치연합의 수입이 단지 연 4만 2천 파운드라는 것은 어떻게 된 일입니까? 대학 재건 기금의 명예 회계 담당자가 여전히 10만 파운드를 요청하고 있다는 것은 어떻게 해서 일어난 일입니까? 직업 여성들의 취업을 돕기 위한 협회의 회계 담당자가 집세 낼 돈을 요청할 뿐만 아니라 책, 과일, 또는 버려질 옷가지라도 보내주면 감사하겠다는 것은 어떻게 된 일입니까? 만약 아내가, 한 남자의 아내로서 수행하는 일에 대해 돈을 받고 있지 않기 때문에 남편 수입의 절반에 대해 정신적인 권리가 있다면, 자신의 흥미를 끄는 대의에 쓸 돈을 틀림없이 남편만큼 가지고 있으리라 추정하는 것은 당연한 일이지요. 그런데 그러한 대의명분이라는 것이 손에 모자를 들고 구걸하며 서 있으니 그런 명분은 교육받은 남성의 아내의 흥미를 사로잡지는 못한다는 결론을 내리지 않을 수가 없습니다. 여기서 그녀에 가해질 비난은 매우 심각하지요. 왜냐하면 생각해보십시오─돈은 여기 있습니다─가정의 기본 공과금을 지불하고 난 후 전적으로 교육이나 여흥, 자선에 충당될 수 있는 잉여금 말입니다. 그 잉여금 중 그녀의 몫을 남편이 자신의 몫을 쓰듯 똑같이 자유롭게 쓸 수 있지요. 그녀가 좋아하는 어떠한 대의명분에든 그것을 쓸 수 있다는 것입니다. 그런데 자신의 성에게 소중한 대의명분에는 그 돈을 쓰려고 하지 않습니다. 그 대의명분이라는 것이 손에 모자를 들고 구걸하고 있으니 말입니다. 이것이 그녀에 가해질 끔찍한 비난입니다.

그러나 그녀에게 가해질 비난을 결정하기 전에 잠시 멈춰봅시다. 교육받은 남성의 아내가 잉여공유자금 중 자신의 몫을 가져다 바치는 대의명분과 유흥과 자선사업이라는 것이 사실상 어떠한 것들인지 물어보기로 하지요. 여기에서 우리는 우리가 좋아하든 말든 직면하지 않을 수 없는 여러 사실과 맞닥뜨리게 됩니다. 사실인즉 우리 계층의 기혼 여성들의 취향이 뚜렷하게 남성적이라는 것입니다. 그녀는 연간 막대한 액수를 정당 자금과 스포츠와 뇌조 사냥과 크리켓과 축구에 씁니다. 그녀는 동호회에, 즉 가장 저명한 동호회만 언급하더라도, 브룩스[12], 화이츠[13], 트래블러즈[14], 리폼[15], 애서니엄[16] 등에 돈을 물 쓰듯 합니다. 이러한 대의와 여흥과 자선사업에 들어가는 그녀의 지출금은 틀림없이 매년 수백만에 달할 것입니다. 그런데 그녀는 그중 엄청난 액수를 정작 자신은 같이 즐기지도 않는 여흥에 쓰고 있습니다. 그녀의 성은 출입이 금지된 클럽에, 자신은 말을 타고 달리지도 못하는 경마장에, 자신의 성은 입학하지도 못하는 대학에 수천 파운드를 냅니다.[15] 자신은 마시지도 않는 포도주와 피우지도 않는 담배를 구매하는 데에 연간 어마어마한 돈을 지급합니다. 요컨대, 교육받은 남성의 아내에 대하여 우리가 내릴 수 있는 결론은 오로지 두 가지입니다—첫째, 그녀는 공유자금 중의 자신의 몫도 남편의 여흥과 목적에 쓰는 것을 더 좋아하는 가장 이타적인 존재라는 것입니다. 그보다 덜 명예롭지만, 더 그럴듯한 두 번째 결론은 그녀가 가장 이타적인 존재인 것이 아니라 남편 수입의 절반의 몫에 대한 그녀의 정신적인 권리가 실제로는 숙식과 용돈과 옷을 살 수 있는 얼마 안 되는 연간 급여를 받을 수 있는 권리로

12 Brooks's, 1764년에 런던에서 창립된 귀족층으로 이루어진 남성 동호회다. 화이츠 입회를 거절당한 남성들이 설립하였다.

13 White's, 런던에 1693년에 창립된 가장 역사가 깊고 독보적인 남성 동호회 중 하나다.

14 Travellers', 1819년 런던에 창립되었다. 여행 다니는 신사들의 보금자리를 마련하고자 만들어졌다.

15 The Reform, 런던에 1836년에 창립되었으며, 초반에는 영국 자유당의 정치적 본부로 이용되었으며 1832년의 영국 선거법개정을 지지하는 사람들에게만 회원권이 주어졌다. 초기에는 남성 회원으로만 구성되었으나, 1981년에 영국의 남성 중심 동호회 중 최초로 여성도 입회가 가능하도록 규정이 바뀌었다.

16 The Athenaeum, 런던에 1824년에 창립되었으며, 특히 학문적 이력 혹은 업적이 있는 여성과 남성들로 이루어졌다.

점점 흐지부지되어가고 있다는 것입니다. 어느 쪽이든 가능한 결론이고 공공 기관과 기부금 명단이라는 증거를 보면 그 밖의 다른 결론을 내리는 것은 아예 불가능하지요. 교육받은 남성이 얼마나 고상하게 자신의 옛 학교와 옛 대학을 후원하고, 얼마나 근사하게 정당 자금에 기부를 하며, 그와 그의 아들들이 정신을 함양하고 신체를 단련하는 그 모든 기관과 스포츠에 얼마나 아낌없이 기부하는가를 고려해보십시오. 논박의 여지가 없는 그런 사실에 대하여 일간신문은 매일매일 증언을 하고 있지요. 그러나 기부자 명단에 그녀 이름은 없으며 그녀의 마음과 몸을 단련시켜주는 기관은 가난하다는 사실은 다음의 사실을 입증하는 것 같습니다. 즉, 공동 수입 중의 아내의 정신적 몫을, 남편이 승인하는 대의 쪽으로 그리고 그가 즐기는 여흥 쪽으로 편향시키는 무엇인가가 감지하기는 어려우나 저항할 수 없이 가정 분위기 속에 존재한다는 것이지요. 명예스러운 일이든 불명예스러운 일이든 그것은 사실입니다. 그리고 그것이 바로 남편이 승인하는 대의와는 다른 목적을 위해 일하는 사람이 구걸하며 서 있는 이유입니다.

휘터커가 말하는 사실과 기부자 명단이 보여주는 사실을 우리 앞에 놓고 보니, 전쟁 방지를 위해 어떻게 당신을 도울 수 있는가 하는 질문에 반드시 커다란 영향을 미칠, 논박할 수 없는 세 가지 사실에 우리가 다다르게 된 것 같습니다. 첫째, 교육받은 남성의 딸들은 자신의 공적 업무에 대해 공금으로부터 매우 적은 봉급을 받고 있다는 것이며 둘째, 그들의 사적 업무에 대해서는 공금에서 지불받는 것이 전혀 없다는 것이며, 셋째, 남편의 수입 중 그녀의 몫은 피와 살로 된 실질적인 몫이 아니라 정신적인 혹은 이름뿐인 몫으로, 이것은 두 사람 다 입고 먹고 난 후 대의와 여흥과 자선사업에 바쳐질 수 있는 잉여자금이 남편이 즐기고 남편이 인정하는 대의, 여흥, 자선사업 쪽으로만 불가사의하게 그러나 확실하게 끌어당겨진다는 것을 의미합니다. 봉급을 실제로 지급받는 사람이 그 봉급을 어떻게 쓸지 결정하는 실권을 쥔 사람인 것 같습니다.

이러한 사실들은 우리를 다소 변경된 시각을 갖고 뭔가 누그러진 분위기 속에서 출발점으로 되돌아가게 합니다. 당신도 아마 기억하시겠지만, 직업을 통해 생활비를 벌고 있는 여성들 앞에 우리는 당신의 전쟁 방지 도움 요청서를 내놓으려고 했으니까요. 우리가 호소해야 하는 사람들이 바로 그들이라고 말했었지요. 왜냐하면 직업을 통해 우리의 새로운 무기를, 즉 독자적 수입에 근거한 독립적 의견의 영향력을 가진 사람이 바로 그들이기 때문입니다. 그러나 또 한 번 그런 사실들은 우리를 우울하게 합니다. 우선 그런 사실들을 보면 결혼이 직업이 된 큰 집단의 사람들이 우리의 유력한 조력자로서는 제외되어야 한다는 것이 분명해지니까요. 왜냐하면 결혼은 무보수 직업이며, 여러 사실이 증명하듯 남편 봉급의 절반에 대한 아내의 정신적 몫은 실제적인 몫이 아니기 때문입니다. 따라서 독자적 수입에 기초를 둔 그녀의 사욕 없는 영향력이란 것은 전혀 없기 때문입니다. 그가 무력을 찬성하면 그녀 역시 당연히 무력에 찬성하게 되지요. 두 번째로 "1년에 250파운드를 버는 것은 다년간의 경험과 고도의 자격을 갖춘 여성에게조차 상당한 성취"라는 진술은 새빨간 거짓말이 아니라 개연성이 높은 진실이라는 것을 증명하고 있는 것 같습니다. 따라서 현재 교육받은 남성의 딸들이 스스로 돈 버는 능력을 통해 갖추고 있다고 여겨지는 영향력이란 것을 아주 높게 평가할 수는 없습니다. 그래도 그들만이 우리를 도울 수가 있으므로 우리가 도움을 청해야 할 사람은 그들이라는 것이 전보다 더 분명해지므로 우리는 바로 그들에게 호소해야 합니다. 이러한 결론은 우리가 위에서 인용했던 편지, 즉 그 명예 회계 담당자의 편지, 즉 교육받은 남성의 딸들이 취직하도록 도와주는 협회에 기부해줄 것을 요청하는 편지를 다시 상기시켜줍니다. 선생님, 우리가 그녀를 돕는 데는 강한 이기적 동기가 있다는 것에 당신도 동의할 것입니다. 그것에 대하여는 의심이 있을 수가 없습니다. 왜냐하면 직업을 통해 자신의 생활비를 벌도록 돕는 것은 여전히 그들의 가장 강력한 무기인 독립적 의견이라는 무기를 가지도록 돕는 것이기 때문입니다. 그것은, 전쟁 방지를 위해 당신을 도와줄 그들만의 정신, 그들만의 의지를 갖추도록 돕는 것입니다. 그러나 · · · 여기서 다시, 이 점들 안에, 의심과 망설임이 주제넘게 나섭니다. 즉, 위에서 제시된 사실들을 고려해볼 때, 우리의 금화가 어떻게 쓰이게 될 것인가에 대한 엄중한 조건 규정도 하지 않은 채 그 금화를 그녀에게 보낼 수는 없지 않겠습니까?

그녀의 재정적 처지에 관한 진술을 점검하는 중에 우리가 발견했던 사실들은 다음과 같은 질문을 제기하였지요. 우리가 전쟁 방지를 원한다면 사람들로 하여금 직업에 종사하도록 장려하는 것이 과연 현명한 일인지 아닌지를 궁금하게 만드는 그런 질문들 말입니다. 인간 본성 중 어떤 특성이 사람을 전쟁으로 이끄는가에 대한 문제를 해결하기 위해 우리는 심리학적인 통찰력을 (그것이 우리의 유일한 능력이니까요) 사용하고 있다는 것을 당신은 기억할 것입니다. 그리고 위에서 밝혀진 사실들은 우리가 수표를 쓰기에 앞서 우리로 하여금 다음과 같이 묻게 만들지요. 즉 만일 교육받은 남성의 딸들에게 직업을 갖도록 장려한다면 우리가 방지하기를 바라는 바로 그 특성을 장려하게 되는 셈은 아닌지요? 2~3백 년 후엔 직업에 종사하는 교육받은 남자들 뿐만 아니라 직업에 종사하는 교육받은 여자들도 마찬가지로 당신이 지금 우리에게 묻고 있는 바로 그 질문, 즉 어떻게 전쟁을 방지할 수 있을까요? 하는 질문을 반드시 묻게 되는 상황에 맞닥뜨리도록 우리가 낸 금화의 돈값을 행사하게 되지는 않을까요? — 그런데 오, 그 시인이 말하듯이, 우리는 누구에게 그런 질문을 하게 될까요? 직업에 종사하는 방식에 관해 어떠한 조건도 붙이지 않고 딸들이 직업에 종사하기만을 부추긴다면, 바늘이 한 곳에만 고정된 축음기처럼 인간 본성이 끔찍하게 만장일치로 지금 연이어 만들어내는 오래된 노랫가락을 아예 판에 박아놓으려고 최선을 다하는 셈이 되는 것은 아닐까요? "자, 우리는 뽕나무, 뽕나무, 뽕나무 둘레를 도네.[17] 그거 다 나에게 줘. 그거 다 나에게 줘, 다 나에게. 전쟁에 쓸 3억 파운드의 돈을." 그 노래나 그와 유사한 어떤 가락이 우리 귀에 계속 울리고 있는 마당에 명예 회계 담당자에게 우리의 금화를 그냥 보낼 수는 없는 노릇입니다. 다음과 같은 경고를 반드시 같이 보내야 하지요. 즉 미래에는 사람들로 하여금 자신들의 직업에 제대로 종사하여 그 직업을 통해 다른 노래와 다른 결론이 생겨나도록 하겠다고 그녀가 맹세하는 조건하에서만 우리의 금화를 가질 수 있을 것이라는 경고이지요. 우리의 금화를 가져다가 평화를 위해서 쓸 것이라고 우리에게 만족스럽게 납득시킬 경우에만 그녀는 그 돈을 갖게 될 것입니다. 그러한 조건을 공식화하는 것은 어렵습니다. 우리의 현재의 심리학적인 무지함으로는 아마 불가능합니다. 그러나 그 문제는 너무 심각하고 전쟁은 너무나 견딜 수 없고 너무 끔찍하고, 너무 비인간적이기 때문에 어떤 시도든 해야만 합니다. 그래서 여기, 같은

17 〈Here We Go Round the Mulberry Bush〉라는 영국의 동요, 놀이.

부인 앞으로 보내는 또 하나의 편지가 있습니다.

"부인, 당신의 편지는 오랫동안 답장을 기다리고 있습니다. 그러나 우리는 당신에게 가해진 비난에 대해 검토하고 있으며 조사를 해오고 있습니다. 부인, 당신이 알게 되면 마음이 놓일 일은 당신이 거짓말을 한다는 혐의를 우리가 풀었다는 것입니다. 당신이 가난하다는 것은 사실인 것 같다는 말입니다. 더 나아가 우리는 당신이 게으르고 냉담하고 탐욕스럽다는 혐의도 풀었습니다. 비록 당신이 내밀하게 별 효과도 없이 옹호하고 있긴 하지만 그 옹호하고 있는 많은 대의명분은 당신에게 유리하게 되어 있다는 것입니다. 당신이 로스트비프와 맥주보다 아이스크림과 땅콩을 더 좋아한다면 그 이유는 미각적인 것이 아니라 경제적인 것으로 보인다는 말입니다. 당신이 발행하는 안내장과 낱장 광고 인쇄물, 당신이 조정하는 회합들, 당신이 계획하는 바자회에 비추어 보면 당신은 음식에 들일 돈이나 여가 시간이 많지는 않을 듯하다는 것입니다. 실제로 당신은 봉급도 받지 않으면서 내무성이 승인하는 시간보다 더 오랫동안 일하고 있는 것으로 보입니다. 그러나 비록 우리가 당신의 가난을 개탄하고 당신의 근면을 칭찬할 용의가 있더라도, 여성이 직업에 종사하는 방식이 전쟁 방지에 도움이 되리라는 것을 보장하지 않는다면 여성의 취업을 돕는 당신에게 금화를 보내어 보탬이 되려고 하지는 않겠습니다. 당신은 말하겠지요. 그것은 모호한 말이며 불가능한 조건이라고 말입니다. 그런데도 금화는 드문 것이고 귀중한 것이므로 당신은 우리가 부과하는 조건에 귀 기울일 것입니다. 당신이 넌지시 암시하듯 우리가 그것을 간략하게 진술할 수만 있다면 말이지요. 자, 그러면 부인, 당신은 시간에 쫓기기 때문에 즉 연금 법안 때문에, 귀족들이 당신의 지시대로 그 연금 법안에 투표하도록 그들을 상원으로 유도하느라고, 국회 의사록을 읽고 신문을 읽느라고 (비록 이것은 시간이 많이 드는 일도 아니고 당신의 활동에 대해서 의사록이나 신문에선 아무런 언급도 하지 않는다는 것을 잘 알지만 말입니다.[16] — 거기에선 침묵의 음모가 일반적인 것 같습니다), 공무원 조직 내에서의 동일 노동에 대한 동일 보수를 여전히 모의하느라고, 동시에 사람들이 바자회에서 원래의 제값만 정확히 내기보다 더 많은 돈을 내도록 그들을 유혹하기 위하여 산토끼와 구식 커피 주전자 등을 정렬, 배치하느라고 시간에 쫓기기 때문에 — 한마디로 당신이 바쁘다는 것은 분명하므로, 신속하고 재빠르게 조사하고, 당신 서재에 있는 책의 몇 구절과 탁자 위에 있는 신문의 몇 구절에 대해서 토의를 하고, 그러고 나서 그 진술을 보다 덜 모호하고 그 조건을 보다 더 명료하게 만들 수 있는지를 알아보기로 하지요.

"그러면 사물의 외부를, 즉 일반적인 측면을 살펴봄으로써 시작해보지요. 사물은 안쪽과 바깥쪽이 있다는 것을 기억합시다. 바로 근처 템스 강 위로 다리가 하나 있는데, 위에서 말한 조사를 하기에 감탄할 만하게 유리한 위치입니다. 강이 그 다리 밑으로 흐르고, 목재를 가득 싣거나 옥수수를 꽉 채운 거룻배들이 지나갑니다. 저기 한편에는 도시의 둥근 지붕과 뾰족탑이 있고 다른 편에는 웨스트민스터 사원과 국회의사당이 있습니다. 그곳은 몇 시간이고 서 있을 수 있는 장소입니다, 꿈꾸면서 말이지요. 그러나 지금은 아닙니다. 지금은 시간이 없습니다. 이제 우리는 여기서 여러 사실을 고려해봐야 하니까요. 이제 저 행렬에 — 교육받은 남성의 아들들의 행렬에 — 눈을 고정해야만 합니다.

"저기 그들이, 사립학교와 대학에서 교육을 받은 남자 형제들이, 지나갑니다. 저 계단을 오르고 저 문을 드나들고, 저 설교단에 오르고, 설교하고, 가르치고, 법을 집행하고, 의사 개업을 하고, 업무 거래를 하고, 돈을 벌면서 말입니다. 그것은 늘 장엄한 광경입니다—사막을 횡단하는 대상 같은 행렬이지요. 고조할아버지, 할아버지, 아버지, 삼촌들, 그들 모두가 그 길을 갔습니다. 가운을 입고, 가발을 쓰고, 어떤 이는 가슴을 가로질러 리본을 달고 다른 이들은 달지 않고 말입니다. 한 사람은 주교였습니다. 또 한 사람은 판사였습니다. 한 사람은 제독이었습니다. 또 한 사람은 장군이었습니다. 한 사람은 교수였습니다. 또 한 사람은 의사였습니다. 그리고 어떤 이들은 저 행렬을 떠나서 태즈메이니아[18]에서 아무것도 하지 않고 지낸다는 말이 마지막으로 들렸습니다. 몇몇은 다소 초라하게 옷을 입고 채링 크로스[19]에서 신문을 팔고 있는 모습이 목격되기도 했습니다. 그러나 그들 대부분은 보조를 맞춰 규칙에 따라 걸었으며 대충 웨스트엔드 어딘가에 기어코 가족이 사는 집을 소유하고 유지할 정도로 충분한 돈을 벌었으며 가족 모두에게 소고기와 양고기를 공급하고 아서에게 교육을 제공하였습니다. 장엄한 광경입니다. 저 행렬 말입니다. 당신도 아마 기억하다시피, 그것은 위 창문에서 비스듬히 내려다보면서 우리에게 몇 가지 질문을 종종 던지지 않을 수 없었던 광경이지요. 그러나 이제 20여 년이 지나고 그것은 더 이상 단지 하나의 광경, 하나의 사진이 아니며 또한 우리가 그저 미학적 감상을 하며 바라볼 수 있는, 시간의 벽에 휘갈겨 그려진 프레스코화가 아닙니다. 왜냐하면 거기에, 그 행렬의 후미에, 함께 정처 없이 걸으며 우리 자신들이 지나가고 있기 때문입니다. 그것 때문에 차이가 납니다. 그렇게 오랫동안 저 화려한 행렬을 책에서나 보아왔

18 태즈메이니아 섬과 주변 섬으로 이루어진 오스트레일리아의 주이다. 1803~1830년에 영국의 식민지였다.
19 런던 시 중심부에 있는 번화한 광장.

던 우리가, 교육받은 남성들이 사무실로 출근하기 위해 9시 30분경에 집을 나서고 6시 30분경에 사무실에서 집으로 돌아가는 것을 커튼 드리워진 창문으로 내내 내다보았던 우리가 이제는 더 이상 수동적으로 저 광경을 보고 있을 필요가 없다는 것입니다. 우리도 또한 집을 나서고, 저 계단을 올라가고, 저 문을 드나들고, 가발을 쓰고 가운을 입고, 돈을 벌고, 법을 집행할 수 있게 되었으니까요. 생각해보십시오—머지않아 당신도 판사의 가발을 머리 위에 쓰고, 어깨 위에 담비 모피 망토를 걸치고, 사자와 유니콘 아래에 앉아 있고, 은퇴 연금과 함께 1년에 5천 파운드의 봉급을 받게 될지도 모른다는 것을. 지금 변변찮은 펜대나 휘젓고 있는 우리가 한두 세기 후에는 설교단에서 연설할지도 모른다는 것입니다. 그때에는 아무도 우리를 감히 반대하지 않을 것이며 우리는 신성한 영혼의 대변인이 될 것입니다—장엄한 생각입니다. 그렇지 않은가요? 시간이 지나감에 따라, 우리 또한 가슴에 금빛 레이스를 단 군복을 입고, 옆구리에 칼을 차고, 오래된 가족용 석탄통 같은 것을 머리 위에 뒤집어쓰지 않을지 누가 말할 수 있겠습니까? 물론 그 유서 깊은 물건인 석탄통이 흰 말총 깃털 장식으로 꾸며진 적은 한 번도 없었지만 말입니다. 당신은 웃음을 터뜨립니다—하긴 그래요. 개인 가정이라는 그림자가 드리워져 그러한 복장이 여전히 다소 기묘하게 보이니까요. 우리는 사적인 옷, 즉, 성 바오로가 추천한 그 베일을 너무 오랫동안 입어왔으니까요. 그러나 우리는 웃기 위해 혹은 남자에 대해서든 여자에 대해서든 유행을 이야기하기 위해 여기에 온 것은 아닙니다. 우리는 스스로에게 어떤 질문을 하기 위해 여기 다리 위에 와 있지요. 그리고 그것은 매우 중요한 질문이며 그것에 답할 시간이 아주 많이 모자랍니다. 이러한 과도기의 순간에 그 행렬에 대하여 우리가 묻고 대답해야만 하는 질문들은 너무나 중요해서 그것이 모든 남자와 여자들의 삶을 영원히 바꾸어놓을 것이라고 해도 무리가 아닙니다. 왜냐하면, 바로 지금 여기에서, 우리가 저 행렬에 참여하기를 바라는가 아닌가를 스스로 물어보아야만 하기 때문이지요. 어떤 조건으로 우리는 저 행렬에 참여할까요? 그 무엇보다도, 교육받은 남성의 행렬은, 우리를 어디로 이끌어가고 있는 것일까요? 과도기라는 순간은 짧습니다. 그것은 5년, 10년 지속될 수도 있고 아니면 단지 몇 달만 더 지속될 수도 있습니다. 그러나 그 질문엔 반드시 답을 해야만 합니다. 그리하여 그 질문은 너무나 중요해서 교육받은 남성의 딸들 모두가 아침부터 저녁까지 다른 일은 하나도 하지 않고 오로지 그 행렬에 대해서만 모든 각도에서 살펴본다고 한다면 그것은 자신들이 할 수 있는 다른 어떤 활동에 시간을 쓰는 것보다 더 훌륭하게 자신들의 시간을 쓰는 셈이 될 것입니다. 즉 아무 일도 하지 않고 다만 그 행렬에 대해서만 숙고하고 분석하고 그것에 대하여 생각하고 나서는 생각한 것, 읽은 것, 보고 있는 것, 추측하는 것 모두를 모아들인다면 말입니다. 그러나 당신은 이의를 제기하겠지요. 당신은 생각하고 어쩌고 할 시간적 여유가 없으며 전투에 나가 싸워야 하고, 집세를 지급해야 하며, 바자회를 계획해야 한다고 말입니다. 부인, 그러한 변명은 당신에게 소용이 없을 것입니다. 당신이 경험을 통해 알다시피 그리고 그것을 증명하는 사실들이 있듯이, 교육받은 남성의 딸들은 근근이 늘 생각이라는 것을 해왔습니다. 인가로부터 멀리 떨어진 대학이라는 은둔처에 있는 연구 탁자의 푸른 등불 아래서가 아니라 말입니다. 그들은 냄비를 젓고 요람을 흔드는 동안 생각을 했습니다. 이렇게 하여 그들은 갓 새로 나온 6펜스 은화에 대한 권리를 우리에게 얻어주었습니다. 그

6펜스 은화를 우리가 어떻게 쓸지 계속 생각해나가는 것이 이제 우리의 임무입니다. 우리는 생각을 해야만 하지요. 사무실에서도 버스 안에서도 생각하고, 대관식과 런던 시장 취임 피로 행렬을 바라보는 군중 속에 서 있는 동안에도 생각합시다. 세계대전 기념비를 지나면서 그리고 관청가에서, 하원의 방청석에서, 왕립 재판소에서도 생각합시다. 세례식에서 결혼식에서 그리고 장례식에서도 생각합시다. 결코 생각하기를 그치지 맙시다— 우리가 처해 있는 이 '문명'이라는 것이 무엇인가? 이러한 예식들은 무엇이며 왜 우리는 그것에 참가해야 하는가? 이러한 행렬은 무엇이며 왜 그것으로부터 돈을 벌어야 하는가? 요컨대 그것은, 즉 교육받은 남성의 아들들의 행렬은, 우리를 어디로 인도해가고 있는가에 대해서 말입니다.

"그러나 당신이 바쁘니 사실의 세계로 돌아가보지요. 그러면 실내로 들어와 당신 서재에 있는 선반 위의 책들을 펴보십시오. 당신은 서재를, 그것도 훌륭한 서재를 가지고 있으니까요. 작업 중인 서재, 살아 있는 서재이지요. 아무것도 사슬에 매달아놓지 않고 아무것도 자물쇠로 잠가두지 않은 서재, 노래하는 사람의 노래가 실제로 살아가고 있는 사람들의 삶으로부터 자연스럽게 울려 나오는 서재이니 말입니다. 저기에 시가 있고 여기에 전기가 있습니다. 그런데 그것들은, 즉 저 전기들은 전문직에 어떠한 빛을 비춰주나요? 만일 저 딸들이 전문직 여성이 되도록 우리가 도와준다면 그것이 곧 전쟁을 저지하는 일이라고 여길 수 있는 바를 저런 전기들은 어디까지 장려하고 있는 걸까요? 그 질문에 대한 대답은 저 전기의 어디를 보아도 사방에 흩어져 있으므로 보통의 영어를 읽을 수 있는 사람이면 누구나 쉽게 읽어낼 수

대법관 고든 휴워트Gordon Hewart

있습니다. 그리고 그 대답이 극도로 기묘하다는 것도 우리는 인정해야 합니다. 왜냐하면 19세기의 —지금으로부터 그렇게 옛날도 아니며 또한 그 기록이 충분히 남아 있는 시대에 한정하여 말하자면— 전문직 남성들에 대해 우리가 읽는 대부분의 전기는 대개 전쟁과 관련되어 있기 때문입니다. 그들은, 즉 빅토리아 여왕 시대의 전문직 남성들은, 위대한 투사였던 것 같습니다. 국회의사당 전투가 있었고, 대학들의 전투가 있었고, 중앙관청가의 전투가 있었고 할리 가[20]의 전투가 있었습니다. 영국 학술원의 전투가 있었습니다. 당신이 증언할 수 있듯이 이들 전투 중 어떤 것은 여전히 진행 중입니다. 사실상 19세기에 격렬한 전투를 해본 적이 없어 보이는 유일한 전문직은 문학이라는 직업입니다. 전기가 증언하는 바에 따르면 모든 다른 직업들은 군대라는 직업 자체만큼이나 피에 굶주려 있는 것 같습니다. 전투원들이 육체의 상처를 가하지는 않았다는 것은 사실입니다.[(17)] 기사도가 그걸 금지하였으니까요. 그러나 시간을 낭비하는 전투는 피를 낭비하는 전투만큼 치명적이라는 것에 당신은 동의할 것입니다. 또한, 돈의 대가를 치르는 전투는 팔다리의 대가를 치르는 전투만큼 치명적이라는 것에도 당신은 동의할 것입니다. 젊은이들이 회의실에서 입씨름하는 데에, 호의를 구걸하는 데에, 조롱을 감추려고 존경의 가면을 쓰는 데에 그들의 체력을 소비하는 것은 인간 영혼에 어떤 수술로도 치유될 수 없는 상처를 입히지요. 심지어 동등한 노동에 동등한 보수라고 하는 전투도, 당신이 어떤 문제에 대해서 이상하리만치 침묵하는 사람이 아니라면 당신 자신도 아마 인정하듯이, 그 나름의 시간 낭비와 영혼의 낭비가 없는

---

20 런던의 중서부의 한 지구인 말리본Marylebone에 있는 거리로, 19세기부터 전문의가 많이 거주하는 곳으로 알려져 있다.

것이 아닙니다. 자, 당신의 서재에 있는 책들은 이러한 전투를 너무 많이 기록하고 있어서 그것 모두를 조사하는 것은 불가능합니다. 그러나 그것 모두가 같은 계획에 따라, 같은 전투원 사이에 즉, 전문직 남성 대 그들의 여형제와 딸들 사이에 일어난 전투이며, 시간이 없으므로, 전문직이 그 일에 종사하는 사람들에게 미치는 영향을 이해하기 위하여 이들 전투 중의 하나만을 일별하여 할리 가의 전투를 검토해보기로 합시다.

"그 전투는 소피아 젝스블레이크[21]가 이끄는 가운데 1869년에 벌어졌습니다. 그녀의 경우는 빅토리아 시대에, 가부장 제도의 희생자와 가부장 사이에, 그리고 딸들과 아버지들 사이에 일어난 거대한 싸움의 전형적인 예시가 되므로 즉시 검토할 만하지요. 소피아의 아버지는 빅토리아 시대에 교육받은 남성의 훌륭한 표본으로서 친절하고 교양 있었으며 부자였습니다. 그는 민법 박사 회관의 대의원이었습니다. 그는 여섯 명의 하인과 여러 마리의 말과 마차를 유지할 여유가 있었으며 자기 딸에게 숙식을 제공해주었을 뿐만 아니라 그녀의 침실에 '멋진 가구'와 '아늑한 난로'를 들여주었습니다. 봉급으로, 즉 '옷값과 용돈'으로 쓰라고 그는 딸에게 1년에 40파운드를 주었습니다. 어떤 이유로 그녀는 이 액수가 부족하다는 것을 알았지요. 1859년에는 다음 4분기까지 쓸 돈으로 단지 9실링과 9펜스만 남아 있다는 것을 알고는 스스로 돈을 벌고 싶었습니다. 그리고 시간당 보수가 5실링인 가정교사 일을 제안받자 아버지에게 그 제안에 대하여 말씀드렸습니다. '사랑하는 딸아, 네가 가정교사 일을 하여 돈을 벌겠다고 생각한다는 것을 지금 막 들었다. 애야, 그것은 네 품위에 아주 맞

---

21 소피아 젝스블레이크(Sophia Louisa Jex-Blake, 1840~1912). 영국의 의사, 교사, 페미니스트. 1869년에 지원한 에든버러 대학교의 의과대학으로부터 여성이라는 사유로 불합격 통보를 받으면서 여성의 대학교육의 기회와 권리 확보를 위한 캠페인을 시작하였다.

지 않는구나. 나는 그것에 동의할 수가 없구나'라고 아버지는 응답하였지요. 그래서 그녀는 주장하였습니다. '제가 왜 그 보수를 받으면 안 되나요? 아버지는 남자로서 일하고 보수를 받았고 아무도 그것을 지위 격하라고 생각하지 않았습니다. 공정한 거래라고 생각했습니다…… 제가 작은 규모로 하는 일을 톰[22]은 큰 규모로 하고 있잖아요.' 그러자 아버지가 대답했습니다. '네가 인용하는 경우는, 애야, 요점을 벗어나 있단다…… T. W.……는 남자로서 아내와 가족을 부양해야 할 책임이 있다고 느낀단다. 그리고 그의 직책은 아주 높아서 인격을 갖춘 일류 남자만이 들어갈 수 있는 직책으로 그에게 1년에 1천 파운드 이상 2천 파운드에 가까운 돈을 가져다주지…… 나의 사랑하는 딸의 경우는 얼마나 완전히 다르냐! 너는 현재 부족한 것이 없으며 (인간적으로 말해서) 앞으로 무엇 하나 불편한 것이 없으리라는 것을 너도 알고 있지. 네가 내일 결혼을 하면 ― 내 마음에 들도록 ― 그렇지 않으면 네가 결코 결혼하지 않으리라고 난 생각한단다 ― 나는 너에게 많은 돈을 줄 터이니 말이다.' 이에 대해 그녀는 일기장에 자신의 의견을 다음과 같이 적어놓았지요. '바보처럼 이 기간 동안만은 그 보수를 포기하기로 합의했다 ― 비록 내가 비참할 정도로 가난하지만 말이다. 그것은 어리석은 일이었고 단지 투쟁을 미루고 있는 것인데 말이다.'[(18)]

자, 그녀는 옳았습니다. 아버지와의 투쟁은 끝났습니다. 그러나 일반 아버지들과의, 즉 가부장 그 자체와의, 투쟁은 또 다른 장소와 또 다른 시간으로 연기되었지요. 두 번째 싸움은 1869년에 에든버러에서 일어났습니다. 그녀는 왕립 외과 대학에 입학

---

22 토머스 젝스블레이크(Thomas William Jex-Blake, 1832~1915), 영국의 성공회 성직자, 교육자. 소피아 젝스블레이크의 친오빠.

하고자 지원하였지요. 여기 첫 번째 작은 충돌에 관한 신문기사의 설명이 있습니다. '매우 마땅치 않은 소란이 어제 오후 왕립 외과 대학 앞에서 일어났다. (…) 4시 정각 바로 전에 (…) 거의 200명에 달하는 학생들이 그 건물로 이어지는 문 앞에 집결하였다. (…)' 의과대학 학생들은 크게 웃고 아우성치며 노래를 불렀다. '그 문은 그들의[여성들의] 면전에서 닫혔다. (…) 핸디사이드 박사[23]는 그의 논증을 시작하는 것이 완전히 불가능하다는 것을 알았다. (…) 애완용 양 한 마리가 교실 안으로 들여놓여졌다.' 등등입니다. 방법은 학위 전투 중에 케임브리지에서 사용되었던 것과 아주 똑같은 것이었습니다. 그리고 다시 그때의 경우와 마찬가지로 당국은 그러한 노골적인 방법을 개탄하였고 자신들만의 좀 더 기민하고 효과적인 방법을 썼습니다. 그 어떤 것도 신성한 대학 문 안에 진을 치고 있는 당국으로 하여금 여성이 대학 안으로 들어가는 것을 허용하도록 유도하지 못했습니다. 신이 그들 편이며, 자연이 그들 편이며, 법이 그들 편이며, 재산이 그들 편이라고 당국은 말하였습니다. 대학은 남성들에게만 혜택을 주기 위해 설립되었지요. 남성들만이 학교의 기본 자산의 혜택을 받을 자격이 법에 의해 주어졌습니다. 통상적인 위원회가 구성되었습니다. 통상적인 탄원서에 서명하였습니다. 통상적인 변변찮은 항소가 제출되었습니다. 통상적인 바자회가 열렸습니다. 통상적인 전술 문제가 토의되었습니다. 여느 때처럼 물었습니다. 지금 공격해야 하는가 아니면 기다리는 것이 더 현명한가? 누가 우리의 아군이며 누가 우리의 적군인가? 통상적인 의견 차이가 있었으며 고문들 사이에 통상적인 분열이 있었습니다. 그런데 이렇게

---

23 피터 핸디사이드(Peter David Handyside, 1808~1881), 스코틀랜드의 외과 의사, 해부학자, 교수.

상술할 이유가 있나요? 전체 진행 과정이 너무 낯익어서 1869년의 할리 가의 전투는 현대판 케임브리지의 전투라고 해도 무리가 아니니 말입니다. 두 경우 모두 똑같은 체력의 낭비, 기분의 낭비, 시간의 낭비, 그리고 돈의 낭비를 보여주지요. 거의 똑같은 딸들이 거의 똑같은 남자 형제들에게 거의 똑같은 특전을 요청합니다. 거의 똑같은 신사들이 거의 똑같은 이유로 거의 똑같은 거절의 말을 읊조립니다. 인류에게 진보란 없으며 단지 반복만 있어왔던 것 같습니다. 귀를 기울이다 보면 그들이 오래된 똑같은 노래를, '우리는 뽕나무mulberry tree, 뽕나무, 뽕나무 둘레를 빙빙 도네'라는 노래를 부르고 있다는 것을 잘하면 들을 수 있지요. 거기에다 우리가 '재산property의 뽕나무, 재산의 뽕나무, 재산의 뽕나무'를 보태면 사실은 왜곡하지 않으면서 각운[24]은 채워 가락을 맞추게 될 것입니다.

"그러나 우리는 옛 노래를 부르고 빠진 각운을 채워 넣으려고 여기에 있는 것은 아닙니다. 사실에 대해 숙고해보기 위해 여기에 있지요. 그리고 전기에서 막 발췌한 사실들은, 전문직은 그 일에 종사하는 이들에게 부인할 수 없는 어떤 영향을 미친다는 것을 증명하는 것 같습니다. 전문직은 그것에 종사하는 사람들의 소유욕을 강하게 하고, 자신의 권리에 대한 어떠한 침범에 대해서도 몹시 마음을 쓰게 하며, 누구라도 그들에게 논박하면 고도로 전투적으로 되도록 만듭니다. 그렇다면 우리가 같은 전문직에 들어가면 우리도 똑같은 특성을 갖게 될 것이라고 생각하는 것이 옳지 않을까요? 그리고 그러한 특성들이 전쟁에 이르게 되는 것이 아닐까요? 한두 세기 후엔, 우리가 같은 식으로 전문직에

---

24 mulberry, tree, property 세 단어 모두 'i [이]' 모음 소리로 끝나므로 각운rhyme을 형성한다.

종사한다면, 우리도 지금의 이 신사들과 마찬가지로 소유욕이 강해지고 마찬가지로 마음이 급급해지고 마찬가지로 호전적이 되고, 신의, 자연의, 법의, 재산의 판결이라는 것에 대해 마찬가지로 확신에 차지 않을까요? 따라서 여성들이 전문직에 들어가는 것을 돕는 이 금화에는 그것에 붙여진 첫 번째 조건으로서 다음의 조건이 따릅니다. 즉, 어떠한 전문직에 종사하는 여성이든, 다른 사람이 —남성이든 여성이든, 백인이든 흑인이든— 전문직에 들어갈 자격을 갖추고 있다면 그들이 그 전문직에 들어가는 것을 결코 방해하지 않고 오히려 있는 힘을 다하여 그들을 도와야 한다고 적극적으로 주장할 것을 맹세해야 한다는 것입니다.

"당신은 지금 당장 그런 일을 시작할 준비가 되어 있다고 말하면서 동시에 금화를 잡으러 손을 뻗습니다. 그러나 기다리십시오. 그것이 당신 것이 되기 전에 또 다른 조건이 금화에 붙어 있습니다. 다시 한 번 교육받은 아들들의 행렬을 생각해보고 다시 한 번 자신에게 물어보십시오. 그것은 우리를 어디로 인도하고 있는 것일까요? 한 가지 대답이 즉각 떠오릅니다. 분명, 수입을 향해서라고 말입니다. 적어도 우리에게 아주 근사하게 보이는 수입을 향해서 말입니다. 휘터커는 그것이 의심의 여지가 없다는 것을 보여주었습니다. 휘터커의 증거 외에도 일간지에 나타난 증거, 즉 우리가 이미 숙려해보았던 유서, 기부자 명단이라는 증거가 있습니다. 예를 들어 어떤 날짜의 어떤 신문에는 세 명의 교육받은 남성이 죽으면서 한 사람은 119만 3천251파운드를, 또 한 사람은 101만 288파운드를 또 다른 사람은 140만 4천132파운드를 남겼다는 진술이 실려 있습니다. 이것은 개인들이 축적하기엔 큰 액수라는 것을 당신은 인정할 것입니다. 그리고 우리 역시 머지않아 그만큼을 모으지 못할 이유가 있겠습니까? 이제 공무원직이 우리에게 개방되어 있으므로 우리가 1년에 1천에서 3천 파운드를 번다고 해도 당연할 것입니다. 이제 법조계도 우리에게 개방되어 있으므로 판사로서 1년에 5천 파운드를, 변호사로서 1년에 4만 혹은 5만 파운드까지 버는 것도 당연할 것입니다. 영국 교회가 우리에게 개방되면, 공관과 사제 저택과 더불어 우리도 1년에 1만 5천, 5천, 3천 파운드의 봉급을 끌어들이게 될지도 모릅니다. 증권거래소가 우리에게 개방되면 우리는 피어폰트 모건[25]이나 록펠러[26]만큼 수백만의 재산을 갖고 죽게 될지도 모릅니다. 의사로서 우리는 1년에 2천에서 5만 파운드까지 얼마든지 벌 수 있을 것입니다. 심지어 편집자로서 결코 무시할 수 없는 봉급을 벌어들일 수도 있을 것입니다. 어떤 이는 1년에 1천 파운드를 받으며 또 다른 이는 2천 파운드를 받고, 어느 큰 일간지의 편집자는 1년에 5천 파운드의 봉급을 받는다는 소문이 있습니다. 우리도 그러한 전문직들을 따라가다 보면 위와 같은 모든 부가 불원간 우리 수중에 들어올지도 모릅니다. 요컨대 우리는, 1년에 30 혹은 40파운드를 현금으로 받고 식사와 숙박은 덤으로 받는 현물 지급제 봉급을 받는 가부장 제도의 희생자의 위치에서, 현명하게 투자를 하면 죽을 때 셀 수도 없이 많은 수백만 파운드의 최고 보험액을 손에 넣게 해줄 수천 파운드를 연간 수입으로 소유하게 되는, 자본주의 체제의 옹호자로 우리의 지위를 바꿔놓을 수도 있다는 것이지요.

"그것은 그 나름의 매력이 없지 않은 생각입니다. 만일 이제 우

---

25 존 피어폰트 모건(John Pierpont Morgan, 1837~1913), 미국의 은행가. JP 모건 회사를 설립하였다. 19세기 후반과 20세기 초반에 미국의 기업 재무를 점령한 역대 최고 규모의 은행가로 알려져 있다.

26 존 록펠러(John Davison Rockfeller, 1839~1937), 미국의 석유산업계의 거물, 경영주. 근대 역사에서 가장 큰 재벌로 알려져 있다.

리 중에 펜 한 번만 놀리면 여자대학마다 20만 혹은 30만 파운드를 각각 기부할 수 있는 여자 자동차 제조업자가 있다면 그것이 무엇을 의미하는 것인가를 생각해보십시오. 그러면 여자대학 재건 기금의 명예 회계 담당자는, 즉 케임브리지에 있는 당신의 여자 형제는 힘든 일을 상당히 덜게 될 것입니다. 여기저기 호소할 필요가 없고 위원회, 바자회, 딸기, 크림이 필요 없게 될 것입니다. 그리고 부자인 여성이 단지 한 사람만 있는 것이 아니라 부자 남자들만큼 흔하다고 상상해보십시오. 당신이 무슨 일이든 못 하겠습니까? 당장 당신 사무실을 닫을 수도 있습니다. 하원의 여성당에 자금을 조달할 수도 있습니다. 침묵의 음모가 아닌 웅변의 모의에 전념하는 일간지를 운영할 수도 있습니다. 용돈은 부족하고 식사비와 숙박비도 덤으로 받지 못하는 가부장 제도의 희생자인 노처녀들에게 연금을 갖다줄 수도 있습니다. 동등한 노동에 동등한 보수를 받을 수도 있습니다. 아이들이 태어날 때 모든 어머니에게 진통제를 공급할 수도 있습니다.[19] 임산부의 사망률을 천 명당 4명에서 아마 0퍼센트로 내릴 수도 있습니다. 하원을 통과하는 데에 지금은 백 년 동안의 힘들고 지속적인 노고가 드는 법안을 한 회기 내에 통과시킬 수도 있습니다. 우선 보면, 남자 형제들이 가진 만큼 마음대로 쓸 수 있는 똑같은 큰돈을 가진다면 당신도 할 수 없는 일이 없을 것 같습니다. 그러면 그 돈을 소유하기 위한 첫발을 떼도록 우리를 도와주면 안 되나요? 하고 당신은 외칩니다. 전문직은 우리가 돈을 벌 수 있는 유일한 방법이고 돈은 매우 바람직한 목적을 달성하는 유일한 수단입니다. 그런데 여기에서 우리가 시비나 걸고 조건을 놓고 흥정이나 하고 있다고 당신이 항변하는 것 같습니다. 그러나 전쟁을 방지하도록 도와달라고 요청하는 어느 전문직 남성에게서 온 이 편지를 생각해보십시오. 스페인 정부가 거의 매주 보내오고 있는 시신과 폐허가 된 집들의 사진을 보십시오. 이래서 시비하고 조건을 놓고 흥정을 할 필요가 있는 것입니다.

"왜냐하면 그 편지와 사진이라는 증거들은, 역사와 전기가 전문직에 대하여 제공하고 있는 사실들과 결합하여 위에서 말한 똑같은 전문직들에 대하여 어떤 빛 — 빨간빛이라고 할까요? — 을 비추고 있는 듯하니까요. 당신은 전문직에서 돈을 법니다. 그것은 사실입니다. 그러나 위의 사실들에 비추어 보면 본질적으로 돈은 어디까지 바람직한 소유물입니까? 당신은 기억하겠지요. 인간 삶에 대한 어떤 위대한 권위자는 2천 년보다도 더 전에 막대한 소유물은 바람직하지 않다고 주장하였습니다. 이에 대해 당신은, 지갑 끈을 동여매두려는 또 다른 변명이 아닌가 의심이라도 하듯 다소 열을 내며, 부자와 천국에 대한 그리스도의 말씀은 다른 세계에서 다른 사실들을 직면해야 하는 사람들에게는 더 이상 도움이 되지 않는다고 응답합니다. 영국의 현 상황으로 봐서 극단적인 가난은 극단적인 부보다 덜 바람직하다고 당신은 주장합니다. 매일 우리가 풍부한 증거를 보다시피 자신의 소유물을 다 나눠주기로 되어 있는 기독교인의 가난은 육체가 불구인 사람과 정신이 나약한 사람들을 양산합니다. 명백한 예를 들면 실업자는 나라에 정신적인 원천도 지적인 부의 원천도 되지 못합니다. 이러한 것들은 중대한 논쟁입니다. 그러나 잠시 피어폰트 모건의 삶을 생각해보십시오. 우리 앞에 있는 증거를 놓고 볼 때, 극단적인 부도 똑같이 바람직한 것이 아니며 그것도 똑같은 이유로 바람직하지 않다는 것에 당신도 동의하지 않으십니까? 극단적인 부는 바람직하지 않으며 극단적인 가난도 바람직하지 않다면 그 둘 사이에는 어떤 바람직한 중간이 있다고 논할 수 있을 것입니다. 그러면 그 중간은 무엇인가요? ― 오늘날 영국에서 살아가는 데에는 어느 정도의 돈이 필요한가요? 그리고 그 돈은 어떻게 사용되어야 할까요? 당신이 이 금화를 손에 넣는 데에 성공한다면 당신이 목표로 제안하는 삶은 어떠한 삶이며 어떠한 인간을 목표로 하나요? 부인, 그런 것들이 당신에게 고려해보라고 내가 요청하고 있는 질문이며 또한 지극히도 중요한 질문이라는 것을 부인할 수 없을 것입니다. 그러나 아 애석하게도, 그런 것들은 지금 여기 우리가 매여 있는 실제적 사실이라고 하는 견고한 세계 너머 저 멀리로 우리를 이끌어갈 질문입니다. 따라서 신약성서, 셰익스피어, 셸리, 톨스토이, 그리고 그 밖의 책들은 덮어두고, 이 과도기의 순간에 우리 얼굴을 빤히 응시하고 있는 저 사실을 직면하기로 하지요. 즉 저 행렬이라는 사실과 우리도 그 행렬의 뒷부분 어디에선가 같이 걸어가고 있다는 사실을, 따라서 지평선 위의 비전에 우리 눈을 고정하기에 앞서 저 행렬이라는 사실을 고려하지 않으면 안 된다는 사실을 직시하기로 하지요.

"자 그러면 저기, 우리 눈앞에 교육받은 남성의 아들들의 행렬이 보입니다. 그들은 설교단에 오르고, 저 계단을 올라가고, 저 문을 드나들고, 설교하고, 가르치고, 법을 집행하고, 진료하고, 돈을 법니다. 만약 당신이 저 남자들이 벌어들이는 것과 똑같은 수입을 똑같은 전문직에서 벌려고 한다면 당신도 분명 저들이 받아들이고 있는 똑같은 조건들을 받아들여야만 합니다. 그런 조건이 무엇인지는 위쪽 창문에서 내려다보기만 해도 그리고 책을 통해서도 알 수 있거나 추측할 수 있지요. 당신은 9시에 집을 나서서 6시에 돌아와야 하지요. 그런 조건은 아버지가 자식들을 알고 지낼 시간 여유를 거의 남겨주지 않습니다. 당신은 21세쯤부터 약 65세까지 매일 그렇게 해야 합니다. 그러니 우정을 나누고 여행을 하고 예술을 즐길 시간이 거의 남아 있지 않지요. 당신은 또한 매우 힘들고 매우 야만적인 의무를 수행해야만 합니다. 제복을 입어야 하고 충성을 고백해야 합니다. 그러한 당신이 전문직에서 성공하면 '신과 대영제국을 위하여'라는 말이 개목걸이에 써놓은 주소처럼 십중팔구 당신 목둘레에도 쓰여질 것입니다.[20] 그리고 말이란 응당 의미를 지닌 것이므로 당신은 그 의미를 받아들여야만 하고 그것을 시행하기 위하여 할 수 있는 일은 다해야만 할 것입니다. 요컨대 당신은 똑같은 삶을 꾸려나가야 하고 전문직 남성들이 여러 세기 동안 고백해왔던 똑같은 충성을 고백해야 한다는 것입니다. 그것에 대해서는 의심의 여지가 없습니다.

"보복을 한다고 거기에 무슨 해되는 것이 있나요? 우리 이전에 우리 아버지와 할아버지가 해왔던 것을 이제 우리가 하려는데 왜 망설여야 하나요? 좀 더 상세하게 들어가서, 요즈음은 모국어를 읽을 수 있는 사람이면 누구나 검열해볼 수 있는 사실들, 즉 전기에 나타난 사실들을 참고해보지요. 당신 서재의 선반 위에는 셀 수 없이 많고 귀중한 책들이 있습니다. 다시 한 번, 자신의 직업에서 성공한 전문직 남성들의 삶을 재빨리 일별해봅시다. 여기 어느 훌륭한 변호사의 전기에서 발췌한 내용이 있습니다. '그는 9시 반경에 자신의 변호사 사무실로 갔다. (…) 그는 소송 사건 적요서를 집으로 가져갔다. (…) 그리하여 새벽 한두 시에 잠자리에 들게 되면 그는 운이 좋은 것이었다.'[21] 이것이 왜 가장 성공한 변호사들이 저녁 만찬에서 옆에 같이 앉아 있을 만한 사람들이 아닌지 이유를 설명해줍니다 — 그렇게도 연신 하품을 하니까 말입니다. 다음으로 여기에 어느 유명 정치가가 한 연설의 인용문이 있습니다. '……1914년 이후 나는 맨 처음 피는 자두나무 꽃에서부터 마지막에 피는 사과나무 꽃에 이르기까지 꽃이 만개하는 장관을 한 번도 본 적이 없다―1914년 이후로 우스터셔[27]에서 꽃을 단 한 번도 본 적이 없다. 그것이 희생이 아니라면 무엇이 희생인지 모르겠다.'[22] 참으로 희생이지요. 예술에 대한 정부의 끊임없는 무관심을 설명해주는 희생입니다. 아, 이 불행한 신사들은 박쥐처럼, 눈을 뜨고도 눈이 먼 것이 틀림없습니다. 다음에는 종교적 직업을 예로 들어보지요. 여기 위대한 주교의 전기에서 따온 인용문이 있습니다. '이것은 정신과 영혼을 파괴하는 끔찍한 삶이다. 나는 정말이지 이런 삶을 어떻게 살아야 할지 모르겠다. 중요한 일들이 밀려서 쌓이고 사람을 짓뭉갠다.'[23] 그것은 매우 많은 사람이 오늘날 영국 교회와 나라에 관하여 이야기하고 있는 바를 뒷받침해줍니다. 우리의 주교와 수석 사제는 설교할 영혼도 없으며 글 쓸 정신도 없어 보이니까요. 어떤 교회의 어떤 설교든 들어보십시오. 그리고 아무 신문에서건 알링턴 사제[28]나 잉 사제[29]의 기고 집필을 읽어보십시오. 다음에는 의사라는 직업을 예로 들어보지요. '1년 동안 나는 1천300파운드가 넘는 꽤 많은 돈을 받았다. 그러나 아마 이것을 계속 유지할 수는 없을 것이다. 그리고 그것을 유지하는 동안은 노예 상태다. 마음에 가장 많이 걸리는 것은 일요일마다 그리고 다시 크리스마스에 너무나 자주 엘리자와 아이들과 떨어져 있다는 것이다.'[24] 그것이 훌륭한 의사의 불평이며 환자가 불평을 메아리처럼 따라한다 해도 당연한 일이지요. 왜냐하면 할리 가의 전문의가 연간 1만 3천 파운드에 스스로 노예가 되어 있는데, 그가 정신 혹은 결합체로

---

27 잉글랜드의 웨스트 미들랜즈West Midlands에 있는 주.

28 시릴 알링턴(Cyril Argentine Alington, 1872~1955), 영국의 교육가, 학자, 성직자, 작가. 이튼 칼리지와 슈루즈베리 학교Shrewsbury School의 교장, 조지 5세의 사제, 그리고 더럼 대성당Durham Cathedral 사제로 활동하였다.

29 윌리엄 잉(William Ralph Inge, 1860~1954), 영국의 작가, 성직자, 케임브리지 신학대학 교수, 세인트 폴 성당 사제.

서의 정신과 육체는 고사하고 육체를 이해할 시간이 있겠습니까? 그런가 하면 전문 작가의 삶은 어디라도 좀 더 나은 데가 있나요? 여기 아주 성공적인 저널리스트의 삶의 표본이 있습니다. '요전 날도 이 시간에 그는 니체에 대해 1,600단어의 기사를 썼고 『스탠더드』[30]에 철도 파업에 관한 같은 길이의 사설을 썼으며, 『트리뷴』[31]에 600단어의 기사를 쓰고 저녁에는 슈 레인[32]에 있었다.'[(25)] 다른 무엇보다 이런 사실은 왜 일반인들이 정치 기사를 냉소적으로 읽으며 왜 작가들이 자신들의 작품의 서평을 30센티 막대자를 가지고 읽는지를 설명해줍니다. 즉 광고가 중요한 것이지, 칭송이나 비난 등은 그 의미를 잃게 되었으니까요. 정치가의 삶을 한 번 더 일별해봄으로써 끝을 맺도록 하지요. 왜냐하면 어쨌든 정치가라는 직업이 실제로 가장 중요하니까요. '휴 경[33]은 로비에서 빈둥거렸다. (…) 그 법안[사망한 부인의 자매 법안][34]은 결과적으로 폐기되었다. 그런 대의명분의 차후 가능성은 다음 해의 운에 맡겨지도록 좌천되었다.'[(26)] 이것은 정치가에 대해 만연된 어떤 불신을 설명하는 데에 도움이 될 뿐만 아니라 또한 다음의 사실을 상기시켜줍니다. 즉 당신은 하원같이 그렇게 공정하고 인간적인 기관의 여러 의원 면담실을 거치며 이끌고 나가야 할 연금 법안이 있으므로, 우리 자신 이러한 유쾌한 전기들 사이에서 너무 오랫동안 빈둥거릴 것이 아니라 그 전기에서 얻은 정

---

30 1827년에 창간된 일간신문으로, 1857년부터는 조간신문으로 바뀌었으며, 1859년에 석간 신문인 『이브닝 스탠더드The Evening Standard』가 창간되었다. 1916년에 『스탠더드』의 발행을 중단하였으며, 현재는 『이브닝 스탠더드』만 발행된다.

31 1937년에 런던에서 창간된 민주사회주의 정치 성향의 잡지다.

32 과거에 구빈원이 있었던 시티 오브 런던의 한 구역이다.

33 휴 세실(Hugh Richard Heathcote Gascoyne-Cecil, 1869~1956), 영국의 보수당 정치인.

34 1907년에 영국 의회에서 통과된 법안으로, 남성이 자신의 죽은 아내의 자매와 결혼하는 것을 허용한 법안이다.

보를 잘 요약해놓으려고 노력해야만 한다는 것 말입니다.

"그렇다면 성공적인 전문직 남성들의 삶에서 발췌한 이러한 인용문들은 무엇을 증명해주고 있나요? 하고 당신은 묻습니다. 그 인용문들은 휘터커가 한 방식대로 증명해주는 것은 하나도 없습니다. 다시 말해 주교는 1년에 5천 파운드를 받는다고 휘터커가 말한다면 그것은 사실입니다. 그것은 확인해서 입증할 수가 있다는 말입니다. 그러나 고어 주교[35]가 '주교의 삶은 정신과 영혼을 파괴하는 끔찍한 삶'이라고 말한다면 그는 단지 우리에게 자신의 의견을 제공하고 있을 뿐이며, 주교석에 앉아 있는 그다음 주교는 단호하게 그를 반박할지도 모릅니다. 그렇다면 이러한 인용문은 검증할 수 있는 그 어떤 것도 확인하여 입증해주지 못합니다. 그것은 단지 우리로 하여금 어떤 의견을 지니게끔 합니다. 그리고 그러한 의견은 우리로 하여금 전문직의 삶의 가치에 대해서 의심하고 비판하고 질문하게 합니다. 그것의 현금 가치가 아니라 (그것도 대단한 것이지요), 그것의 영적인, 도덕적인, 그리고 지적인 가치에 대해서 말입니다. 그러한 의견은 우리로 하여금 사람들이 전문직에서 매우 성공하게 되면 제정신을 잃게 된다lose their 'senses'는 의견을 갖게끔 하지요. 시력이 사라집니다. 그림 볼 시간이 없으니까요. 소리가 사라집니다. 음악 들을 시간이 없으니까요. 말이 사라집니다. 대화할 시간이 없으니까요. 그들은 비례의, 즉 한 가지 사물과 또 다른 사물 사이의 관계성의 감각을 상실합니다. 인간성이 사라집니다. 돈 버는 일이 너무 중요해서 그들은 낮뿐만 아니라 밤에도 일해야 합니다. 건강이 사라집니다. 너무나도 경쟁적으로 되어 이제 비록 혼자 처리할 수 있

---

35 찰스 고어(Charles Gore, 1853~1932), 옥스퍼드의 주교. 19세기의 가장 영향력 있는 성공회 신학자로 알려져 있다. 빅토리아 여왕과 에드워드 7세의 주교로도 활동하였다.

는 것보다 더 많은 일이 생겨도 다른 이들과 그 일을 같이하지 않습니다. 그러면, 시력과 소리와 비례 감각을 잃은 인간에게 무엇이 남게 될까요? 동굴 속의 절름발이뿐이지요.

"물론 그것은 비유figure이며, 그것도 공상적인 비유입니다. 그러나 그것이 공상이 아닌 통계상의 숫자figure, 즉 무기에 쓰인 3억과 모종의 연관이 있다는 것은 가능한 이야기로 보입니다. 어쨌든 그런 것이, 현명하게 판단하고 공정하게 판단할 온갖 기회가 주어진 지위에 오른 관찰자, 사심 없는 관찰자들의 의견인 것 같습니다. 그러한 의견 중 두 가지만을 살펴보기로 하지요. 런던데리 후작[36]은 다음과 같이 말했습니다.

'방향감각도 없고 지침도 없는 와글와글한 목소리들을 우리는 듣고 있는 듯하다. 그리고 세상은 제자리걸음을 하고 있는 듯이 보인다. (…) 지난 세기 동안 과학적 발견이라는 거대한 힘이 풀렸다. 그런 반면 동시에 문학적 혹은 과학적 업적에서의 그에 상응하는 어떤 발전도 식별해낼 만한 것이 없었다. 우리 자신에게 묻게 되는 질문은 인간이 이러한 과학적 지식과 발견의 새로운 열매를 즐길 만한 능력을 갖추고 있는지, 아니면 인간이 그것을 잘못 사용하여 자신과 문명 체계의 파멸을 가져오게 되는 것은 아닌지 하는 것이다.'[(27)]

"처칠 씨[37]는 말했습니다.

---

36 제7대 런던데리 후작이었던 찰스 스튜어트(Charles Stewart Henry Vane-Tempest-Stewart, 1878~1949)는 영국의 귀족 출신 정치인이었다.

37 윈스턴 처칠(Winston Leonard Spencer-Churchill, 1874~1965), 제2차 세계대전 동안, 그리고 1951~1955년에 영국의 총리로 활동한 유명 정치가이다.

'남성들이 측정 불가한 빠른 속도로 지식과 힘을 모아가고 있는 반면 그들의 지혜는 수 세기가 굴러가는 동안 어떠한 괄목할 만한 발전도 보여주지 않았다는 것은 확실하다. 현대 남성의 뇌는 수백만 년 전 여기서 싸우고 사랑했던 인간들의 뇌와 그 근본에 있어서 다르지 않다. 남성의 본성은 실제로는 이제까지 변화되지 않은 채 남아 있다. 기아, 공포, 호전적 열정, 또는 심지어 차가운 지적인 격앙 등의 많은 스트레스에 쌓여, 우리가 너무나도 잘 알고 있는 현대 남성들은 가장 끔찍한 행동을 자행할 것이며 현대 여성들은 그러한 남성들을 지지할 것이다.'[28]

"이것은 같은 취지를 지닌 매우 많은 인용문 중 단지 두 가지에 불과합니다. 여기에, 출처가 덜 인상적이긴 하나 우리 문제와 또한 관련되어 있어 읽어볼 가치가 있는 또 하나의 인용문, 즉 노스 웸블리[38]의 시릴 채빈트리 씨의 인용문을 덧붙여보기로 하지요.

'"여성의 가치관"은 "논박의 여지 없이 남성의 가치관과 다르다"라고 그는 쓰고 있다. "따라서 남자가 만들어놓은 활동 영역에서 경쟁하게 되면 여성은 불리해지고 의심을 받게 될 것이 뻔하다. 오늘날 여성들은 새롭고 더 나은 세계를 건설할 기회를 이전 어느 때보다 더 많이 가지고 있지만 이렇게 남성들을 노예처럼 흉내 내느라 자신들의 그런 가능성을 허비하고 있다."'[29]

이러한 의견 역시 대표적인 의견으로, 일간지에서 볼 수 있는 수많은 같은 취지의 의견 중의 하나입니다. 그리고 세 인용문을 한데 합쳐 보면 매우 교훈적인 것이 됩니다. 처음의 두 인용문은

38 노스웨스트 런던의 한 지역.

교육받은 남성들이 가진 막대한 직업적 능력이 문명사회에 온전히 바람직한 사태를 초래하지는 못했다는 것을 증명하는 것 같습니다. 그리고 전문직 여성들로 하여금 '자신들의 다른 가치관'을 '새롭고도 더 나은 세계를 건설'하는 데에 사용하라고 요청하는 마지막 인용문은 세계가 그러한 결과에 불만족하고 있다는 것을 암시할 뿐만 아니라 또한, 상대의 성으로 하여금 그 폐해를 교정해주기를 요청함으로써 막대한 책임감을 부과하고 동시에 커다란 칭찬도 넌지시 보내고 있습니다. 왜냐하면 채빈트리 씨와 그와 의견을 같이하는 신사들이, 전문적 여성이 비록 '불리해지고 의심을 받게 되고' 또한 정치적 또는 직업적 훈련도 거의 받지 않은 채 연간 250파운드 정도의 봉급만 받으면서도 '새롭고 더 나은 세계를 건설할' 수 있으리라고 믿는다면, 그들은 그녀가 거의 신성하다고 불릴 힘을 소지하고 있다고 여기고 있음에 틀림이 없기 때문입니다. 그들은 틀림없이 괴테에게 동의하고 있는 것이지요.

> '지나쳐버릴 것들은
> 단지 상징들뿐.
> 여기 모든 실패는
> 위업으로 성장하리라.
> 여기, 말해질 수 없는 것들이
> 모든 완성을 이뤄내리니,
> 여성 안의 여성적인 것들이
> 영원히 앞으로 이끌어주네'[30]

— 또 하나의 매우 큰 칭찬이며 그것도 매우 위대한 시인으로

부터의 칭찬이라는 것에 당신은 동의할 것입니다.

"그러나 당신은 칭찬을 원하지 않습니다. 당신은 그 인용문들을 깊이 생각하고 있습니다. 그리고 당신 표정이 분명 풀이 꺾인 것으로 보아 전문직 삶에 대한 이러한 인용문들이 당신을 어떤 침울한 결론에 이르도록 한 것 같습니다. 그것이 대체 무엇일까요? 간단히 말해서 교육받은 남성의 딸들인 우리는 악마와 심해 사이에 끼어 있다고 당신은 대답합니다. 우리 뒤에는 가부장 제도가, 즉 공허함과 비도덕성과 위선과 굴욕이 있는 개인 가정이 있습니다. 우리 앞에는 소유욕과 질투와 호전성과 탐욕을 지닌 공적인 세계, 전문직 제도가 놓여 있습니다. 하나는 우리를 후궁의 노예들처럼 감금하고 또 다른 하나는 우리로 하여금 꽁지에 머리를 맞대고 있는 유충처럼 뽕나무 둘레를, 재산이라는 신성한 나무 둘레를 돌고 또 돌도록 강요합니다. 그것은 두 가지 악 중에서의 선택입니다. 각각이 다 나쁜 것이니까요. 다리에서 강으로 뛰어드는 편이, 즉 게임을 포기하는 편이, 인간 삶 전체가 실수라고 선포하고 따라서 끝장을 내는 편이 차라리 낫지 않을까요?

"그러나 부인, 당신이 세인트 폴 성당의 아치 위에 쓰여 있는 '죽음은 삶의 문이다Mors Janua Vitæ'라는 영국 교회 신앙 고백자들의 의견을 공유하지는 않는다면 그러한 조치를, 그런 결정적인 조치를 취하기 전에 또 다른 대답이 가능하지 않을지 살펴보기로 하지요. 그런 의견 내에서야 물론 그런 결정적 조치를 권장할 만한 근거가 많겠지만 말입니다.

"또 다른 대답은 당신 서재의 선반 위에서, 다시 한 번 전기들 속에서, 우리를 빤히 응시하고 있을지도 모릅니다. 죽은 자들이 과거 자신의 삶을 가지고 해보았던 실험들을 잘 살펴봄으로써 우리에게 지금 강요된 매우 어려운 질문에 답하는 데 있어 어떤 도움을 발견한다는 것은 불가능한 일일까요? 아무튼, 시도해보기로 하지요. 자 우리가 전기에 던질 질문은 이런 것입니다. 앞서 말한 이유로 직업을 통해 우리가 돈을 벌어야 한다는 데에 우리는 동의합니다. 또한, 앞서 말한 이유로 인해 그러한 직업들이 우리에게는 매우 바람직하지 않은 것으로 보입니다. 당신에게, 즉 죽은 자들의 삶에 묻는 말은, 우리가 어떻게 전문직에 들어갈 수 있으며 그러면서도 문명화된 인간, 다시 말해 전쟁을 방지하기를 바라는 인간으로 남아 있을 수 있을까요? 하고 말하는 것입니다.

"이번에는 19세기의 남자들이 아닌 여성들의 전기에, 전문직 여성들의 전기에 문의해보기로 합시다. 그런데 부인, 당신 서가에는 공백이 있는 것 같습니다. 19세기에는 전문직 여성의 전기가 없다는 말입니다. 톰린슨 부인은, 즉 톰린슨 씨[39]의 부인이 그 이유를 설명해줍니다. 이 부인은 '아이들의 보모로서의 젊은 여성의 취업을 옹호하는' 책을 썼고 다음과 같이 말하고 있습니다. '……가정교사로서의 일자리를 가짐으로써 돈을 벌 방법 이외에 미혼 여성이 달리 돈을 벌 방법은 없는 듯이 보였다. 그런데 미혼 여성은 종종 자신의 천성 때문에 그리고 교육 혹은 교육의 부족으로 인해 그 일자리에 부적합하였다.'[(31)] 이것은 백 년이 채 안 된 1859년에 쓰인 것입니다. 그것이 당신 선반 위의 공백을 설명해주지요. 여자 가정교사 외에는 자신에 대한 전기를 쓴 전문직 여성이 하나도 없습니다. 그리고 여자 가정교사의 전기도, 다시 말해 문자로 기록된 삶도, 다섯 손가락으로 꼽을 수가 있습니다. 그렇다면 가정교사의 전기를 연구함으로써 전문직 여성들의 삶에 대하여 배울 수 있는 것이 무엇이 있을까요? 다행히도 상자가 낡다 보니 오래된 비밀들이 새나오기 시작했습니다. 요 전날 약

---

39 찰스 톰린슨(Charles Tomlinson, 1808~1897). 영국의 과학자, 작가, 영국 왕립학회 회원.

1811년에 기록된 그런 증거자료 하나가 기어 나왔습니다. 어느 무명의 미혼 여성, 위튼 양이 있었는데 그녀는 학생들이 잠자리에 들면 그 무엇보다 전문직 여성들에 대한 자기 생각을 낙서하듯 써놓았던 것 같습니다. 그런 생각 중 하나가 이런 것입니다. '오, 내가 라틴어, 불어, 예술, 과학 등을 얼마나 배우고 싶어 했는가. 종종 걸음으로 매일매일 바느질하고 가르치고 베껴 쓰고 설거지를 하는 것과는 다른 어떤 것을 얼마나 내가 배우고 싶어 했는가……. 왜 여자는 물리학, 신학, 천문학 등의 학문과 그것의 수반 학문인 화학, 식물학, 논리학, 수학 등등을 함께 배우는 것이 허락되지 않는 걸까?'[32] 여자 가정교사의 삶에 대한 그런 논평이, 즉 여자 가정교사의 입에서 나오는 그런 질문이 어둠으로부터 나와 우리에게 와닿고 있습니다. 그것은 또한 무언가를 밝혀줍니다. 그러나 계속 더듬어 찾아 나가보기로 하지요. 19세기 여성이 종사했던 직업에 대해 여기에서 하나 저기에서 하나씩, 힌트를 주워 모아보기로 합시다. 다음으로 우리는 아널드 박사[40]의 제자요, 오리얼 칼리지[41] 선임 연구원인 아서 클러프[42]의 여형제인 앤 클러프를 발견하는데, 그녀는 비록 봉급을 받지 않고 근무하긴 했지만 뉴넘의 첫 교장 선생님이었으며 따라서 아주 초기의 전문직 여성이라고 불릴 수 있습니다 — 우리는 그녀가 '많은 집안일을 하고', (…) '친구들에게서 빌린 돈을 갚기 위해 돈을 벌고', '작은 학교 하나를 운영하는 허가를 받기 위해 압박을 가하고', 남자 형제가 빌려준 책들을 읽음으로써 전문직을 위해 훈련을 해왔음을 알

---

40 토머스 아널드(Thomas Arnold, 1795~1842), 영국의 교육자, 역사가. 럭비 대학의 교장 선생님.
41 1324년에 설립된 영국 옥스퍼드 대학의 구성 대학이다.
42 아서 클러프(Arthur Hugh Clough, 1819~1861), 영국의 시인, 교육자. 플로렌스 나이팅게일Florence Nightingale의 조수였다.

게 됩니다. 그리고 그녀가 '내가 남자라면 나는 부를 위해, 이름이 나기 위해, 내 뒤에 부유한 가족을 남기기 위해 일하지는 않을 것이다. 결코 그러지 않을 것이다. 나는 나의 나라를 위해 그리고 나라의 국민을 나의 상속자로 만들기 위해 일할 것이다'라고 외치는 것 또한 알게 되지요.[33] 19세기 여성들이 야망이 없었던 것 같지는 않습니다. 다음에 조세핀 버틀러[43]를 발견하는데 그녀는 비록 엄격히 말해 전문직 여성은 아니었으나 전염병 법령[44]을 반대하는 운동을 승리로 이끌었으며 '수치스러운 목적을 위해' 어린이들을 매매하는 것에 반대하는 운동도 이끌었습니다. 우리는 조세핀 버틀러가 자신의 삶이 글로 기록되는 것을 거부하고 그런 운동에서 자신을 도와준 여성들에 대해 '그들 안에는 누군가가 알아주기를 바라는 욕망이나 다른 어떤 형태의 자기 본위주의의 흔적도 찾아볼 수 없다는 것은 주목할 만하다. 동기의 순수함 속에 그들은 "수정처럼 맑게" 빛난다'고 말하고 있습니다.[34] 그렇다면 그 순수함은 바로 그 빅토리아 시대 여성이 찬미하고 실천했던 자질 중의 하나였던 것이지요. 즉 인정받으려 하지 않고, 자기 위주가 되려고 하지 않고 다만 일을 완수하기 위해 일을 하는, 사실 소극적인 자질 말입니다.[35] 그 나름대로 심리학에의 재미있는 공헌이지요. 그러고 나면 우리 시대로 더 가까이 오게 됩니다. 우리는 거트루드 벨[45]을 발견하는데 비록 외교관직이 그때나 지금이나 여성에게는 폐쇄되어 있지만, 그녀는 의사 외교관이라고 불

43 조세핀 버틀러(Josephine Elizabeth Butler, 1828~1906), 영국 빅토리아 시대의 페미니스트, 사회개혁가. 여성의 참정권과 교육 확대를 주장하였으며 아동 매춘과 여성·아동 인신매매를 철폐하는 데에 힘썼다.

44 1864년에 통과된 법안으로, 남성들을 성병으로부터 보호하기 위하여 매춘부로 의심되는 여성들을 구속하여 성병 검사를 강제 진행하고 양성인 경우 병원에 감금하는 것을 허용한 법안.

45 거트루드 벨(Gertrude Margaret Lowthian Bell, 1868~1926), 영국의 작가, 여행가, 탐험가, 고고학자, 정보원. 오늘의 요르단과 이라크를 건국하는 데 큰 역할을 했다.

리게 해준 직책을 동양에서 맡았습니다―그런데 우리가 꽤 놀라게도 '거트루드는 런던에서 여자 친구 없이는, 혹은 친구가 없는 경우엔 하녀 없이는 결코 밖에 나갈 수 없었다.[36] (…) 거트루드가 한 장소의 티파티에서 또 다른 티파티로 젊은 남자와 이륜마차를 타고 가는 것이 불가피해 보일 때엔 그것을 응당 어머니에게 편지로 써서 고백해야 한다고 느꼈다'는 것을 발견하게 됩니다.[37] 그렇게 그들은 정숙했던 것인가요? 빅토리아 시대의 여성 의사 외교관들 말입니다.[38] 그것도 육체적인 면에서뿐만 아니라 정신 면에서도 말입니다. 거트루드는 '부르제의 『사도』[46]라는 책을 읽는 것이 허용되지 않았는데,' 그 책이 퍼뜨릴지도 모를 어떤 병이든 걸릴까 봐 두려워서였지요. 불만족스러우나 야심차고, 야심만만하나 엄격하고, 정숙하나 모험적인―이런 것들이 우리가 발견한 자질 중의 몇 가지입니다. 그러나 전기의 행은 아니더라도 행간을 계속 살펴보기로 합시다. 그러면 우리는 남편들의 전기의 행과 행 사이에서 매우 많은 여성이 직업에 종사했었다는 것을 발견합니다. 그런데 9명이나 10명의 아이를 낳는 일로 이루어진 직업을, 집을 관리하고, 병약자를 간호하고, 가난한 사람들과 병든 사람들을 방문하고, 여기에선 늙은 아버지를 저기에선 늙은 어머니를 돌보는 일로 이루어진 직업을 무엇이라고 부를 수 있을까요? 그러한 직업은 이름도 없으며 보수도 없습니다. 그러나 우리는 19세기의 너무나 많은 교육받은 남성들의 어머니와 여형제와 딸들이 그런 일에 종사하였다는 것을 알고 있으므로 그런 여성들 자신과 삶을 그들의 남편과 남자 형제들의 삶 뒤에 붙여 한 덩어리로 묶어, 그 메시지를 추출하여 해독할 상상력

---

46 프랑스의 소설가, 비평가 폴 부르제(Paul Bourget, 1852~1935)의 책 『사도 The Disciple』
　　(1889).

이 있는 사람들에게 전달하도록 해야 합니다. 당신이 넌지시 알려주듯 우리는 시간에 쫓기므로, 엄격한 의미에서의 전문직 여성은 아니었지만 여행가로서 정체 모를 명성을 가졌던 여성, 즉 메리 킹즐리의 매우 의미심장한 다음 말을 다시 한 번 인용함으로써 19세기 여성들의 직업 생활에 대한 중구난방식의 귀띔과 생각들을 요약해보기로 하지요.

'독일어를 배우도록 허락받은 것이 내가 받은 유료 교육의 전부였다는 사실을 당신에게 털어놓은 적이 있는지 모르겠다. 오빠의 교육엔 2천 파운드가 들어갔는데 나는 여전히 그것이 헛된 일은 아니었기를 바란다.'

"이 진술은, 우리가 전문직 남성들의 전기의 행간에서 여형제들의 삶을 더듬거리며 찾아 나가는 수고를 덜어줄 정도로 너무나 암시하는 바가 많습니다. 그 진술에서 찾을 수 있는 암시들을 더욱 발전시키고 그것을 우리가 발견한 다른 암시나 파편적 정보들과 연결한다면, 지금 우리가 직면하고 있는 매우 어려운 질문에 대답하는 것을 도와줄 어떤 이론 내지는 관점에 도달할 수도 있을 것입니다. 왜냐하면, 메리 킹즐리가 '……독일어를 배우도록 허락 받은 것이 내가 받은 유료 교육의 전부였다'라고 말할 때 그녀는 무료 교육은 받았다는 것을 암시하기 때문입니다. 우리가 검토해온 다른 전기들도 그러한 암시를 확증해줍니다. 그렇다면 좋든 나쁘든 수 세기 동안 우리가 받은 '무료 교육'의 본질은 무엇인가요? 무명을 벗어난 정도가 아니라 전기가 실제로 쓰일 정도로 성공적이고 유명했던 네 사람의 삶, 즉 플로렌스 나이팅게일[47], 클러프 양, 메리 킹즐리, 그리고 거트루드 벨의 삶 뒤에 있었던 이름 없는 여성들의 삶을 한데 모아보면, 그들이 모두 같은 선생님들에게서 교육을 받았다는 것을 부인할 수 없을 것 같습니다. 전기에 완곡하고 간접적으로 그러나 어쨌든 명확하고 논박의 여지 없이 나타나 있듯이, 그 선생님들이란 가난, 정절, 조소였으며 그리고…… 어떤 말이 하여간 '권리와 특권의 부족'이란 것을 망라할까요? 오래된 단어인 '자유'에게 다시 한 번 쓰게 해달라고 졸라볼까요? 그러면 '거짓 충성으로부터의 자유'야말로 선생님 중 네 번째 선생님이 됩니다. 즉, 모든 여자가 즐겼고 영국의 법과 관습에 의해 우리가 여전히 대단한 정도로 즐기고 있는 자유, 즉 오래된 학교들, 오래된 대학들, 오래된 교회들, 오래된 예식들, 오래된 나라들로부터의 자유 말입니다. 우리는 새로운 말을 만들어낼 시간이 없지요. 제아무리 언어가 새로운 말이 필요해도 말입니다. 그러면 '거짓 충성으로부터의 자유'를 교육받은 남성의 딸들의 네 번째 선생님으로 삼기로 하지요.

"이렇듯 전기를 보면 교육받은 남성의 딸들이 가난, 정절, 조소, 그리고 거짓 충성으로부터의 자유의 손에서 무료 교육을 받았다는 사실을 알게 됩니다. 그 딸들이 무보수직에 아주 적절히 딱 맞도록 해준 것이 바로 이러한 무료 교육이었다는 것도 전기에서 알게 되지요. 그리고 유급 직업 못지않게 확실히 그러한 무보수 직업도 자체의 법, 전통, 노동이 있었다는 것도 전기를 통해 알 수 있습니다. 더 나아가, 전기를 공부해본 학생은 거기에 나타난 증거를 가지고 볼 때 이러한 교육과 직업이 여러 면에서 무보수자들 자신뿐만 아니라 그 후손에게도 극도로 나쁜 것이었다는

---

47 플로렌스 나이팅게일(1820~1910), 영국의 간호사, 작가, 통계학자, 의료제도의 개혁자. 크림 전쟁 동안 이스탄불에서 간호사로서 활약하였으며, 의료 효율성을 일신하였다.

점에 대해 도저히 의심할 수 없을 것입니다. 빅토리아 시대의 무급 아내의 집중적인 출산, 유급 남편의 집중적인 돈 벌기는 현시대의 정신과 육체에 무시무시한 결과를 가져왔다는 것을 의심할 수 없다는 것이지요. 이를 증명하기 위해 플로렌스 나이팅게일이 그러한 교육과 그 결과에 대해 공공연히 비난한 저 유명한 구절을 다시 한 번 인용할 필요는 없지요. 또한, 그녀가 크림 전쟁을 당연히 기뻐하며 반겼다는 것을 강조할 필요도 없지요. 또한, 다른 출처로부터 ─ 슬프게도 출처는 셀 수 없이 많습니다 ─ 양성 모두가 너무나 풍부하게 증언하듯 그러한 교육이 발생시킨 어리석음, 쩨쩨함, 원한, 포학, 위선, 비도덕성을 예증할 필요도 없습니다. 어쨌든 한쪽 성에 대한 그런 교육의 가혹함에 대한 최종적인 증거는 우리의 '위대한 전쟁'의 연대기에서 발견할 수 있는데, 전쟁 당시 병원과 추수기 들녘과 군수품 일자리가 주로 위와 같은 무료 교육의 공포에서 벗어나 오히려 쾌적하다 여겨진 그런 일자리로 도망친 피난민들로 충원되었다는 사실입니다.

"그러나 전기는 다면적이어서 물어오는 어떤 질문에 대하여도 단 한 가지의 단순한 답만을 돌려주지는 않습니다. 그래서 전기가 남아 있는 사람들 ─ 즉 플로렌스 나이팅게일, 앤 클러프, 에밀리 브론테[48], 크리스티나 로세티[49], 메리 킹즐리 ─ 의 삶을 보면 이 똑같은 교육, 이 무료 교육이 큰 단점뿐만 아니라 큰 장점도 지녔음에 틀림이 없다는 것을 의심의 여지 없이 증명하고 있습니다. 왜냐하면 이러한 여성들이 비록 제대로 된 교육은 받지 못

---

48 에밀리 제인 브론테(Emily Jane Brontë, 1818~1848), 영국의 소설가. 『제인 에어*Jane Eyre*』의 작가 샬럿 브론테Charlotte Brontë의 동생이다. 그녀가 남긴 작품으로는 『폭풍의 언덕*Wuthering Heights*』(1847)이 있다.

49 크리스티나 로세티(Christina Georgina Rossetti, 1830~1894), 영국의 여성 낭만파 시인. 화가 단테 가브리엘 로세티Dante Gabriel Rossetti의 동생이다. 대표작으로 「도깨비 시장Goblin Market」이 있다.

했을지라도 여전히 문명화된 여성들이었다는 것을 부정할 수 없기 때문이지요. 우리의 교육받지 않은 어머니와 할머니들의 삶을 살펴보면 직위를 얻고, 명예를 얻고, 돈을 벌게 해주는 힘으로만 교육을 판단할 수는 없다는 것입니다. 만일 우리가 정직하다면, 유료 교육을 받지 못하고, 봉급도 직위도 없는 일부 사람들도 문명인이라는 것을 인정해야 합니다. 그들이 의당 '영국적' 여성이라고 불릴 수 있는지 없는지는 토론에 부칠 문제이지만 말입니다. 이리하여 그러한 교육의 성과를 내던져버리고 거기서 얻은 지식을 어떤 뇌물이나 장식을 위해 포기한다면 우리는 극단적으로 어리석은 일임을 인정해야만 합니다. 이런 식으로 전기는 우리가 그것에 묻는 질문 — 전문직에 종사하면서도 어떻게 우리가 문명화된 인간, 즉 전쟁을 저지하는 인간으로 남아 있을 수 있나요? — 에 대해 이렇게 대답할 것 같습니다. 당신이 교육받은 남성의 딸들의 위대한 선생님들로부터 — 가난, 정절, 조소, 거짓 충성으로부터의 자유로부터 — 분리되는 것을 거부하고 그 선생님들을 약간의 부, 약간의 지식, 그리고 진정한 충성심에 대한 약간의 봉사와 결합한다면, 그러면 당신은 전문직에 들어가서도 그 전문직을 바람직하지 않은 것으로 만드는 온갖 위험들을 피할 수 있다고 말입니다.

"이러한 것이 소중한 조언자의 답변이며 이 금화에 붙여진 조건입니다. 요점을 반복하자면, 성, 계급, 피부색이 어떠하든 누구든 적절한 자격을 갖춘 사람이라면 전문직에 종사하도록 돕는다는 조건으로, 그리고 더 나아가 전문직에 종사하면서도 가난, 정절, 조소, 거짓 충성으로부터의 자유에서 떨어져 나오는 것을 거부한다는 조건하에서 이 금화를 갖게 될 것입니다. 이제 말이 좀 더 확실해지고 조건도 더욱 분명해졌나요? 그러면 당신은 그 조건에 동의하십니까? 당신은 망설입니다. 그 조건 중 어떤 것은 좀 더 토의될 필요가 있다고 제안하는 것 같습니다. 그렇다면 그 것들을 순서대로 다루어보기로 하지요. 가난이라는 것이 의미하는 것은 먹고살 정도의 돈입니다. 다시 말해서 다른 어떤 인간으로부터도 독립할 수 있을 정도의 돈은, 그리고 몸과 마음을 충분히 발전시키는 데에 필요한 약간의 건강, 여가, 지식 등을 살 수 있을 정도의 돈은 당신이 벌어야 한다는 것입니다. 하지만 그 이상은 아닙니다. 단 한 푼이라도 더 많이는 아니라는 것이지요.

"정절이라는 것은 직업에 의해 먹고살 정도의 돈을 벌었다면 돈 자체를 위해 두뇌를 파는 일을 거부해야 한다는 것을 의미합니다. 즉 그때는 직업에 종사하는 것을 그만두거나 아니면 연구와 실험을 위해 직업에 종사해야 한다는 것입니다. 혹은 당신이 예술가라면 예술을 위해 종사하고, 또는 전문직을 통해 얻은 지식을 그것을 필요로 하는 사람들에게 공짜로 베풀어주어야 한다는 것입니다. 하지만 뽕나무가 당신을 빙빙 돌게 하려고 하는 그 즉시 중단하세요. 그 나무에다 실컷 웃음이나 퍼부으며 말입니다.

"조소는 나쁜 말이지요. 그렇지만 다시 한 번, 영어라는 언어는 새로운 말이 많이 부족합니다. 조소라는 것은 당신의 공적을 광고하는 모든 방법을 거부하고, 비웃음과 무명과 비난이 심리학적인 이유로 오히려 명성이나 칭송보다 더 낫다고 주장해야 한다는 것을 의미합니다. 배지와 훈장과 학위가 당신에게 수여되는 즉시 그것을 수여한 사람의 얼굴에다 되 던져버리세요.

"거짓 충성으로부터의 자유라는 것은 우선 당신 스스로에게서 국적에 대한 자만심을 없애야 하고 또한 종교적 자만심, 대학에 대한, 학교에 대한, 가문에 대한, 성에 대한 자만심 그리고 그런 것들에서 비롯되는 거짓 충성을 제거해야 한다는 것을 의미합니다. 유혹자가 당신을 매수하여 속박하려고 유혹적인 신청서 등을 가지고 다가오는 즉시 그 문서들을 갈기갈기 찢어버리고 양식에 기재하기를 거부하십시오.

"그런데 이러한 정의들이 너무 자의적이고 너무 일반적이라고 당신이 여전히 이의를 제기하고 그 어느 누가 몸과 마음의 충분한 발전을 위해 얼마만큼의 돈과 지식이 필요한지를 그리고 어떤 것이 우리가 섬겨야 하는 진정한 충성이며 어떤 것이 경멸해야 하는 거짓 충성인지 말해줄 수 있는가를 묻는다면, 나는 당신에게 오로지 —시간이 없으므로— 두 권위자에게 문의해보라고 할 뿐이지요. 하나는 매우 낯익은 것이지요. 그것은 당신 손목에 차고 다니는 심리측정기로 모든 개인적 관계에서 당신이 의존하는 작은 기구입니다. 만일 눈에 보인다면 그것은 체온계와 비슷하게 보일 것입니다. 그 속에는 어떤 육체나 영혼, 집이나 단체가 있는 곳에 노출이 되면 그것들에 의해 영향을 받는 수은 줄이 들어 있습니다. 당신이 얼마만큼의 부가 바람직한지 알기 원한다면 부자가 있을 때 그것을 드러내보십시오. 어느 정도의 학식이 바람직한지 알기 원한다면 학자가 있을 때 그것을 대보십시오. 애국심, 종교 그리고 그 나머지 것들도 마찬가지로 해보십시오. 그 기기를 살피는 동안 대화가 중단되거나 대화의 쾌적함이 교란될 필요도 없습니다. 그러나 이것 역시 너무 개인적이고 잘못될 수 있는 방법이어서 실수의 위험 때문에 사용할 수 없다고 당신이 반대하고, 개인적인 심리측정기로 인해 많은 결혼이 불행해지고 우정이 깨졌다고 증언한다면, 그러면 심지어 교육받은 남성의 딸들 중 가장 가난한 사람도 쉽게 손을 넣을 수 있는 또 하나의 권위자가 있습니다. 공립 미술관에 가서 그림들을 보십시오. 라디오를 틀고 방송 중인 음악을 모두 들어보십시오. 지금은 누구에게나 공짜인 공립 도서관에 들어가보십시오. 거기에서 공공의 심리측정기가 발견해놓은 것들을 혼자서도 찾아볼 수 있을 것입니다. 시간에 쫓기므로 한 가지 예만을 들어보지요. 소포클레스의 『안티고네』[50]를 미미한 명성의 어떤 사람이 영어 산문 내지는 운문으로 번역한 적이 있습니다.[(39)] 크레온이라는 인물을 생각해보십시오. 거기엔 한 시인, 즉 활동 중인 심리학자라고 할 수 있는 한 시인이 권력과 부가 영혼에 미치는 영향에 대해 매우 심원하게 분석한 내용이 들어 있습니다. 크레온이 자신의 백성들에 대해 절대적인 통치권이 있다고 주장하고 있는 것을 생각해보십시오. 그것은 어떤 정치가가 제언해줄 수 있는 것보다 훨씬 더 교육적으로 폭정에 대해 분석하고 있습니다. 당신은 어떤 것이 우리가 경멸해야 하는 거짓 충성이며 어떤 것이 우리가 존중해야 하는 진정한 충성인지 알고 싶으신가요? 안티고네가 일반법과 절대적 법laws and Law을 구별하고 있는 것을 숙고해보십시오. 그것은 어떠한 사회학자가 제언해줄 수 있는 것보다 훨씬 더 심원하게 사회에 대한 개인의 의무를 말해주고 있습니다. 비록 영어 번역이 서투르긴 하지만 안티고네의 다섯 마디 말[51]은 모든 대주교가 설한 모든 설교를 한데 모아놓은 만큼의 가치가 있습니다.[(40)] 그러나 더 확대하는 것은 적절치 않을 것입니다. 개인적인 판단은 여전히 개인적으로 자유로운 것이며 그러한 자유로움이 자유의 본질이니까요.

"그 밖에 대해서는, 비록 조건이 많아 보이고 애석하게도 금화

---

50 『안티고네Antigone』는 고대 그리스의 비극작가 소포클레스Sophocles가 기원전 441년경에 만든 비극이다. 테베의 왕 크레온Creon과 오이디푸스 왕의 어린 딸 안티고네의 갈등을 다룬다.

51 울프 자신의 주에 의하면 다섯 마디의 말은 영어로 다음과 같다. "It is not my nature to join in hating but in loving.(사랑하는 일이 아니라 증오하는 일에 함께하는 것은 나의 천성이 아니다.)" 272쪽 참조.

는 단 한 닢이긴 하지만, 현재 상황으로 보아 그 조건들이 대개 성취되기가 매우 어려운 것은 아닙니다. 첫 번째 조건, 즉 먹고살 정도의 돈은 벌어야만 한다는 것을 제외하고는 그 조건들이 대부분 영국 법에 의해 우리에게 보장되어 있으니 말입니다. 영국 법은 우리가 큰 재산을 상속받지 못하도록 하고 있지요. 영국의 법은 국적이라는 대단한 치욕을 우리에게 인정하지 않고 있는데 차라리 계속 인정하지 않기를 기원합시다. 그러면, 과거 수 세기 동안 그랬던 것처럼 앞으로 다가올 수 세기 동안에도, 온전한 정신에 필수적이며 허영, 자기 본위주의, 과대망상증이라는 근대의 커다란 죄악들을 방지하기 위해 매우 소중한 것들인 비웃음, 비난 그리고 경멸을 우리 남자 형제들이 우리에게 제공해주리라는 것은 거의 의심의 여지가 없습니다.[41] 그리고 영국 교회가 우리의 봉사를 거부하는 동안은 ─ 오래도록 교회가 우리를 제외하기를! ─ 그리고 오래된 학교와 대학이 우리가 그들의 기부금과 특권의 일정 몫을 누리도록 입학 허가 내주기를 거부하는 동안은, 우리는 우리 쪽에서의 어떤 어려움도 없이 그러한 기부금과 특권이 일으키는 특정한 충의와 충성으로부터 면제될 수 있는 것이지요. 더군다나 부인, 개인 가정이 지닌 전통이라는 것과 지금 이 순간의 배후에 놓여 있는 조상 대대로의 기억이 당신을 도와주고자 대기 중입니다. 우리는 위에서 제시한 인용문에서 정절, 즉 육체적 정절이 우리 성의 무료 교육에서 얼마나 큰 역할을 하였는지를 보았습니다. 육체적 정절이라는 오래된 이상을 정신적 정절이라는 새로운 이상으로 바꾸는 것은 ─ 즉 정신은 육체보다 더 고귀한 것이라고 흔히 말하므로 돈을 위해 몸을 파는 것이 잘못된 것이라면 돈을 위해 정신을 파는 것은 더 잘못된 것이라고 주장하는 것은 ─ 분명 어렵지 않을 것입니다. 그렇다면 다시, 유혹자들 가운데 가장 힘이 센 유혹자, 즉, 돈의 유혹에 저항하는 데에 있어서 위에서 말한 것과 같은 전통이 우리에게 매우 큰 힘이되어 주고 있는 것은 아닐까요? 몇 세기 동안 우리는 식사와 숙박을 덤으로 받으며 연 40파운드에 온종일 그것도 매일매일 일하는 권리를 누리지 않았던가요? 게다가 휘터커는 교육받은 남성의 딸들의 일의 절반이 여전히 무보수의 일이라는 것을 증명하고 있지 않은가요? 마지막으로 명예, 명성, 사회적 지위에 대해말하자면, 우리가, 즉 아버지와 남편의 이마와 가슴에 놓여 있는작은 보석관과 배지로부터 반사되는 명예 외엔 다른 명예는 가져본 적이 없이 수 세기 동안 일을 해온 우리가, 그러한 유혹을 물리치기는 쉽지 않나요?

"이렇게 하여 법이 우리 편이고, 재산권이 우리 편이고, 우리를 안내해줄 조상 대대로의 기억이 있으니 더 이상 논쟁은 필요없습니다. 이 금화가 당신 것이 되는 조건은 첫 번째 것을 제외하고는 비교적 이행하기가 쉽다는 것에 당신은 동의할 것입니다. 그 조건들은, 지금까지 2천 년 동안 존재해온 개인 가정의 전통과 교육을 두 가지 심리측정기가 알아낸 것에 따라 당신이 발전시키고 수정하고 지도할 것을 단지 요구할 뿐입니다. 당신이그렇게 하기로 동의한다면 우리 사이의 흥정은 끝날 수 있습니다. 그러면 당신의 집세를 낼 수 있는 금화 한 닢은 당신 것이 됩니다. ─ 그것이 1천 기니라면 좋겠습니다! 왜냐하면 이러한 조건에 동의한다면 당신은 전문직에 함께하면서도 그것에 의해 오염되지 않은 채 남아 있을 수 있기 때문이지요. 즉 전문직에서 소유욕과 질투와 호전성과 탐욕을 제거할 수 있다는 것이지요. 당신은 당신 자신만의 정신과 당신 자신만의 의지를 가질 수 있도록 그러한 직업들을 이용할 수 있다는 것이지요. 그리고 전쟁의 비인간성, 야수성, 공포, 어리석음을 없애기 위하여 그러한 정신과 의지를 사용할 수 있습니다. 그러면 이 금화를 받아서 사용하십시오. 집을 다 태워 허물어버리기 위해서가 아니라 집의 창문들이 찬연히 빛나게 하도록 말입니다. 그리고 교육받지 않은 여성들의 딸들로 하여금 버스가 지나다니고 노점상들이 팔 물건을 외치는 좁은 골목에 있는 집, 이 새로운 집, 이 가난한 집 주위를 춤추며 돌게 하십시오. 그리고 그들로 하여금 '우리는 전쟁과는 끝이 났네! 우리는 독재와는 끝이 났네'라고 노래 부르게 하십시오. 그러면 그들의 어머니들은 무덤에서 '우리가 비난과 경멸을 감내한 것은 바로 이것을 위해서였지! 딸들아, 새 집의 창문에 불을 밝혀라. 창들이 타오르게 하라!'며 웃을 것입니다.

"이렇듯 이런 것이 교육받은 남성의 딸들이 전문직에 들어가는 것을 도와줄 이 금화를 내가 당신에게 주는 조건들입니다. 장광설을 여기서 끝냄으로써, 당신이 바자회 끝손질을 하고 토끼와 커피 주전자를 정돈하고, 그리고 오빠와 함께 있는 교육받은 남성의 딸에게 어울리는 그런 미소 띤 존경의 태도로 존경하는 샘프슨 레전드 경[52]을, 메리트 훈장O. M., 2등급 바스 훈장K. C. B.[53], 법학 박사LL. D.[54], 민법 박사D. C. L.[55], 추밀원 고문관P. C.[56], 등등을 맞이할 수 있기를 기원하기로 하지요."

선생님, 이러한 것이, 교육받은 남성의 딸들의 전문직 종사를 돕는 협회의 명예 회계 담당자에게 마침내 보내어진 편지 내용이었습니다. 그 편지 안에, 당신의 전쟁 방지를 돕기 위하여 그 담

---

52 윌리엄 콩그리브(William Congreve, 1670~1729)가 쓴 희극 『사랑에는 사랑Love for Love』에 나오는 주인공 발렌타인 레전드Valentine Legend의 아버지.

53 Knight of Commander of the Bath.

54 Llegum Doctor(Doctor of Laws).

55 Doctor of Civil Law.

56 Privy Councilor.

당자가 자신이 할 수 있는 것은 무엇이든 반드시 할 수 있도록 우리의 심리학적 능력이 허락하는 한에서 한 닢의 금화가 발휘할 수 있는 영향력을 정리해보았습니다. 그 조건이 정당하게 규정되었는지는 말하는 것이 불가능합니다. 그러나 당신이 보게 되다시피 당신에게 답장하기 전 그녀의 편지와 대학 재건 기금의 명예 회계 담당자한테서 온 편지에 답장하고 그들 둘 모두에게 금화를 보내는 것은 반드시 필요한 일이었습니다. 왜냐하면 그들이, 우선 교육받은 남성의 딸들을 교육할 수 있도록 그리고 그다음에는 직업에서 그들이 생활비를 벌 수 있도록 도움을 받지 않는다면 그 딸들은 당신의 전쟁 방지를 도와줄 독립적이고 사심 없는 영향력을 가질 수 없기 때문입니다. 그러한 목적들은 서로 연관된 것으로 보이니까요. 이러한 것을 우리 힘이 미치는 한 최선을 다해 보여주었으므로 이제 당신의 편지로 그리고 당신의 협회에 대한 기부 요청의 문제로 돌아가보기로 하지요.

3장

자, 당신의 편지가 여기 있습니다. 이미 우리가 보았듯이, 당신은 그 편지에서 어떻게 전쟁을 막을 것인가에 대한 의견을 요청한 후, 이어서 전쟁 방지를 위해 우리가 도와줄 수 있는 어떤 실질적인 조치들을 제안하고 있습니다. 그 조치들이란 이런 것들인 것 같습니다. "문화와 지적 자유를 보호할 것"을 서약하면서 선언문에 서명하고[1], 평화 보전을 목표로 둔 정책에 헌신하는 협회에 가입하며, 마지막으로 다른 협회들처럼 기금이 부족한 그 협회에 기부를 하라는 것입니다.

그러면 첫째로, 우리가 문화와 지적 자유를 보호함으로써 어떻게 당신이 전쟁을 방지하는 데에 도움을 줄 수 있는가를 생각해보기로 합시다. 그러한 다소 추상적인 말과 이러한 매우 확실한 사진들, 즉 시신과 폐허가 된 집의 사진들 사이에는 어떤 연관성이 있다고 당신이 우리에게 분명하게 말하고 있으니 말입니다.

그런데 전쟁을 어떻게 방지할 것인가에 대한 의견을 요청해온 것도 놀라운 일인데, 문화와 지적 자유를 보호하겠노라는 당신의 선언문에 나타난 꽤나 추상적인 견지에서 도와달라는 요청을 해온 것은 훨씬 더 놀라운 일입니다. 선생님, 앞서 제시되었던 사실들에 비추어 당신의 이러한 부탁이 무엇을 의미하는지 생각해보십시오. 그것은 1938년에, 교육받은 남성의 아들들이 딸들에게 문화와 지적 자유를 보호하는 일을 도와달라고 요청하고 있다는 것을 의미하지요. 그런데 그것이 왜 그다지 놀라운 일이냐고 당신은 물으실 겁니다. 데번셔 공작[1]이 별 계급장을 달고 각반을 찬 채 부엌으로 내려와, 볼에 흙을 묻히고 감자 껍질을 까고 있는 하녀에게 "감자 껍질 까는 일을 멈추고, 메리야, 내가 핀다로스[2]의 이 꽤나 어려운 구절을 해석하는 것을 도와다오"라고 말한다고 가정해보십시오. 메리는 화들짝 놀라 요리사인 루이자에게 "봐 봐, 루이, 주인님이 미쳤나 봐"라고 외치며 달아나지 않을까요? 그것이, 혹은 그 비슷한 것이 교육받은 남성의 아들들이 우리에게, 그들의 여형제들에게, 지적 자유와 문화를 보호하는 일을 도와달라고 요청할 때 우리 입술에 떠올라오는 외침이랍니다. 이제 부엌 하녀의 그 외침을 교육받은 이들의 언어로 옮겨보도록 하지요.

다시 한 번, 선생님, 우리는 당신이 우리의 시각에서 즉 우리의 관점에서 아서 교육기금을 바라보시라고 간청하지 않을 수 없습니다. 비록 그 방향으로 머리를 돌리는 것이 어려운 일이기는 하지만, 매년 1만여 명의 남자 형제들이 옥스퍼드와 케임브리지에서 교육을 받을 수 있도록 지금까지 수 세기 동안 그 그릇이 늘 채워 있도록 하는 것이 우리에게 무엇을 의미하는지를 이해하기 위하여 다시 한 번 노력해달라는 것이지요. 그것은 문화와 지적 자유라는 목적을 위해 우리가 이미 사회의 다른 어떤 계층보

---

1   데번셔 공작Duke of Devonshire은 영국 캐번디시Cavendish가의 작위로, 16세기부터 영국의 귀족 중 가장 부유한 가문 중 하나였다.
2   핀다로스(Pindar, B.C. 518?~B.C. 438?), 고대 그리스의 합창시 작가.

다도 더 많은 기여를 해왔다는 것을 의미합니다. 왜냐하면 교육 받은 남성의 딸들은 1262년부터 1870년까지 가정교사, 독일어 선생님 그리고 춤 선생님에게 지불한 볼품없는 액수를 제외하고 는 자신들의 교육에 필요한 모든 돈을 아서 교육기금에 내지 않 았던가요? 그들은 자신의 교육비를 가지고 이튼과 해로, 옥스퍼 드와 케임브리지, 그리고 대륙에 있는, 즉 소르본[3]과 하이델베르 크[4], 살라망카[5]와 파도바[6] 그리고 로마에 있는 모든 위대한 학교 와 대학교에다 돈을 내지 않았나요? 비록 그들이 간접적으로이 긴 하지만 너무나 관대하고 후하게 돈을 내어서 마침내 19세기 에 그들 자신도 유료 교육을 받을 권리를 얻었을 때 그들을 가르 칠 수 있을 만큼 충분한 유료 교육을 받은 여성이 단 한 명도 없는 정도가 되었던 것 아닌가요?[(2)] 그런데 지금 청천벽력같이, 그 딸 들도 동일한 대학교육의 일부와 아울러 그런 교육에 곁들여지는 여행, 유흥, 자유로움 등과 같은 장식물의 일부도 스스로를 위해 좀 훔쳐와볼까 하는 참인데, 그 막대한, 그 어마어마한 액수가— 현금으로 직접 세어보든 혹은 바깥에서 이루어지는 여러 것들로 미루어 간접적으로 세어보든 아서 교육기금을 채운 액수는 막대 한 것이니까요 — 다 낭비되었거나 잘못 사용되었다는 것을 딸들 에게 알려주는 당신의 편지가 여기에 와 있다는 것입니다. 문화 와 지적 자유를 보호하는 것 이외에 다른 어떤 목적으로 옥스퍼

---

3 프랑스 파리에 위치한 국립대학. 12세기에 설립된 파리 대학교를 뿌리로 하고 있다. 1257년 콜 레주 드 라 소르본Collège de la Sorbonne을 시작으로, 1885년에 다시 설립되어 1971년 13개의 대학으로 나뉜 파리 대학교를 계승한다.
4 독일 바덴뷔르템베르크 주의 하이델베르크에 있는 1386년에 설립된 오래된 역사의 대학.
5 스페인 마드리드 서쪽에 위치한 도시 살라망카에 있는 대학교. 1134년에 설립되었고 스페인 에서 현존하는 가장 오래된 대학교이자 세계에서 세 번째로 오래된 대학교다.
6 이탈리아의 파도바에 위치한 대학교. 1222년에 법학 대학교로 설립이 되었으며, 이탈리아에 서는 두 번째, 그리고 세계에서는 다섯 번째로 오래된 대학교다.

드와 케임브리지 대학이 설립되었던 것인가요? 그렇게 아낀 돈으로 남자 형제들이 학교와 대학에 진학하여 거기서 문화와 지적 자유를 보호하는 것을 배우기 위한 것 이외에 다른 어떤 목적을 위해 당신의 여형제들이 가르침도 받지 않고 여행도 다니지 않고 사치품도 지니지 않고 지냈던 것일까요? 하지만 이제 당신이 문화와 지적 자유가 위험에 처했다고 선언하며 우리 목소리를 당신 목소리에 보태주기를, 그리고 당신의 금화에 우리의 6펜스 은화를 보태주기를 요청하는 것을 보니 그렇게 여형제들이 몰아준 돈은 다 낭비되었으며 남자 학교와 대학교라고 하는 사회는 실패하였다고 우리가 가정하지 않을 수가 없습니다. 그런데, 곰곰이 생각해보지 않을 수가 없는 것이, 만일 정신 훈련과 육체 훈련을 위한 정교한 장치들을 갖춘 사립학교와 대학들이 실패했다면, 설령 유명 인사들의 후원을 받고 있다손 치더라도 당신 협회가 성공하리라고, 또는 설령 더더욱 유명한 사람들의 서명을 받고 있다손 치더라도 당신의 선언문이 성공하리라고 생각해볼 무슨 타당한 이유가 있는 것입니까? 사무실 하나를 임대하고 비서를 고용하고 위원회를 구성하고 기금을 내달라고 호소하기 전에 먼저 당신은 그런 학교와 대학들이 왜 실패하였는가를 살펴봐야 하는 것 아닌가요?

그렇지만 그것은 당신이 대답해야 할 질문이지요. 우리와 관련된 질문은 문화와 지적 자유를 보호하는 데에 있어서 당신에게 우리가 어떤 가능한 도움을 줄 수 있는가 하는 것입니다―그렇게 되풀이해서 대학으로부터 내쫓아졌고 이제는 오로지 너무나 제한적으로만 입학이 허가되는 우리가, 유료 교육이라고는 아예 받아본 적이 없거나 너무나 조금 받아서 우리의 모국어나 읽고 쓸 줄 아는 우리가, 사실상 지식인 계급intelligentsia이 아니라 무식인 대중 계급ignorantsia의 일원인 우리가 말입니다. 휘터커는 여러 사실을 통해, 우리가 우리 자신의 문화를 대단치 않은 것으로 추산하고 있다면 그것은 사실에 입각하고 있음을 보여주고 있으며 실제로 당신도 그러한 추산에 한몫을 담당하고 있다는 것을 증명해주고 있습니다. 교양인의 딸들 중 양쪽 어느 대학에서건 자신의 언어로 된 문학을 가르칠 능력이 있다고 생각되는 사람은 단 한 명도 없다고 휘터커는 말하니까요. 또한, 국립 미술관에 그림 한 점을 구매하거나, 초상화 미술관에 초상화 한 점을 구매하거나, 대영 박물관에 미라 한 구를 구매하는 문제에 관한 한 우리 의견은 물어볼 가치가 없다고 휘터커는 알려주니까요. 따라서, 휘터커가 냉정한 사실들을 갖고 증명하고 있듯이, 국가를 위해 문화와 지적 자유를 사들이는 데에 우리가 기부를 해온 돈을 어떻게 사용할 것인가 하는 문제에 관한 한 우리의 조언은 들을 가치도 없다고 당신이 믿고 있는 판에, 우리에게 문화와 지적 자유를 보호해달라고 요청하는 것이 과연 어떻게 당신에게 가치 있는 일이 될 수 있습니까? 예기치 않은 칭찬이 우리를 깜짝 놀라게 하는 것은 아닌가 하고 의아해하고 계십니까? 그런데도 당신의 편지가 여기 있습니다. 그 편지 속에도 사실들이 들어있습니다. 편지에서 당신은 전쟁이 임박했다고 말하고는 계속하여 한 가지 이상의 여러 언어로—여기 불어 번역이 있지요. Seule la culture désintéressée peut garder le monde de sa ruine[3]—우리가 지적 자유와 문화유산을 보호함으로써 당신이 전쟁을 방지하는 것을 도와줄 수 있다고 말하고 있습니다. 적어도 첫 번째 진술은 논박의 여지가 없으며, 어떤 부엌 하녀라도 비록 그녀의 불어가 제아무리 서툴다 하여도 빈 벽에 큰 글씨로 써놓으면 '공습경보'의 의미를 읽고 이해할 수 있으므로, 우리는 무식을 핑계로 당신의 요청을 무시할 수 없고 또한 겸손을 핑계로 그저 말없이 있을 수만도 없습니다. 어느 부엌 하녀라도 핀다로스의 구절을 해석하는 것에 자신의 목숨이 달려 있다고 한다면 그 일을 해보려 하듯이, 교육받은 남성의 딸들도, 비록 자신이 받은 훈련으론 거의 아무런 자격도 없다고 하더라도, 문화와 지적 자유를 보호함으로써 당신을 도와 전쟁을 방지할 수 있다면 그렇게 하도록 스스로 무엇을 할 수 있는지 생각해보아야만 하지요. 따라서 당신을 도와주게 될 이렇듯 진일보한 방법을 우리 힘이 닿는 대로 모든 수단을 강구하여 검토해보기로 합시다. 또한, 당신 협회에 가입해달라는 부탁을 고려해보기 전에, 우선 문화와 지적 자유를 옹호하는 당신의 선언문에 우리가 서명할 수 있는지를 알아보기로 하지요. 약속은 지키겠다는 어느 정도의 의향은 갖고 말입니다.

그러면 이러한 다소 추상적인 말의 의미는 무엇인가요? 그것을 보호하고자 한다면 우선 그것을 정의해보는 게 좋겠지요. 하지만 모든 명예 회계 담당자들과 마찬가지로 당신이 시간에 쫓기고, 또한 영국 문헌에서 그런 정의를 찾고자 이리저리 뒤적이는 것은 그 나름대로 즐거운 소일거리는 될 수 있어도 당연히 우리를 엉뚱한 곳으로 멀찍감치 데려다 놓을 수가 있지요. 그래서 일단은 그 의미가 무엇인지 우리가 알고 있다고 동의를 하고, 문화와 지적 자유를 보호하기 위해서 어떻게 당신을 도울 수 있는가 하는 실제적인 문제에 집중하기로 합시다. 자, 사실을 제공하는 일간지가 탁자 위에 놓여 있습니다. 거기에서 단 하나만 인용을 하더라도 시간이 절약되고 우리의 조사도 그 범위가 한정될 수 있을 것입니다. "14세 이상의 소년들에게 여성은 적절한 선생님이 되지 못한다는 것이 어제 교상 회의에서 결정되었다." 그 사실은 여기 우리에게 즉각적인 도움이 됩니다. 왜냐하면 어떤 종류의 도움은 우리가 미칠 수 있는 범위 너머에 있다는 것을 증명 해주니까요. 우리가 사립학교와 대학에서의 남자 형제들의 교육을 개혁하려는 시도는 죽은 고양이와 썩은 달걀과 부서진 대문 세례를 자초할 것이며 그런 일로 단지 거리의 넝마주이나 자물쇠 장수나 이득을 볼 것입니다. 그러는 동안, 역사가 분명히 말해주듯, 학교 당국의 신사들은 입에 문 담배도 떼지 않고, 감탄할 만한 고급 포도주를 그 향기가 대단한 만큼 천천히 음미하며 즐기는 것을 멈추지 않은 채 자신들의 서재 창문에서 그러한 소동을 살펴볼 것입니다.[4] 그리하여 역사의 가르침은 일간지의 가르침으로 보강되어 우리를 보다 제한된 입장으로 내몹니다. 당신이 문화와 지적 자유를 보호하는 데에 우리가 도움을 줄 수 있는 것은 오로지 우리 자신의 문화와 우리 자신의 지적 자유를 수호함으로써 가능하다는 말입니다. 다시 말해서, 여자대학 중 한 대학의 회계 담당자가 우리에게 기부를 요청한다면 그 부속기관이 이제 더 이상 종속되기를 그만둘 때 그 안에 어떤 변화가 이루어질 수도 있다는 것을 우리는 넌지시 말할 수 있지요. 또는 다시, 여성의 전문직 취업 알선 협회의 회계 담당자가 우리에게 기부를 요청한다면 문화와 지적 자유를 위해서 전문직 수행에 있어 어떤 변화가 필요할지도 모른다고 넌지시 말할 수 있지요. 그러나 유료 교육은 여전히 미숙하고 역사도 얼마 되지 않았으며 옥스퍼드와 케임브리지에서 그것을 누릴 수 있도록 허용된 여성들의 숫자도 여전히 엄격하게 제한되어 있으므로, 거의 대다수의 교육받은 남성의 딸들을 위한 문화는 여전히 그 거룩한 대문 바깥에서, 어떤 불가사의한 부주의로 인해 문을 잠가놓지 않은 공립 도서관이나 사립 도서관에서 얻어지는 그런 문화밖에는 될 수가 없습니다. 1938년에도 여전히 그 문화는 주로 우리 모국어를 읽고 쓰는 정도로 이루어져 있음이 틀림없으니까요. 그리하여 질문이 좀 더 다루기가 쉬워졌습니다. 영예로움을 박탈당하자 그것은 다루기가 더 쉬워졌다는 말입니다. 그러면 선생님, 우리가 이제 해야 할 일은 교육받은 여성의 딸들 앞에 당신의 부탁을 내놓고 당신이 전쟁을 방지하는 데에 도움을 주라고 그 딸들에게 요청하는 것입니다. 남자 형제들에게 어떻게 문화와 지적 자유를 보호할 것인가를 조언해줌으로써가 아니라 그 딸들이 그러한 다소 추상적인 여신들을 스스로 몸소 보호할 수 있는 그런 방식으로 모국어를 읽고 씀으로써 말입니다.

이것은, 실은, 간단한 문제이며 어떤 논쟁이나 수사학도 필요 없습니다. 그러나 우리는 시작부터 새로운 어려움과 만나게 됩니다. 단순한 이름으로 불린 문학이라는 직업은 19세기에 일련의 전투를 하지 않았던 유일한 직업이라는 사실을 우리는 이미 주목한 바 있습니다. 그럽 가[7]의 전투라는 것은 없었으니까요. 그 직업이 교육받은 남성의 딸들에게 닫혀 있었던 적은 한 번도 없습니다. 그것은 물론 직업의 필요조건들이 몹시 값이 싼 덕분이지요. 책과 펜과 종이가 너무나 싸고 읽기와 쓰기를 적어도 18세기 이후에 우리 계층에게 너무나 보편적으로 가르쳐왔기 때문에, 어떤 무리의 남자라도 필요한 지식을 장악하거나, 책을 읽고 책을 쓰기를 바라는 사람들에게 그런 일을 하는 것을 거부하기가, 자기 멋대로 하는 경우를 제외하고는, 불가능했지요. 그러나 이렇듯 문학이라는 직업이 교육받은 남성의 딸들에게 개방되어 있으므로, 우리가 내거는 조건에 귀 기울이고 그 조건을 지키기 위해 자신이 무엇을 할 수 있는가를 약속할 정도로 그렇게까지 금화가 필요한, 즉 자신의 전투를 추진하는 데에 쓸 금화가 너무나

7 삼류 작가들의 거주 지구. 런던 밀턴 가의 옛 이름.

도 필요한, 그러한 명예 회계 담당자가 문학이라는 직업에는 없다는 결론이 뒤따릅니다. 이것은, 당신도 동의하다시피, 우리를 궁지로 몰아넣습니다. 그러면 우리가 어떻게 그들에게 압력을 가할 수 있느냐는 말입니다─그들에게 우리를 도와달라고 하기 위해 우리가 할 수 있는 일이 무엇이 있겠냐는 것입니다. 문학이라는 직업은 모든 다른 직업과는 다른 것 같습니다. 그 직업의 우두머리가 없다는 것이지요. 당신의 경우처럼 대법관도 없고, 규칙을 정하고 그것을 시행할 권력을 가진 공식적인 조직체가 없습니다.[5] 우리는 여성들이 도서관을 사용하는 것을 저지할 수 없고[6] 잉크와 펜을 구매하는 것을 금지할 수 없으며, 미술 학교에서 남자들만 누드를 보며 배우는 것이 허락되는 것처럼 은유는 오직 한 성에 의해서만 사용되어야 한다거나, 음악 학교에서 남자들만이 교향악단에서 연주하는 것이 허락되는 것처럼 각운은 한 성에 의해서만 사용되어야 한다는 그런 규정이 없습니다. 문학이라는 직업의 상상할 수 없는 자유로움은, 어떤 교육받은 남성의 딸이라도 남자 이름─이를테면 조지 엘리엇이나 조르주 상드[8]─을 사용할 수 있을 정도라서 그 결과, 화이트홀[9]의 당국자들과는 달리, 편집자나 발행자는 원고의 냄새 혹은 맛에서 어떠한 차이도 찾아내지 못하고 심지어 작가가 결혼을 했는지 안 했는지도 확실히 알지 못합니다.

따라서 읽고 쓰는 것으로 생활비를 버는 사람들에 대해서는 우리가 별 힘을 발휘할 수 없으므로 그들에게는 뇌물이나 벌금 없이 겸손하게 찾아가야 합니다. 거지들이 그러하듯 모자를 손에 든 채 찾아가서는, 그들의 읽고 쓰는 직업을 문화와 지적 자유를

---

8 조르주 상드(George Sand, 1804~1876), 프랑스의 소설가. 본명은 아망틴 뤼실 오로르 뒤팽Amantine Lucile Aurore Dupin이다.

9 런던의 중앙관청가.

위해 수행해달라고 부탁하고 시간을 내어 그 부탁에 귀 기울이는 선의를 베풀어주십사 하고 요청해야 합니다.

이제, 분명히, "문화와 지적 자유"에 관한 좀 더 발전된 정의가 쓸모 있는 것 같습니다. 다행히 우리 목적을 위해선 그 정의가 아주 철저하거나 정교할 필요는 없지요. 밀턴, 괴테, 또는 매슈 아널드에게 조언을 구할 필요는 없다는 것이지요. 그들이 내리는 정의란 유료 문화에나 즉, 위튼 양의 정의대로 라틴어, 그리스어, 그리고 불어뿐만 아니라 물리학, 신학, 천문학, 화학, 식물학, 논리학 그리고 수학을 포함하는 그런 문화에나 적용되는 것일 테니까요. 우리는 주로 무료 문화가, 즉 모국어를 읽고 쓸 수 있는 정도가 자신의 문화인 그런 사람들에게 호소하고 있으니까요. 다행히도 당신의 성명서가 가까이 있어 그 용어들을 좀 더 확장하여 정의할 수 있게 도와줍니다. "사심이 없는"이란 말을 당신이 사용하고 있으니까요. 따라서 우리 목적을 위해 문화는 영어를 읽고 쓰는 것을 사심 없이 추구하는 것이라고 정의를 내려보도록 합시다. 그리고 우리 목적을 위해, 지적 자유란 당신이 생각하는 바를 당신의 말로 당신 방식대로 말하고 쓸 권리라고 정의할 수 있을 것입니다. 이러한 것은 매우 조야한 정의이지만 쓸모 있는 것임엔 틀림이 없습니다. 그러면 우리의 호소는 이렇게 시작될 수 있습니다. "오, 교육받은 남성의 딸들이여. 우리가 모두 존경하는 이 신사는 전쟁이 임박했다고 말합니다. 그리고 문화와 지적 자유를 보호함으로써 그가 전쟁을 방지하는 데에 도움을 줄 수 있다고 말합니다. 그러므로 우리는 읽고 쓰는 일을 통해 생계를 꾸리는 당신에게 간청합니다……." 그러나 여기서 단어들은 우리 입술 위에서 비틀거리고 우리의 기도는 다시 한 번 여러 사실로 인해 각각 세 점으로 사라져갑니다. 즉 책 속의 사실들, 전기 속의 사실들, 즉 계속 호소하는 것을 어렵게, 어쩌면 불가능하게, 만드는 사실들 때문에 말입니다.

그러면 그 사실들은 어떤 것들입니까? 그것을 살펴보기 위하여 우리의 호소를 다시 한 번 중단해야겠습니다. 그런데 그 사실들을 발견하는 데에는 별 어려움이 없습니다. 예를 들어 여기 우리 앞에 매우 진솔하고 참으로 감동적인 작품으로서 많은 것을 밝혀주는 문서, 즉 많은 사실을 담고 있는 올리펀트 부인[10]의 자서전이 있습니다. 그녀는 읽고 쓰는 일을 통해 생계를 꾸린 교육받은 남성의 딸이었습니다. 그녀는 온갖 종류의 책을 썼지요. 소설, 전기, 역사서, 플로렌스와 로마 안내서, 서평, 그리고 수없이 많은 신문기사가 그녀의 펜에서 나왔습니다. 그 수익으로 그녀는 생계를 꾸렸으며 아이들을 교육했습니다. 하지만 그녀는 어느 정도까지 문화와 지적 자유를 보호하였던 것일까요? 우선 그녀가 쓴 소설 몇 편을, 이를테면 『공작의 딸』, 『다이애나 트렐로니』, 『해리 조슬린』[11]을 읽어봄으로써 당신 스스로 그것을 판단할 수 있을 겁니다. 계속하여 셰리든[12]과 세르반테스[13] 평전을 읽고, 다음에는 『플로렌스와 로마를 만든 사람들』을 읽고 그녀가 문예 신문에 기고한 수도 없이 많은 빛바랜 기사와 서평과 이런저런 종류의 단편적인 글들에 흠뻑 젖어봄으로써 결론을 내려보십시오. 다 끝내고 나서 당신의 마음 상태를 살펴보고 그러한 독서가 사

---

10 마거릿 올리펀트(Margaret Oliphant Wilson, 1828~1897), 스코틀랜드의 소설가, 역사 저자.

11 『공작의 딸The Duke's Daughter』(1890), 『다이애나 트렐로니Diana Trelawny』(1892), 『해리 조슬린Harry Joscelyn』(1881).

12 리처드 셰리든(Richard Brinsley Butler Sheridan, 1751~1816), 아일랜드의 풍자작가, 극작가, 시인, 런던의 드루리 레인 극장Theatre Royal, Drury Lane의 소유주.

13 미겔 데 세르반테스(Miguel de Cervantes Saavedra, 1547?~1616), 스페인 최고의 작가 중 한 명으로 알려진 소설가. 그가 쓴 『돈키호테Don Quixote』(1605)는 성경 다음으로 가장 많이 번역된 책이다.

심 없는 문화와 지적 자유를 존경하는 마음이 일어나도록 하였는지 자신에게 물어보십시오. 반대로 그것이 당신의 마음을 얼룩지게 하고 상상력의 기를 죽이고 또한 올리펀트가 생활비를 벌고 자식들을 교육하기 위하여 그녀의 머리를, 즉 그녀의 매우 감탄할 만한 두뇌를 팔아치우고 자신의 문화를 남용하고 자신의 지적 자유를 예속시켰다는 사실을 개탄하는 마음을 불러일으키지는 않았나요?[7] 당연히, 가난이 정신과 육체에 가하는 폐해를 고려하고 먹이고 입히고 돌보고 교육하는 일에 늘 마음 써야 하는 아이를 가진 사람들에게 부과된 부득이함을 고려한다면 우리는 그녀의 선택에 박수를 보내고 그녀의 용기에 찬탄을 금할 수 없습니다. 하지만 지금 올리펀트 부인이 했던 일을 하는 사람들의 선택에도 마찬가지로 박수를 보내고 그들의 용기를 칭송한다면 우리는 그들에게 호소하는 수고를 덜 수 있습니다. 왜냐하면 그 부인이 그랬던 것처럼 그들 또한 사심 없는 문화와 지적 자유를 보호하는 일은 할 수 없을 테니까요. 그들에게 당신의 선언문에 서명하라고 요구하는 것은 선술집 주인에게 금주를 찬성하는 선언문에 서명하라고 요구하는 격이 될 것입니다. 그 주인 자신은 완전히 금주를 한 사람일 수도 있겠지요. 하지만 아내와 아이들이 맥주 판매에 의존하여 살고 있는지라 그는 계속 맥주를 팔아야 하며, 따라서 그가 금주 선언문에 서명하는 것은 금주라는 목적에는 아무런 의미도 없는 것이지요. 왜냐하면 서명하자마자 그는 손님들이 맥주를 더 많이 마시도록 부추기며 계산대에 나와 앉아 있을 테니까요. 그러므로 읽고 씀으로써 생활비를 벌어야 하는 교육받은 남성의 딸들로 하여금 당신의 선언문에 서명하라고 요청하는 것은 사심 없는 문화와 지적 자유라는 목적에 아무런 가치도 없을 것입니다. 왜냐하면 그것에 서명하자마자 바로 그들은 문화가 매춘처럼 팔려나가고 지적 자유는 지적 노예 상태가 되어 팔려나가는 그런 책과 강연문과 기사를 쓰느라 책상에 앉아 있어야만 하기 때문이지요. 서명하는 것은 의견을 표명하는 것으로 가치가 있을지도 모릅니다. 그러나 당신이 필요로 하는 것이 단지 의견의 표명만이 아니라 어떤 확실하고 적극적인 도움이라고 한다면 당신은 당신 요청의 틀을 사뭇 다르게 짜야 합니다. 그러고 나서 그들에게 문화를 더럽히는 어떠한 것도 쓰지 않을 것과 지적 자유를 침해하는 어떠한 협정에도 서명하지 않을 것을 맹세하라고 요구해야 할 것입니다. 그런데 그 점에 대해 전기가 우리에게 제공하는 대답은 짧지만 충분합니다. 나도 먹고살 돈을 벌어야 하지 않나요? 하는 것이지요.

이렇게 하여 선생님, 우리는 먹고살기에 충분한 돈을 가진 교육받은 남성의 딸들에게나 호소해야 한다는 것이 분명해집니다. 그들에게 우리는 이런 식으로 말을 걸 수 있지요. "먹고살 것이 충분한 교육받은 남성의 딸들이여……." 그러나 다시 목소리가 비틀거리고 다시 우리의 염원은 각각의 점으로 사라집니다. 왜냐하면, 그런 사람이 몇 명이나 되냐는 것입니다. 휘터커나, 재산법, 신문의 유언서 등, 요컨대 여러 사실에도 불구하고 위와 같이 말을 걸면 1천 명, 5백 명, 또는 250명이라도 응답하리라고 감히 가정해볼 수 있을까요? 숫자야 어떻든 한 명 이상은 될 것이라고 보고 계속합시다. "먹고살 것은 충분하고, 즐거움을 위해 모국어를 읽고 쓰는 교육받은 남성의 딸들이여, 약속을 실천하겠다는 어떤 의향을 갖고 이 신사분의 선언문에 서명해주기를 매우 황송하게 그대들에게 간청해도 되겠습니까?"

여기에서 그들이 정말로 경청해보겠다고 동의하면 그다음 그들은 매우 지당하게도 좀 더 분명하게 말해달라고 요청할 것입니다. 문화와 지적 자유의 정의를 내려달라고 하는 것은 기실 아니지요. 책도 있고 여유도 있으니 그들 스스로 그 단어들을 정의할 수는 있으니까요. 그러나 그들이 질문하리라는 것은 당연합니다. 이 신사가 말하는 "사심 없는" 문화라는 것이 의미하는 바는 무엇이며 어떻게 실제적으로 우리가 그런 문화와 지적 자유를 보호할 수 있겠습니까? 하고 말입니다. 자, 그들이 아들이 아니라 딸들이므로 우리는 어느 위대한 역사가가 그들에게 보낸 칭찬을 상기시켜주는 일에서부터 시작해도 좋을 것입니다. "참으로 메리의 품행은, 남자들에게서는 좀처럼 가능하지 않지만, 여자들에게서는 가끔 발견되는 그러한 완벽한 사심 없음과 자기 헌신의 뛰어난 실례였다"라고 매콜리는 말하고 있습니다.[8] 무언가 부탁을 하려고 할 때 칭찬이 결코 괜히 나오는 것은 아니지요. 그다음엔, 개인 가정집 안에서 오랫동안 존중되어온 전통, 즉 정조의 전통으로 그들의 주의를 돌려보도록 하지요. "부인, 수 세기 동안, 여성이 사랑 없이 몸을 파는 것은 수치스러운 일이지만 사랑하는 남편에게 몸을 주는 것은 옳은 일로 여겨왔던 것처럼, 마찬가지로, 당신도 동의하다시피, 사랑 없이 정신을 파는 것은 잘못된 일이지만 당신이 사랑하는 예술에 정신을 건네주는 것은 옳은 일이지요"라고 호소해볼 수도 있습니다. "그런데 '사랑 없이 정신을 판다'는 것이 의미하는 바는 무엇입니까?"라고 그녀가 물어올지도 모릅니다. 우리는 이렇게 답할 것입니다. "간략하게 말해 다른 사람의 명령에 따라 쓰고 싶지 않은 글을 돈을 위해 쓰는 것입니다. 그러나 뇌를 파는 것은 몸을 파는 것보다 더 나쁘지요. 왜냐하면 몸 파는 이는 자신의 순간적인 즐거움을 팔고 나면 문제가 거기서 끝나도록 조심하지만, 두뇌를 파는 이는 자신의 두뇌를 팔고 나면 그것의 무기력하고 사악하고 병든 자손들이 세상에 풀어져 세상을 감염시키고 부패시키며 다른 사람들에게 질병의 씨앗을 심게 되지요. 그래서 우리는 부인, 당신이 두뇌의 간통을 저지르지 않겠다는 맹세를 해달라고 요청하고 있습니다. 왜냐하면, 그것은 육체의 간통보다 훨씬 더 심각한 범죄이기 때문이지요"라고 말입니다. 이에 대해 그녀는 "두뇌의 간통이란 쓰고 싶지 않은 글을 돈 때문에 쓰는 것을 의미합니다. 따라서 쓰거나 말하고 싶지 않은 내용인데 돈을 위해 쓰거나 말하도록 매수하는 모든 출판업자, 편집자, 강의 주선인 등을 거절하라고 당신이 나에게 요구하는 것이지요?"라고 응답할지도 모릅니다. "부인, 그렇습니다. 그리고 더 나아가, 만일 당신이 그러한 매매 제안을 받게 된다면, 몸을 팔라는 제안에 대해 분개하고 그것을 폭로하듯이, 당신 자신은 물론 다른 사람들을 위하여 그러한 제안에 대해 분개하고 그것을 폭로해달라고 부탁드립니다. 그런데 우리는 '간통하다'라는 동사가 사전에 따르면 '저열한 성분을 혼합하여 위조하다'라는 의미가 있다는 것을 당신이 주시하게끔 하려고 합니다. 돈만이 저열한 성분은 아니지요. 광고와 선전 또한 간통자입니다. 따라서, 개인적 매력이 뒤섞인 문화나, 광고와 선전이 뒤섞인 문화는 섞음질을 한 불량한 형태의 문화입니다. 우리는 당신이 그것들을 맹세코 버려야 한다고 요청하지 않을 수 없습니다. 즉 공적인 연단에 등장하지 말고, 강의하지 말고, 당신의 사적인 얼굴이나 사생활의 상세한 내용이 출판되는 것을 허용하지 말고, 요컨대 두뇌 매매업의 포주와 뚜쟁이들이 그렇게나 교활하게 제안하는 어떤 형태의 두뇌 매춘에도 편승하지 말고, 두뇌의 공적을 광고하고 인증하는 어떤 싸구려 보석이나 라벨도, 즉 어떤 메달, 훈장, 학위도 받아들이지 않기를 요청하지 않을 수 없습니다. 그런 것들은 모두, 문화가 매춘처럼 매매되고, 지적 자유는 팔려나가 지적 속박이 되어왔다는 증거이기 때문에 그러한 것들을 한사코 거절하라고 당신에게 요청하지 않을 수 없다는 말입니다.

문화와 지적 자유를 지지하는 선언문에 서명한다는 것뿐만 아니라 그런 의견을 실행에 옮긴다는 것이 무엇을 의미하는지를 이렇듯 비록 완곡하고도 불완전하게나마 정의하고 있는 것을 듣고 있자면, 먹고살 것이 충분히 있는 교육받은 남성의 딸들조차 그 조건들이 자신들이 지키기엔 너무 어렵다고 이의를 제기할지도 모릅니다. 왜냐하면 그런 조건들은 누구나 원하는 금전의 손실을 의미하고, 누구나 기분 좋은 것으로 여기는 명성의 손실을 의미하며, 결코 무시할 만한 것이 아닌 비난과 비웃음을 의미하기 때문이지요. 어떤 이해관계에 봉양해야 하거나 두뇌를 팔아서 돈을 벌어야 하는 모든 이들에겐 그 각각의 조건은 조롱의 표적이 될 것이라는 말입니다. 그런데 그것도 무슨 보상을 받기 위해서라고요? 당신 선언문에 있는 다소 추상적인 용어를 빌리자면, 의견으로써가 아니라 실천을 통하여 그들이 "문화와 지적 자유를 보호하게 될 것이다"라는 것, 그것뿐이지요.

그 조건들이 너무 어려운 데다 교육받은 남성의 딸들이 존경하고 따를 만한 판결을 내려줄 단체라는 것이 결코 존재하지 않으므로 어떤 다른 설득의 방법이 우리에게 남아 있는지 생각해보기로 합시다. 오로지 사진들, 즉 시신과 폐허가 된 집의 사진들을 가리키는 일밖에는 없는 듯합니다. 그 사진들과 남용된 문화와 지적 노예제도 사이에 어떤 연관성을 끌어낼 수 있을까요? 전자는 후자를 함축하고 있다는 것을 분명히 밝힐 수 있을까요? 교육받은 남성의 딸들은 사진 속에 뻔히 보이는 형벌을 스스로 치르거나 남들에게 치르게 하기보다는 돈과 명성을 거절하고 비웃음과 조롱의 대상이 되는 것을 차라리 더 좋아하리라는 것을 명백히 밝힐 수 있을까요? 우리 마음대로 쓸 수 있는 시간은 얼마 없고 우리가 소유하고 있는 무기는 변변치 못하므로 그 연관성을 분명히 밝힌다는 것은 어려운 일입니다. 그러나, 선생님, 당신이 말하는 것이 사실이고 그것들 사이에 어떤 연관성이 존재하며 그것도 아주 실질적인 연관성이 존재한다면 우리는 그것을 증명하려고 노력해야 합니다.

그러면 비록 상상의 세계로부터이긴 하지만 먹고살 것이 충분히 있고 자신의 즐거움을 위해 읽고 쓸 줄 아는 어떤 교육받은 남성의 딸을 불러냄으로써 시작해보지요. 그녀를, 사실상 전혀 계층이랄 수도 없는 계층의 대표자로 삼아 그녀의 탁자 위에 놓여 있는 읽기와 쓰기의 산물을 검토해보라고 요청해봅시다. 우리는 이렇게 시작할 수 있지요. "부인, 당신 탁자 위의 신문들을 좀 보십시오. 당신은 왜 세 가지 일간지와 세 가지의 주간지를 구독하고 있냐고 물어봐도 되겠습니까?" 그녀는 답을 합니다. "왜냐하면 나는 정치에 관심이 있고, 사실을 알고 싶기 때문이지요." "놀랄 만한 욕구입니다, 부인. 그러나 왜 세 가지입니까? 그러면 그 세 일간지는 사실에 대해 다 다르게 말합니까? 만약 그렇다면 왜 그런가요?" 이에 대해 그녀는 아이러니컬하게 대답합니다. "당신은 자신을 교육받은 남성의 딸이라고 부르면서 다음 사실은 모르는 척하는군요. 대충 말해서, 각각의 신문은 이사회가 재정을 대고, 각각의 이사회는 각각의 정책을 가지고 있으며 그 정책을 해설해줄 필자들을 고용하고 있다는 것 말입니다. 그리고 만일 그 필자들이 그 정책에 동의하지 않는다면, 당신도 한순간만 떠올려보면 기억하다시피, 정신 차리고 보니 자신이 길거리에 나앉은 실업자가 되어 있더라는 식이 되어버리지요. 그러므로 당신이 정치에 대한 어떤 사실이든 그것을 알기 원한다면 적어도 세 가지 다른 신문을 읽고, 같은 사실에 대한 적어도 세 가지 다른 해석을 비교해보고, 그리고 끝으로 당신 자신의 결론에 도달해야 합니다. 그래서 내 탁자 위에는 세 가지 일간지가 있는 것입니다." 사실의 문헌이라 불릴 수 있는 것에 대해 매우 간략히 논해보았으므로 이제 허구의 문헌이라고 불릴 수 있는 것에서 도움을 구해보기로 하지요. 그녀에게 이렇게 상기시켜줄 수 있을 것입니다. "부인, 그림, 연극, 음악 그리고 책이라는 것이 있지요. 당신은 거기에서도 다소 상당히 사치스러운 똑같은 방책을 추구합니까? 즉 예술에 관해 글을 쓰는 사람들은 편집자로 고용되어 있고 그 편집자는 이사회에 고용되어 있는데, 그 이사회는 추구해야 할 정책이 있으므로 각각의 신문은 다른 입장을 취하게 되고, 따라서 어떤 그림을 볼 것인가, 어떤 연극, 혹은 음악회를 갈 것인가, 도서관에선 어떤 책을 주문할 것인가 하는 것에 대해 결론을 내릴 수 있는 것은 오로지 세 가지 다른 견해를 비교해봄으로써만이 가능한 일이므로, 당신이 그림, 연극, 음악과 책에 관해 어떤 사실들을 알기 원할 땐 세 가지의 일간지와 세 가지의 주간지를 일별해보십니까?"라고 말이지요. 그러면 그것에 대해 그녀가 답을 하지요. "나는 문화에 대해 독서를 통해 조금씩 익힌 수박 겉핥기식의 지식을 가진 교육받은 남성의 딸이기에, 그림, 연극, 음악, 책에 대한 나의 의견을 신문에서 취해오리라고는 꿈도 꾸지 않습니다. 현재의 저널리즘의 조건하에서는 정치에 대한 나의 의견을 신문에서 취해오지 않으려고 하듯이 말입니다. 견해들을 비교하고, 그 견해들이 왜곡된 것일 수 있음을 고려하고, 그러고 나서 스스로 판단하라. 그것만이 유일한 방법이지요. 그래서 내 탁자 위에는 여러 가지 많은 신문이 있는 것입니다."[9]

자 그러면, 조야한 구별을 해보자면, 사실의 문헌과 의견의 문헌은 순수한 사실도 순수한 의견도 아니고, 섞음질된 사실이며 섞음질된 의견, 즉 사전에 나와 있는 대로 "저열한 성분의 혼합으로 섞음질된" 사실이며 의견입니다. 다르게 말해서, 당신은 당신이 하는 모든 각각의 진술에서, 교육받은 남성의 딸인 당신에게 익숙한 그 밖의 다른 모든 동기는 말할 것도 없이, 돈의 동기, 권력의 동기, 광고의 동기, 선전의 동기, 허영의 동기를 제거해야 한다는 것입니다. 정치에 관해 어떤 사실을 믿어야 하며 그리고 심지어 예술에 관해 어떤 의견을 믿어야 할지 당신이 결정하기 전에 말입니다. "그건 그렇습니다"라고 그녀는 동의합니다. 그런데 만약 진실을 표현하는 데에 있어 그러한 동기가 전혀 없는 어떤 누군가가 제 생각으론 사실은 이렇고 저렇다고 말하는 것을 듣게 된다면, 당신은 그 사람의 말을 믿겠습니까? 물론 예술 작품을 판단하는 데 있어 상당히 자주 일어나기 마련인 인간 판단의 오류 가능성을 항상 고려하면서 말입니다. "네, 당연히 믿지요"라고 그녀는 동의합니다. 만약 그런 사람이 전쟁은 나쁘다고 말한다면 당신은 그 사람 말을 믿겠습니까? 혹은 그러한 사람이 어떤 그림, 교향악, 연극 혹은 시가 좋다고 말한다면 당신은 그 사람 말을 믿겠습니까? "네, 그렇습니다. 인간의 오류 가능성은 고려하면서요." 자, 부인, 두뇌의 간통을 범하지 않겠다고 맹세하고 따라서 자신들이 말하는 것에서 돈의 동기, 권력의 동기, 광고의 동기, 선전의 동기, 허영의 동기 등을 제거해낼 필요가 없는 그런 사람이 250명, 또는 50명, 또는 25명이 존재한다면, 우리가 티끌만큼의 진실이라도 개봉하여 드러내기 전에 두 가지 괄목할 만한 결과가 따를 수도 있지 않을까요? 만일 우리가 전쟁의 진실을 안다면 전쟁의 영광이란 것은 그 자체가 지금 존재하고 있는 그 자리에서, 즉 매춘부 같은 사실 조달업자들fact-purveyors의 썩은 배춧잎 안에 웅크려 누워 있는 그 자리에서 뭉개지고 산산조각 날 수도 있지 않을까요? 그리고 만약 우리가 문화를 매춘해야 먹고사는 사람들의 얼룩지고 맥빠진 페이지를 발을 질질 끌고 뒤뚝거리며 건너가는 대신에 예술에 대한 진실을 안다면, 예술을 향유하고 예술을 행하는 일이 너무나 바람직한 일이 되어 그것에 비교하면 전쟁을 추구한다는 것은 약간 위생적인 오락을 찾는 나이 든 호사가들에 있어서의 하나의 지루한 게임, 즉 '네트 대신 국경 너머로 공 대신 폭탄 던지기' 같은 게임이 될 수도 있지 않을까요? 요컨대, 정치에 대한 진실과 예술에 대한 진실을 말하는 것을 유일한 목적으로 삼는 사람들이 신문에 글을 쓴다면, 우리는 전쟁을 믿지 않고 예술을 믿을 것입니다.

그러므로 문화와 지적 자유 그리고 시신과 폐허가 된 저 사진들 사이에는 매우 분명한 연관성이 있습니다. 그리고 먹고살기에 충분한 교육받은 남성의 딸들에게 두뇌의 간통을 저지르지 말라고 요청하는 것은 지금 그들에게 개방된 가장 확실한 방법으로 전쟁 방지를 도와달라고 요청하는 셈이지요. 문학이라는 직업만큼은 그들에게 여전히 가장 활짝 열려 있는 직업이니까요.

이런 식으로, 선생님, 우리는 이 부인에게 조야하게, 사실은 간략하게 말을 걸고 있다고 할 수 있습니다. 그러나 시간에 쫓기므로 더 이상의 정의를 내릴 수 없는 처지지요. 이러한 호소에 대해 그녀가, 그러한 그녀가 사실상 존재한다면 말이지요. 이렇게 응답한다 해도 무리가 아닐 것입니다. "당신이 말하는 것은 분명합니다. 너무나 명백해서 모든 교육받은 남성의 딸들은 벌써 스스로가 그것에 대해 알고 있거나 혹시 모른다면 그것에 대해 확실히 알기 위해 신문만 읽어봐도 되지요. 그런데 만일 그 딸들이 사심 없는 문화와 지적 자유에 찬성하는 선언문에 서명할 뿐만 아니라 자신의 의견을 실천에 옮길 정도로 부유하다면 그 일은 어떻게 시작할 수 있는 건가요?" 그리고 마땅히 다음과 같이 덧붙여 말할지도 모릅니다. "저 별들 뒤의 이상적인 세계에 대한 꿈은 꾸지 마십시오. 실제 세계의 실제 사실들을 고려해보십시오"라고 말입니다. 사실상 실제 세계는 꿈의 세계보다 다루기가 훨씬 더 힘듭니다. 그런데도, 부인, 개인 소유 인쇄소는 현재 실제 사실이며 웬만한 소득으로도 가능합니다. 타자기와 복사기도 실제 사실이며 값도 훨씬 쌉니다. 값도 싸고 이제까지 금지된 적이 없는 이러한 도구를 이용함으로써 당장 당신은 스스로에게서 이 사회, 정책 그리고 편집자의 압력을 떼어낼 수 있습니다. 그런 도구들로 인해, 당신은 자기 자신의 말로, 자기 자신의 시간에, 자기 자신의 길로, 자기 자신의 분부에 따라, 자기 자신의 마음을 말하게 될 것입니다. 그것이 '지적 자유'에 대한 우리의 정의라는 것에 동의할 것입니다." "하지만," 그녀는 물을지도 모릅니다, "'일반 대중'은요? 내 마음을 고기 가는 기계에 넣어 소시지로 바꾸지 않고서 어떻게 그 대중에게 다가갈 수 있지요?" 우리는 그녀에게 확실하게 말할 것입니다. "부인, '일반 대중'도 우리와 매우 비슷합니다. 그들도 방에서 생활하고, 거리를 걷고, 더 나아가 그들도 소시지에 신물이 났다고 합니다. 낱장 인쇄물을 지하실에 던져넣고, 가판대 위에 벌려놓고, 1페니에 팔거나 그냥 나누어 주기 위해 손수레에 싣고 거리를 따라 밀고 가보십시오. '대중'에 접근하는 새로운 방법을 발견해보라는 것이지요. 대중을, 몸은 비대하고 마음은 나약한 그런 괴물로 뭉뚱그리는 대신, 각각의 사람으로 따로따로 보십시오. 그리고 곰곰이 생각해보십시오. 당신은 먹고살 것이 충분히 있으므로 꼭 '아늑하거나 훌륭하지'

는 않더라도 여전히 조용한 개인 방을 가지고 있다는 것을 말입니다. 즉 선전과 그것의 독으로부터 안전한 상태가 되어 심지어 자기 일에 대한 적당한 보수도 요구하면서 예술가들에게 그림과 음악과 책에 대한 진실을 말해줄 수 있는 방을 말입니다. 예술가들의 작품 판매에 — 판매는 빈약하지요 — 영향을 미칠까 두려워하지 않으면서 또는 그들의 허영심에 — 허영심은 막대하지요 — 상처를 줄까 두려워하지도 않으면서 말입니다.[10] 적어도 그것이 머메이드[14]에서 벤 존슨[15]이 셰익스피어에게 말해준 비평이며, 『햄릿』을 증거 삼아 말하자면, 그 결과 문학이 고난을 겪었다고 생각할 아무런 이유가 없지요. 최고의 비평가란 개인적으로 만나는 사람들이며, 간직할 가치가 있는 유일한 비평은 말로 건네주는 비평이 아닌가요? 그렇다면 그러한 것들이야말로 당신이 모국어의 작가로서 의견을 실천에 옮길 수 있는 몇 가지 능동적인 방법에 해당하는 것이지요. 그러나 당신이 작가가 아니라 수동적인 독자라면, 그러면 당신은 문화와 지적 자유를 보호하는 데에 있어서 능동적이 아닌 수동적인 방법을 채택해야 합니다." "그러면 그런 것은 어떤 것들인가요?"라고 그녀는 묻겠지요. "분명히 말하자면 삼가는 것이지요. 지적 노예제도를 장려하는 신문은 구독하지 않고, 문화를 매춘하는 강의에 참석하지 않는 것이지요. 왜냐하면 다른 사람의 명령에 따라, 쓰고 싶지 않은 글을 쓴다는 것은 노예가 되는 것이며, 문화에 개인적 매력이나 개인적인 광고를 뒤섞는다는 것은 문화를 매춘하는 것이라는 데에 우리는 동의하니까요. 이러한 능동적인 방법과 수동적인 방법들로 말미암

---

14 머메이드 주점The Mermaid Tavern. 엘리자베스 여왕 시대에 문인들이 많이 모이던 옛 런던의 주점.

15 벤저민 존슨(Benjamin Jonson, 1572~1637), 영국의 극작가, 시인, 연극배우, 문학비평가. 기질 희극과 풍자극으로 유명했다. 셰익스피어에 버금가는 극작가라는 평도 받는다.

아 당신은 이제 그 고리를, 그 악순환을, 뽕나무 즉 지적 매음이라는 독나무 주위를 뱅뱅 도는 춤을 끊고 깨트려버리고자 당신이 할 수 있는 모든 일을 하게 될 것입니다. 그 고리가 일단 끊어지면 포로들은 해방될 것입니다. 자신이 즐겨 쓰고 싶은 것을 쓸 기회를 작가들이 일단 갖게 되면 그들은 그렇게 하는 것이 훨씬 더 즐거운 일이라는 것을 알게 되고 따라서 그 외의 다른 어떤 조건으로 글을 쓰는 것은 모두 거절하리라는 것을 누가 의심하겠느냐는 말입니다. 혹은, 독자들도 작가가 쓰고 싶어 쓴 글을 읽을 기회를 일단 갖게 되면 돈을 위해 쓴 글보다 그런 글이 훨씬 더 자양분이 있다는 것을 알게 되고 따라서 더 이상 진부한 대체물로 거짓 속임을 당하는 일은 거절하리라는 것을 누가 의심하겠냐는 것입니다. 이렇게 하여 옛날 노예들이 돌을 쌓아 피라미드를 만들었듯이 지금 단어를 쌓아 책을 만들고, 단어를 쌓아 기사를 만드는 일에 단단히 묶여 있는 노예들은 손목의 수갑을 흔들어 풀어버리고 그 지긋지긋한 노동을 그만둘 것입니다. 그러면 '문화'라는 그 무정형의 꾸러미는—비록 그것이 현재로서는 위선 속에 폭 쌓인 채 겁 많은 입술로 거짓말에 가까운 반쪽의 진실half truth을 내뿜어 대고, 작가의 명성이나 주인의 지갑을 부풀리는 데에 이바지하는 온갖 종류의 설탕과 물로 그것의 전달 내용을 달게 하거나 묽게 만들고 있지만—자신의 형체를 다시 회복하고, 밀턴과 키츠와 다른 위대한 작가들이 문화란 실제로는 늠름하고 모험적이고 자유로운 것이라고 우리에게 확신시켜주는 바와 같이 될 것입니다. 그에 반하여 지금은, 부인, 문화라는 말만 뻥긋하여도 머리가 아프고, 눈이 감기고, 문이 닫히고, 공기가 탁해집니다. 우리는 케케묵은 인쇄물의 매연으로 고약한 냄새가 진동하는 강의실에서, 밀턴이나 키츠에 대하여 매주 수요일마다 일요일마다 어쩔 수 없이 강의를 하거나 글을 써야만 하는 신사의 말을 듣고 있으니까요. 그러는 동안 정원에선 라일락이 가지를 맘껏 흔들고 갈매기는 소용돌이치듯 돌다가 급강하하면서 거칠고 크게 웃으며, 저 냄새나는 상한 생선일랑 자기들에게 유리하게 던져지겠지 하고 넌지시 말하고 있답니다. 그것이, 부인, 당신에게 우리가 청원하는 바이며 그러한 것들이 그 청원을 재촉하는 우리의 이유입니다. 문화와 지적 자유에 찬성하는 선언문에 단지 서명만 하지 마십시오. 당신의 약속을 실행해보겠다고 적어도 시도는 해보십시오.

먹고살 것이 충분히 있고 자신의 즐거움을 위해 모국어로 읽고 쓰는 교육받은 남성의 딸들이 이러한 요청에 귀 기울일지 아닐지는 우리로서는 말할 수 없습니다, 선생님. 그러나 단지 견해에 의해서가 아니라 실천에 의해서 문화와 지적 자유를 보호하고자 한다면 이것이 그 길인 듯합니다. 이것이 쉬운 길은 아니지요, 사실은. 그런데도, 즉 그것이 그렇다고 하더라도, 그 길이 남자 형제보다 딸들에게 더 쉬운 길이라고 생각할 근거가 있습니다. 그들은, 자신의 공으로 그렇게 된 것은 아니지만 어떤 강박관념으로부터 면제되어 있다는 것입니다. 실제로 문화와 지적 자유를 보호하는 것은, 우리가 이미 말했듯이, 조롱을 당하고 정조를 지켜야 하고 무명이 되고 가난해지는 것을 의미합니다. 그러나 그런 것들은, 우리가 이미 보았듯이, 딸들의 친숙한 선생님이지요. 더 나아가, 사실을 가지고 휘터커가 가까이서 그들을 도와줍니다. 즉 휘터커는 전문직 문화의 열매라고 할 수 있는 모든 것, 가령 미술관과 박물관의 고위 관리직, 교수직, 그리고 강사직과 편집자 직위가 여전히 딸들이 닿을 수 있는 범위 너머에 존재한다는 것을 증명해주고 있으므로, 그 딸들은 남자 형제들보다 문화에 대해 더욱 순수하게 사욕이 없는 견해를 취할 수 있으니 말입니다. 매콜리가 역설하듯 딸은 본성상 원래 더 사욕이 없다는 것을 한순간 주장할 것도 없이 말입니다. 이런 식으로 전통과 사실의 도움을 받고 있으므로 우리는 그들에게 그 순환을, 즉 매춘처럼 남용되는 문화의 악순환을 깰 수 있도록 도와달라고 요청할 수 있는 권리뿐만 아니라 그런 사람들이 존재한다면 우리를 기꺼이 도울 것이라는 희망도 품고 있습니다. 이리하여 당신의 선언문으로 돌아가보면, 만일 우리가 이런 조건을 지킬 수 있다면 우리는 선언문에 서명할 것이고 지킬 수 없다면 그것에 서명하지 않을 것입니다.

문화와 지적 자유를 보호한다는 것이 무엇을 의미하는지를 밝히려 시도함으로써 당신이 전쟁 방지를 하는 데에 우리가 어떻게 도울 수 있는가를 알아보기 위해 노력하였으므로 이제 당신의 그다음 불가피한 요청, 즉 당신 협회의 기금에 기부해달라는 요청을 생각해보기로 합시다. 당신 역시 명예 회계 담당자이고 다른 명예 회계 담당자들처럼 돈이 필요합니다. 당신 역시 돈을 요구하고 있으므로, 당신에게 또한 당신 협회의 목적을 정의해달라고 요구할 수 있으며, 다른 명예 회계 담당자들과 마찬가지로 당신과도 조건을 흥정하고 부과할 수 있을 것입니다. 그렇다면 당신 협회의 목적은 무엇입니까? 물론 전쟁을 방지하는 것이지요. 그러면 어떤 방법을 통해서이지요? 넓게 이야기해서 개인의 권리를 보호하고, 독재에 반대하며, 모든 이에 대한 기회균등이라는 민주주의의 이상을 보장하는 것이지요. 그러한 것들이 당신이 말하는 대로 "세상의 영원한 평화가 확실히 보장되는" 주요한 수단들이지요. 그렇다면, 선생님, 흥정하고 옥신각신할 필요가 없습니다. 그러한 것들이 당신의 목적이라면 그리고 의심할 바 없이 당신이 그것들을 성취하기 위하여 온 힘을 다할 작정이라면 금화는 당신 것입니다—이것이 백만 파운드라면 얼마나 좋을까요! 이 금화는 선생님의 것이지요. 금화는 공짜로 주는 공짜 선물이지요.

그러나 "공짜"라는 단어가 너무 자주 사용되고, 또한 자주 사용되는 단어들처럼 의미해주는 바가 너무 적어서 "공짜"라는 말이 이 문맥에서는 무엇을 의미하는가를 정확하게, 심지어 현학적으로라도, 설명하는 것이 나을 것 같습니다. 여기에서 그 말은 어떤 권리나 특권도 보답으로 요구하지 않는다는 것을 의미합니다. 기부자가 영국 국교회의 성직에, 혹은 증권거래소에, 혹은 외교부에 자신이 들어갈 수 있도록 허가하라고 요구하지 않는다는 것입니다. 기부자는 선생님 당신이 "영국인"인 것과 똑같은 의미에서의 "영국인"이 되려는 어떠한 바람도 가지고 있지 않습니다. 기부자는 선물에 대한 보답으로 어떤 직업에라도 들어갈 수 있는 권리를 주장하지 않으며, 어떠한 명예도, 직함도, 메달도, 어떠한 교수직이나 강사직도, 어떤 협회, 위원회, 이사회의 어떤 자리도 권리로서 주장하지 않습니다. 그 선물은 그러한 모든 조건으로부터 자유롭습니다. 왜냐하면, 모든 인간에게 가장 중요한 한 가지 권리가 이미 얻어졌기 때문이지요. 당신은 생활비를 벌 그녀의 권리를 빼앗을 수 없다는 것입니다. 자, 그래서 영국 역사상 처음으로 교육받은 남성의 딸이 자신이 직접 번 금화를, 자기 남자 형제에게, 그의 요청에 따라, 위에서 상술한 목적을 위해, 그리고 아무것도 그 보답으로 요구하지 않으면서 줄 수 있게 되었습니다. 그것은 공짜 선물로서, 두려움 없이, 아첨 없이, 조건 없이 주어진 것입니다. 선생님, 그것은 문명의 역사에서 너무나 중요한 경사여서 축하연이 필요할 것 같습니다. 그러나 낡은 예식들, 즉 제의를 다 갖춰 입은 캔터베리 대주교가 신의 축복을 비는 동안 런던 시장이 작은 산비둘기와 주 장관들을 대동하고 자신의 직장으로 아홉 번 돌을 두드리는 그런 낡은 예식은 이제는 그만둡시다. 이 새로운 경사를 위해서 새로운 예식을 발명해냅시다. 한창때엔 많은 해를 입히고 지금은 쓸모없게 된, 사악하고 부패한 낡은 단어 하나를 소멸하는 것보다 이에 더 어울리는 일이 있을까요? "페미니스트"라는 단어가 우리가 가리키는 그 단어이지요. 사전에 따르면 그 단어는 "여성의 권리를 옹호하는 사람"을 의미합니다. 그 유일한 권리, 즉 생활비를 버는 권리가 획득되었으므로 이제 그 단어는 더 이상 의미가 없습니다. 그리고 의미가 없는 단어는 죽은 단어이며 부패한 단어이지요. 따라서 그 시체를 화장함으로써 이 경사를 축하합시다. 한 장의 대판 양지 위에 까만색 큰 글씨로 그 단어를 쓰고 엄숙하게 그 종이에 성냥불을 댕깁시다. 보십시오, 어떻게 그것이 타오르는가를! 어떤 밝은 빛이 온 세상 위로 춤을 추는지를! 자, 그 재를 거위털 펜과 함께 절구에 넣어 빻고 한 목소리로 다 함께 노래 부르며 미래에 그 단어를 사용하는 사람은 누구나 초인종-누르고-도망가는 자[11], 이간쟁이, 자신의 오염의 증거가 자신의 얼굴 위 구정물 얼룩에 적혀 있는, 오래된 유골 사이를 더듬는 자라고 선언합시다. 연기가 사그라지고 그 단어는 소멸하였습니다. 선생님, 우리의 축하의 결과로 무슨 일이 일어났는지 관찰하십시오. "페미니스트"라는 단어는 파괴되었으며 공기는 청정해졌습니다. 더욱 깨끗해진 공기 속에서 우리는 무엇을 보게 될까요? 같은 대의를 위해 같이 일하고 있는 남자와 여자이지요. 과거로부터도 또한 구름이 걷혔습니다. 19세기에 그들이, 즉 챙이 쑥 나온 모자를 쓰고 숄을 둘렀던 돌아가신 그 기이한 여성들이 무엇을 위해 일했었나요? 우리가 지금 일하고 있는 바로 똑같은 목적을 위해서였지요. "우리가 주장하는 바는 여성의 권리만을 주장하는 것이 아니었다" — 이렇게 말하고 있는 이는 조세핀 버틀러이지요 — "그것은 더 크고 더 깊은 것이었다. 그것은 모든 사람, 즉 모든 남자와 여자의 권리를 위한 주장으로써 그들을 통해 정의, 평등, 자유라는 위대한 원칙을 존중하기 위한 것이었다." 그 말은 선생님의 말씀과 똑같고 그들의 주장도 선생님의 주장과 똑같습니다. 그들이 화가 나게도 "페미니스트"라고 불린 교육받은 남성의 딸들은 사실상 당신이 관여한 운동의 선발대였던 셈이지요. 그들은 선생님이 지금 싸우고 있는 똑같은 적과 똑같은 이유로 싸우고 있었던 것입니다. 당신이 파시스트 국가의 압제와 싸우고 있는 것처럼 그들도 가부장적인 국가의 압제와 싸우고 있었던 것이지요. 그래서 우리는 우리의 어머니와 할머니가 했던 똑같은 싸움을 단지 계속하고 있는 것입니다. 그들의 말이 그것을 증명하고 당신의 말이 그것을 증명합니다. 그러나 자 이제 선생님의 편지가 우리 앞에 놓여 있으므로 우리는 당신이 우리와 맞서 대항하는 것이 아니라 함께 싸우고 있다는 확약을 받고 있는 셈입니다. 이 사실은 너무나 감격스러워서 또 한 번의 축하가 필요할 것 같습니다. 더 많은 죽은 단어들, 더 많은 부패한 단어들을, 예를 들면, 폭군, 독재자 같은 단어들을, 더 많은 종이에 써서 태워버리는 것보다 더 어울리는 일이 있겠습니까? 그러나 아, 슬프게도, 그러한 단어들은 아직 쓸모없게 된 말들이 아니군요. 우리는 여전히 신문에서 알들을 털어낼 수 있으며 화이트홀과 웨스트민스터[16] 지역에서 묘하고도 분명한 저 냄새를 맡을 수 있으니 말입니다. 그리고 해외에서 그 괴물은

16 영국 국회의사당.

더욱더 내놓고 표면으로 떠올라와 있습니다. 거기에 있는 그 괴물을 잘못 알아볼 리 없으니까요. 그 괴물은 자신의 영역을 한층더 넓혀놓았습니다. 그것은 이제 당신의 자유를 간섭하고, 당신이 어떻게 살아야 할지에 대해서도 명령하고 있으며, 남녀뿐만이 아니라 인종 사이에도 차별을 짓고 있습니다. 선생님도 이제, 당신의 어머니들이 여자라는 사실 때문에 쫓겨나고 감금되었을 때 느꼈던 감정을 몸소 느끼고 있습니다. 즉 당신이 유대인이기 때문에, 민주주의자이기 때문에, 인종 때문에, 종교 때문에 이제 내쫓기고 감금된다는 것입니다. 당신이 바라보고 있는 것은 더 이상 한 장의 사진이 아니지요. 선생님 자신도 행렬을 따라 걸으며, 거기 가고 있으니까요. 그런데 그것이 차이를 가져옵니다. 옥스퍼드나 케임브리지에서건, 화이트홀이나 다우닝 가[17]에서건, 유대인에 반대해서건, 여성에 반대해서건, 영국이나 독일이나 이탈리아나 스페인에서건, 독재의 간악한 행위 전체가 이제 당신에게 분명히 드러납니다. 하지만 이제 우리는 함께 싸우고 있습니다. 교육받은 남성의 딸들과 아들들이 나란히 싸우고 있는 것입니다. 이 사실은 너무나 감격스러워서, 비록 어떠한 자축도 지금은 할 수 없지만, 만약 이 금화 한 닢이 백만 배로 늘어난다고 했을 때 당신이 그 모든 금화를 마음대로 써도 좋을 성싶은 정도입니다. 당신이 당신 스스로 부과한 조건 외에는 다른 어떤 조건도 달지 않고 말입니다. 그러면 이 금화 한 닢을 받으십시오. 그리고 "모든 사람, 모든 남자와 여자의 권리를 확고히 하는 데에다 그 돈을 사용하십시오. 즉 그들을 통해 나타나는 정의, 평등, 자유라는 위대한 원칙을 존경하기 위해서 말입니다." 이 한 푼짜리 촛불을 선생님의 새 협회 사무실 창문에 놓으십시오. 그리고 부디 폭군과 독

---

17 1680년대에 조성된 런던의 거리로 수상 관저, 외무성 등이 있다.

재자라는 단어가 쓸모없게 되어 우리 공동의 자유의 불꽃 속에 그런 단어들이 불타 없어져 재가 되는 그런 날을 살아생전 우리가 보게 되기를 기도하는 바입니다.

그러면 금화에 대한 요청에도 답을 한 셈이고 수표에도 서명하였으므로 이제 당신의 그다음 요청 중 단 한 가지만 고려해보도록 남아 있군요. 즉 소정의 양식을 기재하고 선생님 협회의 회원이 되어 달라는 것이지요. 보기에는 그것은 쉽게 수락할 수 있는 간단한 부탁인 것 같습니다. 막 금화를 기부한 협회에 가입하는 일보다 더 간단한 일이 무엇이 있겠습니까? 표면상으로는 얼마나 쉽고, 얼마나 간단한지, 그러나 깊이 들어가보면 얼마나 어렵고 얼마나 복잡한지 ··· 이 점들은 대체 어떤 의심과 어떤 망설임을 상징하는 것일까요? 어떤 이유와 어떤 감정이 있어서 우리가 그 협회의 회원이 되기를 망설이는 걸까요? 우리도 승인하는 목표를 가진 협회이며 우리가 그 기금에 기부도 한 협회인데 말입니다. 그것은 이유도 감정도 아니고 그 둘보다 더 심오하고 더 근원적인 어떤 것인지도 모릅니다. 차이 때문일지도 모릅니다. 사실들이 증명해주듯이, 우리가 성과 교육의 측면에서 다르기 때문인지도 모른다는 겁니다. 이미 말했다시피, 우리가 혹 도움을 줄 수 있다면, 자유를 보호하고 전쟁을 방지하기 위해 우리가 줄 수 있는 도움은 바로 그 차이로부터 나올 수 있다는 겁니다. 그런데 당신 협회의 적극적인 회원이 됨을 의미하는 이 양식에 우리가 서명을 한다면 우리는 그 차이를 상실하고 따라서 그러한 도움을 희생시킬 수밖에 없는 듯합니다. 그 이유가 무엇인가를 설명하기는 그렇게 쉽지 않습니다. 비록 우리가 자랑하였다시피, 금화라는 선물을 줌으로써 두려움 없이 아첨 떨지 않고 자유롭게 이야기할 수 있게 되었지만 말입니다. 그러면 그 양식서는 우리가 서명하지는 않은 채 앞에 있는 탁자 위에 놔두기로 하지요. 우리로 하여금 그 양식에 서명하는 것을 망설이게 하는 그 이유와 감정에 대해 우리가 할 수 있는 한 한껏 토론하는 동안은 말입니다. 왜냐하면 그러한 이유와 감정은 조상 대대로의 기억의 어둠 속 깊은 곳에 그 기원을 두고 있기 때문이지요. 그것들은 혼돈 속에서 함께 자라났으며, 따라서 비틀린 그것들을 밝은 빛 속에서 풀어내는 일은 매우 어려운 일이니까요.

기본적인 구별부터 해보면 하나의 협회라는 것은 어떤 특정 목적을 위해 결속한 사람들의 집합체인 반면, 손으로 직접 편지를 쓰는 선생님은 한 사람의 개인입니다. 우리가 존경하는 이유가 있는 사람은 바로 당신이라는 개인이지요. 즉, 남성 단체의 일원인 당신입니다. 전기가 입증하듯 그 단체엔 많은 남자 형제들이 소속되어 있습니다. 따라서 앤 클러프는 자신의 오빠에 대해 묘사하며 다음과 같이 말합니다. "아서 오빠는 나의 가장 좋은 친구이며 조언자이다. (…) 오빠는 내 인생의 위안이자 기쁨이다. 내가, 사랑스럽고 좋은 일이면 무엇이든 추구하고 싶다는 자극을 받는 것은 바로 아서 오빠로부터이며 또한 오빠를 위해서다." 이에 대해 윌리엄 워즈워스[18]는 이렇게 응답합니다. 자신의 여동생에 대해 말하고 있지만 마치 과거의 어느 숲속에서 한 마리의 나이팅게일이 다른 나이팅게일을 부르듯 말이지요.

나의 노년의 축복은
소년일 적에도 나와 함께 있었네.

---

18 윌리엄 워즈워스(William Wordsworth, 1770~1850), 영국의 낭만주의 시인. 18세기의 기교적인 시어를 배척하는 반면에 소박하고 친근한 시어를 추구하며 영문학에서의 낭만주의를 시작하는 데에 일조하였다.

누이는 나를 쳐다봐주었고, 나에게 귀 기울여주었다네.

그리고 겸허한 보살핌을, 그리고 미묘한 두려움을,

감미로운 눈물의 샘인 심장을,

그리고 사랑 그리고 사상, 그리고 기쁨을 주었다네.[12]

   이러한 것이 사생활에서 볼 수 있는 많은 남자 형제와 여형제 사이의 관계였고 아마 여전히 지금도 그럴 것입니다. 그들은 서로 존중하고 서로 돕고 공통의 목적을 공유합니다. 전기와 시가 증명하듯이 그러한 것이 그들의 사적 관계라면, 그러면 법과 역사가 증명하듯이 그들의 공적 관계는 왜 그렇게도 달라야 하는 걸까요? 그런데 여기서, 당신은 변호사이며 따라서 변호사로서의 기억이 있으므로, 남자와 여자 형제들의 공적 관계와 사회적 관계는 사적 관계와 매우 달랐다는 것을 증명할 모양으로 영국의 어떤 특정 법령들을 그것의 첫 기록에서부터 1919년까지 상기시켜드릴 필요는 없을 것입니다. '사회단체'라는 바로 그 단어가 거친 음률의 음울한 종소리를 우리 기억 속에 울려댑니다. 즉 안 된다, 안 된다, 안 된다는 종소리지요. 너는 배우면 안 된다, 돈을 벌면 안 된다, 소유하면 안 된다, 너는 안 된다. 그런 것이 수많은 세기 동안 남자 형제와 여자 형제 사이의 사회적 관계였지요. 그리고 비록 조만간 새로운 사회가 도래하여 눈부신 조화의 명종곡을 울릴 수 있을 것이고 — 그것도 낙천적이며 믿을 만한 사람들에게 말이지요 — 또한 당신의 편지도 그것을 예고하고 있긴 하지만 그런 날은 까마득합니다. 우리는 어쩔 수 없이 스스로 묻게 되지요. 사람들이 모여 사회단체라는 복합체를 이루면 그 속에는 개개인 내면에 있는 가장 이기적이고 난폭하고, 거의 비이성적이고 비인간적인 면을 표출시키는 무엇인가가 존재하는 것이 아닐까? 하고 말입니다. 우리는 어쩔 수 없이, 당신에게는 그다지도 친절하지만 우리에게는 그다지도 가혹한 사회단체라는 것을 진리를 왜곡하고 마음을 기형으로 만들며 의지를 속박하는 어딘가 잘 맞지 않는 구성 형태라고 간주하게 됩니다. 우리는 어쩔 수 없이, 사회단체라는 것을, 우리 많은 여자가 존경하는 이유가 있는 그런 사적인 남자 형제를 침몰시키고 그런 남자 대신에 목소리는 크고 주먹은 세고 땅바닥에 분필로 금 긋는 일에 유치하게 몰두해 있는 괴물 같은 남자를 우쭐하게 부풀려놓는 음모단체라고 간주하게 됩니다. 그런데 그런 표시의 신비스러운 경계 안에 인간들은 엄격히, 따로따로, 인위적으로 가두어져 있으며 그 경계 안에서 그 괴물 같은 남자는 빨간색으로 그리고 번쩍거리는 금색으로 더덕더덕 칠을 하고 야만인처럼 깃털 장식을 달고는 신비로운 의식을 치르고 권력과 지배라는 수상한 즐거움을 만끽하지요. '그의' 여자들인 우리는 그 사회를 구성하고 있는 여러 많은 단체에 동참하지 못한 채 개인 가정집에 문이 잠겨 갇혀 있는 동안 말입니다. 우리 여자들이 많은 기억과 감정으로 꽉 차 있는 것과 같이 그렇게 빼곡한 어떤 이유들로 인해 ─ 그렇게도 깊은 지나간 시간의 저수지를 품고 있는 마음의 복잡성을 그 누가 분석하겠습니까? ─ 가입신청서를 기재하고 당신 협회에 가입하는 것은 우리로서는 이성적으로는 틀린 일이며 감정적으로는 불가능한 일인 듯합니다. 왜냐하면, 그렇게 함으로써 우리는 우리의 정체성을 당신 정체성과 합쳐서, 낡아빠진 홈을 따라 반복해가며 한층 더 깊게 그 홈 자국을 내야 하기 때문이지요. 그 낡아빠진 홈에 갇혀 사회단체라는 것은 바늘이 한 곳에 걸려 같은 소리만 내는 축음기처럼 참을 수 없게 만장일치로 "무기에 쓰인 3억 파운드"라는 소리를 연거푸 쏟아냅니다. 즉 '사회단체'에 대해 우리가 몸소 경험한 바에 의해 마음속에 그려진 견해를 실행에 옮겨서는 안 된다는 겁니다. 이리하여, 선생님, 우리가 당신을 사적인 개인으로서 존경하며 당신 마음대로 쓸 수 있는 금화를 줌으로써 그것을 증명하지만, 당신 협회에 가입하는 것을 거절함으로써 우리는 당신을 더 효과적으로 도울 수 있다고 믿고 있습니다. 즉 당신 협회의 내부에서가 아니라 그 바깥에서 우리의 공통의 목적을 위해, 즉 모든 남자와 여자를 위한 정의와 평등과 자유를 위해 일함으로써 말입니다.

당신은 이렇게 말하겠지요. 그러나 혹시, 우리에게 확실한 도움을 주겠다고 약속했던 교육받은 남성의 딸들인 당신들이 당신들만의 또 다른 협회를 만들기 위하여 우리 협회에 가입을 거절하냐고 말입니다. 그리고 어떤 종류의 협회를 설립하고자 제안하는 것입니까? 하고 물을 것입니다. 즉 우리 협회 바깥에서 그러나 우리 협회와 협력하여 공통의 목적을 위해 함께 일하려는 협회는 어떤 것입니까 하고 말입니다. 그것은 당신이 당연히 물어볼 권리가 있는 질문이며 우리가 당신이 보낸 양식에 서명하기를 거절한 사실을 합리화하기 위해서라도 우리가 반드시 대답해야 하는 질문이지요. 그러면, 교육받은 남성의 딸들이 당신 협회의 목적과는 협력하지만 당신 협회 바깥에서 설립하고 참가하려는 협회는 어떤 종류의 협회인지, 그 윤곽을 지체 없이 그려보도록 하지요. 우선 이 새로운 협회는, 당신이 알게 되면 안심하겠지만, 명예 회계 담당자가 없을 것입니다. 왜냐하면 그 협회는 기금이 필요하지 않으니까요. 사무실도, 위원회도, 비서도 없을 것이며, 어떤 회합도 소집하지 않을 것이며, 어떤 회의도 개최하지 않을 것입니다. 이름을 가져야 한다면 그 이름은 아웃사이더 협회The Outsiders' Society라고 불릴 수 있을 것입니다. 그 협회는 들기 좋은 이름은 아니지만 여러 사실, 즉 역사와 법과 전기에 나타난 여러 사실과 부합하는 이점이 있습니다. 아마 심지어는 여전히 알려지지 않은 심리학 안에 여전히 숨겨져 있는 사실들과 부합하는 이점도 있을 것입니다. 그 협회는 자유와 평등과 평화를 위해서 자신들의 방식으로 자신들의 계층에서 일하는 — 사실상 어떻게 그들이 어떤 다른 계층에서 일할 수 있겠습니까? — 교육받은 남성의 딸들로 구성될 것입니다.[13] 무기를 들고 싸우지는 않는다는 것이 그들의 첫 번째 의무가 될 것입니다. 그런데 그런 의무를 이행하겠다고 서약을 통해서 맹세하지는 않을 것입니다. 모든 것에 앞서 우선 익명이어야 하고 융통성이 있어야만 하는 협회에서 서약과 예식은 어떤 역할도 하지 못하니까요. 그들이 이러한 의무를 준수하기는 쉽습니다. 왜냐하면, 사실인즉 신문을 보면 알 수 있듯이, "육군 심의회는 여군단 신병 모집을 할 의도가 전혀 없다"[14]라고 하니까요. 나라가 보장을 하니까요. 그다음, 전쟁이 날 때 그들은 군수품을 제조하거나 부상병을 간호하는 일을 거부할 것입니다. 지난번 전쟁에서 그런 일은 주로 노동자의 딸들이 수행하였으므로 이 점에서도 교육받은 남성의 딸들에 대한 압력은 낮을 것입니다. 그것이 불쾌할지는 모르지만 말입니다. 한편, 그들이 맹세할 그다음의 의무는 상당히 어려운 것으로 용기와 독창력뿐만 아니라 교육받은 남성의 딸이 가진 특별한 지식이 필요합니다. 간략히 말해서 그것은 그들의 남자 형제들을 나가 싸우라고 부추기는 것도 아니고 그렇다고 나가 싸우지 말라고 선동하는 것도 아니고 완벽한 무관심이라는 태도를 유지하는 것입니다. 그런데 '무관심'이라는 말로 표현되는 그 태도는 너무나 복잡하고 중요해서 이쯤에서 더 분명히 밝힐 필요가 있습니다. 우선 무관심이라는 것은 사실에 확고한 기반을 두어야만 합니다. 즉 여성은, 어떤 본능이 남성을 강압적으로 내모는지를 이해할 수 없고 싸움이라는 것이 남성에게 어떤 영광, 이해관계, 남성적 만족감을 제공하는지를 이해할 수 없다는 것이 사실입니다. "전쟁이 없으면 싸움이란 것이 개발해내는 남자다운 특성을 쏟아낼 어떤 배출구도 없을 것이다"라는 말이 있듯이 말입니다. 즉 이렇게 싸움이라는 것은 여성이 공유할 수 없는 남성의 성적 특징으로 어떤 이들이 주장하듯 남성이 공유할 수 없는 모성적 본능에 상대가 되는 것이지요. 따라서 싸움이라는 것은 여성이 판단할 수 없는 본능입니다. 그러므로 아웃사이더는 남성이 자신의 본능을 혼자서 자유롭게 처리하도록 내버려두어야 합니다. 왜냐하면 의견의 자유는 존중되어야 하니까요. 특히, 그 의견이라는 것이 수백 년 동안의 전통과 교육으로 인해 여성에게는 그렇게도 낯선 것이 된 어떤 본능에 기초를 두고 있을 때는 말입니다.[15] 이것이 무관심이라는 태도가 기초를 두게 될 근본적이며 본능적인 구별입니다. 하지만 아웃사이더는 자신의 무관심을 단지 본능만이 아니라 이성에도 기초를 두는 것을 자신의 의무로 삼을 것입니다. "나는 우리의 조국을 수호하고자 싸우고 있다"라고 남성들이 말하고, 또한 역사가 증명하듯 그렇게 죽 말해왔고 앞으로도 그렇게 말을 하고, 그렇게 함으로써 남성들이 여성의 애국적 감정을 일으키려고 노력할 때에, 여성들은 "아웃사이더인 나에게 '우리 조국'이란 무엇을 의미하는가?"라고 스스로 물을 것입니다. 이 질문의 답을 얻고자 그녀는 자신 경우에서의 애국심의 의미를 분석할 것입니다. 그녀는 과거 여성의 지위와 계급에 대해 알게 되겠지요. 현재 여성의 성과 계급이 소유하고 있는 토지와 부와 재산의 정도에 대해, 즉 '영국'의 어느 만큼이 사실상 그녀에게 속해 있는가에 대해 알게 될 것입니다. 같은 자료를 통해 과거에 여성에게 제공되었고 지금도 제공되고 있는 법률상의 보호에 대해 알게 될 것입니다. 그리고 만일 남성들이 그녀의 몸을 보호하기 위하여 싸우고 있다고 덧붙인다면 '공습경보'라는 말이 빈 벽에 쓰여 있는 작금에 그녀가 누리고 있는 육체적 보호의 정도에 대해 곰곰이 생각해볼 것입니다. 게다가 외국의 지배로부터 영국을 보호하기 위하여 싸우고 있다고 남성들이 말한다면 그녀에게는 '외국인'이라는 것은 없다고 곰곰이 생각해볼 것입니다. 왜냐하면 그녀가 외국인과 결혼하면 그녀는 법에 따라 외국인이 되기 때문이지요. 그녀는 강요된 형제애에 의해서가 아니라 인간적 공감을 통해 이것을 사실로 받아들이기 위해 최선을 다할 것입니다. 간단히 말하여, 이러한 모든 사실을 통하여 그녀는 이성적으로 납득이 될 것입니다. 즉 그녀의 성과 계급은 과거 영국에 감사할 것이 매우 적으며 현재에도 영국에 감사할 것이 그리 많지 않으며 한편 미래 그녀의 신상의 안전도 매우 의심스럽다는 것을 말합니다. 그러나 심지어 여자 가정교사로부터도 그녀는 아마 영국 남자들이, 즉 영국 역사라는 그림 속에 힘차게 행진하고 있는 모습이 목격되는 아버지와 할아버지들이, 다른 나라의 남자들보다는 '우월하다'라는 낭만적 생각을 흡수할 수도 있을 것입니다. 그녀는, 영국 역사가와 프랑스 역사가를 비교하고, 프랑스 역사가와 독일 역사가를 비교하며, 피지배자들의 증언, 이를테면 인도 사람들과 아일랜드 사람들의 증언과 지배자들이 내놓는 주장을 비교함으로써 바로 이러한 생각을 억제하는 것을 자신의 의무라고 여길 것입니다. 여전히 어떤 '애국적' 감정, 즉 다른 나라에 대한 자기 나라의 지적 우월성에 대한 뿌리 깊은 믿음이 남아 있을지도 모릅니다. 그러면 그녀는 영국의 그림과 프랑스의 그림을, 영국의 음악과 독일의 음악을, 영국의 문학과 그리스의 문학을 비교할 것입니다. 번역본은 풍부하니까요. 이성을 사용하여 이러한 모든 비교가 충실하게 이루어지면 아웃사이더는 자신의 무관심에 대한 타당한 이유가 있음을 알게 될 것입니다. 그녀는 남자 형제에게 자기를 대신하여 '우리' 나라를 지키기 위해 싸워달라고 요청할 만한 타당한 이유가 없다는 것을 알게 된다는 것입니다. 그녀는 말할 것입니다. "'우리나라'는 그 역사의 상당한 부분을 통하여 나를 노예로 취급하였고, 나에게 교육과 재산에 대한 어떠한 몫도 허락하지 않았지요. 여전히 '우리' 나라는 내가 외국인과 결혼하면 더 이상 나의 나라가 아니게 되지요. '우리' 나라는 나에게 나 자신을 보호할 수단을 허락하지 않으며 나를 보호하기 위해 연간 매우 큰 액수를 다른 사람들에게 낼 것을 강요하며, 그러면서도 나를 보호할 능력이 너무나 보잘것없어 공습경보가 벽 위에 쓰여 있을 정도입니다. 그러므로 나를 혹은 '우리' 나라를 보호하기 위해 당신이 싸우고 있다고 주장한다면, 당신은 나의 본능을 만족시키기 위해 혹은 나와 나의 나라를 지키기 위해서가 아니라 우리가 공유할 수 없는 남성 특유의 본능을 만족시키기 위해, 내가 공유하지 못했고 그리고 아마도 내가 공유하지 못할 어떤 이익을 얻고자 싸우고 있음을, 우리 사이에 냉정하게 그리고 합리적으로 이해하도록 합시다. "왜냐하면," 아웃사이더는 계속 말할 것입니다. "사실상, 여성으로서 나는 나라가 없으며, 여성으로서 나는 나라를 원치 않으며, 여성으로서 나의 나라는 전 세계이기 때문입니다"라고 말입니다. 그리고 만일 이성이 할 말을 다 했는데 여전히 어떤 완고한 감정이 남아 있게 된다면, 즉 느릅나무 위의 까마귀 울음소리로, 바닷가의 철썩이는 파도 소리로, 나즈막히 동요를 불러주는 영국인의 목소리로, 영국에 대한 어떤 사랑이 어린 아이의 귀 안으로

방울 지어 떨어진다면, 비합리적일지라도 순수한 그런 감정 방울의 도움을 받아 그녀는 전 세계의 평화와 자유에 대해 자신이 염원하는 바를 맨 먼저 영국에 베풀 것입니다.

자, 그렇다면 이러한 것이 그녀의 '무관심'의 본질이 될 것이며 이런 무관심으로부터 어떤 행동이 뒤따라야 합니다. 그녀는 애국적 시위에 한몫 끼지 않을 것이며, 어떤 형태의 국가적 자화자찬에도 동조하지 않을 것이며, 전쟁을 장려하는 어떤 박수부대나 청중의 일부도 되지 않을 것이며, 어떠한 군사 전시회, 시합, 분열행진, 수상식 그리고 '우리의' 문명이나 '우리의' 통치를 다른 사람들에게 강요하려는 욕망을 부추기는 어떠한 예식에도 맹세코 불참할 것입니다. 나아가 사생활에 관한 심리학은 무관심을 이렇게 사용함으로써 교육받은 남성의 딸들이 전쟁 방지에 실질적인 도움을 주리라는 믿음에 타당성을 부여합니다. 왜냐하면, 아무래도 사람들이란 격앙된 감정의 한가운데서 행동할 때보다는 다른 사람들이 자신들에게 완전한 행동의 자유를 허락하면서 무관심할 때에 행동을 취하기가 훨씬 더 어렵다는 것을 심리학은 보여주니까요. 어린 소년이 창문 밖에서 뽐내고 걸어가며 나팔을 붑니다. 그 아이에게 그만두라고 간청해보십시오. 그러면 그 아이는 계속합니다. 아무 말도 하지 마십시오. 그러면 그 아이는 그만둡니다. 교육받은 남성의 딸들은 남자 형제들에게 비겁함을 나타내는 하얀 깃털이건 용기의 빨간 깃털이건 어떠한 깃털도 건네주지 말아야 한다는 것, 전쟁이라는 문제를 토론할 때에 빗발치듯 영향력을 행사하는 번쩍이는 두 눈을 감아버리거나 딴 곳으로 눈길을 돌려야 한다는 것 ─ 이것이, 죽음의 위협을 받고 어쩔 수 없이 이성이 힘을 잃기 전에 평온한 가운데 자신을 단련시켜 두어야 할 아웃사이더들의 의무인 것이지요.

선생님, 그래서 그러한 것이, 협회가, 즉 익명의 비밀스러운 아웃사이더 협회가 전쟁을 방지하는 데 도움을 주고 자유를 보장할 수 있는 몇 가지 방법입니다. 당신이 그것에 대해 어떠한 가치를 부여하든 당신은 다음의 사실에 동의할 것입니다. 그러한 의무를 실행하기가 남성들은 여성들보다 훨씬 어렵다고 여길 것이며 나아가 그것은 교육받은 남성의 딸들에게 특히 적절한 의무라는 것에 동의할 것입니다. 왜냐하면, 그 딸들은 교육받은 남성에 대한 심리학을 약간 알 필요가 있는데 교육받은 남성의 마음은 노동자들보다 더 고도로 훈련되어 있으며 그들의 말은 노동자들보다 더 미묘하기 때문입니다.[16] 물론 다른 의무들도 있지만, 그중의 많은 것은 이미 다른 명예 회계 담당자에게 보낸 편지안에 개략적인 설명이 되어 있습니다. 그러나 반복의 위험을 무릅쓰고라도 그러한 의무가 아웃사이더 협회가 자리를 잡는 터전을 형성하게 하도록 대강이라도 신속하게 다시 말해보기로 하지요. 첫째, 그들은 반드시 자신의 생활비를 벌어야 한다는 것입니다. 전쟁을 종식하는 방법의 하나로서 이러한 의무의 중요성은 자명합니다. 경제적 독립에 기초한 의견이야말로 완전한 무수입이나 수입에 대한 정신적 권리에 기초를 둔 의견보다 훨씬 더 월등한 설득력을 가지고 있다는 점은 이미 충분히 강조되었으므로 더 이상 증명할 필요가 없습니다. 따라서 아웃사이더는 자신의 성에 개방된 모든 직업에서 최저 생활 임금을 강력히 요구하는 것을 자기 일로 삼아야 하며, 더 나아가 독립적 의견의 권리를 확보할 수 있는 새로운 직업을 창조해야 한다는 것은 자연스러운 결론입니다. 그러므로 그녀는 반드시 자신의 계층에 속한 무보수 노동자에 대한 화폐임금을 강력히 요구해야 합니다. 여러 전기에서 보았듯이 교육받은 남성의 딸들과 여형제들은 현재 숙식과 연 40파운드라는 소액과 함께 현물 지급제로 보수를 받고 있으니까요. 그러나 무엇보다 국가가 교육받은 남성의 어머니들에게 합법적으로 임금을 지급하도록 강력히 요구해야 합니다. 우리 공통의 투쟁에 있어서 이것의 중요성은 헤아릴 수가 없을 정도입니다. 왜냐하면, 그것은 기혼 여성이라는 거대하고 매우 명예로운 계층이 자신의 마음과 의지를 갖도록 우리가 보장해줄 수 있는 가장 효과적인 방법이기 때문입니다. 그러한 마음과 의지를 갖고 기혼 여성은, 남편의 마음과 의지가 그녀 눈에 좋은 것으로 보이면 그를 후원하고 나쁜 것이면 그를 거절하여 어느 경우든 '그의 여자'가 되기를 그만두고 그녀 자신이 될 수 있기 때문입니다. 선생님, 당신은 당신의 성씨를 따르고 있는 부인을 비방하지 않으면서 동의할 것입니다. 만일 당신의 수입이 그 부인에게 의존해 있다면 당신의 심리에 매우 미묘하고도 바람직하지 않은 변화를 초래하리라는 것 말입니다. 이와는 별도로 기혼 여성에게 임금을 지불하는 조치는 당신의 자유와 평등과 평화를 위한 투쟁에서 직접적으로 너무나 중요한 것이어서 금화에 대해 어떤 조건을 붙이고자 한다면 이러한 내용이 될 것입니다. 즉 결혼과 자녀 양육이 직업인 사람들에게 당신은 국가가 지불하는 임금을 제공해야 한다는 것입니다. 옆길로 샐 위험조차 무릅쓰고 말하자면, 출산율이 급강하하고 있는 계층, 즉 출산이 바람직하게 장려되는 바로 그 계층, 즉 교육받은 남성의 계급에 있어서 이러한 것이 출산율에 미칠 영향을 생각해보십시오. 신문에서 보듯이 군인의 봉급 인상이 군사 병력의 신병 증가라는 결과를 초래한 것처럼 똑같은 유도작전은 임신 가능한 집단의 신입 회원을 늘리는 데에도 이바지할 것입니다. 그런데 그런 집단이 반드시 필요하고 또한 영예롭다는 것을 우리가 부정하기 어려운데도 가난과 역경으로 인해 그 집단은 현재 신입 회원을 끌어들이지 못하고 있는 실정이지요. 그러한 방법은 현재 활용 중인 방법, 즉 학대와 조롱이라는 방법이 실패한 곳에서 성공할 수도 있습니다. 한층 더 옆 길로 샐 위험을 무릅쓰고 이야기하자면 아웃사이더가 당신에게 강력히 주장하고 있는 내용은 교육받은 남성으로서의 당신의 삶에 그리고 당신의 전문직의 영예와 활력에 지극히 중요하게 관련되어 있습니다. 왜냐하면 만일 당신의 아내가 자기 일에 대해, 즉 아이를 낳고 기르는 일에 대해 실제 임금, 화폐임금이 지급되어 그러한 일이 지금처럼 무보수인 데다 연금도 없는 불안정하고 명예롭지 않은 그런 직업인 대신에 매력적인 직업이 된다면 선생님 당신의 노예 상태도 가벼워질 것이기 때문입니다.[17] 더 이상 당신은 아홉 시 반에 사무실에 출근하고 거기에서 여섯 시까지 머무를 필요가 없게 되지요. 일도 균등하게 분배될 수 있습니다. 몰려드는 환자를 환자가 없는 의사들에게 보낼 수 있지요. 몰려오는 소송 의뢰를 소송 의뢰가 없는 변호사에게 넘길 수 있지요. 신문 기사도 내버려두었다 쓸 수도 있지요. 이렇게 하여 문화가 자극을 받을 것입니다. 당신은 봄에 과일나무가 꽃을 피우는 것을 바라볼 수 있겠지요. 인생의 전성기를 당신의 아이들과 공유할 수도 있을 것입니다. 그리고 전성기가 지난 후엔 기계에서 폐품 더미로 내던져져 어떤 활기도 남아 있지 않은 채, 남아 있는 관심사도 딱히 없이, 어느 불행한 노예의 보살핌을 받으며 배스[19]와 첼트넘[20] 주변이나 걸어 다니는 신세가 될 필요가 더 이상 없게 되겠지요. 당신은 이제 더 이상 토요일의 방문자도 아니요,

---

19 잉글랜드의 서머셋에 위치한 도시다. 고대 로마인이 건설한 온천 도시로, 1987년에 유네스코 세계유산으로 지정되었다.
20 잉글랜드의 글로스터셔주의 온천 도시.

사회의 목에 걸려 있는 골칫거리 알바트로스[21]도, 동정심 중독자도, 다시 채워 넣어야 하는 바람 빠진 일 노예도 되지 않을 것입니다. 아니면 히틀러 씨의 표현대로 기분전환이 필요한 영웅, 혹은 무솔리니 씨의 표현대로 자신의 상처를 붕대로 감싸줄 여성 부양가족을 필요로 하는 다친 전사가 되지도 않을 것입니다.[18] 만약 국가가 당신의 아내에게, 제아무리 성스러워도 성직자 일보다 더 성스럽지는 않은 그녀의 일에 대해 최저 생활임금을 지급한다면—성직자라는 성스러운 일도 권위가 실추되지 않으면서 보수를 받는 것처럼 그녀의 일도 권위가 실추되지 않으면서 보수를 받을 수가 있지요—즉 만약 그녀의 자유보다도 당신의 자유에 훨씬 더 필수적인 이러한 조치가 취해진다면, 전문직 남성이 거의 아무런 낙도 없이, 자신의 직업에도 거의 이득 되는 바 없이, 종종 너무나 고단하게 정해진 일상을 연이어 찍어내는 그런 낡은 공장은 부서질 것이며 따라서 자유의 기회는 당신 차지가 될 것입니다. 또한, 모든 노예 중 가장 비열한 지적 노예 상태가 끝날 것이며 반쪽짜리 인간은 이제 온전한 인간이 될 것입니다. 그러나 3억 파운드 혹은 그 정도의 돈이 무기 소지자들에게 들어가야 하므로 부인들에게 지급하는 그러한 지출은, 정치가들이 제공하는 편리한 말을 쓰자면, '실행 불가능한' 것이며, 따라서 지금은 좀 더 실현 가능한 계획들로 돌아가 살펴볼 때이지요.

그렇다면 아웃사이더는 반드시 자신의 생활비를 벌어야 할 뿐 아니라 생활비 버는 일을 거부하면 그것이 직장 고용인에게 중

---

21 알바트로스는 커다란 바닷새다. 영국의 시인 새뮤얼 테일러 콜리지(Samuel Taylor Coleridge, 1772~1834)의 시 「노수부의 노래The Rime of the Ancient Mariner」(1798)에서 어느 알바트로스를 총으로 쏘아 죽이는 선원에게 벌로 그 시체를 목에 달고 다니도록 한다. 이를 시작으로 "목에 짊어진 알바트로스an albatross around a person's neck"라는 표현은 (성공을 방해하는) 짐 혹은 방해물을 비유하는 표현으로 쓰이게 되었다.

대한 관심사가 될 정도로 아주 전문가답게 벌어야 할 것입니다. 또한, 반드시 전문직의 여러 관행에 대해 훤히 알아서 전문직 내에서의 어떠한 횡포나 학대의 사례도 낱낱이 폭로하겠다고 맹세할 것입니다. 그리고 먹고살기에 충분한 돈을 벌었을 땐 어떤 직업에서든 계속 돈을 벌려고 하는 것이 아니라 반드시 모든 경쟁을 그만두고 연구를 위해 그리고 일 자체를 사랑하여 자신의 직업에 실험적으로 종사해야 할 것입니다. 또한, 그들은 전쟁에 사용될 무기의 제조나 개량과 같이 자유에 적대적인 어떠한 직업에 대해서도 아웃사이더로 남아 있어야 할 것입니다. 그리고 그들은 반드시 옥스퍼드와 케임브리지 대학처럼 자유를 존중한다고 공언하면서도 자유를 제한하는 어떠한 단체로부터도 직책을 맡거나 상을 받는 일이 없도록 해야 할 것입니다. 그들은 또한 자신들이 자발적으로 기부금을 내는 사적인 협회의 주장들을 조사하는 것처럼 영국 교회와 대학같이 그들이 납세자로서 기부금을 내지 않을 수 없는 공공단체의 주장들 또한 두려움 없이 자세히 조사하는 것을 자신의 의무로 여겨야 할 것입니다. 그들은 반드시 여러 학교와 대학의 기부금을 그리고 그 돈이 쓰이는 목적을 엄밀하게 조사할 것입니다. 교육과 관련된 전문직에서처럼 종교의 전문직에서도 마찬가지로 그렇게 할 것입니다. 우선 신약성서를 읽고 다음에는 교육받은 남성의 딸들도 매우 쉽게 접근이 가능한 신학자와 역사가들의 역작들을 읽음으로써 그들은 반드시 기독교 종교와 그 역사에 대해 어느 정도의 지식을 습득하는 것을 자기 일로 삼을 것입니다. 더 나아가 교회 예배에 참석하고 설교의 영적 가치와 지적 가치를 분석하고, 종교 집단 이외 남자들의 의견을 비판하는 것만큼 똑같이 성직자 남자들의 의견을 자유롭게 비판함으로써 기독교가 어떻게 실행되고 있는가에 대해 알게 될 것입니다. 이리하여 그들은 자신들의 활동에 있어서 단지 비판적일 뿐만 아니라 창의적일 것입니다. 교육을 비판함으로써 문화와 지적 자유를 보호해줄 문명사회의 건설을 도와줄 것입니다. 종교를 비판함으로써 현재의 노예 상태로부터 종교 정신을 해방하고자 시도하고, 필요하다면 아마도 신약성서에 근거를 둔 새로운 종교를, 그러나 아마도 이미 신약성서에 근거를 두고 세워진 지금의 종교와는 매우 다른 종교를 만들어내려고 시도할 것입니다. 그리고 당신도 동의할 것입니다. 이 모든 일에 있어서 그리고 주어진 시간 안에 우리가 상술할 수 있는 것보다 훨씬 더 많은 일에 있어서, 그들은 아웃사이더로서의 위치에 의해, 즉 가공의 충성심으로부터의 자유로움에 의해, 현재 국가가 그들에게 보장해주고 있는 이해타산적 동기들로부터의 자유로움에 의해 도움을 받으리라는 것 말입니다.

아웃사이더 협회에 속해 있는 사람들의 의무에 대해 좀 더 많이, 좀 더 정확하게 정의하는 것은 쉬운 일이지만 유익한 일은 아닐 것입니다. 탄력성은 필수적이며 뒤에 밝혀지듯이 어느 정도의 비밀 유지가 현재로서는 훨씬 더 필수 불가결합니다. 그러나 선생님, 이렇듯 엉성하고 불완전하게나마 묘사한 내용은, 아웃사이더 협회가 당신의 협회와 같은 목표를, 즉 자유, 평등, 평화라는 목표를 갖고 있다는 것을, 그러나 그 같은 목표를 다른 수단에 의해, 즉 다른 성, 다른 전통, 다른 교육, 그리고 이 세 가지 다름으로부터 유래한 다른 가치들이 우리 힘이 미치는 범위 내에 마련해둔 다른 수단을 통해 성취하고자 함을 보여주기에 충분합니다. 넓게 말해서, 사회 바깥에 있는 우리와 사회 내부에 있는 당신들 사이의 주된 차이는, 당신들은 당신들의 지위, 즉 연맹, 협의회, 캠페인, 유명 인사 그리고 당신의 부와 정치적 영향력이 당신들의 힘이 미치는 곳에 마련해주는 모든 공적 조치가 제공하는 수단을 이용하는 반면, 우리는 바깥에 남아서, 공적 수단으로 공공연히 실험하는 것이 아니라, 사적 수단으로 사적으로 실험을 할 것이라는 점입니다. 또한, 그러한 실험들은 단지 비판적일 뿐만 아니라 창의적일 것입니다. 두 가지 분명한 예를 들어보지요. 아웃사이더들은 화려한 행사를 생략할 것이지만 그것이 아름다움에 대한 청교도적 혐오에서 비롯되는 것은 아닙니다. 반대로 사적인 아름다움을 키우는 것이 아웃사이더들의 목표 중의 하나가 될 것입니다. 즉 봄, 여름과 가을의 아름다움, 꽃과 비단과 옷의 아름다움, 모든 들판과 숲만이 아니라 옥스퍼드 가의 모든 손수레를 넘치게 하는 아름다움, 모든 이가 볼 수 있게 하기 위해선 오로지 예술가의 통합의 손길만을 필요로 하는, 흩어져 있는 저 아름다움을 말입니다. 그러나 그들은 오직 한 성만 적극적으로 참여하고, 일일이 지시에 따르고 대오를 엄격히 맞춘, 공식적인 화려한 행사는, 예를 들어 왕의 죽음이나 대관식이 있어야 고무되는 그런 의식들은 생략할 것입니다. 다시 한 번, 그들은 개인적인 영예의 표시물, 즉 훈장, 훈장의 띠, 배지, 후드, 가운을 생략할 것이며 그것은 개인적인 장식물을 싫어해서가 아니라 그런 표시물들은, 제약을 가하고 상투화하고 파괴하는 명백한 효과를 일으키기 때문입니다. 이 대목에서, 자주 종종 그러하듯, 파시스트 국가들의 예시가 가까이서 우리에게 무엇인가 가르쳐줍니다. 우리가 되기 원하는 것의 예는 갖고 있지 않다고 하더라도, 아마도 동등하게 소중한 것, 즉 우리가 되고 싶지 않은 것의 일상적이며 계몽적인 예는 우리가 갖고 있으니까요. 인간의 마음을 최면에 걸리게 하는 메달, 상징, 훈장, 그리고 심지어, 아무래도 그런 것 같은, 장식된 잉크병[19]이 지닌 위력에 대해 파시스트 국가들이 제공하고 있는 예시가 있으므로 그러한 최면술에 자신을 굴복시키지 않는 것이 우리의 목표가 되어야만 합니다. 우리는 광고와 선전의 조야하게 번쩍거리는 빛을 꺼야 합니다. 왜냐하면, 그러한 광고와 선전의 대단한 석회광이 무능한 자들의 손에 쥐어지기가 십상이기 때문만이 아니라 또한 그러한 조명이 그 조명을 받는 사람들에게 미치는 심리학적 영향 때문입니다. 다음에 시골길을 따라 운전할 때 차량 전조등의 눈부신 빛에 꼼짝없이 잡힌 토끼의 움직임을, 그 멍해진 눈과 굳어진 발을 잘 살펴보십시오. 우리나라 밖으로 나갈 것도 없이, 즉 독일에서뿐만 아니라 영국에서도 인간 형상들이 취하고 있는 그 '움직임들은,' 즉 그릇되고 비현실적인 태도는 정신적 기능의 자유로운 행동을 마비시키는 석회광 때문이라고, 즉 변화하고 새로운 것을 창조해낼 수 있는 인간의 힘을, 강렬한 전조등이 어둠에서 빛줄기 속으로 뛰어든 작은 동물을 마비시키는 것과 같은 정도의 힘으로, 저지시키는 그런 석회광 때문이라고 생각할 타당한 이유는 없는 것입니까? 그것은 하나의 추측이며 추측하는 것은 위험한 일이지요. 그러나 평온함과 자유 그리고 변화하는 힘, 성장하는 힘이란 오로지 세상에 잊혀짐으로써 보존될 수 있다는 추측 속에는, 그리고 만일 인간 정신이 뭔가를 창조하도록 돕기를 원하고 인간 정신이 반복하여 똑같은 바퀴 자국만 내는 것은 막기 원한다면 우리는 인간 정신을 무명의 어둠으로 감싸기 위해 우리가 할 수 있는 일은 반드시 해야 한다는 추측 속에는, 우리를 인도해주는 어떤 근거가 들어 있지요.

그러나 추측은 이걸로 충분하지요. 사실의 영역으로 돌아가자면, 사무실도 회의도 지도자도 혹은 어떠한 위계질서도 없고, 심지어 기재 양식이나 봉급 받는 비서조차 없는 그러한 아웃사이

더 협회가 어떤 특정 목적에 맞게 활동이나 할 수 있을까 하는 것은 고사하고 세상에 존재할 가능성은 있을까 하고 당신은 물을지도 모릅니다. 사실상 아웃사이더 협회에 대한 매우 대략적인 정의나마 글로 쓴다는 것은 시간 낭비였을지도 모릅니다. 만일 그러한 정의가 단지, 그렇게 많은 그런 유의 표현들이 그러하듯, 글쓴이의 감정을 덜어주고 다른 곳에 책임 전가를 하고 그러고 나서는 파열해버리고 마는, 그런 것에나 소용이 되는 말의 거품이며 어느 한쪽의 성과 계급에 대한 은밀한 형태의 찬양이라면 말입니다. 다행히 현존하는 어떤 모델이 있지요. 즉, 위의 스케치를 따온, 사실은 은밀하게 따온—왜냐하면 그 모델은 그림 그리도록 가만히 앉아 있기는커녕 홱 몸을 피하고 또는 사라지기도 하기 때문이지요—모델이 현존하고 있습니다. 그런데, 이름이 붙여졌든 그렇지 않든 간에 그러한 단체가 존재하며 활동하고 있다는 증거인 그 모델은 아직 역사나 전기에 의해 드러나지는 않습니다. 아웃사이더들이 적극적으로 존재하게 된 것은 이제 단지 20년이 되었으니까요. 다시 말해 교육받은 남성의 딸들에게 직업이 개방된 이후부터니까요. 하지만 그들 존재의 증거는 가공되지 않은 역사와 전기에 의해, 다시 말해 신문에 의해, 때로는 공개적으로 신문 기사의 행 속에 공공연하게, 때로는 행간에서 은밀하게 제공되고 있습니다. 바로 거기에서, 그러한 단체의 존재를 검증해보기를 원하는 사람은 누구라도 무수한 증거를 발견할 수 있지요. 많은 것들이 수상쩍은 가치를 가진 것은 분명하지요. 예를 들어, 막대한 양의 일이 보수를 전혀 받지 않거나 매우 적은 보수를 받는 교육받은 남성의 딸들에 의해 행해지고 있다는 사실이, 그들이 자발적으로 가난의 심리학적 가치에 대해 실험 중이라는 증거로 채택될 필요는 없지요. 또한, 많은 교육받은 남성의 딸들이 '제대로 먹지' 못하고 있다는 사실이, 그들이 영양부족의 육체적 가치에 대해 실험 중이라는 증거로 쓰일 필요는 없지요. 또한, 남성과 비교해볼 때 매우 적은 비율의 여성들만이 훈장이나 작위 등을 수락한다는 사실[20]이 그들이 무명의 미덕에 대해 실험 중이라는 것을 증명하는 것이라고 여겨질 필요도 없습니다. 그러한 많은 실험은 강요된 실험이며 따라서 어떠한 긍정적인 가치도 없습니다. 그러나 그보다 훨씬 더 긍정적인 종류의 다른 실험들이 언론의 표면 위로 매일 떠올라오고 있지요. 아웃사이더 협회가 현존한다는 우리의 진술을 증명하기 위해서 다만 세 가지 예를 들어보기로 하지요. 첫 번째 예는 충분히 솔직합니다.

지난주 플럼스테드 커먼[22] 침례교회 바자회에서 연설할 때에 (울위치[23]) 시장 부인은 "……나 자신은 전쟁을 돕기 위해 양말 한 짝 깁는 일 정도도 하지 않을 것입니다"라고 말했다. 이 발언에 대해 울위치 시민의 대다수는 분개하였으며 시장 부인이, 과장하지 않고 말하건대, 꽤나 요령이 없다고 그들은 주장했다. 약 1만 2천 명의 울위치 유권자가 울위치 병기고에 고용되어 무기를 만들고 있는데 말이다.[21]

이와 같은 상황에서 공개적으로 발설한 그와 같은 진술이 얼마나 눈치가 없는가에 대해선 논평할 필요가 없지요. 그러나 그 용기는 우리의 감탄을 자아내지 않을 수 없으며, 실질적인 관점에서 볼 때, 만일 유권자가 무기제조에 종사하고 있는 그런 상황의 다른 도시와 다른 나라의 시장 부인들이 그 선례를 따른다면

22 런던의 동남부에 있는 그린위치 자치구의 플럼스테드에 위치한 도시 공원이다.
23 런던의 동남부에 있는 그린위치 자치구에 있는 지역. 플럼스테드 근처에 자리 잡고 있다.

그런 실험의 가치는 측량할 수 없이 엄청날 것입니다. 어쨌든, 울위치 시장 부인인 캐슬린 랜스가 양말을 짜지 않음으로써 전쟁 방지에 관해 용감하고도 효과적인 실험을 하였다는 것에는 우리 모두 동의할 수 있을 것입니다. 아웃사이더들이 활동 중이라는 두 번째 증거로서 일간신문으로부터 또 다른 예를, 즉 덜 확연한 예이기는 하지만 여전히 아웃사이더가 행한 실험이며 매우 독창적인 실험이며, 평화라는 목적에 커다란 가치가 있을 수 있는 실험이라고 당신도 동의하게 될 또 다른 예를 선택해보기로 하지요.

어떤 운동 종목 개최를 위한 거대한 자발적 협회들의 활동에 관해 이야기하면서 클라크 양[교육위원회의 E. R. 클라크 양]은 여성 라크로스, 네트볼, 크리켓 경기의 조직위원회를 언급하고, 그 위원회의 현행 규칙을 보면 우승팀에게 수여될 어떤 종류의 우승컵이나 상도 없다는 것을 지적하였다. 여자 선수들의 경기 입장료 총액은 남자 선수들의 경기에서보다 약간 더 적을지는 모르지만, 여자 선수들은 그저 경기가 좋아서 경기하였으며, 따라서 그들은 우승컵이나 포상이라는 것이 경기에 대한 관심을 불러일으키는 데에 꼭 필요한 것은 아니라고 증명하는 것 같았다. 왜냐하면 선수들의 숫자가 매년 계속 꾸준히 증가했기 때문이다.[22]

그것은 엄청나게 흥미로운 실험이라는 점에, 즉 매우 귀중한 심리학적 변화를 인간 본성에 초래하여 전쟁 방지에 실제적인 도움이 된다고 해도 과언이 아닌 그런 종류의 실험이라는 점에 당신은 동의할 것입니다. 그 실험이 한층 더 흥미로운 것은, 아웃사이더들은 어떤 금기와 신조로부터 비교적 자유로우므로, 내부에서부터 그런 영향력에 불가피하게 노출되어 있는 사람들보다 훨씬 더 쉽게 그것을 실행에 옮길 수 있다는 점입니다. 다음의 인용문은 위의 진술을 매우 재미있는 방식으로 확증해줍니다.

> 여기의 [웰링버러 노탠츠] 공식 축구계는 점점 상승하는 여성 축구의 인기를 불안하게 여기고 있다. 피터버러[24] 운동장에 서 있을 여성 축구 경기를 논의하기 위해 노탠츠 축구협회 자문 위원회의 비밀회의가 지난밤에 열렸다. 위원들은 현재 말이 없다. (⋯) 그런데 한 위원이 오늘 말했다. "노탠츠 축구협회는 여성 축구를 금지할 예정입니다. 여성 축구는 이 나라의 많은 남성 축구 클럽이 지원 부족으로 위태로운 상황에 놓여 있는 시기에 인기를 얻고 있습니다. 또 다른 심각한 측면은 여성 선수에게 심한 부상이 있을 수 있다는 것입니다."

여기에서, 우리는, 당신들 성이 현재의 가치관을 바꾸는 일에 대해 자유롭게 실험해보는 것을 우리 성의 경우에서 보다 더 어렵게 만드는 일련의 금기와 신조들을 명확히 드러내는 증거를 보게 됩니다. 그리고 심리학적 분석의 미묘함에 시간을 쓰지 않고도 이 협회가 자신들의 결정에 대해 제시하는 이유를 급히 한 번만 힐끗 보더라도, 그것은 다른 훨씬 더 중요한 협회들이 어떤 특정한 결정을 내리게 되는 이유에 대해서도 가치 있는 해명을 해줄 것입니다. 그러나 아웃사이더들의 실험으로 되돌아가지요. 세 번째 예로서 수동성에 관한 실험이라고 불러도 좋을 실험을

---

24 잉글랜드의 케임브리지셔에 있는 도시다. 이곳에서 1934년에 생긴 피터버러 유나이티드 FC(Football Club)도 있다.

선택해보기로 합시다.

어젯밤 옥스퍼드에서, 학교 교회인 성동정녀 마리아 교회의 목사, 성당 참사회원 F. R. 배리[25]는 교회에 대한 태도 면에서의 젊은 여성들의 괄목할 만한 변화에 대해 논하였다. (…) 그는 말하기를, 교회 앞에 놓인 임무란 적어도 문명을 도덕적인 것으로 만들어놓는 일인데, 이것은 기독교인들이 바칠 수 있는 모든 것을 요구하는 엄청난 협동적 과업이다. 이 일은 단지 남성들만으로 실행될 수는 없다. 한 세기 혹은 두어 세기 동안 여성은 대략 75% 대 25%의 비율로 교회 신도 중에서 우세한 숫자를 차지했다. 이제 전체 상황이 바뀌고 있다. 예리한 관찰자라면 영국의 거의 어떤 교회에서든 목격하는 사실인즉슨 젊은 여성 신도 숫자가 눈에 띄게 감소했다는 것이다. (…) 대체로, 학생 인구 중에서도 젊은 여성들이 젊은 남성들보다 영국 국교회와 기독교 신앙으로부터 점점 더 멀어지고 있다.[24]

다시 이것은 매우 흥미로운 실험입니다. 우리가 말해온 대로 이것은 소극적인 실험이지요. 처음의 예는 전쟁을 막기 위해 양말 짜기를 드러내놓고 거절하는 것이고, 두 번째 예는 우승컵이나 상이라는 것이 경기에 대한 흥미를 자극하는 데에 있어서 필수적인지 아닌지를 증명하기 위한 시도였으며, 세 번째 예는 교육받은 남성의 딸들이 교회에 나가지 않는다면 무슨 일이 일어날 것인가를 알아보기 위한 시도였으니 말입니다. 그 자체로 다른 두 가지 실험보다 더 가치 있는 실험은 아니지만, 이 세 번째

---

25 프랭크 러셀 배리(Frank Russell Barry, 1890~1976)는 영국 국교회의 주교이자 종교 작가였다.

실험은 더 실제적인 흥미를 지니고 있지요. 왜냐하면, 분명 그것은 상당수의 아웃사이더가 별다른 어려움이나 위험을 겪지 않고서도 실행해볼 수 있는 그런 실험이기 때문입니다. 출석하지 않는 것 ─그것은 바자회에서 크게 외치거나 경기를 함에 있어서 독창적인 규칙을 세우는 것보다 더 쉬운 일이지요. 따라서 출석하지 않는다는 실험이 어떤 효과가 있는지 ─가령 어떤 효과라도 있다면 말입니다 ─알아보기 위해 그 실험은 매우 주의 깊게 관찰할 가치가 있습니다. 그 실험 결과는 긍정적이며 또한 고무적입니다. 대학에 다니는 교육받은 남성의 딸들이 교회에 대해 갖는 태도에 대하여 교회가 우려하고 있다는 것에 의심의 여지가 없기 때문입니다. 「여성 성직에 관한 대주교 위원회 보고서」가 바로 그것을 증명하고 있습니다. 값이 단돈 1실링으로 모든 교육받은 남성의 딸들이 소지하고 있으면 좋을 이 문서는 "남자 대학과 여자대학의 한 가지 현저한 차이는 후자에 교목이 없다는 것이다"라고 지적하고 있습니다. "이 시기에 있는 학생들이 자신의 비판적 능력을 마음껏 발휘하는 것은 당연한 일이다"라고 그 문서는 숙고하고 있습니다. 그러면서 "이제, 대학에 들어오는 여성들 중 극소수만이 사회적 활동 분야나 직접적으로 종교적인 활동 분야에서 지속적인 자원봉사를 할 여유가 있다"라는 사실에 대해 그 문서는 개탄하고 있습니다. 따라서 "그러한 봉사를 특별히 필요로 하는 많은 전문 영역이 있으므로 교회에서의 여성의 기능과 지위는 더 한층의 결의를 요구해야 하는 때가 분명히 도래했다"라고 결론짓고 있습니다.[25] 이러한 우려가 옥스퍼드의 텅 빈 교회 때문이든, 혹은 조직화된 종교가 실행되는 방식에 대해 "매우 막중한 불만족"[26]을 표현하고 있는 아일워스의 "나이 든 여학생들"의 목소리가, 여성들은 말하지 않고 가만히 있기로 되어 있는 존엄한 영역으로까지 어쨌든 관통해 들어갔기 때문이든, 원래 완강히도 이상주의적인 성인 남성들이 "보수 없는 성직 봉사를 남자들은 가치 있게 여기지 않는다"[27]는 고어 대주교의 경고를 이제 마침내 마음속에 받아들여 연봉 150파운드의 봉급이 — 그것이 교회가 여집사인 딸들에게 지급하는 가장 높은 봉급이지요 — 충분하지 않다는 의견을 표현하기 시작하기 때문이든, 그 이유가 무엇이든, 교육받은 남성의 딸들의 태도에 대한 상당한 불안감이 존재한다는 것은 분명하며, 영적인 대리 기관으로서의 영국 국교회의 가치에 대한 우리의 믿음이 어떠한 것이든 이러한 수동성의 실험은 아웃사이더인 우리에게 대단히 고무적인 것입니다. 왜냐하면 그것은 수동적인 것이 능동적이라는 것을, 즉 바깥에 남아 있는 사람들 역시 뭔가 이바지하는 바가 있다는 것을 보여주는 것 같으니까요. 그들의 부재를 느끼게 함으로써 그들의 존재가 바람직한 무엇이 되는 것이지요. 자신들이 인가하지 않는 그 밖의 사회기관들을 폐지 혹은 수정할 수 있는 아웃사이더의 힘이나 능력에 대해 이것이 밝혀주는 바가 무엇이며, 또한 공적인 만찬, 공적인 연설, 대도시 시장님들의 연회와 그 밖의 진부한 예식들이 이러한 무관심에 동하여 그 압력에 굴복할지 아닐지는 우리의 여가를 즐겁게 하고 우리의 호기심이나 자극할 질문으로서 하찮은 질문이지요. 그것이 지금 우리 앞에 놓인 목적은 아니니까요. 선생님, 우리는 세 가지 다른 종류의 실험에 대한 세 가지 다른 실례를 제공함으로써 아웃사이더 협회가 실제로 존재하고 있으며 또한 활동 중이라는 것을 증명하고자 노력해왔습니다. 이러한 실례들이 일간지의 표면 위로 모두 떠올라와 드러나 있다는 것을 고려해보면, 그러한 예들은, 공적인 증거는 전혀 없는, 표면 아래 가라앉아 있는 훨씬 많은 숫자의 은밀한 실험들을 대표로 보여주고 있다는 사실에 당신은 동의할 것입니다. 또한, 그런 예들은 위에서 말한 아웃사이더 협회의 모델을 실증해주고 있으며, 그 모델은 아무렇게나 그려진 환상적 스케치가 아니라 선생님 협회 내에서 선생님이 우리 앞에 정해준 똑같은 목적을 위해 다만 다른 방법으로 활동 중인 실제적인 단체에 기초하고 있음을 증명해주고 있다는 것에도 동의할 것입니다. 성당 참사회원 배리와 같은 예리한 관찰자들이라면, 옥스퍼드 대학의 텅 빈 교회에서만 이런 실험들이 이루어지고 있는 것이 아니라는 것을 보여주는 훨씬 더 많은 증거를 마음만 내키면 발견할 수 있을 것입니다. 웰스 씨조차 땅에다 귀를 대어보면 교육받은 남성의 딸들 사이에 나치와 파시스트에 대항하는 운동이, 완전히 알아차릴 수 없는 정도는 아니게, 진행되고 있다는 것을 믿게끔 할 수도 있습니다. 그러나 그런 운동은 심지어 예리한 관찰자나 유명한 소설가도 알아채지 못하게 해야 하는 것이 필수불가결하지요.

비밀스러움이 필수적이라는 것입니다. 비록 우리가 행동하고 생각하는 것이 우리의 공통의 목적을 위한 것이라고 할지라도 여전히 우리는 우리가 행동하고 생각하고 있는 것을 숨겨야만 하지요. 어떤 특정 상황에선 이래야만 하는 필연성을 발견하기가 어렵지 않습니다. 휘터커가 증명하다시피 봉급이 낮고 모든 이들이 알다시피 일자리를 얻고 유지하기가 어려울 때에는, 주인을 비판한다는 것은 일간지의 표현대로 "아무리 좋게 말해도 상당히 요령없는" 일이니까요. 당신 스스로 아마 감지하시다시피 여전히 시골 지역에서는 농장 노동자들이 노동당에 투표하려고 하지 않습니다. 경제적으로 교육받은 남성의 딸들은 농장 노동자들과 거의 같은 수준에 놓여 있지요. 그런데 교육받은 남성의 딸들이나 농장 노동자들이 그 정도로 비밀을 지키도록 부추기는 이유가 무엇인지를 찾아내는 일에 우리의 시간을 허비할 필요는 거의 없습니다. 두려움이 그 강력한 이유입니다. 즉 경제적으로 의존적인 사람들은 두려움을 갖게 되는 확실한 이유가 있으니까요. 이것을 더 이상 탐색해나갈 필요는 없습니다. 그러나 이쯤에서 당신은 1기니를 우리에게 상기시키며, 비록 우리의 1기니라는 선물이 작은 것이긴 하지만 그것이 부패한 단어를 불태우는 일을 가능하게 할 뿐 아니라 두려워하거나 아첨하지 않으면서 자유롭게 말할 수 있는 일 또한 가능하게 해주었다고 의기양양하게 자랑한 것에 우리의 주의를 돌리려고 할지도 모르겠습니다. 그런 자랑에는 허풍의 요소가 있었던 것 같습니다. 어떤 두려움, 즉 전쟁을 예언하는 조상대대로의 기억 같은 것이 여전히 남아 있는 듯하다는 말입니다. 교육받은 남성과 여성이 섞여 있을 땐 그들이 비록 재정적으론 독립되었다고 하더라도 뭔가 가리고 조심스러운 말로 넌지시 암시나 하고 그냥 넘겨버리는 주제들이 여전히 존재합니다. 당신은 그것을 실제 생활에서 관찰했을 수도 있고 전기에서 발견했을지도 모릅니다. 교육받은 남녀들은 심지어 사적으로 만나, 우리가 자랑했던 대로, "정치와 국민, 전쟁과 평화, 야만과 문명"에 대하여 이야기할 때에도 뭔가 피하고 숨기려 듭니다. 그런데 사적인 자유 없이는 공적인 자유란 없는 것이므로 자유롭게 말할 의무에 익숙해지는 것은 너무나 중요한 일이기 때문에 우리는 이러한 두려움을 드러내고 또한 그 두려움을 직면해야만 합니다. 그렇다면 교육받은 사람들 사이에 여전히 그렇게 감추는 것이 필요하게 하고, 우리가 자랑해온 자유를 우스꽝스러운 소극으로 만드는 그 두려움의 특성은 무엇입니까? ··· 다시 세 개의 점이 있습니다. 다시 한 번 그 점들은 이번에는 침묵을, 두려움이 불러일으킨 침묵의 심연을 나타냅니다. 그리고 우리는 그 두려움을 설명할 용기도 기술도 모두 부족하므로 우리 사이에 성 바오로의 베일을 드리워보도록 하지요. 다시 말해 어떤 해설자 뒤로 가서 피난처를 구해보기로 하지요. 다행히 우리는 자격 요건에 의심의 여지가 없는 한 해설자를 가까이 두고 있습니다. 그것은 다름 아닌 이미 인용이 되었던 팸플릿으로 「여성 성직에 관한 대주교 위원회 보고서」이며 여러 가지 이유로 지극히 흥미로운 서류입니다. 왜냐하면, 그것은 이 두려움에 대해 구석구석 자세히 과학적으로 해명해줄 뿐만 아니라, 모든 직업 중 가장 고매한 직업이기에 모든 직업의 전형으로 여겨질 수 있는 직업, 즉 그것에 관해서는 이야기된 바가 거의 없는 종교라는 직업에 대해 고려해볼 기회를 우리에게 제공하고 있기 때문이지요. 그리고 그 성직은 모든 직업의 전형이 되기 때문에 그동안 이야기되어온 바가 있는 다른 직업에 대해서도 밝혀주는 바가 있을 수 있습니다. 따라서 여기서 이 보고서를 다소 세밀하게 검토하기 위해 잠시 우리가 하던 이야기를 멈춘다고 해도 당신은 양해하실 겁니다.

캔터베리와 요크의 대주교[26]들은 "여성 성직의 발전에 있어서 영국 국교회를 관장해왔고 또 관장해야만 하는 신학적 혹은 다른 관련된 원리들을 검토하기 위하여"[(28)] 그 위원회를 구성하였습니다. 지금 종교라는 직업은, 즉 여기 우리의 목적을 위해 말하자면 영국 국교회라는 직업은 비록 어떤 점에서 표면상 다른 직업과 유사해 보임에도 불구하고—즉 휘터커의 말대로, 그 직업은 높은 수입을 누리고, 많은 재산을 소유하며, 여러 등급의 봉급

26 캔터베리 대주교Archbishop of Canterbury는 영국 성공회의 최고위 성직자이자, 세계 성공회 공동체Anglican Communion의 상징이다. 요크 대주교Archbishop of York는 캔터베리 대주교 다음으로 고위 성직자이다.

캔터베리 대주교 코스모 고든 랭Cosmo Gordon Lang

체계가 있어서 어느 한 사람은 다른 사람보다 더 많은 봉급을 받는 관리들의 위계질서를 갖고 있지요—다른 어떤 직업보다도 높은 등급을 차지하지요. 캔터베리 대주교는 대법관보다 앞서고 요크의 대주교는 수상보다 우위에 있습니다. 그리고 그것은 성직이기 때문에 모든 직업 중에서 가장 높습니다. 그런데 우리는 '종교'가 무엇입니까 하고 묻게 됩니다. 기독교라는 것이 무엇인가 하는 것은 그 종교의 창시자에 의해, 뛰어나게 아름다운 번역문 안에 누구나 읽을 수 있는 말로 단 한 번에 이미 규정되어 있지요. 그리고 그 말에 붙여진 해석을 우리가 받아들이든 받아들이지 않든 그 말은 가장 심오한 의미를 지니고 있다는 것을 부정할 수 없습니다. 따라서 의학이 무엇인지 법이 무엇인지를 아는 사람은 거의 없어도, 신약성서 한 권을 지닌 사람이라면 그 누구라도 기독교 창시자의 마음 안에서 종교가 무엇을 의미하였는지는 다 알고 있다고 해도 큰 무리는 없을 것입니다. 그러므로 1935년에 교육받은 남성의 딸들이 자신들에게도 성직이 개방되기를 원한다고 말하자, 대략 다른 직업군에서는 의사나 변호사에 해당하는 성직 종사자인 사제들은 그 직업을 전문적으로 행할 권리를 남성에게 따로 마련해주는 법령이나 헌장을 부득이 참고하지 않을 수 없었고 또한 신약성서도 참고하지 않으면 안 되었지요. 그들은 그렇게 하였고 그 결과, 그 위원님들이 지적하는 바와 같이, "복음서는 우리 주님께서 남자와 여자를 똑같이 영적 왕국의 같은 일원으로, 하느님의 가족의 자녀로, 그리고 같은 영적 능력의 소유자로, (…) 간주하셨다는 것을 보여주고 있다"는 점을 발견하였습니다. 이것의 증거로 그들은 "너희는 남자나 여자 할 것 없이 다 그리스도 예수 안에서 하나이니라"(「갈라디아서」 3장 28절)를 인용하고 있습니다. 그렇다면 아무래도 기독교의 창시자는 어떤 훈련이나 성별이 이 직업에 필요한 것은 아니라고 믿었던 것 같습니다. 그는 자신의 출신 계급인 노동자 계급에서 제자들을 선택하였지요. 으뜸가는 자격 요건은 그 당시 초창기에 목수와 어부와 그리고 여성에게 불규칙하게 주어진 어떤 희귀한 재능이었습니다. 위원회가 지적하듯이 당시 초창기에 여성 예언자들, 즉 신성한 은사를 받은 여성들이 있었다는 것은 의심의 여지가 없습니다. 또한, 그들은 설교도 할 수 있도록 허용되었지요. 예를 들어 성 바오로는 여자들은 공적인 장소에서 기도할 때에 베일을 써야 한다는 규정을 만들었지요. "그것이 암시하는 바는 베일을 쓴다면 여자도 예언을 [즉 설교를] 하고 기도를 이끌 수도 있다는 것입니다." 그렇다면, 어떻게 여성들이 사제직으로부터 배척될 수 있는 걸까요? 그 종교의 창시자와 그의 사도 중의 한 사람이 여성도 설교하기에 적합하다고 생각하였는데 말입니다. 그것이 바로 문제였고, 위원회는 창시자의 정신이 아니라 영국 국교회의 정신에 호소함으로써 그 문제를 해결하였습니다. 물론 여기서 분명 구별해놓을 것이 있지요. 왜냐하면, 교회의 정신은 또 다른 정신에 의해 해석돼야만 했는데 또 다른 정신이란 성 바오로의 정신이었으며, 성 바오로는 교회의 정신을 해석하면서 자기 자신의 정신을 바꾸었습니다. 과거의 심연으로부터, 유명하지는 않지만 존경할 만할 인물들, 즉 리디아와 클로에, 유오디아와 순두게[27], 드루배나와 드루보사와 버시[28]를 불러내어, 그들의 지위를 논하고, 여자 예언자와 여자 장로 사이의 차이가 무엇이었으

---

27 유오디아Euodia와 순두게Syntyche는 신약성서에 나오는 두 여성 인물이다. 둘이 갈등을 빚은 것으로 가장 잘 알려져 있다.
28 드루배나Tryphena와 드루보사Tryphosa와 버시Persis는 「로마서」 16장에서 주 안에서 수고한, 그리고 바오로가 문안하는 세 여성 인물이다.

며 니케아[29] 이전 교회에서 여자 집사의 지위가 어떠했으며 니케아 이후의 교회에서는 어떠했는지를 결정한 후에 위원들은 다시한 번 성 바오로에 의거하여 말하고 있지요. 즉 "어쨌든, 목회 서신의 작가는 그가 성 바오로이든 혹은 다른 사람이건 간에, 여성은 여성이라는 이유로 교회 내의 공식적인 '선생'의 지위로부터 혹은 남성에게 통치상의 권위를 행사하는 어떤 직책으로부터 제외된 존재로 간주했다는 것은 분명하다."(「디모데전서」 2장 12절)라고 말하고 있지요. 솔직히 말해서 그것은 혹시나 하고 기대한만큼 그렇게 만족스럽지가 않습니다. 왜냐하면 우리는 성 바오로나 다른 이가 내린 판결과, "남자와 여자를 똑같이 영적 왕국의 같은 일원으로 (…) 그리고 같은 영적 능력의 소유자로 간주했던" 그리스도 자신이 내린 판결을 완전히 조화시킬 수 없기 때문입니다. 그러나 우리는 곧 사실들을 접하게 되니 말의 의미를 두고쓸데없이 논하는 것은 무의미하지요. 그리스도가 무엇을 의미했든 성 바오로가 무엇을 의미했든 간에, 사실인즉 4세기 혹은 5세기에 성직은 너무나 고도로 조직화되어 "남성 집사는 (여성 집사와는 달리) '그에게 맡겨진 성직에 만족할 만하게 봉사한 후' 마침내 교회의 더 높은 직책에 임명되기를 열망할 수 있었으나, 반면 여성 집사에 대해서는 교회는 단지 '그녀에게 맡겨진 일을 훌륭하게 완수할 수 있도록 하나님이 그녀에게 성령을 내려주시기를' 기도할 뿐"이었다는 것입니다. 3세기 혹은 4세기에 배우지 않고도 터득한 자발적인 메시지를 전하던 남자 예언자 혹은 여자 예언자는 사라져버린 것 같습니다. 그들의 자리를 주교, 사제, 집사라는 세 계층의 성직이 차지하였고, 그 성직자들은 거의 언제

29 니케아 신조Nicene Creed는 325년 니케아(소아시아의 고대 도시) 공의회에서 채택된 신조다.

나 남자들이었으며, 그것도 휘터커가 지적하듯 거의 언제나 봉급을 받는 남자들이었습니다. 교회가 하나의 전문직이 되었을 때 그 전문직 종사자들은 봉급을 받았으니까요. 이리하여 종교라는 직업은 원래 현재의 문학이라는 직업과 상당히 유사했던 것 같습니다.[29] 그것은 원래 예언의 은사를 받은 사람 누구에게나 열려 있었지요. 훈련이라는 것이 필요치 않았고 직업상의 필요 요건도 목소리, 장터market-place, 펜, 그리고 연필과 같이 지극히 간단한 것이었습니다. 예를 들어, 에밀리 브론테는 다음과 같은 글을 썼습니다.

겁쟁이 영혼은 결코 내 영혼이 아니며
세상이라는 폭풍우 시달리는 곳에서 떨고 있는 자, 결코 내
가 아니네.
나는 천국의 영광이 빛나는 것을 보네,
그러자 믿음도 똑같이 빛나네, 두려움으로부터 나를 무장시
키며.

오 내 가슴속의 하나님,
전능하시며 영원하신 신이시여!
생명 — 그것은 내 안에 안식하네,
불멸의 생명 — 내가 — 당신 안에서 권능을 얻듯!

에밀리 브론테는 비록 영국 국교회의 성직자가 될 정도는 아니라고 하더라도, 예언이라는 것이 자발적인 무보수 직업이었던 시절에 예언했던 고대의 몇몇 여자 예언자들의 영적 후손이지요. 그러나 교회가 하나의 직업이 되어 예언자들의 특별한 지식을

요구하고 그 지식을 전하는 것에 대해 보수를 주게 되었을 때, 한성은 교회 안에 남게 되고 다른 성은 배척되었지요. "남자 집사들은—일부는 의심의 여지 없이 주교들과의 친밀한 교제를 통해—지위가 올라가서 예배와 성사를 담당하는 부사제가 되었으나 여자 집사들은 오로지 그런 진화의 초보적 단계에나 함께하였습니다." 그러한 진화가 얼마나 초보적이었는지는 1938년 영국에서 대주교의 봉급은 1만 5천 파운드, 주교의 월급은 1만 파운드 그리고 주임사제의 봉급은 3천 파운드라는 사실에 의해 증명이 됩니다. 그런데 여자 집사의 봉급은 150파운드라는 말입니다. 즉 그 "교구 사역자"에 대해 말하자면, "그녀는 교구 생활의 거의 모든 분야를 도와주라는 요청을 받고," "일은 매우 힘들고 종종 고독한……" 것으로 1년에 120파운드에서 150파운드를 받으며, "그녀 활동의 중심은 기도여야 한다"라는 말 속엔 새삼 우리를 놀라게 할 만한 것이 없습니다. 이렇게 하여 우리는 위원님들보다도 심지어 한발 더 나아가 여성 집사의 진화는 '초보적'일 뿐만 아니라 적극적으로 저해되었다고 말할 수 있을 것입니다. 왜냐하면, 그녀가 비록 성직을 부여받는다 하더라도 그리고 "성직 수여는…… 지울 수 없는 특성을 시사하는 것으로 평생에 걸친 봉사의 의무를 포함하는 것"이라고 하더라도, 그녀는 교회 밖에 남아 있어야 하고 가장 낮은 직책인 보좌 사제보다 더 낮은 서열에 있어야만 하기 때문입니다. 그러한 것이 교회의 결정입니다. 교회는 교회의 정신과 전통에 자문한 후 최종적으로 다음과 같이 보고하였으니까요. "위원회 전체가 여성은 성직의 은총을 받을 능력이 선천적으로 없다는 견해에 대해 적극적으로 동의하려는 것은 아니며 그 결과 여성이 성직의 세 가지 서열 중 어디에든 들어가는 것에 대해서도 적극적으로 동의하려는 것은 아닌 상황에서, 교회의 일반적인 정신은 여전히 남성 성직이라는 지속적인 전통과 합치하고 있다고 우리는 믿는다."

　이리하여 모든 직업 중 가장 높은 직업은 그 밖의 다른 직업과 많은 유사점을 지니고 있다는 것을 보여줌으로써 우리 해설자는, 당신도 인정하듯, 그런 직업의 영혼과 본질에 대해 더한층 밝혀준 셈입니다. 이제, 우리는 그 해설자에게 도움을 청해야만 합니다. 그가 만일 돕고자 한다면 말이지요. 우리 스스로 인정하였듯이, 우리가 자유로운 사람으로서 마땅히 자유롭게 말하는 것을 여전히 불가능하게 만드는 그 두려움의 특성을 분석하는 일을 도와달라고 해야 합니다. 이 대목에서 다시 그는 도움이 되니까요. 종교적 직업과 그 밖의 다른 직업이 비록 많은 점에서 일치하고 있긴 하지만 그 둘 사이의 가장 심오한 차이는 위에서 주목한 대로이지요. 즉 영적인 직업이므로 교회는 자신의 행위에 대해 역사적인 이유뿐만 아니라 영적인 이유를 제공해야 한다는 것이지요. 즉 교회는 법이 아니라 정신을 참고해야 하지요.[(29)] 따라서 교육받은 남자들의 딸들이 교회의 성직에 들어가기를 원했을 때, 위원들은 이 딸들을 받아들이기를 거절하는 것에 대해 역사적 이유뿐만 아니라 심리학적 이유도 제시하는 것이 좋을 것 같습니다. 그래서 그들은 신학 박사인 옥스퍼드 대학의 그렌스티드 교수, 즉 기독교 철학의 놀로스 교수[30]를 불러들여, "적절한 심리학적 자료와 생리학적 자료들을 요약하고" "위원회가 내놓는 의견과 추천사항의 근거"가 될 만한 것을 명시해달라고 요청하였습니다. 이제 심리학은 신학이 아니며, 남성/여성이라는 양성

30　로렌스 윌리엄 그렌스티드(Laurence William Grensted, 1884~1964), 영국의 성공회 성직자, 신학자. 기독교 철학의 놀로스 교수였으며 이는 1920년에 찰스 놀로스Charles Frederick Nolloth의 기부금으로 설립된 옥스퍼드의 오리얼 칼리지 학과장직이다.

의 심리학은, 아니 그 교수가 주장하듯이, "그 양성 심리학과 인간 행동과의 관련성은, 여전히 전문가의 문제이고 그 해석은 논란의 여지가 많으며 여러 면에서 불투명하지요." 그러나 그 교수는 그 문제가 어떤 가치를 가지고 있는가에 대해 자신의 증거를 제공하였고 그 증거는 우리가 인정하고 개탄했던 두려움의 기원에 대해 너무나 많은 것을 밝혀주고 있어서 그의 말을 정확하게 따라가는 것이 제일 상책일 것 같습니다.

그는 말했다. "남자는 선천적으로 여자보다 우위를 차지한다는 것이 위원회 앞에 증거로 주장되었다. 이러한 견해는, 의도되고 있는 의미상, 심리학적으로 지지를 받을 수가 없다. 심리학자들이 남성 우위의 사실을 충분히 인지하고 있긴 하지만 이것이 남성 우월성과 혼동되어서는 안 되며, 더욱이 다른 쪽 성보다는 한쪽 성의 성직 종사 허용 가능성에 대한 질문들과 관계가 있을 수도 있는 어떤 형태의 우위와도 혼동되어서는 안 된다."

따라서 그 심리학자는 어떤 특정 사실들만 밝혀줄 수 있지요. 그리고 이것이 그가 조사한 첫 번째 사실입니다.

세 등급으로 이루어진 성직이라는 신분과 역할이 여성들에게도 허용되어야 한다는 어떤 식의 제안도 강렬한 감정을 유발한다는 것은 분명 매우 커다란 실질적인 중요성을 지닌 사실이다. 위원회 앞에 제시된 증거는, 이러한 감정이 그러한 제안에 대해 눈에 띄게 적대적이라는 것을 보여주는 데에 도움을 주었다. (…) 광범위하고 다양한 여러 합리적인 설명들과 결합하여,

이러한 강렬한 감정은 보편적인 어떤 강력한 무의식적 동기가 실재한다는 것의 명백한 증거가 된다. 이러한 특별한 연관에 대한 상세한 분석적 자료의 기록은 없는 듯한데, 그런 상세한 분석적 자료의 부재 속에서도, 유아기적 고착infantile fixation이라는 것이, 흔히 이러한 주제에 접근해갈 때 수반되는 그 강한 감정을 결정짓는 데에 있어서 우세한 역할을 한다는 것은 분명하다.

이런 고착의 정확한 특성은 당연히 개개인에 따라 틀림없이 다를 것이며 그것의 기원에 관해 넌지시 말해줄 수 있는 것들도 그 성격이 다만 일반적일 수밖에 없다. 그러나 "오이디푸스 콤플렉스"와 "거세 콤플렉스" 이론들이 근거하고 있는 자료들의 정확한 가치와 해석이 무엇이 되었든지 간에, 분명한 것은, 남성 우위를 일반적으로 받아들이고 나아가 여성을 "되다 만 남자"로 보는 무의식적 생각에 기대어 여성의 열등성을 훨씬 더 일반적으로 받아들이는 현상은, 이런 유형의 유아기적 관념에 그 배경을 두고 있다는 것이다. 이런 것들은 그 불합리성에도 불구하고 어른에게서도 일반적으로 심지어 흔히 잔존하고 있으며, 의식적 생각의 차원 아래에 있으면서 그것들이 불러일으키는 감정의 강렬함 때문에 그 존재를 드러낸다. 여성을 성직에, 특히 지성소의 성직에 허용하는 것이 그렇게도 일반적으로 수치스러운 것으로 간주되고 있다는 것이 이러한 견해를 강력하게 뒷받침해준다. 이러한 수치심은 비합리적인 성 금기sex-taboo로밖에는 달리 볼 수가 없다.

여기서 우리는 몇 페이지를 건너뛸 수 있지요. 여러 이교도 종교와 구약성서에서 "이러한 무의식적 힘에 대한 풍부한 증거"를 구하러 나서 마침내 찾아냈다는 그 교수의 말을 우리는 그대로 받아들일 수 있고 그래서 그를 따라가 결론에 같이 이를 수 있다는 말입니다.

동시에, 사제직에 대한 기독교적 개념은 이러한 무의식적 감정적인 요인이 아니라 그리스도의 기관에 의존하고 있다는 것을 잊어서는 안 된다. 이렇게 하여 그 개념은 이교도와 구약성서의 사제직의 개념들을 준수할 뿐만 아니라 또한 그것을 대체하고 있다. 그래서 심리학에 관한 한, 이러한 기독교 사제직이 남자뿐만 아니라 여자들에 의해, 그것도 정확히 같은 의미에서, 실행되어서는 안 된다는 이론적인 이유가 전혀 없다. 심리학자들이 예견하는 어려움이란 다만 감정적이며 실질적인 것들뿐이다.[30]

이 결론과 더불어 이제 그 교수님과는 헤어져도 되겠지요.

위원님들은 우리가 감행해달라고 요청한 미묘하고도 어려운 임무를 잘 수행해냈다고 당신도 동의할 것입니다. 그들은 우리 사이의 해석자 역할을 해냈으니까요. 그들은 가장 순수한 상태일 때의 어느 직업에 관한 훌륭한 예를 제공하였고 직업이라는 것이 어떻게 정신과 전통에 기초를 두고 있는지도 보여주었지요. 그리고 그들은 더 나아가 왜 교육받은 남성과 여성이 함께 있을 때 어떤 주제에 관해 솔직하게 말하지 못하는가를 설명해주었습니다. 그들은 왜 아웃사이더들이 심지어 재정적 의존의 문제가 전혀 없을 때에도 자유롭게 말하거나 내놓고 실험하는 것을 여전히 두려워하는가를 보여주었습니다. 그리고 마침내 치밀한 과학적 언어로 그들은 그러한 두려움의 특성을 우리에게 드러내 보여주었습니다. 그렌스테드 교수가 자신의 증거를 제공할 때에 우리 교육받은 남성의 딸들은 수술 중인 외과 의사를 지켜보고 있는 듯했으니까요. 인간 정신을 인간적인 방법으로 해부하면서 우리의 두려움의 근저에 어떤 원인이, 어떤 뿌리가 놓여 있는가를 모든 이가 볼 수 있도록 드러내 보이는 공정하고 과학적인 집도자를 말입니다. 그러한 뿌리는 하나의 알egg이며, 그것의 과학적 이름은 "유아기적 고착"이지요. 우리는 과학적이지 못해서 그것을 잘못 명명했었지요. 그것을 알이라고, 씨앗이라고 불렀으니까요. 우리는 대기에서 그 냄새를 맡았으며, 정부와 대학과 교회 안에서 그것이 실재함을 발견하였습니다. 이제는 의심의 여지 없이 그 교수가 그것을 너무나도 정확하게 규정하고 기술해주고 있으므로 교육받은 남성의 딸들 중 그 누구도—그녀가 아무리 교육을 받지 못하였다고 하더라도—앞으로는 그것을 잘못 명명하거나 잘못 해석할 수는 없을 것입니다. 그 묘사에 귀 기울여보십시오. "성직에 여성을 허용해야 한다는 어떤 제안이든 강렬한 감정을 유발한다"라고 한 것 말입니다—어떤 성직이든, 즉 의학이라는 성직이든, 과학이라는 성직이든, 교회라는 성직이든 상관없이 말입니다. 교육받은 남성의 딸은 교수의 말을 확증해줄 수 있습니다. 즉 그녀가 성직에 들어가기를 요청하면 의심의 여지 없이 강렬한 감정이 나타나니까요. "이러한 강렬한 감정은 어떤 강력한 무의식적 동기가 실재한다는 사실의 명백한 증거가 된다"—그녀는 그 교수의 이 말을 그대로 받아들이고 나아가 심지어 그가 놓친 몇 가지 동기들을 그에게 제공해줄 것입니다. 그 중 두 가지만을 주의해보기로 하지요. 간단명료하게 말해서 여성을 배제하는 데에는 금전적 동기가 있습니다. 그리스도 시절에는 어떠했든 간에 지금은 봉급이라는 것이 동기가 되지 않습니까?

대주교는 1만 5천 파운드를 받고, 여자 집사는 150파운드를 받고 있는데, 위원회는 말하기를 교회는 가난하다고 합니다. 여성에게 더 많이 지급하게 되면 남성에게 덜 지급하게 될 것이라는 말이 지요. 두 번째로 여성을 배제하는 데에는 위원들이 "실질적인 고려"라고 부르는 것 아래 감추어져 있는 어떤 동기, 즉 어떤 심리학적 동기가 있는 것이 아닐까요? "현재, 대개 결혼한 성직자는 아내가 집안일과 가족을 돌보는 일을 도맡을 수 있으므로 "모든 세속적 걱정이나 공부는 버리거나 제쳐두라는 사제 서품식 때의 요구사항들을 이행할 수가 있다"라고 위원들은 말하지요.[31] 세속적 걱정과 공부를 제쳐두고 그런 것은 다른 사람에게 떠맡길 수 있다는 것은 어떤 사람들에게는 대단한 매력적인 힘을 지닌 동기가 되지요. 왜냐하면 세련된 정밀함을 지닌 신학과 치밀함을 지닌 학문이 증명하듯, 확실히 어떤 이들은 세속에서 물러나서 연구에 몰두하기를 원하니까요. 한편, 사실인즉, 다른 이들에게는 그 동기는 나쁜 동기, 사악한 동기, 즉 교회와 국민 사이의, 문학과 국민 사이의, 남편과 아내 사이의 이간의 원인이 되며, 이러한 분리는 우리 영국 연방 전체가 기어가 풀려 원활히 돌아가지 못하게 하는 데에 한몫합니다. 그러나 사제직으로부터 여성을 배제하는 행위 뒤에 놓여 있는 강력하고 무의식적인 동기가 무엇이든 간에 ― 그 동기의 뿌리를 파헤치는 일은 차치하고라도 분명한 것은 그것을 세어볼 수도 없지요 ― 교육받은 남성의 딸은, 그 동기가 "어른에게서도 일반적으로 심지어 흔히 남아 있으며, 의식적 생각의 차원 아래 있는 그것의 존재는 그것이 불러일으키는 강렬한 감정에 의해 드러난다"라는 것을 자신의 경험으로부터 증언할 수 있습니다. 그리고 강한 감정에 저항하기 위해서는 용기가 필요하며, 따라서 용기가 부족하면 침묵과 회피가 나타나는 법이라는 것에 당신도 동의할 것입니다.

그런데 이제 해석자들은 자신의 임무를 다 수행하였으므로 지금은 성 바오로의 베일을 걷어 올리고 얼굴을 맞대어 그 두려움과 두려움을 일으키는 분노를 서툴게나마 대충이라도 분석해보려고 시도해야 할 시간입니다. 왜냐하면 그런 두려움과 분노는, 당신이 우리에게 내놓은 질문, 즉 전쟁을 방지하도록 어떻게 우리가 당신을 도와줄 수 있느냐고 하는 문제와 관련이 있을지도 모르기 때문입니다. 그러면 정치와 국민, 전쟁과 평화, 야만과 문명에 관해 남성과 여성이 개인적인 대화를 나누는 도중에 가령 교육받은 남성의 딸들을 교회나 증권거래소 혹은 외교 업무에 종사하도록 허용하는 문제에 대해 어떤 의문이 불쑥 튀어나왔다고 가정해봅시다. 그 의문은 그저 어렴풋이 개요만 나타낼 뿐이지요. 그러나 테이블 이쪽의 우리는 "의식적 생각 아래에 있는 어떤 동기로부터 일어나고 있는" 당신네 쪽의 "강렬한 감정"을 즉시 알아차리게 되지요. 우리 내면의 어떤 자명종이 울림으로써, 즉 너희는 안 된다, 안 된다, 안 된다…… 하는 어리둥절하지만 떠들썩한 어떤 소리에 의해서 말입니다. 신체적 증상들이 확실히 나타나지요. 신경이 곤두서고 숟가락이나 담배를 쥔 손가락은 자동으로 힘이 들어가지요. 개인 심리 측정기를 흘낏 한번만 보아도 감정의 온도가 10도에서 정상을 넘어 20도로 올라간 것을 알수 있지요. 지성적으로는, 아무 말도 하지 않거나 대화의 주제를 바꾸려는 강한 욕망이 일게 되지요. 예를 들어, 크로스비라고 불리는 집안의 오래된 하인을 대화에 끌어들이고 아마도, 그 하인의 로버라는 개가 죽었다느니 하면서 문제를 피하고 온도를 낮추려고 안간힘을 쓴다는 것이지요.

그런데 테이블 다른 쪽—즉 당신네 쪽에서의 감정에 대해서는 어떤 분석을 시도해볼 수 있을까요? 종종, 솔직히 말해, 크로스비에 관해 이야기하고 있는 동안 실은 우리는 당신에 대해 질문을 하고 있습니다. 따라서 대화가 뭔가 따분해지는 것이지요. 당신네 쪽 테이블에 화를 돋우고 있는 그 강력한 잠재적 동기는 무엇일까요? 들소를 죽인 늙은 야만인이 다른 야만인에게 자신의 용맹함을 찬탄해달라고 요구하고 있나요? 피곤함에 지친 전문직 남성이 동정을 요구하고 경쟁에 분통을 터뜨리고 있나요? 한 집안의 가부장이 요부를 청하고 있나요? 지배가 복종을 갈망하고 있나요? 그런데 우리의 침묵이 덮어서 가리고 있는 모든 질문 중에서 가장 끈질기고 어려운 질문을 해보자면, 지배라는 것이 지배자에게 대체 어떤 만족감을 줄 수 있는 것인가요?[32] 이제 그렌스테드 교수가, 남성/여성에 대한 심리학은 "여전히 전문가의 문제이며" 동시에 "그 해석은 논란의 여지가 많으며 여러 면에서 불투명하다"고 말하였으므로 이 질문들은 전문가들이 답하도록 내버려두는 것이 아마 현명할 것입니다. 그러나 한편, 보통의 남자와 여자들이 자유로워지고자 한다면 자유로이 말하는 것을 반드시 배워야 하므로 남성/여성의 심리학을 전문가가 전담하도록 남겨둘 수는 없는 노릇입니다. 우리의 두려움과 당신들의 분노를 분석하기 위해 우리가 노력해야 하는 두 가지 타당한 이유가 있습니다. 첫째, 그러한 두려움과 분노는 사적인 가정 안에서의 진정한 자유를 막기 때문입니다. 둘째, 그러한 두려움과 분노는 공적인 세계에서의 진정한 자유를 가로막으며 전쟁을 야기하는 데에 적극적인 한몫을 담당하기 때문입니다. 그러면, 적어도 안티고네와 이스메네[31]와 크레온 시대 이후 줄곧 우리가 익히

---

31 이스메네Ismene는 소포클레스의 여러 극에 등장하는 인물로, 오이디푸스의 딸이자 이복언니이며, 안티고네와 자매다.

알아왔고, 성 바오로도 느낀 것 같고, 그러나 그 교수님들이 오직 최근에야 표면화하여 "유아기적 고착", "오이디푸스 콤플렉스" 그리고 그 밖의 이름들로 명명한 이러한 매우 오래되고도 모호한 감정들 사이에서 꽤나 아마추어같이 보이더라도 우리 갈 길을 더듬어 찾아 나가보기로 하지요. 자유를 수호하고 전쟁을 방지하는 일을 가능한 어떤 방식으로든 도와달라고 당신이 우리에게 요청하였으므로, 아무리 미약하더라도 우리는 그런 감정들을 분석해보려고 노력해야만 한다는 것이지요.

그러면 이 "유아기적 고착"을—그것은 적절한 명칭인 것 같습니다—검토해보기로 하지요. 당신이 우리에게 제기한 질문과 그것을 연관 지어보기 위해서 말입니다. 다시 한 번, 우리는 전문가가 아니라 일반인이므로 역사와 전기와 일요 신문에서 수집할 수 있는 증거에—이것은 교육받은 남성의 딸들이 입수할 수 있는 유일한 증거이지요—의존해야 합니다. 우리는 유아기적 고착의 첫 번째 예를 전기에서 들고자 하는데 다시 한 번 빅토리아 시대의 전기를 사용할 것입니다. 왜냐하면 전기가 풍성해지고 대표적인 형식의 글이 되는 것이 유일하게 빅토리아 시대이니까요. 빅토리아 시대의 전기에는 그렌스테드 교수가 정의한 유아기적 고착의 사례가 너무나 많아서 어떤 것을 선택해야 할지 모를 지경입니다. 윔폴 가의 배릿 씨[32]의 경우가 아마 가장 유명하고 가장 잘 입증되어 있지요. 실제로 그의 예는 너무도 유명해서 그 진상은 반복할 필요가 거의 없습니다. 우리는 모두 아들이나 딸의 결혼을 허락하려 들지 않는 아버지의 이야기를 알고 있습니다.

32 「윔폴 가의 배릿가 사람들The Barretts of Wimpole Street」(1930)은 영국의 극작가 루돌프 베셔(Rudolf Besier, 1878~1942)가 쓴 극이다. 엘리자베스 배릿Elizabeth Barrett과 로버트 브라우닝Robert Browning 사이의 로맨스와 그 둘의 결혼을 반대하는 아버지에 대한 내용이 주를 이룬다.

우리는 모두 어떻게 그의 딸 엘리자베스가 자신의 연인을 아버지에게 숨기지 않을 수 없었으며, 어떻게 웜폴 가에 있는 집에서 연인과 함께 도망을 쳤으며, 어떻게 아버지는 그녀의 불복종 행위를 결코 용서하지 않았는지에 대해 아주 세세하게 알고 있습니다. 배릿 씨의 감정이 극도로 강렬했다는 것에 당신은 동의할 것입니다. 그리고 그 강렬한 정도로 보아 그 감정이라는 것이 의식적 생각의 차원 아래에 있는 어떤 어두운 곳에 기원을 두고 있다는 것이 자명해지지요. 그것은 우리 모두가 새겨들을 만한 전형적이고도 고전적인 유아기적 고착의 예입니다. 그러나 약간의 조사만으로도 표면으로 드러나는 배릿 씨와 같은 특성을 가진 것으로 판명될 덜 유명한 사례들도 있지요. 패트릭 브론테 목사[33]의 경우가 있습니다. 아서 니컬스 목사[34]가 그의 딸인 샬럿과 사랑에 빠졌습니다. 니컬스 씨가 그녀에게 청혼하자 그녀는 "그가 무슨 말을 했는지 당신은 상상할 수 있을 것이다. 그의 태도가 어땠는지는 당신이 알아차리기 힘들 수 있지만 나는 잊어버릴 수가 없다. (…) 나는 아버지께 말씀을 드렸냐고 그에게 물었다. 그는 감히 그럴 수 없었다고 말했다"라고 썼습니다. 그는 왜 감히 그러지를 못했나요? 그는 강하고 젊고 열정적으로 사랑에 빠져 있었고 샬럿의 아버지는 늙은이였는데 말입니다. 그 이유는 즉시 명백하지요. "그[패트릭 브론테]는 언제나 결혼을 허락하지 않았으며 끊임없이 결혼에 반대하는 이야기를 하였다. 그런데 이번에는 허락하지 않는 정도가 아니었다. 그는 자기 딸에게 니컬스 씨가 이렇게 애착이 있다는 생각 자체를 참을 수가 없었다. 차후

---

33 패트릭 브론테(Patrick Brontë, 1777~1861), 아일랜드의 성공회 목사이자 작가. 작가 샬럿, 에밀리, 앤 브론테의 아버지다.

34 아서 벨 니컬스(Arthur Bell Nicholls, 1819~1906), 샬럿의 아버지 패트릭 브론테의 목사보 중 한 명. 샬럿이 죽기 전 아홉 달 동안 그녀의 남편으로 지냈다.

의 결과가 두려워…… 그녀는 서둘러 아버지에게 다음 날 니컬스 씨를 분명히 거절하겠다고 약속하였다."(33) 니컬스 씨는 하워스35를 떠났고 샬럿은 아버지와 함께 남았지요. 그녀의 결혼생활은─그것은 짧을 수밖에 없는 운명이었는데─아버지의 소원대로 더더욱 짧아졌습니다.

유아기적 고착의 세 번째 예로 덜 단순하지만 바로 그런 이유로 인해 더욱더 우리의 이해를 도와주는 사례를 선택해보지요. 젝스 블레이크 씨의 경우가 있습니다. 여기 결혼이 아니라 생활비를 벌어보겠다는 딸의 소망에 맞서고 있는 아버지의 경우가 있지요. 그러한 소망 역시 그 아버지의 내면에 매우 강렬한 감정과 의식적 생각의 아래 차원에 역시 그 기원을 두고 있는 것으로 보이는 어떤 감정을 불러일으킨 것 같습니다. 다시 당신의 허락을 얻어 우리는 그것을 유아기적 고착의 경우라고 부르고자 합니다. 소피아라는 그의 딸은 수학을 가르치고 그 일에 대한 작은 액수의 돈을 제의받았지요. 그리고 아버지에게 그 돈을 받아도 되는지 허락을 요청하였습니다. 그 허락 요청은 즉각적으로 그리고 완강하게 거절되었습니다. "참으로 사랑하는 딸아, 네가 가르치는 일에 대해 <u>돈 받을</u> 생각을 하고 있다는 것을 지금 이 순간에야 들었다. 사랑하는 딸아, 그것은 상당히 네 격에 맞지 않으니 나는 그것에 <u>동의할 수가 없다</u>[밑줄 부분은 아버지가 강조한 것입니다]. 그 일자리는 명예롭고 다른 사람을 돕는 일자리로나 여겨라. 그러면 내가 기쁘겠구나…… 그러나 일에 대해 <u>보수를 받는다는 것은</u> 상황을 <u>완전히</u> 바꿔놓는 것이며 애처롭게도 거의 모든 이들의 눈에 네 격을 떨어뜨리는 일이 될 것이다." 이것은 매우 흥미로운 진술이지요. 실제로 소피아는 그 문제를 따져볼 마음이 일었습니다. 그것

---

35 잉글랜드의 웨스트요크셔에 있는 마을. 브론테 자매는 일생의 대부분을 그곳에서 보냈다.

이 왜 그녀의 격에 맞지 않는지, 그것이 왜 그녀의 품격을 떨어뜨리는지 물었습니다. 일을 하고 돈을 받는다는 것이 그 누구의 눈으로 보아도 톰의 격을 떨어뜨리지는 않지요. 그것은 완전히 다른 문제라고 젝스블레이크 씨는 설명합니다. 즉 톰은 남자이며 "남자로서 그의 아내와 가족을 부양해야 한다고 느끼고," 따라서 "의무라는 분명한 길"을 택한 것이라고 말입니다. 소피아는 여전히 만족스럽지가 않았습니다. 그녀는 자신은 가난해서 돈이 궁할 뿐만 아니라 "돈을 번다는 자부심을, 정직하면서도, 제 생각으론 완벽히 정당화될 수 있는 자부심을" 강하게 느낀다고 주장하였지요. 이렇게 압박을 받자 젝스블레이크 씨는 마침내 딸이 돈을 받는 것에 대해 반대하는 진짜 이유를 반투명한 덮개로 가린 채 내놓았습니다. 딸이 대학으로부터 돈 받는 것을 거절한다면 자신이 그 돈을 주겠다고 제안하였지요. 그러므로 그는 딸이 돈을 받는 것을 반대한 것이 아니라는 것이 분명해졌습니다. 즉 그가 반대하는 것은 딸이 다른 남자에게서 돈을 받는 것이었습니다. 그의 제안의 야릇한 특성은 소피아의 주도면밀함을 비켜 가지 못하였지요. 그녀는 "그렇다면 나는 학장에게 '나는 보수 없이 일할 용의가 있다'가 아니라 '나의 아버지는 내가 대학에서 보수를 받는 것보다 자신에게서 보수를 받는 것을 더 좋아하신다'라고 말해야 하는데, 그러면 제 생각으론 그 학장은 우리 둘 다 어처구니없다고 보거나 적어도 어리석다고 생각할 것입니다"라고 말하였습니다. 젝스블레이크 씨의 행동에 대해 학장이 어떤 해석을 내렸건 간에 그의 행동 밑뿌리에 놓여 있는 감정이 무엇이었는가에 대해서는 의심의 여지가 없습니다. 그는 자기 딸을 자신의 세력 안에 잡아두고 싶었던 것입니다. 딸이 아버지에게서 돈을 받는다면 아버지의 권세 안에 남아 있는 것이며 다른 남자에게서 돈을 받는다면 그녀는 젝스블레이크 씨에게서 독립할 뿐만 아니라 다른 남자에게 의존하게 되는 것이지요. 그는 딸이 자신에게 의존하기를 바랐고, 그리고 이러한 바람직한 의존은 재정적 의존에 의해서만 확보될 수 있다고 모호하게나마 느꼈다는 것이 그의 또 다른 베일에 싸인 진술로 간접적으로 증명이 되고 있습니다. "네가 내일이라도 내 마음에 들게 결혼을 한다면 — 그리고 그렇지 않으면 너는 결코 결혼하려고 하지 않을 것이라고 나는 믿는다 — 나는 네게 꽤 많은 재산을 줄 것이다"라고 말입니다.[34] 그녀가 봉급생활자가 된다면 그런 재산 없이도 살 수 있고 자신이 좋아하는 사람과 결혼할 수 있겠지요. 젝스블레이크 씨의 경우는 매우 쉽게 진단이 됩니다. 하지만 그것은 일반적이고 전형적인 경우이기 때문에 매우 중요한 예이지요. 젝스블레이크 씨는 윔폴 가의 괴물이 결코 아니지요. 그는 평범한 아버지입니다. 자신들의 사례가 공개되지 않은 채 남아 있는 다른 수천 명의 빅토리아 시대의 아버지들이 일상적으로 하는 행동을 그도 하는 것이니까요. 따라서 그것은 빅토리아 시대의 심리학 — 즉 그렌스테드 교수가 말해주듯 여전히 매우 불투명한 남성/여성의 심리학 — 의 근원에 놓여 있는 많은 것을 설명해주는 예시가 됩니다. 젝스블레이크 씨의 경우는, 딸이 돈을 번다면 아버지로부터 독립하여 스스로가 선택하는 어떤 남자하고든 자유롭게 결혼할 것이기 때문에 어쨌든 돈을 벌도록 허락해서는 안 된다는 것을 보여주고 있습니다. 그러므로 자신의 생활비를 벌고자 하는 딸의 욕망은 다른 두 가지 형태의 질투심을 일으킵니다. 각각의 질투심은 따로따로도 강렬한데 합쳐지면 참으로 강렬한 것이지요. 더욱 의미심장한 것은 의식적 생각의 차원 아래에 그 기원을 두고 있는 이러한 매우 강렬한 감정을 정당화하기 위하여 젝스블레이크 씨는 모든 회피 중 가장 흔한 회피의 방법 ―즉 사실상은 논쟁이라고 볼 수 없는 감정에의 호소라는 논쟁― 을 사용하고 있다는 것이지요. 그는 아마추어로서 우리가 여성들의 감정이라고 부를 수 있는 저 매우 깊숙이 자리 잡고 있는 오래되고도 복잡한 감정에 호소하였던 것입니다. 돈을 받는 것은 격에 맞지 않는다고 그는 말하였지요. 그녀가 돈을 받는다면 그것은 거의 모든 이들의 눈에 그녀의 격을 떨어뜨리는 일이 될 것이라고 말입니다. 톰은 남자이기 때문에 격이 떨어지지 않을 것이라고 했습니다. 그 차이를 가져오는 것은 그녀의 성이었습니다. 아버지는 딸의 여성성에 호소했던 것입니다.

어떤 남자가 여성에게 그러한 호소를 할 때마다 그는 그녀 안에 ―이렇게 말해도 무방하지요― 그녀로서는 분석하기도 받아들이기도 극도로 어려운 매우 깊고도 원시적인 종류의 감정 간의 갈등을 불러일으킵니다. 그 느낌을 비교한다면 즉, 선생님, 만약 어떤 여성이 당신에게 흰 깃털을 건네주었을 때 당신 내면 안에 일어나게 되는 남성적 감정의 혼란스러운 갈등과 위의 느낌을 비교한다면, 그 느낌이 전달되는 데에 도움이 될지도 모릅니다.[35] 1859년에 어떻게 소피아가 이런 감정을 다루려고 노력하였는지를 살펴보는 것은 흥미롭지요. 그녀의 첫 번째 본능은 가장 명백한 형태의 여자다움을, 즉 그녀의 의식 가장 윗자리에 놓여 있으며 그녀 아버지의 그런 태도의 원인임을 설명해주고 있다고 여겨지는 숙녀다움이라는 것을 공격하는 것이었습니다. 교육받은 남성의 다른 딸들처럼 소피아 젝스블레이크도 '숙녀'였습니다. 돈을 벌 수 없는 이는 바로 숙녀였고 따라서 숙녀는 죽어야 하는 것이었지요. "아버지, 솔직하게, 어떤 숙녀도 단지 돈을 받는 행위만으로 그 격이 떨어진다고 생각하시나요? 아버지가 티드 부인에게 돈을 내기 때문에 그녀를 덜 소중하게 생각하셨나요?"라고 그녀는 물었습니다. 그러고 나서, 티드 부인은 가정교사이므로 "『버크의 토호들』[36]에 족보가 실려 있는" 중상류 집안 출신인 자신과 동등한 위치에 있지 않다는 것을 알아차린 양, 그녀는 숙녀를 죽이는 일에 도움이 되도록 "메리 제인 에번스…… 즉 우리 친척 중 가장 자랑스러운 가문 중의 한 사람"을, 그리고 "우리 집안보다 더 훌륭하고 더 유서 깊은 집안의" 워드하우스 양을 재빨리 불러들였지요—그 두 사람 모두 그녀가 돈을 벌고 싶어 하는 것이 옳다고 생각하였으니까요. 그리고 워드하우스 양은 소피아가 돈을 벌고 싶어 하는 것이 옳다고 생각만 한 것이 아니었습니다. 워드하우스 양은 "나의 의견에 동의한다는 것을 행동으로 보여주었다. 그녀는 돈을 버는 데에 천함이 있는 것이 아니라 그것을 천하다고 보는 사람들 안에 천함이 있다고 본다. 모리스 씨 학교에서의 일자리를 수락하며, 내 생각으론 매우 고상하게 그녀는 다음과 같이 모리스 씨에게 말하였다. '만약 내가 보수를 받는 선생으로서 일하는 것이 더 낫다고 생각하신다면 나는 당신이 주고 싶은 대로 주는 어떤 봉급이라도 받을 것입니다. 그렇지 않다면 나는 자유롭게 무보수로 일할 용의가 있습니다.'라고 말입니다." 이 숙녀는, 때때로, 고상한 숙녀였지요. 그리고 그런 숙녀는 죽이기가 어려웠습니다. 그러나 소피아가 깨달은 대로 그 숙녀는 죽어야만 합니다. 만일 "많은 소녀가 런던을 자신들이 원하는 때에 원하는 곳에서 돌아다니는" 그런 식의 천국, 즉 "지상 낙원"에 소피아가 들어가고자 한다면 말입니다. 그 지상 낙원은 할리 가의 퀸즈Queen's 칼리지로 (혹은 과거에 그랬지요) 교육받은 남성의 딸들이 숙녀의 행복을 즐기는 것이 아니라 "일과 독립이라는 여왕

---

36 존 버크John Burke의 『버크의 토호들Burke's Landed Gentry』(1826)은 그레이트 브리튼과 아일랜드에서 당시 사유지를 소유한 가계를 모두 기록한 책이다.

들Queens의 행복"[36]을 즐기는 곳이지요. 이리하여 소피아의 첫 번째 본능은 숙녀를 죽이는 것이었습니다.[37] 그러나 숙녀를 죽이자 여전히 여성이 남았습니다. 유아기적 고착이라는 질병을 감추고 변명해주는 그 여성이란 것을 다른 두 경우에서 더욱 분명하게 볼 수 있습니다. 샬럿 브론테와 엘리자베스 배럿이 죽여야만 했던 자는 바로 그 여성, 즉 자신의 성별sex로 인해 아버지에게 자신을 희생하는 것을 신성한 의무로 삼아야 했던 그런 인간 존재였습니다. 숙녀를 죽이는 것이 어려웠다면 여성을 죽이는 것은 훨씬 더 어려웠습니다. 샬럿은 처음에는 그것은 거의 불가능한 일이라고 여겼습니다. 그녀는 애인을 거절했습니다. "……그리하여 그녀는 자신이 어떻게 응답해야 할지에 대해, 아버지가 원하시는 대로라는 것을 제외한 모든 고려사항은 무시하였다. 아버지를 위해선 사려 깊게 그리고 자신을 위해선 이기적이지 않게 말이다." 그녀는 아서 니컬스를 사랑했지만 그를 거절했지요. "……니컬스에 대해 이야기할 때 아버지가 사용한 강한 표현들 때문에 그녀는 극심한 고통을 겪었지만, 말과 행동에 관한 한 그녀는 단지 수동적인 태도를 유지하였다." 그녀는 기다렸고 그녀는 고통을 겪었지요. 그리하여 마침내, 개스켈 부인[37]의 표현대로, "위대한 정복자인 시간이 강한 편견과 인간의 결심을 누르고 승리를 이루었다." 드디어 아버지가 동의하였던 것입니다. 그러나 그 위대한 정복자는 배럿 씨라는 맞수를 만나게 되었지요. 즉 엘리자베스는 기다렸고 엘리자베스는 고통을 겪었으며 마침내 엘리자베스는 도망을 갔으니까요.

유아기적 고착이 일으키는 극도로 강렬한 감정은 이 세 가지

---

37 엘리자베스 개스켈(Elizabeth Gaskell, 1810~1865), 19세기 영국의 소설가, 전기 작가. 『샬럿 브론테의 생애Life of Charlotte Brontë』(1857)를 썼다.

경우에 의해 증명되고 있습니다. 그 힘이 괄목할 만한 것이라는 데에 우리는 동의할 수 있을 것입니다. 그것은 샬럿 브론테뿐만 아니라 아서 니컬스를 그리고 엘리자베스 배럿뿐만 아니라 로 버트 브라우닝을 눌렀던 힘이었지요. 그것은 인간의 열정 중 가장 강렬한 열정인 남자와 여자의 사랑과도 전쟁을 벌일 수 있는 힘이며, 빅토리아 시대의 아들과 딸 중 가장 똑똑하고 가장 대담한 자들조차 기죽게 하고 아버지를 속이고 아버지를 기만하고 그러고는 아버지로부터 도망치지 않을 수 없게 만든 힘이었습니다. 그런데 그 힘은 무엇에 힘입어 그렇게 놀라운 위력을 발휘하는 것일까요? 위의 세 가지 사례가 분명히 밝혀주듯이 부분적으로는 유아기적 고착이 사회에 의해 보호받고 있기 때문입니다. 자연과 법과 재산이 그것을 변명해주고 은폐시킬 만반의 준비를 하고 있습니다. 배럿 씨와 젝스블레이크 씨와 패트릭 브론테 목사는 자신들의 감정의 진정한 본질을 스스로 감추기가 쉬웠던 것이지. 그들이 자기 딸이 집에 머물러 있기를 원하면 사회는 그들이 옳다고 동의해주었지요. 딸이 항변하면 자연이 그 아버지들을 도와주었습니다. 아버지를 떠나는 딸은 자연법칙에 반하는 딸이었고 그녀의 여자다움은 의심받았으니까요. 그녀가 더한층 저항하면 그때에는 법이 아버지를 도와주었지요. 아버지를 떠난 딸은 자신을 부양할 길이 전혀 없었지요. 합법적인 직업이 그녀에겐 닫혀 있었으니까요. 마지막으로, 그녀에게 개방된 한 가지 직업, 즉 모든 직업 중 가장 오래된 직업에서 돈을 벌 때면 그녀는 자신의 여성성을 없애버렸지요. 유아기적 고착은 어머니가 감염될 때조차 그 힘이 막강하다는 것에 의심의 여지가 없습니다. 그러나 아버지가 감염되면 그것은 세 배의 힘을 지니게 되지요. 아버지는 자신을 보호해줄 자연이 있고 자신을 보호해줄 법이 있고 자신을 보호해줄 재산이 있었으니까요. 이렇게 보호받았으므로 패트릭 브론테 목사가 자신의 딸 샬럿에게 몇 달 동안이나 "극심한 고통"을 일으키는 일이, 또한 그가 영국 국교회의 사제라는 직업을 행하며 사회로부터 어떠한 비난도 유발하지 않으면서 몇 달 안 되는 자기 딸의 짧은 결혼생활의 행복을 훔치는 일이 가능할 수 있었던 것이지요. 그가 개 한 마리를 고문하거나 시계 하나를 훔쳤다면 그 똑같은 사회는 그의 사제복을 벗기고 쫓아냈을 것임에도 불구하고 말입니다. 사회가 일종의 아버지였고 따라서 사회 역시 유아기적 고착이라는 병을 앓았던 것 같습니다.

19세기에 사회는 유아기적 고착의 희생자를 보호하고 또한 실제로 용서해주었으므로 명명되지도 않은 그 병이 창궐하였다는 것은 놀라운 일이 아닙니다. 어떤 전기를 펴보든 간에 우리는 거의 항상 비슷한 증상을, 즉 아버지가 딸의 결혼에 반대하고 아버지가 딸의 생활비 버는 일에 반대하는 것을 발견하게 됩니다. 결혼을 하거나 생활비를 벌고자 하는 그녀의 바람은 아버지 안에 강렬한 감정을 불러일으키고 그는 그런 강한 감정에 대해 똑같은 변명을 하고 있지요. 즉 숙녀는 자신의 숙녀다움을 떨어뜨리고 딸은 자신의 여자다움을 저버리게 되리라는 것입니다. 그러나 때때로 매우 드물기는 하지만 이 병에 완전히 면역되어 있는 아버지를 발견합니다. 그런데 그 결과는 굉장히 흥미롭습니다. 리 스미스 씨의 사례가 있습니다.[38] 이 신사는 젝스블레이크 씨와 동시대인이며 같은 사회계층의 출신이었습니다. 그 역시 서섹스 주에 재산을 가지고 있었고 말과 마차를 가지고 있었고 자녀들이 있었습니다. 그러나 유사성은 거기서 끝납니다. 리 스미스 씨[38]

---

38 벤저민 리 스미스(Benjamin Leigh Smith, 1783~1860), 영국의 휘그당 정치인으로, 어린 딸 바버라와 아들 벤저민을 데리고 아내와 함께 미국에 가서 2년 동안 머물렀다.

는 자식들에게 헌신적이어서 학교 교육에 반대하여 아이들을 집에 있게 하였습니다. 리 스미스 씨의 교육방법을 논의해보는 것은 흥미로울 것입니다. 아이들을 가르치는 선생님을 어떻게 두게 되었는지 그리고 버스처럼 만든 커다란 마차로 어떻게 해마다 영국 전역에 걸친 장기간의 여행에 아이들을 데리고 다녔는지 등에 대해서 말입니다. 그러나 그렇게 많은 실험주의자와 마찬가지로 리 스미스 씨는 잘 알려지지 않았습니다. 그래서 그는 "딸들도 아들과 똑같이 받을 것을 받아야 한다는 흔치 않은 의견을 주장했다"라는 사실로 우리는 만족해야 합니다. 그는 유아기적 고착에 아주 완전하게 면역이 되어 있었으므로 "딸의 청구서를 지급해주고 이따금 딸에게 선물을 주는 그런 평범한 계획은 채택하지 않았다. 대신 바버라[39]가 1848년 성년이 되었을 때 연 300파운드의 용돈을 주었다." 유아기적 고착으로부터의 그러한 면역성의 결과는 괄목할 만한 것이었습니다. "바버라가 돈이란 좋은 일을 할 수 있는 힘이라고 여기면서 자신의 돈을 쓴 첫 사용처가 교육적인 곳이었으니까요." 바버라는 학교 하나를 열었지요. 그 학교는 다른 성, 다른 계층에뿐만 아니라 다른 종교적 신조에까지 개방되었습니다. 로마 가톨릭 신자와 유대인 그리고 "진보적 자유사상을 가진 가문 출신의 학생들"이 모두 그 학교에 받아들여졌으니까요. "그것은 매우 범상치 않은 학교"였으며 아웃사이더의 학교였습니다. 그러나 그것은 그녀가 연 300파운드의 돈으로 시도했던 일의 전부가 아니었습니다. 한 가지 일은 또 다른 일로 이어졌습니다. 그녀의 도움으로 친구 하나가 "누드모델을 보고 그림을 그리는" 숙녀를 위한 야간 협동 수업을 시작했던

---

39 바버라 보디콘(Barbara Leigh Smith Bodichon, 1827~1891), 영국의 교육가, 예술가, 페미니스트. 거튼 칼리지의 창립자다.

것입니다. 1858년 런던에 실제 모델을 사용하는 숙녀에게 개방된 단 하나의 미술 교실이었던 것이지요. 그러자 탄원서가 왕립 학술원에 올려졌고 비록 명목상으로만 너무 자주 일어난 일이긴 하지만 1861년에 왕립 학술원의 학교들이 실제로 여성들에게 개방되었습니다.[39] 그러자 바버라는 여성에 관한 법률 문제에 관심이 깊어졌습니다. 그리하여 1871년에 실제로 기혼 여성들도 자신의 재산을 소유할 수 있도록 허락되었으며 마침내 그녀는 데이비스 양[40]이 거튼 칼리지를 설립하도록 도와주었습니다. 유아기적 고착에 면역이 되어 있는 한 사람의 아버지가 딸에게 연 300파운드의 용돈을 줌으로써 해낼 수 있었던 일에 대해 숙고해 보면 대부분의 아버지들이 딸에게 숙식을 덤으로 하여 연 40파운드 이상의 돈을 용돈으로 주는 것을 완강히 거부하였다는 것에 대해 의아해할 필요가 없습니다.

아버지들 내면의 유아기적 고착은 따라서 강력한 힘이면서 은폐된 힘이었기 때문에 그만큼 더 강력하였음이 분명합니다. 그러나 19세기가 끝나감에 따라 아버지들은, 심리학자들이 이름 좀 발견해주기를 모두가 간절히 바라지 않을 수 없을 만큼 매우 강력해진, 자기 차례가 되자 몹시도 강력해진 어떤 힘과 맞부딪히게 되었습니다. 우리가 보아온 옛 이름들은 무의미하고 잘못된 것이니까요. '페미니즘'이라는 이름을 우리는 파괴해야만 했습니다. '여성 해방'이라는 이름도 똑같이 무표정하고 타락한 것입니다. 반反파시즘의 원리가 딸들을 시기상조로 고무시켜 놓았다고 말하는 것은 당시 유행하던 흉측한 전문용어를 되풀이하고 있을 뿐이지요. 그런 딸들을 지적 자유와 문화의 옹호자라고 부

40 세라 에밀리 데이비스(Sarah Emily Davies, 1830~1921), 영국의 페미니스트, 여성 참정권론자. 바버라 보디콘과 함께 케임브리지의 부속대학이자 잉글랜드에서 최초로 여성에게 대학교육을 제공한 거튼 칼리지를 창립하였다.

르는 것은 강의실의 먼지와 공공집회의 눅눅한 초라함으로 대기를 흐려놓는 일이지요. 더군다나 이러한 꼬리표나 명칭 중 그 어떤 것도 아버지들의 유아기적 고착에 대한 딸들의 저항을 고무시킨 그 진정한 감정을 표현해주지 못합니다. 왜냐하면 전기가 보여주듯 그 저항의 힘은 배후에 많은 다른 감정들, 그것도 서로 모순된 많은 감정을 지니고 있었기 때문입니다. 눈물이 그 뒤에 있었지요. 물론이지요. 눈물, 그것도 쓰라린 눈물, 지식의 욕망이 좌절된 자의 눈물이었습니다. 어떤 딸은 화학을 배우기를 열망했지만, 집에 있는 책들은 고작 연금술이나 가르쳐주었지요. 그녀는 "배우지 못함에 쓰라리게 울었습니다." 또한, 개방되고 합리적인 사랑에 대한 욕망이 그 힘의 배후에 있었습니다. 다시 한 번 눈물이 — 분노에 찬 눈물이 있었지요. "그녀는 눈물을 쏟으며 침대 위로 몸을 던졌다. (⋯) '아, 해리는 지붕 위에 있어'라고 그녀는 말했다. '해리가 누구야?' '어떤 지붕 말이야?' '왜지?'라고 나는 말하였다. '오, 어리석게 굴지 마. 그는 떠나야만 했어'라고 그녀는 말했다." 그러나 사랑하지 않으려는 욕망, 사랑 없이 합리적인 존재의 삶을 영위하려는 욕망이 또한 그 뒤에 있었지요.[40] "나는 겸허하게 고백한다. (⋯) 나 자신은 사랑에 대해 아무것도 아는 바가 없다"라고[41] 그들 중 한 사람은 썼습니다. 이것은 수 세기 동안 결혼이 유일한 직업이었던 계층 중 한 사람에게서 나온 이상한 고백, 그러나 의미심장한 고백이지요. 다른 딸들은 여행하기를, 아프리카를 탐험하기를, 그리스와 팔레스타인을 뒤져보기를 갈망하였지요. 어떤 딸들은 음악을 배우기를, 즉 가정에서나 흥얼대는 곡조를 쨍그랑거리는 것이 아니라 오페라와 교향곡과 사중주곡을 작곡하는 것을 배우기를 원했습니다. 다른 딸들은 그림 그리기를, 담쟁이 넝쿨 덮인 오두막집이 아니라 나체를 그리기를 원했습니다. 그들 모두는 원했습니다. 그런데 어떤 한마디 말이, 그들이 의식적으로든 무의식적으로든 그렇게 오랫동안 원하고 또 내내 원해왔던 그 다양한 것들을 요약할 수 있을까요? 조세핀 버틀러의 명칭인 정의, 평등, 자유도 훌륭한 것이지요. 그러나 그것은 단지 명칭이며 이 무수한 명칭의 시대, 다채로운 명칭의 시대에 우리는 명칭이란 것에 대해 의심하게 되었지요. 그런 명칭들은 죽이고 조이니까요. 또한 "자유"라고 하는 오래된 말도 소용이 되지 않습니다. 그들이 원했던 것은 방종이라는 의미에서의 자유가 아니었으니까요. 즉 안티고네처럼, 그들은 여러 법을 위반하는 것이 아니라 제대로 된 법을 발견하기를 원했지요.[42] 아무리 우리가 인간의 동기에 대해 무지하고 언어도 제대로 갖추고 있지 않지만, 19세기에 아버지들의 세력에 반기를 들었던 그 힘은 결코 어떤 한마디 말로 표현되지 않는다는 것을 인정하기로 하지요. 그 힘에 대해 우리가 안전하게 말할 수 있는 것은 엄청난 세력을 가진 힘이었다는 것뿐이지요. 그것은 사적인 가정의 문을 강제로 열어 젖혔으니까요. 그것은 본드 가[41]와 피커딜리를 개방시켰고 그것은 크리켓 경기장과 축구 경기장을 개방시켰고 그것은 주름 장식과 코르셋을 오그려뜨려 못 쓰게 만들었고 그것은 세상에서 가장 오래된 직업을 (그러나 휘터커가 어떤 숫자도 제공하고 있지는 않지요) 무익한 직업으로 만들었습니다. 요컨대 50년 후 그 힘은, 러브레이스 부인과 거트루드 벨이 살았던 삶은 도저히 살아갈 수 없는 삶, 믿기지 않는 삶이 되도록 만들었지요. 강한 남자의 가장 강력한 감정조차 이겨냈던 아버지들이 이제 굴복해야만 했던 것입니다.

---

41 웨스트엔드 오브 런던에 위치한 쇼핑거리. 18세기에는 상류층이 거주하는 지역이었으며, 현재도 부유한 동네로 명성이 높은 곳이다.

만약 앞의 마침표가 이야기의 끝이며 문을 마지막으로 쾅 하고 닫는다면 우리는 선생님, 당장 당신의 편지와 당신이 우리에게 기재하도록 요청했던 양식에 우리 관심을 돌릴 수 있을 것입니다. 그러나 그것은 끝이 아니었고 시작이었지요. 실제로, 비록 우리가 과거시제를 사용해왔지만 실제로는 우리 스스로 현재시제를 사용해왔다는 것을 곧 알게 될 것입니다. 사적으로 아버지들이 굴복하였다는 것은 사실입니다. 그러나 협회나 직장에 떼지어 모이면 공적인 아버지들은 사적인 아버지들보다 훨씬 더 쉽게 그 치명적인 병에 걸렸습니다. 그 병은 이미 어떤 동기를 확보한 바 있고 어떤 권리 혹은 개념과 연결되어 있었지요. 그로 인해 그 병은 집 안에서보다 집 밖에서 훨씬 더 악성이 되었던 것입니다. 아내와 자식을 부양하고자 하는 욕망—어떤 동기가 이보다 더 강력하며 이보다 더 깊게 뿌리박혀 있을 수 있을까요? 왜냐하면 그 동기는 남자다움 그 자체와 연관되어 있으니까요. 즉 자신의 가족을 부양할 수 없는 남자는 고유의 남자다움이라는 개념의 측면에서 실패했다는 말이니까요. 게다가 그러한 개념은 여자다움이라는 개념이 딸의 내면 깊숙이 박혀 있는 것만큼이나 그 자신의 내면 깊숙이 박혀 있었던 것이 아닐까요? 바로 그러한 동기, 그러한 권리와 개념이 이제 도전을 받게 된 것이지요. 그러한 동기, 권리, 개념을 보호하는 것은, 그것도 여성들로부터 보호하는 것은, 아마도 남성의 의식적 생각의 단계 밑에 분명 극도로 격렬한 감정을 불러일으켰으며 지금도 불러일으키고 있다는 사실에 의심의 여지가 거의 없습니다. 성직을 수행하는 사제의 권리가 도전을 받자마자 유아기적 고착은 성 금기라는 과학적 명칭이 적용되는, 악질적이고 악화된 감정으로 발전됩니다. 두 가지 예를 들어보지요. 하나는 사적인 것이요, 다른 하나는 공적인 것입니다. 어떤 학자는 "자신이 애지중지하는 대학이나 도시에 스스로가 출입하는 것을 거부함으로써 자기 대학에 여성들이 입학하는 것을 불허한다는 입장을 표시 해야" 하지요.[43] 어떤 병원은 장학금을 기부하겠다는 제안을 거절해야만 하지요. 한 여성이 여성들을 위해 그것을 제안했기 때문입니다.[44] 두 가지 행위 모두 그렌스테드 교수가 말하듯이 "비이성적 성 금기 외에는 도저히 달리 볼 수 없는," 그런 수치심에 의해 고무되고 있다는 것을 의심할 수 있을까요? 그러나 그 감정 자체가 강도를 더해왔기 때문에 그 감정을 변명하고 감추기 위해 더 강력한 동맹자의 도움을 구하는 것이 불가피하게 되었지요. 자연을 불러들여서, 전지전능할 뿐만 아니라 불변하는 자연이 여자 두뇌의 모양과 크기를 잘못 만들었다는 주장이 제기되었지요. 버트런드 러셀[42]은 "재미있는 것을 원하는 사람이라면 누구든 두뇌 측정을 통해 여성이 남성보다 더 어리석다는 것을 증명하려고 시도하는 저명한 두개골 학자들의 여러 핑계를 찾아보면 좋을 것"이라고 쓰고 있습니다.[45] 아무래도 과학이라는 것이 성별이 없는 무성은 아닌 듯합니다. 즉 과학은 남성이며 아버지며 마찬가지로 감염되어 있지요. 이렇듯 감염된 과학은 주문에 맞추어 측정치를 만들어내었지요. 그 뇌는 너무 작아 검사해볼 수도 없다고 말입니다. 도저히 시험이라곤 통과할 수 없도록 자연이 만들어놓았다고 교수들이 말하는 그 뇌를 검사라도 한번 받아보기 위해 허가를 기다리느라 대학과 병원의 신성한 문 앞에서 몇 년의 세월이 허비되었지요. 마침내 허락이 났고 시험에 합격하였지요. 필요하긴 했으나 소득 없는 이런 식의 승리를 작성한 길고도 따분한 목록[46]은 대

---

42 버트런드 러셀(Bertrand Arthur William Russell, 1872~1970), 영국의 철학가, 수리논리 학자, 수학자, 역사가, 작가, 수필가, 사회 비평가, 정치가, 노벨 문학상 수상자.

학 기록 보관소에 추정컨대 다른 경신된 기록들과 함께 놓여 있으며, 시달린 여교장들이 여성의 흠잡을 데 없는 평범함에 대한 공식적인 증거를 원할 때는 그러한 목록을 여전히 참고하고 있다고들 합니다. 그런데도 자연은 계속 버텼지요. 시험을 통과할 수 있는 뇌가 창조적인 뇌, 즉 책임을 맡고 높은 봉급을 벌 수 있는 뇌는 아니라는 것이었습니다. 그것은 실제적인 뇌, 말도 안 되는 소리를 늘어놓는 뇌, 상사의 명령에 따라 틀에 박힌 일이나 하기에 알맞은 뇌라는 것이었지요. 전문직이 딸들에게 봉쇄되어 있었으니, 그들이 제국을 통치하거나 함대를 통솔하거나 군대를 승리로 이끈 적이 없었다는 것은 부정할 수가 없었지요. 오로지 몇 권의 시시한 책만이 그들의 전문가적 능력을 입증해주었습니다. 문학만이 그들에게 개방된 유일한 직업이었으니까요. 그런데 나아가 두뇌를 쓰는 전문직이 개방되자 두뇌가 무엇을 하든 이제 여성의 육체가 남아 있었습니다. 사제들은 말했지요. 자연은 그 무한한 지혜를 통해 남자는 창조자라는 불변의 법칙을 정해놓았다고 말입니다. 남자는 즐기고 여자는 오로지 수동적으로 참고 견뎌냅니다. 참고 견디기만 하는 육체엔 쾌락보다 고통이 더 이로웠지요. 버트런드 러셀은 쓰고 있습니다. "임신과 출산과 수유에 대한 남자 의사들의 견해는 꽤 최근까지도 사디즘sadism으로 차 있었다. 예를 들어 출산 때 진통제를 사용해줄 것을 남자 의사들에게 설득하기 위해서는 그 반대를 설득하는 데 필요한 증거보다 더 많은 증거가 필요하였다"라고 말입니다. 그렇게 과학이 주장하였고 그렇게 교수들은 동의하였지요. 그런데 마침내 딸들이 다음과 같이 끼어들었습니다. 그러나 뇌와 육체는 모두 훈련으로부터 영향을 받지 않나요? 야생토끼는 토끼장 속의 토끼와 다르지 않나요? 그리고 우리는 이러한 불변의 특성을 변화시켜야만 하는 것 아닌가요? 그리고 또 변화시키고 있지 않나요? 성 냥으로 불을 붙임으로써 된서리가 저항을 받아 녹아내리고 자연 의 사망선고도 연기되지요 하고 말입니다. 그들은 다음과 같이 계속 밀고 나갔습니다. 그리고 아침 식사용 달걀이 있는데요, 그 것이 모두 수탉만의 작품인가요? 노른자 없이, 흰자 없이, 오 사 제님들이여 그리고 교수님들이여, 당신들의 아침 식사가 어느 정 도나 풍부해질까요? 하고 말이지요. 그러자 그때 사제와 교수들 은 한목소리가 되어 엄숙하게 다음과 같이 읊조렸습니다. 그러 나 당신들이 부정할 수 없는 짐인 출산 자체는 여성에게만 부과 된 것이라고 말이지요. 여성들도 그 짐을 부정할 수 없었고 또 그 것을 단념하고 싶지도 않았지요. 그런데도 사제들과 교수들은 책 속의 통계자료를 참고하여 여자가 출산 때 걸리는 시간은 근대 적 조건하에서는 ─ 우리가 지금 20세기에 있다는 것을 기억해보 시지요 하며 ─ 극히 짧다고 선언했습니다.[47] 출산에 걸리는 시 간이 그렇게 짧아서 우리나라가 위험에 처했을 때 우리 여성들 이 정부와 전쟁터와 공장에서 일을 할 수 없게 되었던 것인가요? 그것에 대해 아버지들은 전쟁은 끝났고 우리는 지금 영국에 있 다고 대답하였지요.

그런데 선생님, 만일 지금 우리가 영국에서 잠시 멈춰 서서 일 간 언론의 라디오 방송을 틀어보면 유아기적 고착에 감염된 아 버지들이 그런 질문에 대해 이제 어떤 대답을 하고 있는지 들어 볼 수 있을 것입니다. "가정이야말로 여성들이 진정으로 가 있어 야 할 장소이다. (…) 그들이 집으로 돌아가게끔 하라. (…) 정부 는 남자들에게 일자리를 주어야 한다. (…) 노동부는 강력한 항의 를 해야 한다. (…) 여성은 남성을 지배해서는 안 된다. (…) 두 개 의 세계가 있으니 하나는 여성의 세계이고 다른 하나는 남성의 세계다. (…) 여성들로 하여금 저녁만찬 차리는 법을 배우게 하라. (…) 여성은 실패했다. (…) 그들은 실패했다. (…) 그들은 실패했다."

여기에서조차, 지금도, 유아기적 고착이 만들어내는 왁자지껄하고 소란스러운 소리가 너무 지나쳐 우리가 말하는 것조차 거의 들을 수 없는 지경이지요. 그것은 우리 입에서 말을 빼앗아가고 우리가 전에는 해본 적 없는 말을 하게 합니다. 그 소리를 듣고 있자니 밤에, 지금 유럽을 뒤덮고 있는 캄캄한 밤에, 젖먹이 아기가 울고 있는 소리를, 그것도 무슨 말도 못 하고 그저 애, 애, 애, 애…… 울고 있는 소리를 듣는 듯합니다. 그러나 그것은 새로운 울음소리가 아닙니다. 매우 오래된 울음이지요. 라디오를 끄고 과거에 귀를 기울여보기로 하지요. 우리는 이제 그리스에 있습니다. 그리스도는 아직 태어나지 않았으며 성 바오로 또한 태어나지 않았지요. 그러나 들어보십시오.

"도시가 어떤 사람을 임명하든지 그 사람에게 복종해야 한다. 작은 일에서든 큰일에서든, 정의로운 일에서든 정의롭지 않은 일에서든…… 불복종은 모든 악 중에서 가장 나쁜 것이다. 우리는 질서라는 대의명분을 지지해야 하며 결코 여자가 우리를 이기도록 허용해서는 안 된다. (…) 그들은 여자이어야만 하며 마음대로 돌아다니게 해서는 안 된다. 여봐라, 저들을 안으로 잡아들여라." 이것은 크레온, 저 독재자의 목소리입니다. 그의 딸이 되었어야만 하는 운명의 안티고네는 그에게 이렇게 답하였습니다. "저 아래 있는 신들과 함께 사는 정의는 인간들 사이에 저런 법을 규정해놓지는 않았지요"라고 말입니다. 그러나 그녀는 배후에 어떤 큰돈도 세력도 가지고 있지 않았습니다. 그러자 크레온은 "나는 저 애를 가장 외진 길이 난 곳으로 데리고 가 돌로 된 지하 납

골방에 산 채로 가두어버릴 것이다"라고 말하였습니다. 그리고 는 안티고네를 홀러웨이 감옥[43]이나 강제수용소가 아닌 무덤에 다 가두어버렸습니다. 그러자 크레온은 자신의 가문에 파멸을 초 래했고 죽은 자들의 시신이 땅 위에 산재했었다고 우리는 책에 서 읽게 됩니다. 선생님, 우리가 과거의 목소리들을 듣고 있자면 마치 그 사진을, 즉 스페인 정부가 거의 매주 우리에게 보내오고 있는, 시신과 파괴된 집들의 사진을 다시 보고 있는 듯합니다. 세 상사는 되풀이되는 것 같습니다. 목소리나 상황의 모습은 2천 년 전이나 오늘날이나 똑같습니다.

이리하여 이것이, 두려움의 본질에 대한 우리의 탐구가 내려준 결론입니다. 사적인 가정에서 자유를 금지하는 두려움 말입니다. 그러한 두려움은 비록 작고 대수롭지 않고 사적이긴 하지만, 다 른 두려움, 즉 작지도 않고 대수롭지 않은 것이 아닌 공적인 두려 움, 즉 당신으로 하여금 전쟁 방지를 도와달라고 우리에게 요청 하게끔 한 그 두려움과 연관되어 있습니다. 그렇지 않다면 우리 는 그 사진을 다시 보고 있지는 않을 것입니다. 그러나 그것은 이 편지의 서두에서 우리에게 같은 감정을 느끼게끔 했던 사진과 똑같은 것은 아닙니다. 당신은 그 감정을 '공포와 혐오'라고 불렀 고 우리도 그 감정을 공포와 혐오라고 불렀지요. 이 편지가 사실 에 사실을 더하며 계속 이어져가는 동안 또 다른 사진이 전면으 로 불쑥 나섰으니까요. 그것은 어떤 남자의 형상입니다. 어떤 이 들은 다음과 같이 말하고 다른 어떤 이들은 그 말을 부정하기도 하지요. 그 사진 속의 남자는 남성 자체요[(48)], 남성다움의 정수요, 남자의 완벽한 전형으로 다른 모든 남성은 그 전형의 불완전하

43 홀러웨이 감옥HM Prison Holloway은 런던에 있는 성인 여성과 젊은 범죄자를 위한 감옥 으로, 1852년에 세워졌다. 서유럽에서 가장 큰 여성 감옥이었으나 2016년에 운영을 종료 했다.

고 흐린 윤곽에 지나지 않는다고 말입니다. 확실히 그는 남자입니다. 그의 눈은 멀쩡지만, 노려보고 있습니다. 그의 몸은 부자연스러운 자세로 단단히 힘을 주고 있고 꼭 끼는 제복을 입고 있습니다. 제복의 가슴에는 몇 개의 메달과 그 밖의 신비스러운 상징물들이 꿰매져 있습니다. 손은 검을 잡고 있습니다. 그는 독일어와 이탈리아어로 총통 혹은 총독이라고 불리며 우리말로는 폭군 혹은 독재자라고 불립니다. 그리고 그의 뒤에는 파괴된 집들과 시신들, 남자와 여자와 아이들의 시신이 놓여 있습니다. 그러나 증오라는 무익한 감정을 다시 한 번 불러일으키려고 우리가 그 사진을 당신 앞에 내놓는 것은 아닙니다. 반대로 그것은, 그 인간 형상이 컬러사진 속에서 이렇듯 대충의 모습을 통해서조차 인간인 우리 안에 불러일으키는 또 다른 감정을 방출해내기 위해서였습니다. 왜냐하면 그것은 어떤 연관성을, 우리에게는 매우 중요한 연관성을 암시하기 때문이지요. 그것은 공적인 세계와 사적인 세계는 분리할 수 없이 연결되어 있다는 것을, 한쪽 세계에서의 폭정과 예속은 또 다른 한쪽 세계에서의 폭정과 예속이라는 것을 암시합니다. 그러나 사진 속에서조차 그 인간 형상은 보다 더 복잡한 다른 감정을 암시하고 있습니다. 그것은 우리가 그 형상으로부터 우리 자신을 분리할 수 있는 것이 아니라 우리 자신이 바로 그 형상이라는 것을 암시하고 있지요. 그것은 우리가 무저항의 복종이라는 운명에 처할 수동적인 구경꾼이 아니라 우리의 생각과 행동으로 우리 스스로 그 형상을 바꿀 수 있다는 것을 암시해줍니다. 공통의 관심사가 우리를 통합시켜주지요. 그 공통의 관심사는 하나의 세계, 하나의 삶이 되는 것입니다. 저 시신들과 파괴된 집들이 증명해주는 그 통합성을 우리가 절감하는 것이 얼마나 필수적인 일인지요. 왜냐하면, 만일 공적인 추상적 생각들이 너무나 막대하여 당신이 사적 형상을 망각한다면, 혹은 우리의 사적인 감정이 너무나 격렬하여 우리가 공적인 세계를 망각한다면 우리 모두 파멸이 될 것이기 때문입니다. 즉 상원과 하원 양원이, 즉 공적인 것과 사적인 것, 물질적인 것과 영적인 것 모두가 붕괴할 것입니다. 왜냐하면 그것들은 서로 뗄 수 없이 연관되어 있기 때문이지요. 그러나 우리 앞에 놓여 있는 당신의 편지와 더불어 우리는 희망을 품을 이유가 있습니다. 왜냐하면, 우리의 도움을 요청함으로써 당신은 그러한 연관성을 인정하고 있는 셈이니까요. 또한, 당신의 글을 읽어봄으로써 우리는 표면에 드러난 사실보다 한층 더 깊은 곳에 놓여 있는 다른 연관 관계가 생각나기 때문입니다. 지금 여기에서조차 당신의 편지는 이런 작은 사실들, 즉 이러한 사소한 세부사항에는 귀를 막으라고 우리를 유혹합니다. 총성과 축음기의 시끄러운 울림이 아니라 시인들의 목소리에 귀 기울이라고 유혹합니다. 즉 마치 분필 자국에 지나지 않는 것처럼 여러 분열을 문질러 지워버리는 통일성을 우리에게 확약하면서 서로에게 화답하는 시인들의 목소리에 귀 기울이라고 유혹합니다. 또한, 경계를 흘러 넘어 다양성으로부터 통일성을 만들어내는 인간 영혼의 능력에 대해 당신과 토론하라고 유혹합니다. 그러나 그것은 꿈, 태초부터 인간의 마음을 따라다닌 반복적인 꿈이 될 것입니다. 즉 평화의 꿈, 자유의 꿈이지요. 그러나 당신 귀에 총성이 울리고 있는 판에 당신이 우리보고 꿈이나 꾸라고 요청한 것은 아니었지요. 우리에게 평화가 무엇이냐고 물었던 것은 아니었지요. 어떻게 전쟁을 막을 수 있는가를 우리에게 물었지요. 그러면 그런 꿈이 어떤 것인지 우리에게 말해주는 것은 시인에게 맡겨두기로 하고 우리는 그 사진에, 그 사실이라는 것에 다시 한 번 시선을 고정해보지요.

제복을 입고 있는 그 남자에 대한 다른 이들의 판결이 어떠하든—의견은 분분하지요—당신에게 있어 그 사진은 악의 사진이라는 것을 증명해주는 당신의 편지가 여기 있습니다. 그리고 비록 우리가 다른 각도에서 그 사진을 보고 있다고 하더라도 우리의 결론도 당신과 똑같습니다. 그것이 악이라는 것이지요. 우리는 둘 다, 그 사진이 나타내고 있는 악을 파괴하기 위해 당신은 당신 방식대로, 우리는 우리 방식대로 할 수 있는 것을 다 하려고 굳게 마음먹고 있습니다. 그런데 우리는 서로 다르므로 우리의 도움도 서로 달라야 합니다. 우리는 우리가 할 수 있는 것이 무엇인지를 보여주려고 노력해왔던 것입니다. 얼마나 불완전하고 얼마나 피상적인지는 말할 필요도 없지만 말입니다.[49] 그런데 그 결과, 당신의 질문에 대한 답이란, 당신의 말을 반복하고 당신의 방식을 따라가는 것이 아니라 우리는 새로운 말을 발견하고 새로운 방식을 창조함으로써 당신이 전쟁을 방지하도록 도와줄 수 있다는 것입니다. 우리는 당신의 협회에 가입해서가 아니라 당신 협회 바깥에 남아 있음으로써, 그러나 당신 협회가 지향하는 목표와 협력하며 남아 있음으로써, 전쟁을 방지하도록 당신을 가장 잘 도와줄 수 있지요. 그 목표는 우리 둘 모두에게 똑같은 것이지요. 그 목표는 "모든 사람 즉 모든 여자와 남자가 지닌 권리, 즉 정의와 평등과 자유라는 위대한 원칙을 몸소 존중하는 권리를" 주장하는 것이지요. 한층 더 자세히 설명하는 것은 불필요합니다. 왜냐하면 당신도 그 말을 우리와 똑같이 해석하리라는 모든 확신을 갖고 있기 때문이지요. 그리고 변명도 필요치 않습니다. 왜냐하면, 우리가 미리 이야기했고 이 편지가 풍부하게 드러내온 결함들을 당신이 관대히 봐주리라고 우리가 믿을 수 있기 때문이지요.

그리하여 당신이 우리에게 보내어 기재해달라고 요청한 양식으로 돌아가보면, 위에서 제시한 이유들 때문에 우리는 그 양식에 서명하지 않은 채로 놔두려고 합니다. 그러나 우리들의 목표는 당신들의 목표와 같다는 것을 가능한 한 실질적으로 증명하기 위하여 여기 1기니를, 무상으로 주어지는 무상의 선물을 동봉합니다. 당신이 스스로 부과하기로 한 조건 외에는 다른 아무런 조건 없이 말입니다. 그것은 기부된 세 개의 기니 중 세 번째 것입니다. 그러나 그 3기니가 비록 세 명의 다른 회계 담당자에게 주어졌지만 모두 같은 목표에 주어진 것임을 당신은 목격할 것입니다. 그 목표들은 같으며 서로 분리될 수 없기 때문이지요.

당신이 시간에 쫓기니 이제 저도 끝을 맺도록 하지요. 당신 세 분 모두에게 세 번 사과하면서 말입니다. 첫 번째, 이 편지의 길이에 대해서, 두 번째는 기부금이 적은 것에 대해서, 세 번째는 편지를 어쨌든 쓰게 된 것에 대해서 말입니다. 그러나 그것에 대한 잘못은 당신에게 있지요. 왜냐하면 당신이 당신 편지에 대한 답신을 요구하지 않았더라면 이 편지는 결코 쓰이지 않았을 테니까요.

주석과 참고문헌

1장

1)   스티븐 그원, 『메리 킹즐리의 생애』, 15쪽. 교육받은 남성의 딸들을 교육하는 데에 들어간 돈의 총액이 정확하게 얼마였는지는 알기 어렵다. 추측컨대 메리 킹즐리의 교육에 충당된 총액은 약 20파운드 내지 30파운드였다(1862년 출생; 1900년 사망). 19세기와 훨씬 뒤 세대의 대강의 평균 총액은 100파운드로 잡을 수 있을 것이다. 이렇게 교육받은 여성들은 종종 교육의 부족함을 매우 뼈저리게 느꼈다. "밖에 나가면 항상 내가 받은 교육의 결함을 너무나 고통스럽게 절감한다"라고 뉴넘의 초대 교장인 앤 J. 클러프는 썼다.(B. A. 클러프, 『앤 J. 클러프의 생애』, 60쪽) 클러프 양처럼 학식이 높은 집안의 출신이면서 거의 같은 방식으로 교육을 받은 엘리자베스 홀데인은 다음과 같이 말하고 있다. 한참 자라날 때에 "나의 첫 번째 확신은 내가 교육을 받았다고 할 수 없다는 것이었고 이 사실을 어떻게 제대로 말로 표현할 수 있을까 생각해보았다. 대학 진학을 내가 매우 좋아했어야 했다. 그러나 그 당시 대학이란 여자에겐 별난 그 무엇이었고 그래서 그런 생각은 장려되지 않았다. 또한 대학은 비쌌다. 외동딸이, 과부가 된 어머니를 떠나 있다는 것은 사실상 불가능한 일로 여겨졌으며, 그런 계획이 실현 가능한 것으로 보이게끔 살아온 사람도 없었다. 그 당시 통신 학습반을 열려는 새로운 운동이 있었다."(엘리자베스

홀데인, 『한 세기에서 다른 세기로』, 73쪽) 교육받지 못한 그런 여성들이 자신의 무지를 감추려는 노력은 종종 용감하긴 했지만 늘 성공적이지는 않았다. "현재의 시사적인 주제에 대해선 그들은 유쾌하게 이야기하였지만 논란의 여지가 있는 주제들은 조심스럽게 피해 갔다. 내게 인상적이었던 것은 그들이 자신의 영역 밖에 있는 것에 관해서는 무엇이든 무지하고 무관심하다는 것이었다. (…) 다른 사람도 아닌 하원의장의 어머니가 캘리포니아가 우리나라에 속해 있어 대영제국의 일부라고 믿고 있었다!"(H. A. 바첼, 『머나먼 들판』, 109쪽) 교육받은 남성들은 여성의 그러한 무식함을 즐긴다는 당시 통용되던 믿음 때문에 19세기에 종종 그 무식함을 여성들이 흉내 냈다는 사실이 토머스 기즈번이 자신의 교훈적인 저서인 『여성의 의무에 관하여』(278쪽)에서 힘주어 비난한 것에 의해 잘 드러나고 있다. "자신의 결혼 파트너에게 스스로의 능력과 재능을 완전히 다 드러내 보이는 것을 애써 삼가라"고 여성들에게 권고하는 사람들을 그는 열을 내어 비난하였던 것이다. "이것은 신중함이 아니라 술책이다. 그것은 위선이며, 그것은 의도적인 사기다. (…) 그것을 들키지 않고 오랫동안 실행할 수는 없을 것이다."

그러나 19세기에 교육받은 남성의 딸은 책보다는 인생에 대하여 훨씬 더 무지하였다. 그렇게 무식한 한 가지 이유가 다음의 인용문에 의해 제시되고 있다. "사람들은 대부분의 남자들이 '정숙하지' 않다고 추측하였다. 다시 말해, 거의 모든 남자들은 마주치는 여성 중 동행자가 없는 젊은 여성에게 말을 걸고 괴롭힐 수 있고, 혹은 더 나쁘게도 할 수 있다고 사람들은 추정하였다."(메리, 러브레이스 백작부인, 『50년의 세월』 중 「사교와 계절」, 1882~1932, 37쪽) 따라서 교육받은 남성의 딸은 매우 좁은 활동 범위 내에 갇혀 있었으며 그래서 그 범위 바깥의 어떤 것에 대해서도 '무지하고 무관심'한 것이 용서될 수 있었다. 그러한 무지와 19세기의 남성다움에 관한 19세기의 관념 사이에는 어떤 연관관계가 있는 것이 분명하며, 남성다움에 관한 19세기의 관념은 ― 빅토리아 시대의 영웅을 보라 ― '정숙'이라는 것과 남성다움이 서로 양립할 수 없는 것이 되도록 만들었다. 잘 알려진 어떤 구절에서 새커리는 남성들 사이에 통용되는 정숙과 남성다움이라는 것이 자신의 예술에 모종의 한계를 부과했다고 불평하고 있다.

2)　우리의 이데올로기는 여전히 너무나 뿌리 깊게 인간 중심적이어서 이러한 서툰 용어, 즉 교육받은 남성의 딸이라는 용어를 새로 만들 필요가 생겼다. 아버지가 공립학교와 대학에서 교육을 받은 그런 계층의 여성을 기술하기 위해서 말이다. 분명 '부르주아'라는 용어가 남자형제에게는 잘 들어맞긴 하지만, 부르주아의 두 가지 으뜸가는 특징인 자본과 환경 면에서 근본적으로 남성과 너무 다른 여성에게도 그 용어를 사용한다는 것은 심히 잘못된 것이기 때문이다.

3)　지난 세기 영국에서 사냥으로 죽은 동물의 숫자는 틀림없이 헤아릴 수 없을 정도일 것이다. 1909년 채츠워스에서의 하루 사냥한 평균 사냥감 수가 1,212마리이니 말이다.(포틀랜드의 공작, 『남자, 여자 그리고 사물』, 251쪽) 여성 포수의 사냥 회고록에는 거의 언급된 적이 없으나 사냥터에 여성 포수들이 나타나는 것은 많은 신랄한 논평의 원인이 되었다. "스키틀즈"라고 하는 19세기의 유명한 여성 승마자는 품행이 단정치 못한 부인이었다. 19세기에, 여성의 경우 사냥과 불륜 사이에는 어떤 연관성이 있을 수 있다고 주장한 것은 매우 그럴듯한 이야기다.

4)　존 버컨, 『프랜시스와 리버스데일 그렌펠』, 189, 205쪽.

5)　리튼 백작, 『앤터니(네브워스 자작)』, 355쪽.

6)　에드먼드 블런든 편집, 『윌프레드 오언의 시』, 25, 41쪽.

7)　카디프에서 열린 성 조지 협회의 연회에서 "영국"의 건배를 제안하는 휴위트 경.

8)/9)　『데일리 텔레그래프』, 1937년 2월 5일.

10)　물론 교육받은 여성이 공급할 수 있는 한 가지 필수적인 항목이 있다. 즉 아이다. 그래서 전쟁을 방지하기 위하여 여성이

할 수 있는 한 가지 방법은 아이 낳기를 거부하는 것이다. 그리하여 헬레나 노먼턴 부인은 "어느 나라에서든 전쟁을 방지하기 위하여 여성이 할 수 있는 유일한 일은 '총알받이'의 공급을 중단하는 것"이라는 의견을 펴고 있다.(평등시민권 연례회의 보고서, 『데일리 텔레그래프』, 1937년 3월 5일) 신문에 실린 독자 편지도 흔히 이러한 견해를 지지하고 있다. "나는 해리 캠벨 씨에게 요즈음 왜 여성들이 아이 갖기를 거부하는가에 대해 이야기할 수 있다. 만일 남성들이 자신들이 통치하고 있는 땅을 잘 운영하는 법을 알게 되어 전쟁이라는 것이 싸움을 걸지도 않은 사람들을 살육하는 대신에 싸움을 일으키는 자들만 공격할 수 있다면 여성들은 다시 대가족을 갖고 싶어 할지도 모른다. 오늘날 세상이 이러한데 여성들이 왜 아이를 낳아야 하는가?"(이디스 마투린-포치, 『데일리 텔레그래프』, 1937년 9월 6일) 교육받은 계층에서 출산율이 떨어지고 있다는 사실은 아무래도 교육받은 여성들이 노먼턴 부인의 충고를 받아들이고 있음을 보여주는 듯하다. 그런 충고는 2천 년 전에도 매우 유사한 상황에서 리시스트라타가 여성들에게 해주었던 충고다.

11)   본문에서 상세하게 설명된 것들 외에도 물론 셀 수 없이 많은 종류의 영향력이 있다. 그것은 다음의 구절에서 묘사되고 있는 간단한 종류에서부터 — 즉 "3년 후…… 우리는 그녀가 마음에 드는 목사가 최상의 생활을 이어갈 수 있도록 그를 대신하여 각료인 그에게 관심을 끌어내려는 편지를 쓰고 있는 것을 보게 된다."(런던데리 부인, 『헨리 채플린, 회고록』, 57쪽) — 멕베스 부인이 자신의 남편에게 발휘하는 매우 미묘한 종류에 이르기까지 다양하다. 그 두 가지 영향력 사이 어디쯤인가에 D. H. 로렌스가 묘사하는 영향력이 놓여 있다. "내 뒤에 여성이 없다면 내가 무엇인가를 해보려고 노력하는 것은 가망이 없는 일이다. (…) 내 뒤에 여성이 없다면 나는 감히 세상에 나가 앉아 있지도 못한다. (…) 반면 내가 사랑하는 여자는 뭐랄까 나로 하여금 미지의 세계와 직접적으로 계속 소통

하게 해주는데, 그렇지 않다면 그 미지의 세계 안에서 나는 길을 잃고 헤매기 쉽다"(『D. H. 로렌스의 편지』, 93~94쪽) 이것과 우리는 에드워드 8세 전왕이 자신의 왕권 포기에 대해 내린 유명하고도 매우 유사한 정의를 비교해볼 수 있을 것이다. 비록 그 둘을 그렇게 나란히 놓는 것이 이상스럽기는 하지만 말이다. 현재 해외의 정치적 여건은 영향력을 이해타산적으로 사용하는 데로 되돌아가는 것을 찬성하는 것 같다. 예를 들어, "현재 비엔나에서의 여성의 영향력의 정도가 어떠한지를 예증하는 데에 도움이 되는 한 가지 이야기가 있다. 지난 가을에 여성의 전문직 취업 기회를 더 한층 줄이려는 어떤 조치가 계획되었다. 항의도, 간청도, 편지도 모두 소용이 없었다. 마침내, 필사적으로 그 도시의 잘 알려진 한 그룹의 부인들이 모여 계획을 세웠다. 다음 2주에 걸쳐 하루 일정한 몇 시간 동안 이 부인들 대여섯 명이 자신들이 개인적으로 알고 있는 장관들에게 전화를 걸었는데, 표면상으로는 자기 집의 정찬에 와주기를 요청하는 것이었다. 비엔나 사람들이 가질 수 있는 모든 매력을 동원하여 그들은 이것에 대해 저것에 대해 질문하면서 장관들로 하여금 계속 이야기하게끔 했다. 그러다가 마침내 부인들을 그토록 심하게 괴롭히는 문제에 대해 언급하였다. 장관들이 대여섯 명 부인들의 전화를 계속 받고 — 그런데 장관들은 그 부인들 중 누구의 마음도 상하게 하고 싶지는 않았다 — 그런 작전 때문에 긴급한 국사에서 좀 거리를 둘 수 있게 되자 타협하기로 마음먹었고 그리하여 그 조치는 연기되었다."(힐러리 뉴잇, 『여성은 선택해야 한다』, 129쪽) 이와 유사하게 영향력을 사용하는 일이 여성 참정권 투쟁 중에 종종 의도적으로 일어났다. 그러나 여성의 영향력은 투표권을 가짐으로써 오히려 손상되었다고 흔히들 말한다. 그리하여 마셜 비베르스타인은 "항상 여성들이 남성들을 이끌었다. (…) 그러나 그는 여성들이 투표하는 것은 바라지 않았다"라는 의견을 가지고 있었다.(엘리자베스 홀데인, 『한 세기에서 다른 세기로』, 258쪽)

12) 영국 여성들은 참정권 투쟁에서 무력을 사용한 것에 대해 많은 비난을 받았다. 1910년에 비렐 씨 모자가 "묵사발이 되고" 정강이뼈가 참정권자들에게 걷어차이자 앨머릭 피츠로이 경은 "조직화된 '졸개'들의 무리에 의해 무방비의 늙은 노인에게 가해진 이러한 성질의 공격은, 바라건대, 많은 사람들에게 제정신이 아닌 무정부주의자적 정신이 그런 운동을 발동시키고 있다는 것을 확신시켜줄 것이다"라고 논평하였다.(『앨머릭 피츠로이 경 회고록』 2권, 425쪽) 이러한 소견은 유럽 전쟁에서의 무력 사용에 대해서는 분명 적용되지 않았다. 참정권은 사실상 크게는 영국 여성들이 그 전쟁에서 영국 남자들이 무력을 사용하는 데에 준 도움 때문에 영국 여성들에게 주어진 것이었다. "[1916년] 8월 14일에 애스퀴스 씨는 [참정권에 대해] 반대하던 것을 스스로 단념하였다. 그는 다음과 같이 말하였다. "(여성들은) 총이나 그 밖의 것을 들고 나간다는 의미에서는 싸울 수 없다, 그러나…… 여성들은 가장 효과적인 방법으로 전쟁 수행에 도움을 주었다."(레이 스트레이치, 『대의명분』, 354쪽) 이것은 다음과 같은 매우 어려운 질문을 제기한다. 전쟁 수행을 도와준 것이 아니라 오히려 전쟁 수행을 가로막기 위해 자신들이 할 수 있는 일을 한 사람들은, 주로 다른 이들이 "전쟁 수행을 도왔기" 때문에 그들에게까지 누릴 자격이 주어진 그 투표권을 과연 사용해야만 하는가 하는 질문을 제기한다. 그런 여성들이 영국의 적자 딸이 아니라 의붓딸이라고 하는 것은 그들이 결혼하면 국적이 바뀐다는 사실에 의해 드러난다. 독일인을 패배시키는 데에 도움을 주었든 안 주었든 간에 영국 여성은 독일인과 결혼하면 독일 사람이 된다. 그녀의 정치적 견해는 그렇게 되면 완전히 반전되고 그녀의 자식으로서의 효심도 옮겨가게 된다.

13) 로버트 J. 블랙번, 『어니스트 와일드, K. C. 경』, 174~175쪽.

14) 평등권 국가통합협회가 종종 출간하는 여러 사실들은 투표권은 무시해도 될 만한 것이라고 증명된 적이 없다는 것을 보여준다. "이 출판물(『투표권이 이룩한 것』)은 원래 한 페이지짜

리 인쇄물이었는데, 지금(1927)은 여섯 페이지의 팸플릿으로 증대되었고 계속 확대되어야 한다."(M. G. 포셋과 E. M. 터너, 『조세핀 버틀러』, 주, 101쪽)

15) 남녀 양성의 생물학 그리고 심리학과 틀림없이 매우 중요하게 관련되어 있을 여러 사실들을 점검할 수 있는 수치가 마땅히 없다. 필수적인데도 이상하게 무시되어 온 예비적 조치를 다음과 같이 취함으로써 시작은 할 수 있을 것이다. 즉 영국인의 재산을 보여주는 대축적 지도 위에 남성이 소유하고 있는 재산은 빨간색으로, 여성이 소유하고 있는 재산은 파란색으로 표시하는 것이다. 그리고 각각의 성이 소비하는 양과 소 떼의 숫자를, 큰 포도주와 맥주 통의 숫자를, 담배통의 숫자를 비교해봐야 한다. 그렇게 하고 난 후 양성의 신체 운동을, 가내 고용을, 성교를 위한 시설 등등을 조심스럽게 검토해봐야만 한다. 이러한 것들은, 물론 역사가들은 주로 전쟁과 정치에 관심이 있지만, 가끔 인간의 본성을 이해하는 실마리를 제공해준다. 그리하여 17세기 영국 시골 신사를 다루면서 매콜리는 다음과 같이 말한다. "시골 신사의 부인과 딸은 취향과 학식 면에서 가정부나 혹은 오늘날의 객실 하녀보다도 여전히 못하였다. 그들은 바느질하고 실을 잣고, 구스베리 와인을 빚고, 금잔화를 말리고, 사슴고기 파이의 빵 껍질을 만들었다."

다시 한 번 매콜리는 말한다. "식사를 준비하는 것이 17세기 영국 시골 신사 집의 부인들이 보통 하는 일이었고 신사들이 음식을 집어삼키듯 다 먹고 나면 부인들은 자리에서 곧 자리를 떴고 신사들끼리 맥주와 담배를 실컷 즐기도록 내버려두었다."(매콜리, 『영국사』, 3장) 그러나 신사들은 여전히 술을 마시고 있었고 부인들은 여전히 한참 뒤에나 물러나곤 했다. "나의 어머니가 결혼하기 전 어린 시절엔 섭정 시대의 과음 습관과 18세기의 과음 습관이 여전히 계속되고 있었다. 워번 애비에서는 신망 있는 나이 지긋한 가족 집사가 거실에서 나의 할머니에게 매일 밤 보고를 드리는 것이 관례였다. 이 충실한 가신은 상황에 따라 '신사 분들이 오늘 밤 많이 드셨습니다. 젊

은 숙녀 분들은 물러나시는 것이 나을 것 같습니다', 혹은 '신
사 분들은 오늘 밤은 아주 조금 드셨습니다'라고 전하였다.
젊은 처녀들을 위층으로 보내버리면 그들은 계단 위쪽 복도
에 서서 한 무리의 신사들이 아래층에서 큰 소리로 떠들며 시
끌벅적하게 식당에서 나오는 것을 바라보는 것을 좋아했다."
(F. 해밀턴 경,『그저께』, 322쪽) 음주와 재산이 염색체에 어떤
영향을 끼쳐왔는가를 우리에게 일러주는 일은 미래의 과학자
에게 맡겨야 한다.

16) 남녀 양성이 모두 옷에 대해 비록 다르기는 하나 매우 뚜렷한
애정을 가지고 있다는 사실을 지배적인 성(남성 ─ 옮긴이)은
주목하지 못했던 것 같다. 그것은 주로 추측컨대 지배의 최면
적인 힘 때문인 것 같다. 그리하여 고 맥카디 대법원 판사는
프랭카우 부인 재판의 개요를 설명하면서 다음과 같이 소견
을 밝혔다. "여성이 여성다움의 본질적 특징을 포기하거나, 지
속적이며 극복할 수 없는 신체장애에 대한 자연의 위안 중의
하나를 포기하리라고 기대할 수는 없다. (…) 결국 옷이란 여
성의 자기표현의 주된 방법 중의 하나다. (…) 옷 문제에 있어
서 여성은 종종 끝까지 어린아이로 남아 있다. 그 문제의 심리
학은 간과되어서는 안 된다. 하지만 한편 이런 문제들을 명심
하면서 법률이 동시에 신중함과 평형의 규칙은 지켜져야 한
다는 규정을 내린 것은 올바른 일이다." 이렇게 지시한 그 대
법원 판사는 주홍색 법복과, 담비모피 망토를 입고 인조 곱슬
머리로 된 커다란 가발을 쓰고 있었다. 그가 "지속적이며 극복
할 수 없는 신체장애에 대한 자연의 위안 중의 하나"를 즐기고
있었는지, 다시 그 스스로가 "신중함과 평형의 규칙"을 지키고
있었는지는 의심스럽기 짝이 없다. 그러나 "문제의 심리학은
간과되어서는 안 된다." 그래서 제독들, 장군들, 전령관들, 근
위병들, 귀족들, 왕의 근위병들 등등의 기이함과 더불어 자신
의 외양의 기이함이 그의 눈에는 보이지 않았고 그래서 그는
그 부인의 약점을 자신도 공유하고 있음을 의식하지 못한 채
그녀에게 강의할 수 있었다. 그런데 그런 사실은 두 가지 질문

을 제기한다. 즉 어떤 행동을 얼마나 자주 실행해야 전통적이며 존경할 만한 행동이 되는 건가? 어느 정도의 사회적 특권을 가져야 자신이 입고 있는 옷의 현저한 특성을 눈이 멀어 보지 못하게 되는 건가? 직책과 연관되지 않을 때 기이한 옷차림은 비웃음을 모면하기 어렵다.

17) 1937년의 신년 훈장 및 작위 수여 대상 명단을 보면 7명의 여성과는 대조적으로 147명의 남성이 훈장을 수락했다. 명백한 이유로, 이것이 그런 선전에 대한 남성들의 상대적 욕망의 측정치라고 여겨질 수는 없다. 그러나 심리학적으로 여성이 남성보다 훈장을 거절하는 것이 너 쉬울 수밖에 없다는 것은 논박의 여지가 없는 듯하다. 왜냐하면 (대충 말하여) 지성이라는 것이 남성의 주요한 직업적 자산이라는 사실은 그리고 별 계급장과 훈장 리본은 남성이 그런 지성을 광고하는 주요한 수단이라는 사실은, 별 계급장과 훈장 리본이 분가루나 색채 화장품과, 즉 여성이 자신의 주요한 직업적 자산인 아름다움을 광고하는 주요한 수단과, 동일하다는 것을 암시하기 때문이다. 따라서 남성에게 기사 작위를 거절하라고 요청하는 것은 여성에게 드레스를 거절하라고 요청하는 것만큼이나 온당치 않을 것이다. 1901년에 기사 작위를 위해 지불된 총액은 아무래도 꽤 좋은 드레스를 살 수 있는 비용에 맞먹었던 것 같다. "4월 21일(일요일) ─ 메이넬을 만났는데 늘 그렇듯 입방아꾼이었다. 왕의 빚을 가까운 친구들이 남몰래 갚아주었는데, 그중 한 친구는 10만 파운드를 빌려주었다고 하는데 돌려받은 것은 2만 5천 파운드의 돈과 기사 작위이고 그것에 만족해하는 모양이다."(윌프리드 스카원 블런트, 『나의 일기』 2부, 8쪽)

18) 정확한 숫자가 무엇인지 아웃사이더가 그것을 아는 것은 힘들다. 그러나 수입이 상당하다는 것은 수년 전, J. M. 케인스가 『네이션』에서 케임브리지 클레어 칼리지의 역사에 대해 쓴 유쾌한 평론을 통해 추측해볼 수 있다. 그 책은 "발간하는 데에 6천 파운드가 들었다는 소문이 자자하다." 또 다른 소문인즉 그즈음에 어떤 축제에 가서 놀다가 새벽녘에 돌아오던 한 무리의 학

생들이 하늘의 구름 한 점을 보았다고 한다. 그것을 바라보고 있자니 그 구름이 여성의 형상을 띠었다. 어떤 징후를 보여달라고 간곡히 부탁하자 그 여성의 형상은 빛이 나는 우박을 쏟아 내리면서 "쥐들"이라는 말 한 마디를 떨어뜨렸다고 한다. 이것은 『네이션』의 같은 호의 다른 페이지에 있는 내용이 아무래도 사실인 것 같다는 것을 의미한다고 해석되었다. 즉 여자대학 중 한 학교의 학생들이 "생쥐가 들끓는 차고 어두운 일층 침실" 때문에 많은 고생을 했다는 사실 말이다. 그 형상은 그런 방식으로 다음의 사실을 넌지시 알려주려 했다고 추측된다. 즉 클레어의 신사들이 그 대학에 경의를 표하기를 바란다면, (…) 대학의 학장님 앞으로 발행되는 6천 파운드짜리 수표 한 장이 한 권의 책보다 — 비록 그 책이 "가장 좋은 품질의 종이와 검정 버크럼 천으로 제본되어 있다고 하더라도" — 더 많이 그 대학을 기리는 셈이 될 것이다'라고 말이다. 그러나 『네이션』의 같은 호에 기록된 사실, 즉 "섬머빌은, 지난해 50주년 기념 축제의 축하금과 개인 유산에서 넘겨받은 7천 파운드를 가련할 정도로 고마워하며 받았다"는 사실엔 진실 아닌 것이 하나도 없다.

19) 어느 위대한 역사가는 이와 같이 대학의 기원과 특성을 기술하였고 자신이 기술한 대학 중의 한 학교에서 교육을 받았다. "옥스퍼드와 케임브리지의 대학들은 그릇되고 야만적인 과학의 암흑기에 건립되었으며 여전히 그런 기원의 약점에 얼룩져 있다. (…) 교황과 왕의 허가장에 의거해 이러한 대학 단체들을 합법적 법인단체로 설립하는 일은 그 단체들에게 공교육의 독점권을 부여하였는데 독점권자의 정신이란 것은 좁고, 게으르고 억압적인 것이다. 그들이 하는 일은 독립적인 예술가들이 하는 일보다 비용이 더 들면서 덜 생산적이다. 그리고 그 자부심 강한 법인 단체에서, 자유 경쟁을 통해 그렇게 열성적으로 움켜잡은 새로운 개선책이라는 것이 느리고도 시무룩하게, 마지못해 받아들여지고 있다. 경쟁자에 대한 두려움은 초월했지만 잘못을 고백할 수준엔 못 미치면서 말이다. 어떤 개

혁이 일어나든 그것이 자발적인 행위라고 우리가 기대하기는 힘들다. 그리고 그 두 대학은 법률과 편견에 너무 깊게 뿌리박혀 있어서 전지전능한 의회조차 그 대학의 상태와 그 대학이 저지르는 남용을 조사하는 일에선 뒷걸음치고 있다."(에드워드 기번, 『나의 삶과 글에 관한 회고록』) "그러나 19세기 중반에 '전지전능한 의회가' [옥스퍼드] 대학의, 즉 그 대학의 학과목과 연구와 수입에 대한 조사를 착수하였다. 그러나 개별 대학들로부터의 은근한 저항이 너무나 커서 마지막 항목은 무시해야만 했다. 그러나 옥스퍼드의 모든 대학 내의 542가지 특별 연구원직 중에서 후원단체, 지연, 혈연 등등의 제한적 조건이 붙지 않는 경쟁에 실제로 개방되어 있는 연구직은 오직 스물두 개뿐이었다는 것이 확인되었다. 조사위원들은 (…) 기번의 비난이 타당성이 있는 것이었음을 알아냈다."(로리 매그너스, 『막달렌의 허버트 위렌』, 47~49쪽) 그럼에도 불구하고 대학교육의 특권은 여전히 매우 높았고 특별연구원직은 매우 탐나는 지위로 여겨졌다. 퓨지가 오리얼의 특별연구원이 되었을 때, "퓨지가 있는 교구 교회의 종소리는 그의 아버지와 가족들의 만족감을 표현해주었다." 다시, 뉴먼이 특별연구원이 되었을 땐 "세 개 종탑의 모든 종이 울리도록 했다 ― 뉴먼의 자비로 말이다."(지오프리 파버, 『옥스퍼드의 사도들』, 131, 69쪽) 하지만 퓨지나 뉴먼 모두 두드러진 영적인 본성을 지닌 남자들이었다.

20)   메리 버츠, 『크리스털 캐비닛』, 138쪽. 문장 전체는 다음과 같다. "그동안 내가 여성 내면에 존재하는 배움에의 열망이란 신의 뜻에 위배되는 것이라고 들어온 것과 마찬가지로, 수많은 무해한 자유와 즐거움이 같은 '이름'으로 부정되었다." 이러한 언급은, 그 신에 대해, 즉 그 '이름'으로 잔혹한 행위를 자행해온 신에 대해, 교육받은 남성의 딸의 펜으로 집필된 전기를 우리가 갖고 있는 것이 바람직한 일이라는 것을 알려준다. 종교가 여성의 교육에 미친 영향은 이런 식으로든 저런 식으로든 과대평가가 될 수 없다. 토머스 기즈번은 말한다. "예를 들어,

음악의 활용에 대해 설명하자면 헌신을 고조시키는 데에 음악이 미치는 영향을 결코 간과하지 않도록 합시다. 그림 그리기가 논평의 주제라면, 학생들로 하여금 으레 창작된 작품 속에 깃든 그 '작가(창조주/신 — 옮긴이)'의 힘과 지혜와 선함에 대해 사색하도록 가르칩시다."(토머스 기즈번, 『여성의 의무』, 85쪽) 기즈번 씨와 그와 비슷한 사람들이, 즉 무수히 많은 무리의 사람들이, 자신들의 교육이론을 성 바오로의 가르침에 근거를 두고 있다는 사실은, 아무래도 여성은 으레 "창조의 작품 속에 깃든 신의 힘과 지혜와 선함에 대해서가 아니라 기즈번 씨 자신의 힘과 지혜와 선함에 대해 사색하도록 가르침을 받아야 한다"는 것을 암시하는 듯하다. 따라서 이것으로부터 우리는 신의 전기란 바로 '성직자 전기 사전'으로 환원되리라는 결론으로 이끌려가게 된다.

21)   플로렌스 M. 스미스, 『메리 아스텔』. "불행히도 (여자대학이라는) 그렇게 참신한 생각에 대한 반대가 그것에 대한 관심보다 더 컸다. 그런데 그런 반대는 그 당시의 풍자가들에게서만, 즉 모든 시대의 재치꾼들과 마찬가지로 진보적인 여성은 비웃음의 원천이라고 보면서 『현명한 여자들*Femme Savante*』과 같은 유형의 희극에서 메리 아스텔을 판에 박힌 농담의 주제로 삼은 그 당시의 풍자가들에게서만 비롯된 것이 아니었다. 그런 반대는 여자대학 건립 계획 속에서 천주교 제도로의 복귀 시도를 보았다고 하는 성직자들에게서도 비롯되었다. 그 계획에 대한 가장 강력한 반대자는 어느 유명한 주교였는데, 발라드가 주장하는 바와 같이, 그 주교는 어떤 저명한 귀부인이 그 계획에 1만 파운드를 기부하려는 것을 가로막았다. 엘리자베스 엘스톱은 발라드의 문의에 대한 답신에서 이 유명한 주교의 이름을 그에게 제공하였다. '엘리자베스 엘스톱에 의하면……그 훌륭한 계획을 장려하지 못하게 그 귀부인을 설득함으로써 그 계획을 막은 이가 바로 버넷 주교였다.'"(인용된 책, 21~22쪽) "그 귀부인"은 앤 공주일 수도 혹은 엘리자베스 헤이스팅스 부인이었을 수도 있다. 하지만 앤 공주라고 생각할 이유

가 꽤 있는 듯하다. 교회가 그 돈을 삼켰다는 것은 하나의 가정이지만 영국 교회사가 그 가정을 아마 정당화시켜줄 듯하다.

22) 1769년 7월 1일 케임브리지 대학의 이사 회관에서 낭독된 「음악을 위한 송시」.

23) "나는 여성의 적이 아니라는 것을 당신에게 단언합니다. 나는 여성들이 '노동자'로서 취업하거나 혹은 다른 '하찮은' 역할에 취업하는 것에 대해 매우 호의적입니다. 그러나 사업 분야에서 여성들이 자본가로서 성공할 가능성에 대해서는 의심을 지니고 있습니다. 대부분의 여성들은 불안하여 신경쇠약에 걸릴 것이며 그들 대부분은 온갖 종류의 협력에 필요한 단련된 과묵함이 단연코 결여되어 있다고 나는 확신합니다. 지금부터 2천 년 후엔 당신들이 이 모든 것을 바꾸어놓을지 모르지만 현재의 여성들은 오로지 남자들과 시시덕거리거나 자기네들끼리 싸움이나 할 뿐입니다." 월터 배저트가 거튼 칼리지 건립에 관해 그의 도움을 요청했던 에밀리 데이비스에게 보낸 편지에서 발췌된 것. 그런데 다우닝 가의 볼드윈 씨와 비교해보라. (1936년 3월 31일)

24) J. J. 톰슨, 『회상과 반추』, 86, 87, 88, 296~297쪽.

25) "케임브리지 대학은 여성에게 정회원 자격 허가를 여전히 거부하고 있다. 그 대학은 여성들에게 단지 이름뿐인 학위나 수여하며, 따라서 여성들은 대학 행정권에 있어서 어떤 몫도 차지하지 못하고 있다."(필리파 스트레이치, 『영국 남성의 지위와 관련된 영국 여성의 지위에 대한 비망록』, 1935년, 26쪽) 그럼에도 불구하고 정부는 공금에서 나오는 "후한 연구보조금"을 케임브리지 대학에 수여하고 있다.

26) "여성고등교육을 위한 공인된 기관에 있는 여학생, 즉 대학에서 교육을 받고 있거나 대학 실험실 혹은 박물관에서 일하고 있는 여학생의 총 숫자는 어느 때고 5백 명을 넘지 않을 것이다."(『케임브리지 학생 안내서』, 1934~1935, 616쪽) 휘터커는 1935년 10월 케임브리지에 상주하고 있는 남학생 숫자가 5,328명이었다고 우리에게 알려주고 있다. 또한 어떠한 숫자

제한도 없었던 것으로 보인다.

27) 1937년 12월 20일의 『타임스』에 실린 케임브리지의 남학생 장학생 명단은 대략 31인치로 측정된다. 케임브리지의 여학생 장학생 명단은 대강 5인치로 측정된다. 그러나 남학생을 위한 대학이 17개가 있고 여기 길이가 측정된 명단은 겨우 11개 대학만을 포함하고 있다. 따라서 그 31인치는 틀림없이 더 늘어날 것이다. 여자대학은 오직 두 개가 있고 두 대학 모두 여기에 측정되었다.

28) 앨덜리의 스탠리 부인이 사망하고 나서야 거튼에 교회가 생겼다. "교회를 짓자는 제안이 있자 그 부인은 사용 가능한 모든 기금은 교육에 써야 한다는 이유로 반대하였다. '내가 살아 있는 한 거튼에는 어떤 교회도 없을 것이다'라고 그녀가 말하는 것을 들었다. 현재의 교회는 그녀의 사망 직후 세워졌다."(패트리샤와 버트런드 러셀, 『앰벌리 논문집』 1권, 17쪽) 그녀의 유령이 그녀의 육체와 똑같은 영향력을 가졌더라면 좋았을 텐데! 그러나 유령은 수표책을 갖고 다니지는 않는다고들 한다.

29) "나는 또한, 대체로, 여학교들이 내 자신의 성, 즉 약한 성(여기서는 남성 — 옮긴이)을 위해 오래전에 설립된 기관들로부터 교육의 전반 노선을 취해오는 것에 만족해왔다는 느낌을 받는다. 이 문제는 전혀 다른 노선에 있는 어떤 독창적인 천재의 공격을 좀 받아야 한다고 느낀다."(C. A. 알링턴, 『고대적인 것과 근대적인 것』, 216~217쪽) "그 노선"은 우선 값이 덜 들어야 한다는 것을 알아차리는 데에는 어떤 천재성이나 독창성이란 게 거의 필요치 않다. 그러나 이 문맥에서 "더 약한"이라는 단어에 우리가 어떤 의미를 붙일 수 있는가를 알아보는 것은 흥미로운 일이다. 왜냐하면 알링턴 박사는 이튼 칼리지의 전임 교장이므로 그의 성은 아주 오래된 재단의 막대한 수입을 확보하였을 뿐만 아니라 그것을 유지하고 있다는 것, 즉 누구나 생각하듯 그 성의 나약함이 아니라 그 성의 강인함의 증거인 그 사실을, 그 스스로 알고 있음이 틀림없기 때문이다. 적어도 물질적 관점에서 볼 때 이튼이 '약하지' 않다는 것

250

은 알링턴 박사의 다음의 인용문에 잘 나타난다. "수상 직속의 교육위원회 중 하나가 제시하는 안에 따라, 내 재임 시절의 학교장과 선생님들은 이튼의 모든 장학금은 필요한 경우 후하게 증액될 수 있어서 늘 어느 고정된 가치를 지니고 있어야 한다는 결정을 내렸다. 그동안 그 증액이 너무나 후하게 이루어져서 대학에 재학 중인 대여섯 명의 남학생은 그 부모가 기숙사비나 교육비로 돈 한 푼 내지 않고 있다." 그 후원자 중의 한 사람이 고 로즈버리 경이었다. 알링턴 박사는 우리에게 다음과 같이 알려주고 있다. "그는 학교의 관대한 후원자로서 역사 장학금을 희사하였는데 그 장학금과 관련하여 특유의 에피소드가 하나 일어났다. 그는 나에게 기부금이 충분하냐고 물었고 나는 2백 파운드가 더 있으면 심사관에게 급료를 제공해줄 수 있을 것이라고 제안하였다. 그는 2천 파운드 수표를 보내왔다. 엄청난 차액에 대해 그의 주의를 환기시키자, 목돈이 소액보다는 더 나을 것으로 생각한다고 말한 그의 답신이 내 스크랩북 속에 들어 있다."(같은 책, 163, 186쪽) 1854년 첼튼햄 여자대학에서 봉급과 객원 교사에 쓴 전체 액수는 1천3백 파운드였고 "그리고 12월의 회계는 4백 파운드의 적자를 보여주었다."(엘리자베스 레이크스, 『첼튼햄의 도로시아 빌』, 91쪽)

30) "허영에 차고 사악하다"는 말은 수정할 필요가 있다. 그 누구도 모든 강사와 모든 강의가 "허영에 차고 사악하다"고 주장하지는 않을 것이다. 그리고 많은 과목은 오로지 도형과 사적인 논증을 통해서만 가르칠 수 있으니 말이다. 본문 속의 그 표현은 자신의 형제들과 자매들에게 영문학을 강의하는 교육받은 남성의 아들과 딸들만을 지칭하는 말인데 그 이유는 다음과 같다. 그런 강의는 책이 귀했던 중세 때 시작되었지만 지금은 쇠퇴한 관습이고 금전적 동기나 혹은 호기심 때문에 잔존하고 있다. 지적인 면에서 말하자면 책 형태로 무엇인가를 출판한다는 것은 청중이 강사에게 미치는 나쁜 영향에 대한 충분한 증거가 된다. 심리학적으로 말하자면 교단 위에 높이 서는 것은 허영을 장려하고, 권위를 강요하려는 욕망을 장려하

는 일이다. 더 나아가 문학이라는 예술의 어려움을 직접 경험하여 알고 있고 따라서 시험관의 합격, 불합격이라는 것이 얼마나 피상적인 가치만을 지니는지를 직접 경험하여 알고 있는 사람이라면, 영문학을 시험과목으로 전락시키는 일은 모두가 의심을 지니고 바라보아야 할 일이다. 또한 그것은, 문학이라는 예술이 중개인의 손에서 놓여나서 가능하면 오랫동안 경쟁과 돈벌이와의 모든 연관 관계로부터 자유로워지기를 바라는 사람들이라면 모두 심히 유감스럽게 바라보아야 할 일이다. 거기에다가, 지금 문학의 한 유파가 또 다른 유파에 반대할 때의 그 격렬함이라든가 특정 취향의 한 유파가 다른 유파를 계승할 때의 그 빠른 속도에 관해서 다음과 같이 원인 추적을 해도 무리는 아닐 것이다. 즉 소위 성숙한 정신의 사람들이 미성숙한 사람들에게 강의를 할 때에 비록 지나가는 이야기라도 매우 강한 의견으로 그들을 감염시키고 또한 그 의견에 개인적 편견을 가미할 때의 그 강력함에서 그런 격렬함과 빠른 속도의 유래를 찾는다 해도 터무니없는 일은 아닐 것이라는 이야기다. 또한 비평적인 혹은 창작의 글에 대한 기준이 분명히 제기되어 왔다고 주장할 수도 없는 노릇이다. 강사들이 젊은이들을 정신적으로 다루기 쉬운 유순한 자들로 전락시키고 있는 통탄할 만한 증거가 있다. 즉 영문학 강의에 대한 수요가 꾸준히 증가하고 있으며 (이는 모든 작가들이 증언할 수 있을 것이다) 그것도 책 읽기는 집에서 배웠어야 하는데 배우지 못한 계층, 즉 교육받은 교양인 계층에서의 수요가 증가하고 있다는 것이다. 만약 가끔 어떤 이들이 변명조로 주장하듯 대학의 문학 단체들이 바라는 것이 문학에 대한 앎이 아니라 작가와의 친분이라고 한다면 칵테일도 있고 셰리주도 있다. 두 가지 모두 프루스트와는 섞지 않는 것이 나을 것이다. 물론 이런 것 중 어떤 것도 집에 책이 부족한 사람들에게는 해당되지 않는다. 노동자 계급의 사람들이 자신들은 입에서 나오는 말을 통해 문학에 동화되는 것이 더 쉽다고 한다면, 그들은 교육받은 계층에게 그런 식으로 자신들을 도와달라고 요청할 완전한 권리를 갖고 있다. 그러나 18살이 넘은 교육받은 교양인 계층의 아들과 딸들이 영문학을 빨대로 홀짝이는 것을 계속하는 것은 허영에 차고 사악하다는 말을 들어도 마땅한 습관이다. 그런 아들, 딸들에게 영합하는 자들에겐 더 세게 그런 어구를 적용해도 부당하다고 할 수 없을 것이다.

31) 교육받은 남성의 미혼 딸들에게 주어진 용돈의 정확한 숫자가 어떠하였는지를 입수하기는 어렵다. 소피아 젝스블레이크는 연 30 내지 40파운드의 용돈을 받았는데 그녀의 아버지는 중상층 계급의 남성이었다. 아버지가 백작이었던 M. 라셀레스 부인은 1860년에 약 100파운드의 용돈을 받았던 것 같다. 부유한 상인인 배릿 씨는 딸인 엘리자베스에게 "3개월마다 40 내지 45파운드의 용돈을 주었는데 소득세가 우선 공제되기 때문이다." 그러나 그것은 8천 파운드에 대한, 혹은 그보다 더 많거나 적은 돈에 대한 ― 그것에 대해서는 물어보기가 어렵다 ― 이자였던 것 같은데, 그녀는 그 돈을 국채로 가지고 있었으며 그 돈은 두 가지 상이한 이율의 공채로 되어 있었고 비록 엘리자베스에게 속해 있었지만 명백히 배릿 씨의 통제 하에 있었다. 그러나 이들은 미혼 여성들이었다. 기혼 여성들은 1870년 기혼 여성 재산법이 통과하고 나서야 비로소 재산을 소유할 수 있었다. 성 헬리어 부인은 다음과 같이 기록하고 있다. 그녀의 부부 재산 계약이 옛 법에 따라 체결되었으므로 "내가 가진 돈은 무엇이든 남편에게 넘겨졌고 따라서 그중에서 나 자신의 개인적 용도를 위해 떼어둔 돈은 아무것도 없었다. (…) 나는 심지어 수표책도 갖고 있지 않았고 남편에게 요청하지 않고는 한 푼도 얻을 수가 없었다. 그는 친절하고 후한 사람이었다. 그러나 그는 여성의 재산은 남편에게 속한다는 그때 당시의 기존의 입장을 잠자코 받아들였다. (…) 그는 나의 모든 청구서를 지불해주었고, 은행 통장을 유지해주었으며 적은 금액의 용돈을 개인 비용으로 쓰라고 나에게 주었다"(성 헬리어 부인, 『50년의 추억』, 341쪽) 그러나 그녀는 정확한 액수가 얼마였는지는 말하고 있지 않다. 교육받은 남성의 아들

이 받는 용돈의 액수는 상당한 정도로 더 많았다. 2백 파운드의 용돈은 1880년경 베일리얼 칼리지의 학부생 정도에게나 충분한 액수라고 여겨졌는데 그 대학은 그 당시 "여전히 검약의 전통을 갖고 있는 학교였다." 그 용돈을 가지고는 "그들은 사냥도 할 수 없었고 도박도 할 수 없었다. (…) 하지만 조심스럽게 쓰고 방학 중엔 집에 기대면서 그들은 그 돈으로 지탱할 수 있었다."(C. 맬릿 경, 『앤소니 호프와 그의 책』, 38쪽) 요즘 필요로 하는 액수는 상당히 더 큰 액수이다. 지노 왓킨스는 "연 400파운드 이상의 용돈은 결코 쓰지 않았는데 그 돈으로 학기 중에 드는 비용과 방학 동안에 쓰는 비용 모두를 지불하였다."(J. M. 스콧, 『지노 왓킨스』, 59쪽) 이것이 불과 몇 년 전 케임브리지에서의 상황이었다.

32) 자신들이 가질 수 있는 단 하나의 직업에 애써 취직하려는 것에 대해 여성들이 19세기 내내 얼마나 끊임없이 조롱을 받았는지는 소설 독자들이 잘 알고 있다. 여성들의 그런 노력이 상투적인 소설 내용의 절반을 이루니 말이다. 하지만 전기는, 심지어 금세기에 들어와서도, 남자들 중 가장 계몽된 사람조차 너무나 당연히 모든 여성을 결혼을 갈망하는 노처녀로 인식했다는 것을 보여주고 있다. 그리하여 "'오 맙소사, 그들에게 무슨 일이 일어나려는 거지?'라고, 대망을 품은 노처녀 물결이 킹스 칼리지 앞뜰 주변으로 지나가자 그[G. L. 디킨슨]는 한번은 그렇게 슬프게 중얼거렸다. 그러고는 마치 책 선반이 자신을 엿듣기라도 하는 듯 훨씬 더 낮은 어조로 '오 맙소사! 저들이 원하는 것은 남편이야!'라고 중얼거렸다."(E. M. 포스터, 『골즈워디 로즈 디킨슨』, 106쪽) "저들이 원했던 것은," 선택권이 그들에게 열려 있었다면 법정이나, 증권거래소나, 깁스 빌딩의 사무실이었을지도 모른다. 그러나 선택권은 열려 있지 않았고 따라서 디킨슨 씨의 말은 매우 당연한 것이었다.

33) "이따금, 적어도 비교적 큰 저택에서는 오래전에 미리 손님을 선별하여 초대해놓는 정규 파티가 있었다. 그리고 언제나 하나의 우상이 이런 저택 위에 군림하였는데 바로 꿩이었다. 꿩

총사냥이 유인책으로 사용되지 않으면 안 되었고 그런 때마다 집안의 가장은 스스로를 내세우기가 쉬웠다. 그는 집이 터져 나갈 정도로 손님들로 가득 채우고 손님들에게 대량의 포도주 와 최고의 총사냥을 제공하고자 했으므로 그런 총사냥을 위해 선 가능한 한 최고의 포수들을 맞아들이려고 했다. 딸들의 어 머니가 다른 누구보다도 초대하고 싶어 내색도 않고 갈망하던 손님이 총을 잘 못 쏘는 사람이어서 완전히 입장이 불가하다 는 것을 듣게 되는 것은 얼마나 절망스러운 일이었는지!"(메 리, 러브레이스 백작부인, 『50년의 세월』 중 「사교와 계절」, 1882~1932, 29쪽)

34) 존 보우들러가 "어떤 젊은 아가씨, 즉 그녀의 결혼 전 잠시 동 안 그가 지대한 관심을 가졌던 젊은 아가씨에게 보낸" 편지 에 나타난 다음의 암시에서, 적어도 19세기에 남자들이 자기 아내가 무슨 말을 하고 무엇을 하기를 바랐는가에 대해 가졌 던 생각을 헤아려볼 수 있다. "무엇보다도 조금이라도 상스러 움과 무례함의 경향성을 띠는 것은 어떤 것이든 모두 멀리하 시오. 여성에게서 그것도 특별히 남자들이 애착을 갖는 여성 에게서, 그녀가 상스러움과 무례함에 조금이라도 근접해있다 는 것을 발견하면 남자들이 얼마나 역겨워하는가에 대해 대부 분의 여성들은 거의 어떤 생각도 없는 것 같소. 아이 방과 병 든 이의 침상을 돌보다 보니 여성들은 섬세함을 지닌 남자들 을 깜짝 놀라게 할 언어로 그러한 주제들에 대해 대화하는 습 관을 들여가기가 너무나 쉽다는 말이오."(『존 보우들러의 일 생』, 123쪽) 하지만 비록 섬세함이 필수적이긴 했어도 결혼 후 엔 그것이 다른 것으로 위장되기도 했다. "지난 세기 70년대에 젝스블레이크 양과 그녀의 동료들은 여성의 의료업 취업 허가 를 위해 치열하게 싸웠고 의사들은 훨씬 더 격렬하게 그들이 들어오는 것에 대해 저항하였다. 섬세하고도 내밀한 의학적 문제를 여성들이 공부하고 다루는 것은 온당치 못한 일이며 풍기를 문란케 하는 일임에 틀림이 없다고 주장하면서 말이 다. 그 당시 『영국 의학 잡지』의 편집장이었던 어니스트 하트

는 다음과 같이 나에게 말하였다. 섬세하고도 내밀한 의학적 문제를 다루면서 그 잡지에 게재될 목적으로 그에게 보내오는 기고문의 대다수가 의사들 부인의 친필로 작성되어 있었고 따라서 그 부인들에게 기고문을 받아 적도록 한 것이 명백하다고 했다. 그 당시는 이용할 타자기나 속기사가 전혀 없었던 시절이다."(J. 크리치톤-브라운 경, 『의사의 재고』, 73, 74쪽)

하지만 섬세함의 이중성은 이보다도 훨씬 전에 관찰되었다. 그리하여 『꿀벌의 우화』(1714)에서 맨더빌은 다음과 같이 말하고 있다. "……나는 우선 다음과 같은 사실을 고려해보고자 한다. 즉 여성들의 겸양은 관습과 교육의 결과인데, 그런 관습과 교육을 통해 평판이 좋지 않은 모든 노출이나 외설스런 표현들은 여성들에게 경악스럽고 혐오스러운 무엇이 된다. 그런데 이런 것에도 불구하고 살아 있는 젊은 여성 중 가장 정숙한 여성도 종종, 아무리 스스로 하지 않으려고 해도, 사물에 대한 여러 생각과 혼란스런 상념들을 상상력 속에 일으키는데 그것은 그녀가 천 개의 세상을 준다 해도 어떤 사람에게도 드러내지 않을 그런 생각과 상념들이다." 섬세함의 참된 본성과 정숙함의 참된 본성은 (결혼의 참된 본성은 말할 것도 없고) 따라서 여전히 상당한 억측에 불과할 뿐 확정적인 것은 없다.

2장

1)   그러한 호소문의 정확한 문구를 인용해본다. "이 편지는 당신에게 더 이상 용도가 없는 옷가지를 우리를 위해 따로 모아달라고 요청하기 위한 것입니다. (…) 얼마나 닳았든지 상관 없고 모든 종류의 스타킹 또한 좋습니다. 이 옷가지를 헐값에 제공함으로써, 직업상 남 앞에 입고 나갈 만한 옷과 이브닝드레스가 있어야 하지만 그것을 구매할 여유가 거의 없는 여성들에게 본 위원회는 실질적으로 유용한 봉사를 하고 있습니다."(런던 및 국립 여성 봉사 단체로부터 받은 편지의 발췌문, 1938)

2)   C. E. M. 조드의 『조드의 증거』, 210~211쪽. 평화를 위해 영국
      여성들이 직접, 간접으로 운영하는 단체의 숫자가 너무 많아
      인용할 수가 없다.(전문직 여성, 여성 사업가, 그리고 노동자
      여성들이 행하고 있는 평화 활동의 목록을 보려면 『군비축소
      선언 이야기』, 15쪽을 참조할 것) 조드 씨의 비판은 비록 심리
      학적으로는 밝혀주는 바가 많이 있어도 심각하게 받아들일 필
      요는 없다.

3)   H. G. 웰즈, 『자서전의 실험』, 486쪽. 나치와 파시스트가 자신
      의 자유를 실질적으로 말살하려는 것에 대해 저항한 남성들의
      운동은 더 눈에 띄었을지도 모른다. 그러나 그것이 더 성공적
      이었는가에 대해선 의심의 여지가 있다. "나치는 이제 오스트
      리아 전체를 통제하고 있다."(『데일리 신문』, 1938년 3월 12일)

4)   "내 생각에 여성들은 남성들과 테이블에 같이 앉지 말아야 한
      다. 여성이 같이 있다는 것은 대화를 시시하고 점잔빼고 잘해
      봐야 단지 기발하고 재치 있는 것으로 만들기 십상이어서 대
      화를 망쳐놓는다."(C. E. M. 조드, 『다섯 번째 갈비뼈 아래』,
      58쪽) 이것은 감탄하리만치 거리낌 없는 의견이며 만일 조드
      씨의 감정을 공유하는 모든 이들이 그 감정을 그만큼 솔직하
      게 표현할 수 있다면 안주인의 딜레마, 즉 누구에게는 묻고 누
      구에게는 묻지 말아야 하나 하는 딜레마가 경감되고 노고도
      덜게 될 것이다. 만일 같은 성별끼리의 모임을 더 좋아하는 이
      들이 가령 남자는 빨간 장미 장식을, 여자는 하얀 장미 장식을
      달아 표시를 하고, 한편 남녀가 섞여 있는 것을 좋아하는 이들
      은 빨강과 하얀색이 섞인 다채로운 단춧구멍 장식을 단다면,
      많은 불편함과 오해가 미연에 방지될 뿐만 아니라 단춧구멍
      장식에 나타난 정직함은 요즘 너무나 만연해 있는 어떤 형태
      의 사회적 위선을 없애줄 수도 있을 것이다. 그동안 조드 씨의
      솔직함은 최고의 찬사를 받을 만하고 그의 소원은 무조건 지
      켜질 만하다.

5)   H. M. 스완윅 부인에 따르면 여성사회정치연합의 "1912년도
      수입은 기증받은 4만 2천 파운드였다."(H. M. 스완윅, 『나는 이

전부터 젊다』, 189쪽) 여성 자유연맹의 1912년 지출 총액은 2만 6천772파운드 12실링 9펜스였다.(레이 스트레이치, 『대의명분』, 311쪽) 이리하여 두 단체의 공동 수입은 6만 8천772파운드 12실링 9펜스였다. 그러나 두 단체는 물론 서로 대립하는 단체였다.

6) "그러나, 예외적인 경우를 차치하면, 여성이 버는 소득은 일반적으로 그 액수가 낮다. 연 250파운드를 받는 것은 수년간의 경력과 충분한 자격 요건을 갖춘 여성에게조차 대단한 성과다."(레이 스트레이치, 『여성을 위한 직업과 취직자리』, 70쪽) 그럼에도 불구하고 "전문직에 종사하는 여성의 숫자는 지난 20년 동안 매우 빠르게 증가하였고, 비서나 공무원으로 취직한 여성을 더하여 1931년에는 그 숫자가 약 40만이었다.(같은 책, 44쪽)

7) 1936년 노동당의 수입은 5만 153파운드였다.(『데일리 텔레그래프』, 1937년 9월)

8) 윌리엄 A. 롭슨, 『영국 공무원 업무. 공공 서비스』, 16쪽. 사회사업과 사회봉사 분야에서 몇 년을 보낸 "보다 더 원숙하고 나이 든 남성과 여성들을" 위해서 대안적 공무원 시험이 있어야 한다고 어니스트 바커 교수는 제안한다. "특히 여성 지원자들이 혜택을 볼지 모른다. 매우 적은 숫자의 여학생만이 현재의 개방형 경쟁에서 합격하는데, 실제로 경쟁에 참여하는 여학생은 참으로 적다. 여기서 제안하는 대안 제도에선 훨씬 더 많은 여성들이 지원하는 일이 가능하고 또 실제로 그렇게 될 듯싶다. 여성은 사회사업과 사회봉사에 대한 천재적 재능과 역량을 지니고 있다. 대안적 형태의 경쟁은 그런 천재적 능력과 역량을 보여줄 기회를 여성들에게 제공할 것이다. 또한 국가 행정공무원직에 들어가기 위해 경쟁하려는 새로운 동기를 여성들에게 부여할 것이며 그 국가 행정공무원 분야는 여성들의 재능과 존재를 필요로 하고 있다."(어니스트 바커 교수, 『영국 공무원』, 「가정의 공무원」, 41쪽) 그러나 집안 업무가 작금처럼 가혹한 채로 남아 있는 동안에는, 어떻게 어떤 동

기가 여성들로 하여금 "자신의 재능과 존재"를 국가 공무에 자유롭게 쾌척할 수 있게 만들 수 있는지는 알기 어렵다. 만일 국가가 나이 든 부모님을 돌보는 일을 떠맡지 않고 또한 여자든 남자든 나이 든 사람들이 집에서 딸들에게 수발을 요구하는 행위를 형사상의 범죄로 삼지 않는다면 말이다.

9) 1936년 3월 31일 다우닝 가의 뉴넘 칼리지 건립기금 모임에서 연설하는 볼드윈 씨.

10) 종교계 내에서의 여성의 영향에 대해 『여성과 성직, 여성 성직에 관한 대주교 위원회의 보고서에 관한 몇몇 고려사항』(1936년, 24쪽)은 다음과 같이 규정하고 있다. "그러나 우리는 여성 사목은 (…) 기독교 신앙의 영적 기풍의 저하를 초래하기 쉬울 것이라고 주장한다. 대부분이 혹은 전체가 여성들인 교회 회중 앞에서의 남성 사목은 그런 저하를 가져오지 않는다. 이러한 진술을 하는 것이 가능하다는 것은 기독교 여성 신자들의 우수함에 대한 찬사다. 그렇지만 다음의 내용은 매우 단순한 사실인 듯하다. 즉 남성의 경우보다 여성의 경우, 생각과 욕망의 면에서 자연적인 것을 초자연적인 것에 그리고 육체적인 것을 정신적인 것에 종속시키기가 더 쉽다는 것 말이다. 그리고 남자 성직자의 사목은, 전지전능한 신을 경배하는 시간 동안엔 잠잠히 있을 여성의 본성을 보통은 자극하지 않는다는 것이다. 다른 한편, 우리는 평균적인 영국 성공회 회중의 남성 신자들이 여성 성직자가 집도하는 예배에, 그녀가 여성이라는 것을 과도하게 의식하지 않은 채 참석한다는 것은 불가능하다고 생각한다." 그러므로 위원님들의 견해로는 기독교 여성 신자가 기독교 남성 신자보다 더 영적인 마음을 지녔으며 이것이 여성을 성직에서 제외시키는 괄목할 만한 그러나 의심의 여지없이 충분한 이유가 된다.

11) 『데일리 텔레그래프』, 1936년 1월 20일.

12) 『데일리 텔레그래프』, 1936년.

13) 『데일리 텔레그래프』, 1936년 1월 22일.

14) "내가 아는 한 이 주제[즉 공무원간의 성적 관계]에 관하여 보

편적인 규칙은 없다. 그러나 여자든 남자든 공무원과 시정 직원들은 확실히 관습적 예의범절을 준수하고 신문지상에 실려 '추문'이라고 묘사될 수도 있는 행동은 피하기로 되어 있다. 최근까지 우체국에 근무하는 남자와 여자 공무원 사이의 성적 관계는 두 당사자의 즉각 파면이라는 처벌을 받아야 했다. (…) 신문지상에 알려지는 것을 피하는 문제는 법정의 소송절차에 관한 한 해결하기가 꽤 쉽다. 그러나 자신들은 원한다고 하더라도 여성 공무원이 (이들은 결혼하면 보통 사임해야 한다) 공개적으로 남자와 동거하는 것을 막기 위하여 공식적 제한이 더 널리 연장 적용되고 있다. 그러므로 이 일은 다른 양상을 띤다."(윌리엄 A. 롭슨, 『영국 공무원 업무. 공공 서비스』, 14, 15쪽)

15) 대부분의 남성 클럽은 특실이나 별관에만 국한시켜 여성을 들여보내고 다른 방엔 들어가지 못하게 한다. 그렇게 하는 것이, 여성은 너무 불순하다고 하는 성 소피아 성당에서 지켜지고 있는 원칙에 의한 것인지 여성은 너무 순수하다고 하는 폼페이에서 지켜지고 있는 원칙에 의한 것인지는 숙고해봐야 할 문제이다.

16) 어떤 주제든 탐탁지 않은 주제에 관한 토론은 묵살해버리는 언론의 힘은 예전이나 지금이나 여전히 막대하다. 그것은 조세핀 버틀러가 전염병 법령에 반대하는 운동 중에 맞서 싸워야만 했던 "엄청난 장애물" 중 하나였다. "1870년 초 런던의 언론은 그 문제에 관하여 침묵 정책을 채택하기 시작하였는데 그 정책은 몇 년이나 지속되었고 '부인들 협회'로부터의 저 유명한 '침묵의 음모에 대항하는 항의'를 불러일으켰다. 그런 항의에 해리엇 마티노와 조세핀 E. 버틀러가 서명했고 그 항의는 다음과 같은 말로 결론 내려졌다. '확실한 것은, 그러한 침묵의 음모가 가능하고 또한 주요 언론인 간에 그런 음모가 실행에 옮겨지고 있는 중인데도 우리 영국인들은 자유 국민으로서의 특권을 대단히 과장하고 있다. 우리 국민은 자유 언론을 장려하고 도덕과 입법이라는 중대한 문제에 있어서 양편 입장을 모두 들어보는 권리를 소유하고 있다고 천명하면서 말이다.'"(조세핀 E. 버

틀러, 『어느 위대한 십자군에 관한 개인 회상록』, 49쪽) 거기에다, 투표권을 위한 투쟁 중에도 언론은 그런 보이콧을 매우 효과적으로 이용하였다. 그리고 1937년 7월 정도의 최근에 와서도 필리파 스트레이치 양은 버틀러 부인의 말을 거의 반복하고 있다. 『스펙테이터』가 (영광스럽게도) 출판해준 『침묵의 음모』라는 제목의 편지에서 말이다. "수백 수천의 남성과 여성들이 정부로 하여금 새로운 '분담제 연금 법안'에서 사무직 근로자를 위한 조항을 포기하라고 촉진하는 노력에 동참하였는데, 그 조항은 남성, 여성 신참자에 대해 차별적 소득 상한가를 처음으로 도입하고 있다. (…) 지난달 안으로 그 법안은 상원 앞으로 상정되었는데, 상원에서 이 특정조항은 모든 방면의 의원들로부터 강력하고 단호한 반대에 부딪쳤다. (…) 이러한 일은 일간 언론에 실리기에 충분히 흥미로운 것이라고 누구라도 생각하였을 사건이다. 그러나 그 사건들은 『타임스』부터 『데일리 헤럴드』에 이르는 신문들이 완전히 침묵을 지키는 가운데 무시되었다. (…) 이 법안 하에서의 여성의 차별적 대우는 선거권 승인 이후 일찍이 보지 못했던 분노의 감정을 여성들 사이에 불러일으켰다. (…) 이러한 사실을 언론이 완전히 숨기고 있다는 것은 어떻게 설명할 수 있을까?"

17) 물론 웨스트민스터 투쟁 중에 살이 약간 정도 베이는 얕은 상처를 입기도 했다. 사실상 선거권 투쟁은 지금 우리가 인지하는 것보다 더 격심했던 것 같다. 그리하여 플로라 드루먼드는 다음과 같이 말한다. "우리가 생각하는 것처럼 우리가 투표권을 우리 스스로의 운동을 통해 얻었든 아니면 어떤 사람들이 말하듯 다른 연유를 통해 얻었든, 많은 젊은 세대들은 30년도 채 안 되는 세월 전에 여성도 투표권을 가져야 한다는 우리의 주장이 불러일으켰던 분노와 무자비가 어떠한 것이었는지 믿기 어려울 것이다."(『리스너』에서의 플로라 드루먼드, 1937년 8월 25일) 젊은 세대는 자유를 위한 주장이 야기하는 분노와 무자비에 추측컨대 너무나 익숙해져 있어서 이러한 특별한 사례에 대해서는 반응할 만한 감정을 전혀 가지고 있지 않을 수

도 있다. 더욱이 그 특별한 싸움은 영국을 자유의 본거지로, 영국인을 자유의 수호자로 만든 그런 종류의 투쟁 사이에 자리매김도 아직 하지 못했다. 투표권을 위한 싸움은 여전히 일반적으로 시큰둥한 항의라는 측면에서 언급되고 있다. "……그리고 그 여성들은 (…) 하원 정면석의 여당, 야당 간부들에게 자신들의 선거권 자격을 마침내 증명하기 위한 운동, 즉 태우고 때리고 그림을 난도질하는 투쟁운동은 시작도 하지 않았었다."(존 스콰이어 경, 『반추와 추억』, 10쪽) 따라서 만일 젊은 세대들이 단지 몇 개의 유리창이 깨지고 몇몇 사람의 정강이뼈가 부러지고 사전트가 그린 헨리 제임스 초상화가 칼로 손상을 입은 ― 그러나 회복 불가능할 정도는 아닌 ― 그런 정도의 운동엔 영웅적인 것이 하나도 없다고 생각한다고 하더라도양해받을 수 있을 것이다. 아무래도 태우고 때리고 사진을 난도질하는 것은 남자들이 기관총을 들고 대규모로 실행할 때만이 영웅적인 행위가 되는 것 같다.

18)   마거릿 토드 의학 박사, 『소피아 젝스블레이크의 일생』, 72쪽.

19)   "최근 스탠리 볼드윈 경이 수상 재임기간 동안 이룬 업적과 성취에 대하여는 많은 이야기가 있었고 글로 쓰여졌는데 그것이 지나칠 정도였다고 해도 과언은 아닐 것입니다. 그러니 나는 볼드윈 경의 부인이 무엇을 했는가에 대해 주의를 기울여도 괜찮겠지요? 내가 맨 처음 1929년에 이 병원의 위원회에 합류했을 때에 정상 출산의 경우에 제공되는 진통제(고통 완화제)라는 것이 병동 내에 거의 알려지지 않았습니다. 지금은 진통제 사용이 보통의 일상이 되었고 실제로 정상 출산의 경우에 100퍼센트 진통제가 사용되고 있습니다. 그리고 이 병원에 해당되는 사항은 사실상 모든 유사한 병원에도 해당되지요. 그렇게 짧은 시간 내의 이러한 괄목할 만한 변화는 스탠리 볼드윈 부인의 영감과 지칠 줄 모르는 노력과 장려 덕택인데 그 당시 그녀는 ……이었습니다."(런던 시 산부인과 병원의 하원 위원회 의장, C. S. 웬트워스 스탠리가 『타임스』에 보낸 편지, 1937년) 클로로포름이 1853년 4월 레오폴드 왕자 탄생시 빅

토리아 여왕에게 처음 투약되었으므로 "산부인과 병실의 일반 임산부들의 사례"는 76년의 세월과 이러한 진통제를 얻기 위한 수상 부인의 지지를 기다려야만 했다.

20) 『디브렛: 영국 귀족 연감』에 의하면 대영제국의 가장 우수한 기사단의 기사와 여성 기사Dames들은 "십자가 문장과 에나멜을 입힌 진주로 이루어진 배지"를 달고 있는데, "브리튼을 상징하는 여인상의 표현물을 돋을새김으로 새긴 커다란 금메달 모양의 보석이 그 배지에 가두리를 치거나 그 위에 얹혀 있고, 그 여인상은 '신과 제국을 위하여'라는 제명이 새겨진 붉은빛 원안에 앉아 있다." 이 기사단은 여성에게도 개방된 몇 안 되는 기사단 중의 하나이지만 그들의 종속관계는 여자 기사의 경우 장식의 폭이 단지 2와 1/4인치인 반면 남자 기사의 장식은 폭이 3과 3/4인치라는 사실에 의해 제대로 표시가 난다. 별 장식 역시 크기가 다르다. 그러나 제명은 양성에게 있어 똑같아서, 그렇게 기사 표지를 단 이들은 신과 대영제국 사이의 어떤 연관성을 인식하고 그 둘을 수호하려고 늘 준비를 갖추고 있음을 그 제명은 암시하는 거라고 간주되고 있음이 틀림없다. 만약 붉은빛 원 안에 앉아 있는 브리튼을 상징하는 여인상이, 그 큰 메달 위에는 상세하게 명시되어 있지 않은 다른 권위에 반대한다면 (이것은 상상이 가능한 일이다) 무슨 일이 일어날까 하는 것에 대해서는 『디브렛: 영국 귀족 연감』은 아무 말도 않고 있으며 남성, 여성 기사들이 스스로 결정해야 한다.

21) R. J. 랙햄, 『어니스트 와일드 경의 생애』, 91쪽.

22) 『타임스』에 보도된 볼드윈 경의 연설, 1936년 4월 20일.

23) G. L. 프레스티지 신학 박사, 『찰스 고어의 생애』, 240~241쪽.

24) 딸인 M. E. 브로드벤트가 편집한 『왕립 빅토리아 기사단의 상급기사, 영국 학술원 연구원인 윌리엄 브로드벤트의 생애』, 242쪽.

25) 데스먼드 채프먼-휴스턴, 『길 잃은 역사가, 시드니 로우 경 회고록』, 198쪽.

26) 윈스턴 처칠, 『사상과 모험』, 57쪽.

27) 『타임스』에 보도된 벨파스트에서의 런던데리 경의 연설, 1936년 7월 11일.

28) 윈스턴 처칠, 『사상과 모험』, 279쪽.

29) 『데일리 헤럴드』, 1935년 2월 13일.

30) 괴테의 『파우스트』, 멜리언 스타웰과 G. L. 디킨슨 번역.

31) 조카 메리 톰린슨, 『찰스 톰린슨의 생애』.

32) 『위튼 양, 가정교사의 일기 1807~1811』, 에드워드 홀 편집, 14쪽과 xvii쪽.

33) B. A. 클러프, 『앤 제미마 클러프 회고록』, 32쪽.

34) 조세핀 버틀러, 『위대한 십자군에 관한 개인적 회상』, 189쪽.

35) "당신과 나는, 만일 우리가 늪지대에 깊숙이 박혀 있는 보이지 않는 교각, 즉 가시적인 교각이 그 위에 증축되어 있어 보이지 않는 교각, 즉 다리를 지탱하는 보이지 않는 교각이 되지 않으면 안 된다고 하더라도 그것이 별로 중요한 일이 아니라는 것을 알고 있습니다. 만일 어떤 내막이 있기는 있다는 것을 이후에 사람들이 망각한다고 하더라도 우리는 개의치 않습니다. 또한 다리를 놓는 최상의 방법이 발견되기 전엔 여러 실험을 시도하다 소진되는 사람들이 있을 수밖에 없다고 하더라도 우리는 개의치 않습니다. 우리는 아주 기꺼이 이러한 부류 속에 있으려 합니다. 우리가 좋아하고 관심을 기울이는 것은 다리이지 거기서의 우리의 자리가 아닙니다. 그리고 이것만이 우리의 목적이 되어야 한다는 것이 끝까지 우리의 기억 속에 유지되리라고 생각합니다."(옥타비아 힐이 N. 시니어 부인에게 보낸 편지. C. 에드먼드 모리스, 『옥타비아 힐의 생애』, 1874년 9월 20일, 307~308쪽) 옥타비아 힐(1838~1912)은 "가난한 이들에게 좀 더 나은 집을 그리고 대중에게는 트인 공간을 확보해주려는" 운동을 주도했다. "[암스테르담]의 확장 계획 내내 '옥타비아 힐 방식'이 채택되었다. 1928년 1월엔 28,648채나 되는 집이 지어졌다."(『옥타비아 힐』, 에밀리 S. 모리스가 편집한 편지에서)

36) 모니카 그렌펠이 하녀를 데리고 부상당한 장병들을 간호하러

갔던 때인 1914년에 이르기까지(모니카 새먼드, 『눈부신 갑옷』, 20쪽) 하녀란 오래전부터 영국 상류계층에서 너무나 중요한 역할을 수행하였으므로 그녀의 봉사를 다소 인정해줄 필요가 있는 것 같다. 그녀의 직무는 특별했다. 그래서 그녀는 "몇몇 사교 클럽 회원들이 창문 밖으로 주인마님을 내다봤을지도 모르는" 피커딜리를 따라 그 마님을 모시고 다녀야 했다. 하지만 화이트채플에선 그녀는 필요가 없었는데 "그곳에는 어쩌면 범죄자들이 길모퉁이마다 숨어 있을 수도 있었다." 그녀의 업무는 의심의 여지없이 힘든 것이었다. 엘리자베스 배럿의 사생활에서의 윌슨의 역할은 그 유명한 서간을 읽은 독자들에겐 잘 알려져 있다. 그 세기 후반부에(1889~1892년경) 거트루드 벨은 "그녀의 하녀인 리지와 함께 그림 전시회에 갔다. 그녀는 리지에 의해 만찬 파티에서 불려 나와 리지와 함께 메리 탤벗이 일하고 있는 화이트채플의 복지 사업관을 보러 갔다."(『거트루드 벨의 초기 서간』, 리치먼드 부인 편집) 단지 리지가 휴대품 보관소에서 기다린 시간과, 그림 화랑에서 힘들게 돌아다닌 면적과, 웨스트엔드 인도를 따라 터벅터벅 걸은 거리만 고려해보아도 그녀의 시절이 이제 거의 끝나간다고 하더라도 한창 시절엔 긴 하루였다고 결론 내릴 수 있다. 성 바오로가 「디도서」와 「고린도서」에서 내린 명령을 스스로 실천에 옮기고 있다는 생각이 그녀를 지탱해주었다고 기대해볼 수 있으리라. 주인마님의 몸을 주인님에게 고스란히 모셔다 드리기 위해 스스로 전력을 다하고 있음을 알고 있는 것이 그녀를 위로해주었다고 기대해볼 수도 있으리라. 그렇다고 하더라도 육체의 나약함 속에서 그리고 딱정벌레가 들끓는 지하방의 어두침침한 곳에서 그녀는 틀림없이 가끔은 한편으론 성 바오로의 순결을 통렬히 비난하고 다른 한편으론 피커딜리 신사들의 정욕에 대해 통렬히 비난하였을 것이다. 좀 더 충분한 방증이 있는 설명을 구성해낼 수 있는 하녀들에 대한 전기가 『영국 인명사전』에서는 전혀 찾아볼 수 없다는 것은 대단히 유감스러운 일이다.

37) 엘사 리치먼드 수집, 편집, 『거트루드 벨의 초기 서간』, 217~ 218쪽.

38) 마음과 육체 둘 다의 순결 문제는 가장 흥미롭고도 복잡한 문제이다. 빅토리아 시대의, 에드워드 시대의, 그리고 조지 5세 시대 상당 부분의 순결 개념은 더 멀리 갈 것도 없이 성 바오로의 말에 기초하였다. 성 바오로가 했던 말의 의미를 이해하기 위해서는 그의 심리와 환경을 이해해야만 하는데 이것은 그의 잦은 모호함과 전기적 자료의 부족함을 고려해볼 때 결코 가벼운 작업이 아니다. 내재적 증거로 볼 때 그는 시인이고 예언자였으나 논리력이 부족했고 심리학적 훈련을 받지 못했다는 것이 분명한 것 같다. 즉 오늘날 전혀 시적이지도 예언자적이지도 않은 사람조차 자신의 감정을 정밀검사에 맡기지 않을 수 없게 만드는 그런 심리학적 훈련 말이다. 그리하여 여성 순결 이론의 기초가 되는 것으로 보이는, 베일 문제에 관한 그의 유명한 선언은 여러 각도에서 비판받을 수 있다. 「고린도서」에서 여성은 기도하거나 예언할 때에 베일을 써야 한다는 그의 주장은 베일을 쓰지 않는 것은 "마치 그녀가 머리를 민 것이나 다름없다"라는 가정에 기초를 두고 있다. 그 가정을 인정한다면 다음엔 머리를 미는 것에 어떤 수치심이 있는가?를 물어봐야 한다. 대답 대신에 성 바오로는 계속하여 주장한다. "남자는 하느님의 형상과 영광이니 머리를 가리지 말아야 하기 때문입니다." 이 주장으로부터, 잘못된 것은 머리를 미는 것 그 자체가 아니라, 여자이면서 머리를 미는 것임이 드러난다. "여자는 남자의 영광이기" 때문에 머리 미는 것이 여성에겐 잘못된 일인 것 같다. 만일 성 바오로가 자신은 여성의 긴 머리 모양을 좋아한다고 터놓고 이야기했다면 우리 중 많은 이들이 그에 동의하고 그렇게 말하는 것에 대해 더 좋게 생각하였을 것이다. 그러나 다음의 말에서 나타나듯 그가 선호하는 다른 이유가 있었던 것 같다. "왜냐하면 여자에게서 남자가 창조된 것이 아니라 남자에게서 여자가 창조되었기 때문입니다. 또한 남자가 여자를 위해서 창조된 것이 아니라 여자

가 남자를 위해서 창조되었기 때문입니다. 천사들이 보고 있으니 여자는 자기가 남편의 권위를 인정한다는 표시로 머리를 가려야 합니다." 천사들이 긴 머리에 대해 어떤 의견을 가졌는지 우리는 알 길이 없고 또한 성 바오로 자신이 천사들의 지지에 대해 의심스러워했던 것 같다. 그렇지 않았더라면 그 낯익은 공모자인 자연을 끌어들이는 일이 필요하다고는 생각하지 않았을 것이다. "자연 그 자체가 가르쳐주는 대로 남자가 머리를 길게 기르면 수치가 되지만 여자의 긴 머리는 오히려 자랑이 되지 않습니까? 여자의 긴 머리는 가려주는 구실을 하는 것입니다. 이에 대해 딴소리를 할 사람이 있을지 모르나 그런 풍습은 우리에게도 하느님의 교회에도 없습니다." 자연으로부터 끌어낸 주장은 우리에게는 수정이 가능한 것으로 보인다. 자연이란 재정적 이득이라는 것과 연합이 되면 신성한 기원을 거의 갖지 않기 때문이다. 그러나 비록 주장의 근거는 미덥지 못해도 결론은 확고하다.(「고린도전서」11장 5~16절, 『공동 번역 성서: 카톨릭용』— 옮긴이) "여자들은 교회 집회에서 말할 권리가 없으니 말을 하지 마십시오. 율법에도 있듯이 여자들은 남자에게 복종해야 합니다." 자신의 개인적 의견을 뒷받침하기 위하여 친숙하나 늘 의심쩍은 공모자 삼위일체, 즉 천사, 자연, 율법을 이렇듯 불러낸 후 성 바오로는 그동안 우리 앞에서 분명하게 어른거려 오던 결론에 도달하게 된다. "알고 싶은 것이 있으면 집에 돌아가서 남편들에게 물어보도록 하십시오. 여자가 교회 집회에서 말하는 것은 자신에게 수치가 됩니다."(「고린도전서」14장 34~35절 — 옮긴이) 순결과 밀접하게 연관되어 있는 "수치"의 특성은 편지가 계속되어 가면서 상당히 섞음질되어 왔다. 명백히 그것이 어떤 성적 편견과 개인적인 편견들로 합성되어 있기 때문이다. 분명한 것은 성 바오로는 미혼 남성이었고(그의 리디아와의 관계에 대해선 르낭의 『성 바오로』149쪽을 보라 "성 바오로가 이 자매와 좀 더 친밀한 사이였다는 것이 절대적으로 불가능할까? 아무도 단언할 수 없다"), 많은 미혼 남성들처럼 다른 성에 대해 의심스러워했을 뿐만 아니라, 그는 시인이었고 다른 많은 시인들처럼 다른 이의 예언에 귀 기울이기보다는 자신이 예언하는 것을 더 좋아했다. 또한 그는 오늘날 독일에서 익숙하게 볼 수 있는 정력이 넘치고 지배적인 타입의 남자였는데, 그런 사람의 만족을 위해서는 신하와 같은 인종과 성이 반드시 필요한 법이다. 그렇다면 성 바오로가 정의하는 순결은 복잡한 개념이라고 보여지는데, 그러한 개념은 긴 머리에 대한 사랑, 종속에 대한 사랑, 청중에 대한 사랑, 법을 제정하는 일에 대한 사랑에 기초하고 있고, 또한 잠재의식적으로는, 여성의 몸과 마음이란 한 남자, 오로지 한 남자만이 사용하도록 예비해 놓아야 한다는 매우 강력한 자연적 욕망에 기초하고 있다. 그러한 개념이 천사, 자연, 율법, 관습, 교회의 지지를 받고, 그런 개념을 실행하고자 하는 강한 개인적인 관심과 경제적 수단을 가진 성에 의해 실행될 때 그것은 의심할 여지 없는 힘을 지닌다. 몹시 여위었지만 새하얀 그런 개념의 손가락이 지닌 장악력은 성 바오로에서 거트루드 벨에 이르기까지 우리가 펼쳐든 역사서의 어떤 페이지에서도 발견될 수 있다. 거트루드 벨이 의학 공부를 하고, 누드모델을 보며 그림을 그리고, 셰익스피어를 읽고, 교향악단에서 연주하고, 본드 가를 혼자 걷는 것을 막기 위해 순결 개념이 들먹여졌다. 1848년에 정원사의 딸들이 승합 마차를 타고 리전트 가를 따라 지나가는 것은 "용서받지 못할 결례였다."(바이올렛 마크햄, 『팍스톤과 미혼남 공작』, 288쪽) 만약 마차 옆의 늘어진 덮개가 열어젖힌 채로라면 그 결례는 범죄가 되었고 얼마나 막대한 범죄인가는 신학자들이 결정해야만 하는 것이었다. 금세기 초에 제철업자(오늘날 최상급으로 중요하다고 일컬어지는 계급들을 무시하지 말자는 거다) 휴 벨 경의 딸은 "27세에 이르렀고 혼자 피커딜리를 따라 걸어본 적도 없이 결혼했다. (…) 물론 거트루드는 그렇게 하는 것을 꿈도 꾸어본 적이 없다." 웨스트엔드는 오염된 지역이었다. "금기인 것은 자기 자신의 계급이었다."(『거트루드 벨의 초기 서간』, 엘사 리치먼드 수집, 편집, 217~218쪽)

그러나 순결 개념은 너무나 복잡하고 앞뒤가 맞지 않아서 머리를 베일로 가려야 하고 피커딜리에서 남자나 아니면 하녀가 반드시 동반해야 했던 똑같은 소녀가 화이트채플 혹은 그 당시 악덕과 질병의 소굴이었던 세븐 다이얼즈를 혼자서 그것도 부모의 허락을 받고 돌아다닐 수도 있었다. 이러한 변칙은 비판을 완전히 피해가지는 못했다. 그리하여 소년인 찰스 킹즐리는 외쳤다. "……여자아이들은 학교와 구역 방문, 아기용내의 그리고 싸구려 클럽에 대한 생각으로 머리가 꽉 차 있다. 제기랄! 그리고 더러움과 비참함과 추접스러움으로 가득한 가장 혐오스러운 현장들을 돌아다니며 가난한 사람들을 방문하고 그들에게 성경을 읽어준다. 그 애들이 가는 장소는 어린 여자애가 보아서는 안 될 곳이며 그 애들은 그런 것들이 존재한다는 것을 알아서는 안 된다고 우리 어머니는 말한다."(마거릿 패랜드 소프, 『찰스 킹즐리』, 12쪽) 그러나 킹즐리 부인은 예외적이었다. 교육받은 남성의 딸들 대부분은 그러한 "혐오스러운 장면들"을 보았고 그러한 것들이 존재한다는 것을 알았다. 그렇게 알고 있다는 것을 그들이 숨겼다는 것은 있음직한 일이다. 그러한 은폐가 심리학적으로 어떤 영향을 끼쳤는지 조사해보는 것은 여기서는 불가능하니 말이다. 그러나 실제이든 강요에 의한 것이든 순결이라는 것은 좋든 나쁘든 막강한 힘을 지녔다는 것은 의심의 여지가 없다. 오늘날에조차 아마도 틀림없이 여성이 남편 아닌 다른 남성과 교제할 수 있으려면 성 바오로의 유령과 어느 정도 심한 심리적 전투를 벌여야 한다. 순결을 위하여 사회적 오명이 강력하게 가해졌을 뿐만 아니라 비적출자 법령은 재정적 압박을 가함으로써 순결을 강요하기 위해 전력을 다하였다. 1918년 여성이 참정권을 가질 때까지 "1872년 비적출자 법령은 주당 총 5실링을, 아버지의 재산이 얼마이든 자기 아이의 부양을 위해 지불하라고 강제할 수 있는 최대 액수로 정했다."(M. G. 포셋과 E. M. 터너, 『조세핀 버틀러』, 주, 101쪽) 이제 현대 과학에 의해 성 바오로와 그의 많은 사도들 자신의 베일이 벗겨져 왔으므로 순결 개념도 상당한 수정을 겪어 왔다. 그런데 양성 모두를 위한 어느 정도의 순결을 찬성하는 반응이 있다고들 한다. 이것은 부분적으로 경제적 원인 때문이다. 즉 하녀에 의해 순결이 보호되는 것은 부르주아 예산에서 돈이 많이 드는 항목이다. 순결을 찬성하는 심리학적 주장은 업턴 싱클레어에 의해 잘 표현되고 있다. "요즈음, 성적 억압에 의해 야기된 정신 질환에 관해 상당히 많이 듣게 된다. 이것이 작금의 분위기다. 성적 방종에 의해 야기되는 복합 심리에 대해서는 아무것도 들리는 바가 없다. 그러나 나의 그동안의 관찰로는 모든 성적 충동을 좇아가도록 스스로 허락하는 사람들은 모든 성적 충동을 억압하는 사람만큼이나 비참하다는 것이다. 대학교 때 친구 한 명이 기억난다. 나는 그 친구에게 말했다. "모든 걸 멈추고 너 자신의 마음을 바라볼 생각이 든 적이 있니? 네게 떠오르는 모든 것이 섹스로 변하지." 그는 놀란 듯 보였고 그에게 그것은 새로운 발상이었다는 것을 나는 알았다. 그것에 대해 곰곰 생각해보더니 그는 말했다. '네 말이 맞는 것 같아."(업턴 싱클레어, 『솔직한 회상』, 63쪽) 그 이상의 예증을 다음의 일화가 제공하고 있다. "컬럼비아 대학의 화려한 도서관에는 아름다움의 보고인 값비싼 판화집들이 있었고 나는 내 평소대로의 탐욕스런 방식으로 한두 주 안에 르네상스 미술에 대해 알아야 할 것을 모두 배우겠다는 의도로 그 판화집을 대하였다. 그런데 나는 방대한 양의 나체에 압도되고 말았다. 내 감각은 휘청거렸고 따라서 나는 그만두어야 했다."(같은 책, 62~63쪽)

39) 여기서 사용된 번역은 리처드 젭 경의 것이다.(『소포클레스, 희곡과 소품들』비평적 주석, 논평, 영어 산문 번역 부록 수록) 번역을 보고 어떤 책에 대해 판단을 내리는 것은 불가능하다. 그러나 이렇게 번역본으로 읽을 때조차 『안티고네』는 분명 극문학의 위대한 걸작 중의 하나다. 그럼에도 불구하고 그것은 필요하다면 의심의 여지 없이 반파시스트 선전극으로 각색될 수 있다. 안티고네 자신은, 창문을 깼다고 홀러웨이에 투옥된 팽크허스트 부인으로, 아니면 다음과 같이 말한, 에셴에 있는 프로

이센 광산 관리의 아내, 포머 부인으로 변신할 수도 있다. "'종교적 갈등에 의해 증오의 가시가 사람들 마음속에 매우 깊게 박혀 있다.' (…) 그녀는 체포되었고 국가와 나치 운동을 모욕하고 비방한 혐의로 재판을 받을 예정이다."(『타임스』, 1935년 8월 12일) 안티고네의 범죄도 많은 부분에서 같은 성질의 것이었고 상당히 같은 방식으로 처벌을 받았다. "내가 천국에 대한 두려움을 내던져버리는 것은 아닐까 두려워했다는 이유로 내가 누구로부터, 무슨 고통을 받고 있는지 보라! (…) 그리고 어떤 천국의 법을 내가 범한 것일까? 불행한 자여, 내가 왜 신들에게 계속 호소해야 하는가? 어떤 조력자를 불러내야 하는 건가? 경건해짐으로써 불경하다는 이름을 얻은 이때에 말이다"라는 그녀의 말은 팽크허스트 부인이나 포머 부인 중 그 누구도 할 수 있는 말이며 확실히 시사적인 말이다. 거기에다가 "태양빛의 자녀들을 그늘로 밀어붙이고, 산 영혼을 무자비하게 무덤에 처박고," "불복종은 가장 나쁜 죄악이며" "도시가 임명하는 자는 그 누가 되든, 작은 일에서든 큰일에서든, 정당한 일에서든 불의의 일에서든 사람들이 복종해야 한다"고 주장한 크레온은 과거 시대의 어떤 정치가들이 그리고 현 시대의 히틀러 씨와 무솔리니 씨가 늘 하는 식 그대로다. 그러나 비록 이런 인물들을 최신식 옷에 밀어 넣기는 쉬워도 그들을 계속 그 옷 안에 머물게 하기는 불가능한 일이다. 그런 인물들은 너무나 많은 것을 암시해주고 있기 때문이다. 막이 내리면 우리는 크레온을 동정할 수 있고 이는 주목할 만하다. 선전원에게는 바람직하지 않은 이러한 결과의 원인은 소포클레스는 (번역판에서조차) 한 작가가 소유할 수 있는 모든 능력을 자유자재로 활용하고 있다는 사실에 기인하는 듯하다. 따라서 그러한 결과는 다음의 사실 또한 암시한다. 즉 만일 우리가 예술을 정치적 여론을 선전하는 데에 사용한다면, 우리는 예술가로 하여금 스스로의 재능을 감금하고 잘라내어 우리에게 일시적인 싸구려 봉사를 하도록 강요하지 않을 수 없다는 것이다. 문학은 노새가 겪은 똑같은 훼손을 당할 것이며 그렇게 되면 더 이상 말horses은 존재하지 않을 것이다.

40) 안티고네의 다섯 마디 말은 이러하다. "Οὔτοι συνέχθειν,ἀλλά συμφιλεῖν ἔφυν(사랑하는 일이 아니라 증오하는 일에 함께하는 것은 나의 천성이 아니다)."(『안티고네』, 리처드 젭, 523행) 그 말에 대해 크레온은 답했다. "그렇다면 죽은 자의 세계로 가라. 그리고 사랑이 반드시 필요하다면 그 죽은 자들을 사랑해라. 내가 살아 있는 동안은 어떤 여자도 나를 지배하지 못하리라."

41) 지금처럼 정치적 긴장이 고조되어 있는 때조차 여전히 여성들에게 너무나 많은 비판이 가해지고 있는 것은 가히 괄목할 만한 일이다. "현대 여성에 대한 기민하고 재치 있고 도발적인 연구"라는 발표문이 1년에 평균 세 번은 출판업자들의 목록에 실린다. 종종 저자는 문학박사로 거의 대부분 남성이며, 광고 문구의 표현대로(1938년 3월 12일자 『타임스 문학 부록』을 보라) "남자라면 누구에게나 이 책은 놀라운 경험이 될 것이다." 짐작하건대 희생양의 필요성이 그 주요 원인일 것이며 희생양의 역할은 전통적으로 여성의 역할이다(「창세기」를 보라). 다음은 기묘한 사실이다. 즉 악질적인 남성성과 일반적으로 연관되어 있는 (비록 그것이 틀리게 연관된 것이라고 하더라도) 어떤 특징들이 저지되지 않은 채로 남아 있게 되면 그것은 여성의 자유를 "실질적으로 말살시킨다는 것"을 확언할 수 있음에도 불구하고 교육받은 여성은 자신에 대한 비판을 받아들일 뿐만 아니라, 또한, 출판업자의 목록을 증거로 채택한다면, 그 비판을 되돌려주려는 어떠한 시도도 하지 않는다는 것이다. 이것의 원인은 시인이 말하듯 우리 모두를 겁쟁이로 만드는 가난에 기인한다고 볼 수 있다. 한편, "지난 몇 년 동안 여성들이 굴oysters에 대해 대단한 취향을 발전시켜 왔다"라는 『타임스』(1937년 9월 1일자)의 진술은 소비력의 증가는 조만간 곧 감각적 능력만이 아니라 비판적 능력을 신장시킬 수도 있다는 것을 넌지시 말해주고 있다.

1)　체계적이고 꼼꼼한 누군가가 1936~1937년 사이에 광범위하게 발행된 다양한 선언문과 설문지들을 수집해왔으리라는 것은 기대해봄 직한 일이다. 아무런 정치적 훈련이 없는 개인적인 사람들이 청원서에, 즉 자기 나라 정부와 외국의 정부에다 정책을 바꾸라고 요구하는 청원서에 서명해줄 것을 권유받았고, 예술가들은 국가와 종교와 도덕과 예술가 사이의 적절한 관계에 대해 진술하고 있는 양식을 채워달라는 요청을 받았으며, 작가에겐 영어를 문법적으로 사용하고 저속한 표현은 피해야 한다는 서약이 요구되었고, 몽상가들은 자신들이 꾸는 꿈을 분석해보라는 권유를 받았다. 일종의 장려수단으로 그런 선언문과 설문지 결과를 일간지나 주간지의 언론에 발표하자는 안이 널리 제안되었다. 이러한 조사가 여러 정부에 어떤 영향을 미쳤는지에 대해 이야기하는 것은 정치가가 할 일이다. 도서 생산량은 멎지 않고 문법은 더 나아지지도 더 나빠지지도 않은 것 같으니 그러한 조사가 문학에 미친 영향은 의문스럽다. 그러나 그 조사는 심리학적으로 그리고 사회적으로는 매우 중요한 일이다. 아마 그러한 조사는 잉 학장이 다음과 같이 넌지시 이야기하고 있는 마음 상태에서 시작되었을 것이다(1937년 11월 23일자 『타임스』에 보도된 릭먼 고들리 강연). "우리는 우리 자신에게 이익이 되도록 바른 방향으로 움직이고 있었던 걸까. 만일 우리가 계속 지금처럼 움직여 나간다면 미래의 사람들은 우리보다 더 나아질까 그렇지 않을까? (…) 사려 깊은 사람들은 우리가 빨리 움직이고 있는 것을 축하하기에 앞서, 우리가 어디를 향해 움직이고 있는가에 대해 생각해야 한다는 것을 깨닫기 시작하였다." 이것은 일반적인 자기 불만과 함께 "다르게 살아보려는" 욕망을 나타낸다. 그것은 또한 간접적으로 사이렌의, 즉 몹시도 조롱당했던 그리고 흔히는 상류층이었던 부인네들의 죽음을 가리키고 있다. 그 부인들은 귀족 계급, 부호 계급, 지식인층, 무식꾼 등에게 자

신의 집을 계속 개방함으로써 모든 계층에게 그들이 보다 내밀하게 그래서 아마도 그만큼 유용하게 자신들의 정신과 관습과 도덕성을 충분히 연마할 수 있는 담화의 장 내지는 '긁기용 기둥'(scratching post: 양탄자를 덮어 씌워 고양이가 발톱으로 할퀼 수 있도록 만들어놓은 나무 기둥 — 옮긴이)을 마련해주려고 애를 썼다. 역사가들의 주장에 의하면 18세기에 문화와 지적 자유를 촉진시키는 데 있어서 사이렌이 담당한 역할은 분명 어떤 중요성이 있었다. 우리 시대에 와서조차 그녀는 쓸모가 있었다. W. B. 예이츠를 보라 — "발자크가 자신의 헌사에서 '천재의 으뜸가는 위안'이라고 부르고 있는 한가하고 매력적이며 교양 있는 여성들과 교류를 즐길 만큼 그[싱Synge]가 충분히 오래 살기를 내가 얼마나 자주 바랐던가!"(W. B. 예이츠, 『극 속 등장인물들』, 127쪽) 그러나 쵠 부인처럼 18세기 전통을 보존했던 세인트 헬리어 부인은 다음과 같은 사실을 우리에게 알려주고 있다. "한 개에 2실링 6페니나 하는 '물떼새' 계란, 속성재배 딸기, 조생종 아스파라거스, 병아리petits poussins 등은 이제 멋진 정찬을 차려내고 싶은 사람에겐 누구나 거의 필수품으로 간주된다."(1909) 그리고 접대하는 날은 "매우 피곤하여 (…) 7시 반이 되면 내가 얼마나 지치는지, 그리고 8시에 남편과 마주 앉아 평화로운 저녁을 먹는 것이 얼마나 기쁜지!"라는 그녀의 말은 (세인트 헬리어 부인, 『50년의 추억』, 3, 5, 182쪽) 그런 집들이 왜 폐쇄되고 그런 여주인들이 왜 죽었으며 따라서 왜 지식인들, 무식꾼들, 귀족들, 관료들, 부르주아들 등이 공적인 장소에서나 이야기하도록 내몰렸는지 (누군가가 경제적인 면에서 그런 사교계를 재생시키려 하지 않는다면 말이다) 그 이유를 설명해줄 수 있을 것이다. 그러나 지금 유포되고 있는 선언문과 설문지의 막대한 양을 고려해볼 때 조사자들의 마음과 동기에 대한 또 다른 선언문이나 설문지를 제안하는 것은 어리석은 일일 것이다.

2)   "그러나 그는 1844년 5월 13일부터 퀸즈 칼리지에서 매주 강의를 하기 시작했다. 그 퀸즈 칼리지는 모리스와 킹스 칼리지

의 다른 교수들이 주로 여자 가정교사를 심사하고 양성할 목적으로 1년 전에 건립되었다. 킹즐리는 여성 고등교육에 대한 믿음이 있었기 때문에 이러한 인기 없는 일에 기꺼이 함께하였다."(마거릿 파랜드 토프, 『찰스 킹즐리』, 65쪽)

3) 위의 인용문이 보여주듯 프랑스 사람들은 선언문을 발행하는데에 있어서 영국 사람들만큼이나 적극적이다. 프랑스 사람들은 프랑스 여성들이 투표하는 것을 허용하지 않고 또한 프랜시스 클라크가 『현대 프랑스 여성의 지위』에서 면밀히 검토하고 있듯이 거의 중세적 엄격함을 지닌 법령을 프랑스 여성들에게 여전히 부과하고 있는데 그러면서 영국 여성들에게 자유와 문화를 수호하는 일을 도와달라고 호소한다는 것은 놀라움을 야기하지 않을 수 없다.

4) 여기에서, 듣기 좋은 음조나 리듬이라는 측면과는 약간의 갈등을 일으키지만 엄격한 정확성의 관점에선 "포트port와인"이라는 단어가 요구된다. 일간 언론지에 실린 "만찬 후 교수 휴게실에 있는 교수님들"의 사진엔 "포트와인 유리병이 놓인 난간 두른 카트가 보인다. 와인병은 만찬 후 벽난로에 모인 사람들 사이를 가로질러 전달되고 이런 식으로 태양이 움직이는 반대 방향으로 한 사람도 그냥 지나치지 않고 그 순회를 계속한다." 또 다른 사진은 "스콘" 컵이 사용되고 있음을 보여준다. "이러한 오래된 옥스퍼드 관습은, 홀Hall에서 어떤 주제를 언급하면 그 위반자는 단숨에 3파인트의 맥주를 마셔야 하는 벌을 받는다고 규정하고 있다." 이러한 예들은 그 자체만으로도 다음의 사실을 증명하기에 충분하다. 즉 용서할 수 없는 어떤 실례를 범하지 않고서는 여성의 펜으로 남자 대학의 생활을 묘사한다는 것은 참으로 불가능하다는 것을 말이다. 그러나 두려운 것은, 종종 회화화되는 여러 관습을 지닌 그 신사들은, 여성 소설가가 아무리 의도는 정중하더라도 심각한 물리적 결점하에 작업한다는 점에 대해 곰곰이 생각해볼 때에도 자신들의 그러한 사치 내지는 탐닉을 연장하리라는 것이다. 예를 들어, 여성 소설가는 케임브리지 트리니티 칼리지의 연회를 묘사하고자 한

다면, 그녀는 "트리니티 칼리지에서 열리는 연회에서 오고 간 여러 담화를 버틀러 부인(집주인의 부인) 방에 있는 문구멍을 통해 들어야만" 하는 것이다. 홀데인 양의 관찰은 1907년의 일인데 그때 그녀는 "전체 주위환경이 중세 같았다"고 생각했다.(E. 홀데인, 『한 세기에서 다른 세기로』, 235쪽)

5) 휘터커에 따르면 왕립 문학협회가 있고 또한 대영 학사원이 있는데 둘 다 사무실이 있고 직원들이 있는 것으로 보아 아마 둘 다 공식적인 협회일 것이다. 그러나 그 두 단체의 권한이 어떤 지에 관해 이야기하는 것은 불가능하다. 휘터커가 그 두 단체의 존재를 확실히 인정하지 않았다면 그 존재에 대해 거의 의심쩍어 하지도 않았을 것이기 때문이다.

6) 18세기에 여성들은 분명 대영박물관 독서실에 들어갈 수 없었다. 따라서, "처들레이 양이 독서실에 들어갈 수 있는 허가를 내달라고 간청합니다. 이제까지 우리를 영광스럽게 한 유일한 여학생은 매콜리 부인이었고 각하는 어떤 뜻밖의 사건이 얼마나 그녀의 섬세한 마음을 상하게 하였는지 회상할 수 있을 것입니다."(다니엘 레이가 하위 경에게, 1768년 10월 22일, 니컬스, 『18세기의 문학계 일화 모음집』 1권, 137쪽) 편집자는 각주에서 다음의 내용을 추가하고 있다. "이것은 거기 매콜리 부인이 있는 자리에서 그 신사가 보인 상스러움에 대해 넌지시 언급하고 있는데 그 상스러움의 상세한 내용은 차마 되풀이할 수가 없다."

7) 해리 코그힐 부인이 정리하고 편집한 『M. O. W. 올리펀트의 자서전과 서간문』. 올리펀트 부인(1825~1897)은 "자신의 두 아들에다 홀아비가 된 남자 형제의 아이들까지 더하여 교육하고 건사하는 일을 떠맡았기에 끝까지 어렵게 살았다."(『영국 인물전』)

8) 매콜리의 『영국의 역사』 3권, 278쪽(표준판).

9) 최근까지 『모닝 포스트』의 연극비평가였던 리틀우드 씨는 1937년 12월 6일에 그를 기념하여 열린 만찬에서 현재의 저널리즘의 상황에 대하여 기술하였다. 리틀우드 씨는 말하였다. "나는 런던의 일간지 칼럼에서 더 많은 연극 관련 지면 확보

를 위해 때를 가리지 않고 싸워왔다. 11시와 12시 30분 사이에, 그 전이나 그 후는 언급할 필요도 없이, 수천 마디의 아름다운 말과 생각들이 조직적으로 학살당한 곳이 플리트 가였다. 재직 40년 중 적어도 20년 동안, 신문은 벌써 중요한 뉴스로 가득 찼고 그래서 연극에 대한 어떤 처참한 내용이든 그것을 실을 지면은 없다는 말을 들으리라는 것을 분명 뻔히 예상하면서도 매일 밤 그 난장판으로 돌아가는 것이 나의 몫이었다. 다음 날 아침 깨어나 한때 멋진 단평이었던 것이 무참히 난도질당한 후의 잔해를 스스로가 책임져야 함을 알게 되는 것이 나의 운명이었다. (…) 그것은 사무실에 있는 사람들의 잘못은 아니었다. 그들 중 몇몇은 눈에 눈물을 머금고 원고 삭제를 통과시켰다. 진짜 범인은 연극에 대해 아무것도 알지 못하고 또한 관심을 가지리라 기대조차 할 수 없는 저 거대한 대중이었다."(『타임스』, 1937년 12월 6일) 더글라스 제럴드 씨는 언론에서 정치가 어떻게 다뤄지고 있는가를 기술하고 있다. "그 짧은 몇 년 동안[1928~1933년 사이] 진실은 플리트 가에서 도망쳐버렸다. 언제나 모든 진리를 다 말할 수 있는 것은 결코 아닐 것이다. 결코 그렇게 할 수는 없을 것이다. 그러나 적어도 다른 나라에 대해선 진실을 말할 수 있곤 했다. 1933년쯤엔 자신의 위험을 무릅쓰고 그렇게 하였다. 1928년에는 광고주로부터의 어떠한 직접적인 정치적 압력은 없었다. 오늘날은 그 압력이 직접적일 뿐만 아니라 효과적이기도 하다." 문학비평도 같은 이유로 거의 같은 경우에 처해 있는 것 같다. "대중이 더 이상의 신뢰를 두는 비평가들이 없다. 혹시 신뢰를 한다고 해도 대중들은 여러 상이한 도서 협회와 몇몇 선정된 개별 신문에나 의지하고 대체로 그들은 현명하다. (…) 도서 협회는 솔직히 책장사들이며 거대한 국립 신문들은 독자를 어리둥절하게 만들 여유가 없으니 말이다. 그들은 모두 지배적인 대중적 취향 수준에서 많이 팔릴 책들을 선택할 수밖에 없다."(더글라스 제럴드, 『조지아 시대의 모험』, 282, 283, 298쪽)

10) 현재의 저널리즘의 조건 아래에선 문학비평이 분명 불만족스

러운 것이 될 수밖에 없다. 한편, 사회의 경제구조와 예술가의 심리적 구조를 변경하지 않고서는 어떠한 변화도 일어날 수 없다는 것 또한 명백하다. 경제적으로 비평가들은 새로운 책의 출판을 동네 소식 전달자의 외침처럼 알릴 필요가 있다. "오 그래, 오 그래 오 그래요, 이러 이러한 책이 출판되었습니다. 그 주제는 이러하고 저러하고 또 다른 이런 것입니다"라고 말입니다. 심리적으로는 허영과 '알아주기'를 바라는 욕망이 예술가들 사이에 여전히 너무나 강력하게 존재하여 만일 그들로 하여금 광고를 하지 못하게 하고 그들에게 칭찬과 비난이라고 하는 대조적이면서도 빈번한 충격을 허락하지 않게 되면 그것은 오스트레일리아에 토끼를 들여오는 것만큼이나 무모한 짓이 될 것이다. 그리하여 자연의 균형이 틀어지고 그 결과는 처참하게 될 것이 당연하다. 본문에서 제시하고 있는 바는 공적인 비평을 철폐하자는 것이 아니라 의료업의 예에 근거한 새로운 서비스로 문학비평을 보충하자는 것이다. 평론가들 — 그들 중 많은 이들은 진정한 취향과 학식을 지닌 잠재적 비평가들이다 — 중에서 영입해온 비평가 집단이 의사들처럼 철저히 내밀하게 개업하고 활동할 수도 있으리라는 것이다. 언론의 주목이 없어지면, 현대비평을 작가에게 무가치한 것으로 반드시 만들어버리고 마는 혼란과 부패가 자연히 없어질 것이다. 즉 개인적인 이유로 칭찬하고 비난하려는 모든 유인책이 파괴될 것이다. 판매도 허영도 영향을 받지 않을 것이다. 저자는 대중이나 친구들에게 미치는 영향을 고려하지 않으면서 비평에 정성을 들일 수 있을 것이다. 비평가는 편집자의 수정용 펜이나 대중의 취향을 고려하지 않으면서 비평할 수 있을 것이다. 비평에 대한 끊임없는 수요가 증명하듯이 비평은 살아 있는 자들이 몹시 갈구하는 것이며 신선한 고기가 비평가의 몸에 필수적인 것처럼 새로 나온 신선한 책은 그의 정신에 필수적인 것이 되기 때문에 각자가 얻는 바가 있을 것이다. 문학조차 이득을 볼 것이다. 현재의 공적인 비평 제도의 이점은 주로 경제적인 것이다. 심리적인 면에서의 사악한 영향은 키츠와 테니슨에 대한 저 유명한 『쿼터리』에 실린 두 편의 평론이 잘 보여준다. 키츠는 깊은 상처를 받았고 "테니슨 자신에 대한 타격은 깊이 스며들고 오래가는 것이었다. 그의 첫 번째 행동은 언론으로부터 『연인의 이야기』를 당장 회수하는 것이었다. (…) 우리는 그가 영국을 떠나 외국에서 살 것을 생각하고 있음을 안다."(헤럴드 니콜슨, 『테니슨』, 118쪽) 에드먼드 고세 경에 대한 커튼 콜린스 씨의 영향도 거의 같은 것이었다. "그의 자신감은 훼손되었고 그만의 개성이 감소되었다. (…) 모든 이들이 그의 고투를 지켜보며 그를 운이 다한 사람으로 여기지 않았었던가? (…) 자신의 기분에 관한 스스로의 설명에 의하면 산 채로 껍질이 벗겨지고 있는 듯이 느끼며 다녔다고 한다."(에번 차터리스, 『에드먼드 고세 경의 일생과 서간들』, 196쪽)

11) "초인종-누르고-도망가는 자." 이 말은 남을 해치고 그러면서도 동시에 발각되고 싶지 않은 욕심을 갖고 말을 사용하는 사람들을 정의하기 위해 새로 만들어졌다. 많은 특성들이 자체의 가치를 변경하는 과도기적 시대에는 새로운 가치를 표현하는 새로운 말을 매우 바라게 된다. 예를 들어 외국에서 제공된 증거로 판단해볼 때 잔인함과 폭정이라는 심한 합병증에 이를 수도 있는 것으로 보이는 허영이라는 것이 여전히 사소한 연상이나 불러일으키는 이름으로 가려져 있다. 『옥스퍼드 영어사전』에 부록을 다는 것이 권고된다.

12) B. A. 클러프, 『앤 클러프의 회고록』, 38, 67쪽. 윌리엄 워즈워스의 「참새의 둥지」.

13) 19세기에 교육받은 남성의 딸들은 그 당시 그들에게 개방되어 있던 유일한 방법을 사용하여 노동자 계급을 위해 매우 소중한 일을 하였다. 그러나 적어도 그들 중 몇몇은 비싼 교육을 받았으므로 자신들의 계층에 남아 자신들의 계층의 방법을 사용함으로써 개선이 많이 필요한 계층을 개선하기 위해 훨씬 더 효과적으로 일할 수 있다는 것도 가능한 주장이다. 한편 만일 교육받은 자들이 (종종 일어나고 있는 것처럼) 교육이 마

땅히 돈을 들여 갖춰주었어야 하는 특성들, 즉 이성, 관용, 지식을 포기하고 노동자 계층에 속하여 그들의 명분을 채택하는 것을 놀이 삼아 해본다면 그들은 단지 그 노동자 계층의 명분을 교육받은 계층 사람들의 웃음거리가 되도록 노출하는 것이며 또한 자신들의 계층을 개선하기 위해서는 아무것도 하지 못하게 된다. 그러나 교육받은 계층이 노동자 계층에 관해 쓴 책의 숫자는 아무래도 다음의 사실을 보여주는 듯하다. 즉 노동자 계층의 명분을 채택함으로써 얻어지는 감정적 안도감과 노동자 계층의 매력은 20년 전 귀족 계급의 매력이 중산층에게 그랬던 것처럼 오늘날 중산층에게 매우 매혹적이라는 것이다.(『잃어버린 시간을 찾아서*À La Recherche du Temps Perdu*』를 보라) 그러는 한편, 중산층의 자본은 희생하지 않고 혹은 노동자 계급의 경험을 공유하지도 않으면서 노동자 계급의 명분을 놀이 삼아 채택하고 있는 교육받은 계층의 남녀 한량playboys and playgirls을, 순수 노동자 계급 출신의 남자와 여자들은 어떻게 생각하는지 알아보는 것은 흥미로운 일이 될 것이다. 영국 상업용 가스 협회의 가정 공급 국장인 머피 부인에 따르면 "평균적인 가정주부는 매년 1에이커에 달하는 설거지거리와 1마일의 유리창을 닦고, 3마일의 옷을 빨며, 5마일의 마루를 닦았다."(『데일리 텔레그래프』, 1937년 9월 29일) 노동자 계급의 생활에 대한 좀 더 상세한 설명을 보려면 협동조합의 여성 노동자들이 쓰고 마거릿 루엘린 데이비스가 편집한 『우리가 알고 있는 삶』을 보라. 『조지프 라이트의 일생』 또한 노동자 계층의 삶에 대한 괄목할 만한 설명을, 친프롤레타리아의 안경을 통해서가 아니라 직접적으로 제공해준다.

14) "육군 심의회는 여군 신병을 모집할 의도가 전혀 없다는 진술이 어제 육군성에서 나왔다."(『타임스』, 1937년 10월 22일) 이것은 남성과 여성 간의 주된 차별을 나타낸다. 여성들에겐 평화주의가 강요되고, 남성에겐 여전히 선택의 자유가 허용되어 있다.

15) 그러나 다음의 인용문은 인가만 받으면 싸움 본능이라는 것은

쉽게 개발된다는 것을 보여준다. "두 눈은 눈 안쪽으로 깊숙이 꺼져 있고 얼굴 생김새가 몹시 날카로운 그 여전사는 자신의 기병 대대의 선두 등자 위에서 매우 꼿꼿한 자세를 유지하고 있다. (…) 다섯 명의 영국 의원들은, '야수파 화가'와 같은 미지의 종족에 대해 사람들이 느끼는 그러한 존경스럽고 약간은 뒤숭숭한 감탄의 마음으로 이 여성을 바라본다. (…)

─ 아멜리아 더 가까이 오라 ─ 사령관은 명령한다. 그녀는 우리 쪽으로 말을 몰고 와서 검으로 대장에게 경례한다.

─ 아멜리아 보닐라 하사관 ─ 기병대 대장은 계속하여 말한다 ─ 몇 살인가? ─ 서른여섯 살입니다. ─ 어디에서 태어났나? ─ 그라나다에서 태어났습니다. ─ 왜 군대에 들어왔는가? ─ 제 두 딸이 여군이었습니다. 작은딸이 알토 더 레온에서 전사했습니다. 나는 그녀를 대신하여 그녀의 복수를 갚아주어야 한다고 생각했습니다. ─ 그러면 그녀의 복수를 갚기 위해 지금까지 몇 명의 적군을 죽였는가? ─ 아시다시피 사령관님, 다섯 명입니다. ─ 여섯 번째는 확실하지가 않습니다. ─ 그렇지, 그러나 너는 그의 말을 빼앗았지. 실은 이 아멜리아 여전사는 퍼레이드용 말처럼 우쭐거리며 번들번들한 갈기를 지닌 굉장한 회색 돈점박이 말을 타고 있다. (…) 다섯 명을 죽이고 ─ 그러나 여섯 번째 적군에 대해서는 확실하지 않다고 느끼는 ─ 이 여자는 하원의원 사절들에게 스페인 전쟁을 알게 해준 뛰어난 소개자였다."(루이 데라프레, 『마드리드의 순교』, 미편집의 증인들, 34, 35, 36쪽, 1937년, 마드리드)

16) 증거로, 약 1870년에서 1918년까지 여러 번의 의회에서 여러 각료 장관들이 여성 참정권 법안에 반대하여 제시한 이유들을 소상히 밝히려는 시도를 한번 해볼 수 있을 것이다. 올리버 스트레이치 부인이 그런 유능한 노력을 기울여왔다(그녀의 『대의 명분』 중 「정치의 기만성」 장을 보라).

17) "1935년 이후가 되고서야 우리는 국제 연맹에 앞서 여성의 시민적, 정치적 지위를 가지게 되었다." 아내, 엄마 그리고 가정 주부로서의 여성의 지위에 관하여 제출된 보고서에서 "(영

국을 포함하여) 많은 나라 여성의 경제적 위치가 불안정하다
는 유감스러운 사실이 발견되었다. 여성은 월급도 임금도 받
을 자격은 주어져 있지 않으면서 수행해야 할 분명한 의무들
은 가지고 있다. 영국에서 비록 여성이 남편과 자식들을 위해
전 생애를 헌신하였다고 하더라도 그녀의 남편은 제아무리 부
자라고 하더라도 자신의 임종 시에 그녀를 무일푼으로 남겨둘
수 있으며 또한 그녀는 아무런 법적인 배상을 받지 못하게 된
다. 우리는 이것을 고쳐야만 한다 ― 법률로써."(린다 P. 리틀
존, 1937년 11월 10일, 『리스너』에 보도됨)

18) 여성의 임무에 대한 이러한 특별한 정의는 이탈리아가 아니라
독일의 출처에서 유래한다. 너무나 많은 견해가 있고 모두가
너무나 비슷하여 각각을 따로따로 검증하는 것은 불필요해 보
인다. 그러나 영국의 출처에서 나온 견해로 그 모든 견해를 압
도하는 것이 얼마나 쉬운 일인지 알게 되면 기이한 느낌이 든
다. 예를 들어 윌리엄 게르하디 씨는 다음과 같이 쓰고 있다.
"나는 이제껏 여성 작가를 심각한 동료 예술가로 여기는 실수
를 범한 적이 없다. 나는 차라리 그들을 영적 조력자로서 즐긴
다. 즉 제대로 알아볼 줄 아는 예민한 능력이 주어져 있기 때문
에 천재성으로 고통 받는 우리 중의 소수가 쾌히 십자가를 질
수 있도록 도와줄 수 있는 영적 조력자 말이다. 그러므로 차라
리 그들의 참된 역할은 우리가 피 흘릴 때 우리에게 스펀지를
내밀어 이마를 식혀주는 일이다. 그들의 동감 어린 이해심이
실로 보다 더 낭만적으로 쓰일 수 있으면 우리는 그로 인해 얼
마나 그들을 소중히 여기게 되는가!"(윌리엄 게르하디, 『어느
다국어 사용자의 회고록』, 320, 321쪽) 여성의 역할에 대한 이
러한 관념은 위에서 인용된 것과 거의 정확하게 부합한다.

19) 정확하게 이야기하자면 "힌덴부르크 대통령은 과학자와 그 밖
의 유명한 민간인을 위해 라이히 독수리 형상의 은으로 된 커
다란 상패를 만들었다. (…) 그것을 옷에 달지는 않는다. 그것
은 보통 수상자의 책상 위에 놓여 있다."(『데일리 신문』, 1936년
4월 21일)

20) "여사무원이 점심 식사로 둥근 빵 한 개나 샌드위치로 만족하는 것은 흔히 보는 일이다. 그리고 이것이 선택에 의한 것이라는 이론들이 있기는 하지만 (…) 진실인즉 그들은 제대로 먹을 돈의 여유가 없는 것이다."(레이 스트레이치, 『여성을 위한 직업과 취직자리』, 74쪽) 또한 E. 터너 양의 다음의 말과 비교해보라. "……많은 사무실에서 왜 그들이 이전처럼 순조롭게 일을 처리해나가지 못하는 이유에 대해 의아해하고 있었다. 하급 타이피스트들이 점심으로 단지 사과 한 개와 샌드위치를 먹을 여유밖에 없었기 때문에 오후가 되면 지쳐 떨어진다는 사실이 밝혀졌다. 고용주들은 가중된 생활비를 인상된 봉급으로 충당해주어야 한다."(『타임스』, 1938년 3월 28일)

21) 바자회에서 연설하는 울위치 시장 부인(캐슬린 랜스 부인). 『이브닝 스탠다드』, 1937년 12월 20일에 보도됨.

22) E. R. 클라크 양. 『타임스』, 1937년 9월 24일에 보도됨.

23) 『데일리 헤럴드』, 1936년 8월 15일에 보도됨.

24) 옥스퍼드의 영국 성공회 그룹이 주관한 회의에서 연설하는 캐넌. F. R. 배리. 『타임스』, 1937년 9월 24일에 보도됨.

25) 『여성 성직. 대주교 위원회의 보고서』 7권, 중등학교와 대학교, 65쪽.

26) "아일스워스의 그린 스쿨의 여교장인 D. 캐루더스 양은 조직화된 종교가 수행되는 방식에 대해 상급 여학생들 사이에 '매우 막중한 불만족'이 있다고 말했다. '교회는 어쨌든 젊은이들의 영적인 결핍을 채워주지 못하고 있는 것 같다'고 그녀는 말했다. '이러한 잘못은 모든 교회에 공통된 듯하다.'"(『선데이 타임스』, 1937년 11월 21일)

27) 신학 박사 G. L. 프레스티지, 『찰스 고어의 생애』, 353쪽.

28) 『여성 성직. 대주교위원회의 보고서』, 곳곳에.

29) 예언의 재능과 시의 재능이 원래 같은 것이든 아니든 간에 수세기 동안 그 둘의 재능과 직업은 구분지어져 왔다. 그러나 시인의 작품인 「아가서」가 성서 가운데 포함되어 있고 예언자들의 작품인 선전식의 시나 소설들이 세속적인 책 사이에 끼어

있다고 하는 것은 어떤 혼란의 증거가 된다. 영국 문학 애호가들은 셰익스피어가 너무나 후대에 살아서 영국 국교회에 의해 성인으로 추대될 수 없었다는 사실에 대해 너무나도 고마워하고 있다. 그 희곡들이 성서 축에 들었다면 틀림없이 구약, 신약과 같은 취급을 받았을 것이기 때문이다. 즉 우리는 일요일마다 사제의 입을 통해 그 희곡들을 단편적으로 조금씩 나눠 분배해야 했을 것이다. 영국 국교회 예배에서 구약과 신약이 잘게 나눠지고 군데군데 찬송가가 끼어 들어가는 것처럼 이번에는 『햄릿』에서의 독백을, 이번에는 어느 졸고 있는 기자의 펜에서 나온 변질된 구절을, 이번에는 외설스런 노래를, 이번에는 『안토니와 클레오파트라』에서의 반 페이지를…… 라는 식이 되었을 것이며 그리하여 셰익스피어는 성서만큼이나 읽기가 쉽지 않게 되었을 것이다. 그러나 어린 시절부터 성서가 매주 이런 식으로 사지가 절단되는 것을 강제로 듣지 않아도 되었던 사람들은 성서야말로 가장 흥미롭고 매우 아름다우며 심오한 의미를 지닌 책이라고 주장하게 된다.

30) 『여성 성직』, 부록 I. 신학 박사 그렌스테드 교수, 「심리학적이고 생리학적인 고찰」.

31) "현재 결혼한 성직자는 신품성사의 필요조건을 채울 수 있다. 대개 부인이 집안과 가족을 돌보는 일을 도맡아줄 수 있기 때문에 '모든 세속적인 근심거리와 세속적인 학업을 저버리고 무시할 수 있다.'"(『여성 성직』, 32쪽) 여기에서 그 위원들은 흔히 독재자들이 진술하고 승인하는 원리를 진술하고 승인하고 있다. 히틀러 씨와 무솔리니 씨 둘 다 매우 유사한 말로 "한 나라의 삶에도 두 세계, 즉 남성의 세계와 여성의 세계가 있다"라는 의견을 종종 표현하였으며, 계속하여 각각의 세계의 의무에 대해서도 매우 유사하게 정의를 내렸다. 이러한 구분이 여성에게 끼쳐 온 영향과, 사소하고도 사적인 성질의 여성의 관심사들, 실제적인 것들에 대한 여성의 몰입, 시적이고 모험적인 것에 대한 여성의 명백한 무능력 — 이러한 모든 것들은 그렇게도 많은 소설의 주원료가 되어왔고, 그렇게 많은 풍

자의 표적이 되어왔다. 또한 그 모든 것들은 수많은 이론가에게, 여성은 자연의 법칙상 남성보다 덜 영적이며 여성은 자발적으로든 비자발적으로든 계약상의 자신의 몫을 수행해왔음을 증명하기 위해 더 이상의 말을 할 필요는 없다는 이론을 확인시켜주었다. 그러나 이러한 의무의 분할이 그 분할에 의해 "모든 세속적인 근심거리와 세속적인 학업을 저버리게 된" 사람들에게 미치는 지적이고 영적인 영향력에 대해서는 거의 주의를 기울인 적이 없다. 하지만 이러한 의무의 분리가 근대적 전쟁 도구와 방법을 엄청나고도 정교하게 만들어내는 원인이 되며, 신학의 놀랄 만한 복잡함의 원인이 되며, 희랍어, 라틴어, 심지어 영어 텍스트의 하단에 있는 거대한 주석의 퇴적물의 원인이 되며, 우리 주변의 흔한 가구와 도자기의 무수한 문양과 돈을새김, 불필요한 장식의 원인이 되며, 『디브렛: 영국 귀족 연감』과『버크』(『버크의 토호들』— 옮긴이)의 무수한 구분의 원인이 되며, "가정과 가족을 돌보는 일에서" 벗어났을 때에 지성인들이 스스로 기세 좋게 달려들 무의미하나 고도로 기발한 모든 선회와 뒤틀림의 원인이 된다는 것에 의심의 여지가 있을 수 없다. 성직자와 독재자 모두가 두 세계에 대한 필요성을 강조하고 있다는 것은 그것이 그들의 지배에 필수불가결하다는 사실을 증명하기에 충분하다.

32) 지배의 만족이라는 복잡한 특성에 대한 증거는 다음의 인용문이 잘 전달한다. "어제 브리스톨 경찰 재판소에서 어느 여성이 부양비 지급명령을 신청하면서 "우리 남편은 나보고 자신을 '선생님Sir'으로 부르라고 주장한다"고 말하였다. 그녀는 "평화를 유지하기 위해 나는 그의 요구에 순응하였다. 나는 또한 그의 부츠를 닦아주고 면도할 때 면도날을 가져다주며, 나에게 무슨 질문인가를 하면 즉각 큰 소리로 말해야 한다"라고 덧붙였다. 같은 신문의 같은 호에서 E. F. 플레처 경은 "하원으로 하여금 독재자들에게 맞서라고 몰아댔다"고 보도되었다."(『데일리 헤럴드』, 1936년 8월 11일) 아무래도 이러한 것은, 남편과 아내와 하원을 망라하는 공통된 의식이, 지배의 욕망을, 평화유지

를 위한 순응의 필요를, 그리고 지배의 욕망을 지배할 필요성을, 즉 현대인들의 여러 의견 속에 일관성 없이 요동치며 나타나고 있는 많은 것을 잘 설명해주는 심리학적 갈등을, 아주 동일한 순간에 느끼고 있다는 것을 보여주는 듯하다. 물론 지배의 쾌락은, 그것이 교육받은 계층 내에서는 부의 쾌락과 사회적, 직업적 특권의 쾌락과 여전히 밀접하게 연결되어 있다는 사실에 의해 한층 더 복잡해져 있다. 그것이 비교적 단순한 즐거움과, 가령 시골길을 산책하는 즐거움과 구별된다는 것은 소포클레스와 같은 위대한 심리학자들이 지배자 안에서 감지하는 조롱에 대한 두려움에 의해 증명이 되는데, 지배자는, 동일한 권위자(소포클래스 — 옮긴이)에 따르면, 여성 쪽에서의 조롱이나 도전에 또한 특이하게 민감하다. 따라서 이러한 쾌락의 필수적인 요소는 아무래도 그 느낌 자체가 아니라 다른 사람들의 느낌을 반추하는 데서 유래하고 있는 듯하며, 이 때문에 그 결과 다른 이들의 느낌의 변화에 의해 영향을 받을 수 있다. 지배에 대한 해독제로서의 웃음이 아마 시사되고 있는 듯하다.

33) 개스켈 부인, 『샬럿 브론테의 생애』.

34) 마거릿 토드, 『소피아 젝스블레이크의 생애』, 67~69, 70~71, 72쪽.

35) 외적인 관찰에 의하면, 남성으로부터 정숙하지 않다고 조롱당하는 것을 여성이 특별한 모욕이라고 느끼는 것과 매우 유사한 방식으로, 남성은 여성으로부터 비겁하다고 조롱당하는 것을 여전히 특별한 모욕으로 느낀다. 다음의 인용문은 이러한 견해를 뒷받침해준다. 버나드 쇼 씨는 쓰고 있다. "여성 안에 그렇게도 강하게 존재하는 호전성의 본능과 용기 찬탄의 본능에 전쟁이 가져다주는 충족감을 나는 잊지 못하고 있다. (…) 영국에서 전쟁이 발발하자 문명화된 젊은 여성들은 급히 돌아다니며 제복을 입지 않은 모든 젊은 남자들에게 흰색 깃털을 나눠준다. 이것은" 그는 계속 말한다, "야만성의 다른 잔존물과 마찬가지로 매우 자연스러운 것이며" "옛날에는 여성과 자식들의 삶이 배우자의 용기와 죽이는 능력에 달려 있었다"는

것을 그는 또한 지적한다. 엄청난 숫자의 젊은 남자들이 전쟁 내내 그런 장식물을 달지 않고 사무실에서 일했으며, 코트에 깃털을 꽂은 "문명화된 젊은 여성들"의 숫자라는 것이 그런 종류의 일을 전혀 하지 않은 여성들에 비하면 틀림없이 극소수였을 것임으로 쇼 씨의 과장은 50개나 60개의 깃털만으로도 (실제 통계는 나와 있지 않다) 여전히 조성해낼 수 있는 거대한 심리학적인 인상을 충분히 증명해준다. 이러한 것은 다음의 사실을 보여주는 듯하다. 즉 남성이라는 성은 그러한 조롱에 대한 비정상적인 민감성을 여전히 보존하고 있으며, 그러므로 남성다움의 으뜸가는 속성 가운데는 용기와 호전성이 여전히 들어 있고, 따라서 남성은 용기와 호전성을 지녔다고 찬탄 받기를 여전히 바라며, 따라서 그러한 특성에 대한 어떠한 조롱도 정비례적 효과를 초래한다. "남성다움의 정서"라는 것이 또한 경제적 독립과 연관되어 있다는 것은 개연성 있는 일이다. "여성을 부양할 수 있는 것을 공개적으로든 내밀하게든 자랑스럽게 여기지 않는 남성을 우리는 본 적이 없다. 그 여자가 여자 형제이든 정부mistresses이든 말이다. 고용주에 대한 경제적 독립으로부터 한 남자에 대한 경제적 의존으로의 변화를 영예로운 승진이라고 여기지 않는 여성을 또한 우리는 본 적이 없다. 이러한 일들에 대해 서로에게 거짓말을 하는 남자와 여자들이 얻는 이득은 무엇인가? 이러한 일들을 만든 건 우리가 아니다" ─ (필립 메이렛, 『A. H. 오레이지』, 7쪽) ─ G. K. 체스터턴에 의하면 A. H. 오레이지가 이러한 흥미로운 진술을 했다고 한다.

36)　R. B. 홀데인의 여형제인 홀데인 양에 따르면 80년대 초가 되어서야 비로소 귀부인도 일을 할 수 있었다. "물론 내가 직업을 갖기 위해 공부하고 싶어 했어야 했다. 그러나 그것은 '빵을 위해 일해야만 하는' 슬픈 처지에 놓여 있는 게 아니라면 불가능한 생각이었으며 그리고 그러한 처지에 놓인다는 것은 끔찍한 상황이었을 것이다. 심지어 남자 형제조차 랜트리 부인이 행동하는 것을 가서 보고 난 후 그 우울한 사실에 대해

다음과 같이 썼다. '그녀는 귀부인이었고 귀부인처럼 행동했다. 그러나 그녀가 그렇게 하지 않으면 안 된다는 것은 얼마나 슬픈 일인가!'"(엘리자베스 홀데인, 『한 세기에서 다음 세기로』, 73~74쪽) 세기 초에 해리엇 마티노는 자기 가족이 재산을 잃자 매우 기뻐했다. 왜냐하면 그녀는 "고상한 품위"를 잃었으며 따라서 일하도록 허락을 받았기 때문이다.

37) 마거릿 토드, 『소피아 젝스블레이크의 생애』, 69, 70쪽.

38) 리 스미스 씨에 대한 설명을 위해서는 바버라 스티븐의 『에밀리 데이비스의 생애』를 보라. 바버라 리 스미스는 마담 보디콘이 되었다.

39) 여성들이 1900년경 왕립 미술원에서 공부할 때의 실제 여건에 대한 다음의 설명은 그러한 개방이 얼마나 이름뿐인가 하는 것을 잘 보여준다. "여성이라는 종족에게는 왜 남성들과 똑같은 이점이 주어지지 않는지 이해하기 어렵다. 왕립 미술원에서 우리 여성들은 해마다 주어지는 온갖 상과 상패를 두고 남자들과 경쟁해야만 했는데, 우리에게는 오직 등록금 액수의 절반 그리고 남자들의 절반도 안 되는 공부 기회가 허락되었다. (…) 왕립 미술원의 여자 회화반에서는 어떤 누드모델도 포즈를 취하도록 허락되지 않았다. (…) 남학생들은 낮에는 남자와 여자 누드모델을 두고 작업하였을 뿐만 아니라 저녁반도 또한 제공되었는데 그 저녁반에서 남학생들은 방문 중인 왕립 미술원 회원이 가르칠 때에는 조각상을 보며 공부할 수 있었다." 이것은 여학생들에게는 "사실상 매우 부당한 것으로" 보였다. 그런데 콜리어 양은 처음에는 프랭크 딕시 씨에게—그는 여학생은 결혼하기 때문에 그들을 가르치는 데에 돈을 쓰는 것은 돈 낭비라고 주장했다—다음에는 레이튼 경에게 과감히 맞서는 데 필요한 용기와 사회적 위치를 가지고 있었고, 그러자 드디어, 중대한 일이 되는 작은 실마리인 옷 벗은 누드 조각상이 허락되었다. 그러나 "저녁반의 이점을 확보하는 데에는 우리는 결코 성공하지 못했다." 따라서 여학생들은 돈을 추렴하여 베이커 가에 있는 사진작가의 스튜

디오를 임대하였다. "위원회인 우리는 굶어 죽을 정도의 식단으로까지 끼니를 줄이면서 돈을 마련해야 했다."(마거릿 콜리어, 『예술가의 생애』, 79~81, 82쪽) 같은 규칙이 20세기의 노팅엄 미술학교에서도 실행 중이었다. "여자들은 누드를 보며 그리는 것이 허락되지 않았다. 남자들이 살아 있는 형상, 즉 모델을 두고 작업할 때엔 나는 골동품 방으로 들어가야만 했다. (…) 그 회반죽 석고상에 대한 증오가 오늘날까지도 나에게 남아 있다. 그 석고상들을 공부해서 내가 얻은 이득은 하나도 없다."(데임 로라 나이트, 『유화와 분장(메이크업)』, 47쪽) 그러나 예술이라는 직업만이 이렇듯 명목상으로 개방된 유일한 직업은 아니다. 의학이라는 직업도 "개방되어 있다," 그러나 "……런던 병원에 부속되어 있는 거의 모든 학교가 여학생들에게는 닫혀 있으며 여학생들을 런던에서 훈련하는 일은 주로 런던 의과대학에서 실시된다."(필리파 스트레이치, 『영국 남성의 지위와 관련된 영국 여성의 지위에 관한 제안서』, [1935], 26쪽) "케임브리지 대학의 여자 '의과대 학생' 중 몇몇은 불만을 표명하기 위한 모임을 형성하였다."(『이브닝 뉴스』, 1937년 3월 25일) 1922년에 여학생들이 캠던 타운에 있는 왕립 수의학 대학에 입학이 허가되었다. "……그 이후 그 직업이 너무나 많은 여자들을 끌어들이므로 그 숫자가 최근 50명으로 제한되었다."(『데일리 텔레그래프』, 1937년 10월 1일)

40)/41) 스티븐 그윈, 『메리 킹즐리의 생애』, 18, 26쪽. 어떤 편지 한 부분에 메리 킹즐리는 다음과 같이 쓰고 있다. "나는 이따금 쓸모가 있다. 그러나 그것이 전부다. 몇 달 전에 내가 매우 쓸모가 있었는데, 친구 집에 갔을 때 친구가 자신의 침실로 올라가 새 모자를 봐달라고 부탁했다. 그것은 나를 휘청거리게 한 제안이었다. 그런 일에 있어서의 나의 의견에 대해 그녀가 어떤 의견을 갖고 있는지를 내가 잘 알고 있었기 때문이다." 그윈 씨는 말한다. "그 편지는 공인되지 않은 약혼녀의 이러한 모험담을 마무리 짓지는 않았다. 그러나 그녀는 그를 지붕에서 떨어뜨렸고 그 경험을 떠들썩하게 즐겼다고 나는 확신한다."

안티고네에 따르면 성문법과 불문법, 두 종류의 법이 있는데, 드루먼드 부인은 때로는 성문법을 어김으로써 그것을 개선하는 일이 필요할지도 모른다고 주장한다. 그러나 분명한 것은 19세기의 그 교육받은 남성의 딸이 벌인 다양한 활동의 방향은 그냥 법을 어기거나 심지어 주로 법을 어기려고 한 것은 아니었다. 반대로 그 활동은 무엇이 불문법인지를 발견하기 위한 실험적인 종류의 노력이었는데 그 불문법은 어떤 본능, 열정, 정신적 신체적 욕망을 규제하는 사적인 법이다. 그러한 법이 존재하며 문명화된 사람들이 그것을 준수하고 있다는 것이 꽤 일반적으로 용납되고 있다. 그러나 그러한 법이 "신"에 의해 규정된 것은 아니라는 의견에 사람들이 동의하기 시작했는데, 그 "신"이란 이제는 매우 일반적으로, 가부장적 기원의 개념이라고 그리고 어떤 특정 단계와 특정 시대에 속한 어떤 특정 인종들에게만 타당성이 있는 개념이라고 여겨지고 있다. 또한 그러한 법이 자연에 의해 규정된 것도 아니라는 의견에 사람들이 동의하기 시작했는데, 그 자연은 이제 그 통솔력이 상황에 따라 매우 달라지며 크게 통제도 받을 수 있다고 알려져 있다. 그러나 그러한 법은 차세대들에 의해, 주로 그들 고유의 이성과 상상력의 노력에 의거해, 새롭게 발견되어야 한다는 것에도 사람들이 동의하기 시작했다. 그런데 이성과 상상력은 어느 정도 우리 몸의 산물이며 그리고 남자와 여자라는 두 종류의 몸이 있으므로, 그리고 이 두 몸은 지난 몇 년 동안 근본적으로 서로 다르다는 것이 판명되었으므로, 그러한 두 몸이 감지하고 존경하는 법은 다르게 해석되어야 한다는 것은 명백하다. 그리하여 줄리언 헉슬리 교수는 말한다. "……수정의 순간부터 시작하여 그 이후 계속 남성과 여성은, 염색체의 — 즉 세상은 잘 모르고 있다고 하더라도 지난 10년 동안의 연구가 유전성 전달자라고 그리고 우리의 성격과 특성의 결정자라고 밝힌 본체의 — 숫자와 관련되어 그들 몸의 모든 세포 차원에서 서로 다르다." 그러므로 "지적이고 실제적인 삶의 상부구조는 양성에 있어서 잠재적으로 동일하며" "중등학교에서 남학생과 여학생

의 교과 과정의 구별에 관한 위원회의 최근의 교육국 보고서
(런던, 1923)가 양성 사이의 지적인 차이는 일반적으로 믿고
있는 것보다 아주 매우 근소하다"라고 확증한 사실에도 불구
하고 지금 양성은 서로 다르며 항상 다를 것이라는 것은 분명
하다. 각각의 성이 자신의 경우에 있어서 어떤 법률이 유효한
지 확인하고 서로의 법을 존중할 뿐만 아니라 그러한 발견의
결과를 공유하는 것이 만약 가능해진다면 각각의 성이 자신의
독특한 특징을 굴하지 않으면서도 충분히 발전하고 또한 질적
인 면에서도 향상되는 일이 가능해질 것이다. 한 성이 다른 성
을 "지배해야" 한다는 낡은 관념은 그렇게 되면 쓸모없게 될 뿐
만 아니라 너무 불쾌하여, 만일 지배적 세력이 어떤 일들을 결
정해야 하는 것이 실질적인 목적을 위해서는 필요하다고 한다
면, 범죄자를 매질하고 처형하는 일이 이제는 철저히 세상에는
알려지지 않은 채 복면 쓴 사람들에 의해 실행되듯 강압과 지
배라는 불쾌한 업무는 열등하고 비밀스러운 집단에게로 좌천
될 것이다. 그러나 예측이 이렇다는 것이다.

43) 1933년 2월 6일자 『타임스』의 H. W. 그린의 부고에서 그는 옥
     스퍼드의 모들린 칼리지의 특별연구원으로 "그러거"라고 친
     숙하게 불렸다.

44) "1747년 (미들섹스 병원의) 분기별 임원회는 어떤 여성도 산
     파 역할을 하지 못하게 하는 규칙에 따라 분만 환자를 위해 병
     상 침대 중 몇 개를 따로 떼어놓기로 결정하였다. 여성의 배제
     라는 것은 전통적 태도로서 계속 남아 있었다. 후에 가렛 앤
     더슨 박사가 된 가렛 양은 1861년 수업을 들어도 좋다는 허락
     을 받았다. (…) 그리고 상주하는 고위담당자와 함께 병동을
     방문할 수 있는 허락를 얻었으나 학생들이 항의하였고 그러
     자 의학 고위담당자들은 항복하였다. 이사회는, 여학생을 위
     한 장학금을 기부하겠다는 그녀의 제안을 거절하였다."(『타임
     스』, 1935년 5월 17일)

45) "현대 세상에는 검증이 잘된 엄청난 양의 지식이 있다. (…) 그
     러나 어떤 종류의 강력한 열정이든 그런 것이 끼어들어 전문

가의 판단을 뒤틀어놓자마자 그 전문가는 무슨 과학적 장비를 갖추고 있든 상관없이 신뢰할 수 없는 사람이 되어버린다."(버트런드 러셀, 『과학적 견해』, 17쪽)

46) 그러나, 기록 갱신자 중 한 사람이 기록 갱신에 관하여 존경심을 필히 자아낼 이유 하나를 제공했다. "그때 당시에도 나는 다음과 같이 생각하였다. 즉 때때로 여성들은 남성들이 이미 해놓은 것, 그리고 가끔은 남성들이 하지 못했던 것을, 스스로 해내야 하며 그렇게 함으로써 개인으로서 자리를 잡게 되고 또한 어쩌면 다른 여성들로 하여금 생각과 행동 면에서 더 큰 독립을 향해 나아가도록 장려하게 된다고 생각했다. (…) 그 여성들이 실패하면 그 실패는 다른 여성들에게 도전이 될 것이 틀림이 없다."(아멜리아 이어하트, 『마지막 비행』, 21, 65쪽)

47) "사실상 이 과정[출산]은 실제로는 단지 여성들 대부분의 삶에 있어서 매우 짧은 시간 동안만 여성들을 무력하게 만든다―여섯 명의 아이를 가진 여성조차 그녀의 전 생애 중 단지 열두 달 동안만 부득이 꼼짝할 수 없게 된다."(레이 스트레이치, 『여성의 직업과 일자리』, 47~48쪽) 그러나 현재는 여성들이 훨씬 더 오랜 시간 동안 필히 그 일에 매여 있다. 그 일은 반드시 모성적인 것만은 아니며 따라서 부모 양쪽이 모두 그것을 공유해야 한다는 대담한 제안이 제기되었다. 그리고 실제로 영국 국회의원 한 사람은 그의 자녀들과 함께하기 위해 사임한 적이 있다.

48) 이탈리아와 독일의 독재자 둘 다 남성다움의 특성과 여성다움의 특성에 대해 종종 정의를 내린다. 두 사람 모두 싸우는 것이야말로 남성의 본성이며 사실상 남성다움의 정수라고 반복하여 주장한다. 예를 들어 히틀러는 "평화주의자 국가와 남성의 국가" 사이에 구분을 둔다. 두 독재자 모두 투사의 상처를 낫게 해주는 것이 여성다움의 특성이라고 반복하여 주장한다. 그럼에도 불구하고 남성은 본질적으로 투사라고 하는 오래된 "자연스럽고도 영원한 법"으로부터 남성을 해방하려는 매우 강력한 운동이 진행 중이다. 오늘날 남성들 사이에 평화주의

가 성장하고 있는 것을 목격해보라. 더 나아가 네브워스 경이 "영원한 평화가 혹시 성취되어 육군과 해군이 더 이상 존재하지 않는다면 싸움이라는 것이 개발해놓은 남성적인 특징의 배출구가 없어질 것이다"라고 말한 진술과 몇 달 전 같은 사회계층의 또 다른 젊은 남자가 다음과 같이 말한 진술을 비교해보라. "……모든 남자 아이들이 가슴에서 전쟁을 갈망한다고 말하는 것은 진실이 아니다. 가지고 놀라고 검과 총과 병정과 군복을 우리에게 줌으로써 그런 갈망을 가르치는 사람은 오로지 다른 사람들이다."(후베르투스 뢰벤스타인 왕자, 『과거의 정복』, 215쪽) 파시스트 국가들이 젊은 세대들에게 적어도 다음의 필요성을, 즉 남성적 정력이라는 낡은 관념으로부터 해방되어야 할 필요성을 드러내 보임으로써 크림 전쟁과 유럽 전쟁이 여성들에게 해주었던 일을 바로 남성들에게 해주고 있다고 할 수 있다. 그러나 헉슬리 교수는 "유전적 구조를 상당한 정도로 바꾸는 일은 수십 년이 아니라 수천 년이 걸릴 일"이라고 우리에게 경고하고 있다. 한편 과학은 지구상에서의 우리의 삶이 "수십 년이 아니라 수천 년에 걸친 일"이라고 우리에게 또한 확신시켜주고 있으므로 유전적 구조의 변화라는 것은 시도할 만한 일일 수도 있다.

49)   그러나 코울리지는 다음 인용 구문에서 아웃사이더의 견해와 목적을 꽤 정확하게 표현하고 있다. "인간은 자유로워야 한다. 그렇지 않으면 무슨 목적을 위해 그가 본능의 기계가 아닌 이성의 영혼이 되도록 만들어졌겠는가? 인간은 복종해야 한다. 그렇지 않으면 무엇 때문에 그가 양심을 가지고 있겠는가? 이러한 어려움을 만들어내는 힘은 그 해결책도 마찬가지로 포함하고 있다. 왜냐하면 그 힘이 봉사하고 있는 것이 완벽한 자유이기 때문이다. 그 밖의 다른 봉사를 강요하는 법이나 법 제도는 그것이 무엇이든 우리의 본성을 천박하게 만들고, 신과 같은 사람들에 대항하여 동물 같은 사람들과 동맹을 맺고, 우리 내면 안에 환희로운 선행의 원리를 말살시키고 인간성에 대항하여 싸움을 벌인다. (…) 그러므로 한 사회가 정부의 정당

한 헌법의 지배하에 있고자 한다면, 즉 합리적 존재들에게 법에 복종하겠다는 진실되고도 도덕적인 의무를 부과할 수 있는 그런 헌법의 지배하에 있고자 한다면, 그러한 헌법은, 모든 개인이 헌법의 법률에 복종하면서도 동시에 자신의 이성을 따르고, 자신의 이성의 명령을 따르면서도 동시에 국가의 의지를 수행하는 그런 원칙 위에서 그 골격이 만들어져야 한다. 이것은 루소에 의해서도 명백히 주장되고 있는데 그는 정부의 완벽한 헌법이라는 문제에 대해 다음과 같이 진술하고 있다. '전체와 결속되어 있는 각각의 사람들이 그래도 자기 스스로에게만 복종하고 전처럼 자유로운 상태로 남아 있게 해주는 그런 사회 형태를 찾는 것.'(S. T. 코울리지, 『친구』 제1권, 333, 334, 335쪽, 1818년판) 이것에다 월트 휘트먼에서 따온 인용구를 추가할 수 있을 것이다. "평등에 대해 ― 다른 사람들에게 나 자신과 똑같은 기회와 권리를 주는 것이 마치 나에게 해가 되는 듯하고 ― 다른 이들이 나와 똑같은 권리를 소유한다는 것이 마치 나 자신의 권리에 필수 불가결한 것은 아닌 듯한 것이다." 그리고 마지막으로 반쯤 잊혀진 소설가, 조르주 상드의 말이 곰곰이 생각해볼 가치가 있다. "모든 인간 실존은 상호의 존적이다. 자신의 고독을 동료들의 고독에 덧붙이지 않고 고독 속에서 자신의 존재를 제시하고자 하는 인간 존재는 그 누구든 풀어야 할 수수께끼 하나를 제공할 뿐이다 (…) 개성이란 그 자체로는 의미도 중요성도 없다. 개성이란 그것이 일반적 삶의 한 조각으로 되어가는 데서만, 나의 모든 동료 존재를 자신의 개성과 결합하는 데서만 의미를 지닐 따름이며, 바로 그렇게 해서 개성이 역사가 된다."(조르주 상드, 『내 삶의 역사』, 240~241쪽)

전쟁과 여성 그리고 돈

1931년 울프는 '국립 여성 공공서비스 협회'에서 행한 강의를 토대로 『자기만의 방』(1929)의 속편을 구상하였다. 전자의 경우 핵심주제가 작가/예술가로서의 여성 문제였다면 후자에서는 여성과 전문직, 여성의 경제, 사회적 삶 등을 폭넓게 다루고자 했다. 이를 위해 각종 신문과 잡지의 기사, 사진, 여러 사회단체의 연대기와 호소문, 그리고 연감, 전기, 자서전, 역사서, 회고록, 일기, 편지 등 방대한 자료를 수집하였고 여러 권의 노트와 스크랩북도 만들었다. 그리고 처음에 시도한 것은 '여성의 전문직'이라는 제목의 '소설-에세이'였다. 스스로 "무모한 시도"라고 일컬은 이 장르 실험작은 제목을 '파지터가家 사람들'로 바꿔 달고 출판되기 직전, 소설 부분은 울프의 마지막 장편소설이자 그녀 생전 가장 인기 있었던 『세월』(1937)로, 그리고 에세이 부분은 논픽션인 『3기니』(1938)로 분리되어 각각 완성되었다.

『3기니』가 처음 착상되어 제2차 세계대전 발발 1년 전에 출간되기까지의 7~8년의 세월은 하루가 다르게 유럽이 전쟁을 향해 나아가는 시기와 중첩된다. 여성 문제를 더욱더 전쟁과 결부하여 천착할 수밖에 없는 상황으로 점차 변해갔던 것이다. 1935년 봄, 울프는 유태인 남편 레너드와 함께 나치 독일을 거쳐 파시스트 이탈리아를 방문하였다. 무솔리니의 로마에서는 어디를 가나 병사들이 행진하고 있었고, 누가 보아도 이미 전쟁이 진행 중이라는 인상을 남겼다고 레너드는 전한다. 울프는 점차 전운이 짙어가는 1930년대 유럽의 긴박한 정치적 상황 속에서 작가로서, 그리고 여성으로서 자신의 역할이 무엇인지, 특히 "여성의 시각이 도대체 무엇인지What is really woman's angle?"에 대해 끊임없이 묻고 답하였다. 1936년에 발발한 스페인 내전은 울프가 그러한 근본적 질문을 본격적으로 다루게 되는 『3기니』 집필의 기폭제가 되었다. 전쟁에서 처참하게 살해된 아이들의 "시신과 폐허가 된 집"의 사진들이 중요한 순간마다 언급되면서 『3기니』의 일종의 '바탕화면'을 구성하고 있다는 사실이 이를 여실히 증명한다. 게다가 1937년 스페인 내전에서 구급차를 몰던 울프의 맏조카 줄리언 벨이 갑작스럽게 사망했다는 비보가 전해진다. 울프는 "『3기니』를 저술하는 동안 늘 줄리언을 생각했다"고 적고 있다. 이렇듯 『3기니』는 전쟁의 위협이 사방에서 압박해오는 상황에서 전쟁과 파시즘, 제국주의는 과연 어디에서 유래하며 그것은 여성과 젠더, 가부장제와 어떠한 근본적인 상관관계가 있는가를 파헤치는 평화주의자 울프의 페미니스트 반전 논쟁 책자이자 일종의 "시위"다. 울프의 전기를 쓴 또 다른 조카 퀜틴 벨은 『3기니』를 "압제에 대한 시위", "실재하는 악을 맹렬히 비난한 진정한 시위"로 간주하고 있다. 울프는 오랜 시간 이 작품의 제목을 여러 가지로 구상해 왔는데 독재자와 파시스트의 나라들을 방문한 후에는 가제로 "다음 전쟁The Next War"을 고려했다고도 한다.

따라서 전쟁에 대한 언급으로 『3기니』가 시작되는 것은 당연하다. '어떻게 하면 전쟁을 막을 수 있겠습니까?'를 묻는 편지에 3년도 넘는 오랜 세월 동안 답을 못하고 내버려두었다는 작품 벽두의 여성 화자의 푸념은 내용과 형식 모든 면에서 『3기니』의 기본 틀을 형성하고 있다. 전쟁 방지라는 거대한 주제를 논한다는 것은 며칠 내의 답장으로 처리할 수 있는 단순한 일이 될 수 없음을 분명히 한다. 전쟁이라는 것이 가장 사적인 영역인 가정은 물론 전문직 등 공공 영역 전반에 녹아 있는 파시즘적 가부장 제도와 연결되어 있다는 것을 밝힌다는 것은, 화자가 고백하듯이, 처음부터 실패를 전제하고 시작할 수밖에 없는 난제라는 사실을 독자는 미리 듣게 된다. 문학작품의 내용과 형식은 불가분의 유기적 관계가 있음을 숙지하고 평생 새로운 소설의 기법과 형식을 실험해온 울프는 이 '에세이'를 쓸 때에도 결코 예외가 아니었다. 가부장적 자본주의에 저항하는 '공산당 선언'으로도 일컬어지는 『3기니』는 확실히 이전의 어느 작품들에서보다 격앙된 울프의 모습이 더 드러나고 있음에도, 시종일관 목청 높여 규탄하고 고발하고 외쳐대는 정치적 선전과도 또한 확실히 거리가 멀다. 『자기만의 방』을 위시하여 일기와 편지 등에서 거듭 언급하고 있듯이, 작가의 특히 여성 작가의 분노와 절규는 정작 그 목소리를 들어야 할 독자들을 밀쳐내고 광인으로 오인될 소지를 내재한 현명치 못한 전략이라는 것을 울프는 익히 알고 있었다. 작품 도입부에서 『3기니』는 서간 형식을 취하고 있다는 사실을 드러낸다. 그렇다고 편지가 계속 오가지는 않는다. 화자의 의견을 물으면서 재정적 지원을 호소하는 세 통의 편지에 대해 화자가 긴 답장을 보내는 식이다. 정확히 말하면 액자식 구성으로 하나의 답장이 또 다른 두 통의 편지에 대한 답장을 담고 있다. 모든 답장이 얼핏 일방통행의 자기주장으로 보이지만 화자가 때로는 설교하고 꾸짖고 분노하고 간청하고 날카로운 유머를 던지거나 비아냥거리기라도 할라치면 이내 편지 수신인이 어떻게 반응할 것인가를 상상하고 떠올리며 자신의 입장을 조심조심 펼쳐나간다. 일종의 대화가 보이지 않는 형태로 진행되고 있다. 편지에 답을 보낼 때의 기본적으로 공손하고도 정중한 태도와 어투로 울프는 복잡한 이슈의 논쟁에 수반되는 감정의 완급을 조절하고 있는 셈이다. 또한 독자는 화자의 편지 답장을 '엿듣는' 입장에 처하게 되어 화자의 신랄한 비평이나 급진적인 제안의 충격으로부터 일정한 완충 효과를 확보할 수 있게 된다. 화자는 그러한 완충장치와 편지라는 형식이 창조하는 프라이버시 효과에 힘입어 전쟁과 여성이라는 복잡하고 민감한 이슈에 대한 자신의 속내를 좀 더 솔직하고 과감하게 드러낼 수 있게 되는 것이다.

'3기니'라는 제목의 '기니'는 원래 영국의 옛 금화다. '기니'라는 말은 그것이 처음 주조될 때 원재료인 금을 아프리카 기니 해안에서 가져왔기 때문에 붙여진 이름이다. 1663년부터 1813년까지 발행되었고 당시 1파운드 1실링의 가치를 가졌다. 빅토리아 시대(1837~1901)를 거쳐 울프가 『3기니』를 쓸 즈음, '금화'로서의 기니는, 적어도 울프가 속한 계층에서는, 더 이상 통용되지 않았다. 그러나 화폐 단위로서의 기니는 자선 단체에 기부금을 보내거나 변호사, 전문의의 수임을 지불할 때에 수표에 기입 되어 계속 사용되었다. 값비싼 맞춤 양복이나 구두, 보석, 자동차, 그림 등 호화품도 여전히 기니로 가격이 표시되어 있었다. 영국이 화폐제도를 십진법으로 개혁한 1971년 이후에 기니는 1.05파운드로 환산되었고 현재까지도 부자들이 경주용 말 등을 거래할 때에 화폐 단위로 사용되기도 한다. 빅토리아 시대에는 소버린이라는 또 다른 1파운드어치 금화도 통용되었고 1파운드 지폐는 없었다. 1실링 차이가 나는 두 가지의 금화는 서로 다르게 사용되었다고 한다. 가령 상인들은 1파운드라고 하면 1소버린으로 거래하고, 신사들은 1파운드라고 하면 1기니로 거래를 하여 남는 1실링은 점원이나 조수들이 나눠 갖게 했다고 한다. 즉 1기니는 '1파운드보다 더 관대한a more gentlemanly amount than £1' 액수였다.

빅토리아 시대 말기인 1882년에 태어난 울프가 복잡한 영국 화폐 단위 중에 굳이 금화로서 출발한 '기니'를 선택하여 작품의 제목으로 사용한 것은 그 자체로 시사하는 바가 크다. 아프리카 기니 해안과의 연관성은 영국과 서구 열강의 식민지적 제국주의와 노예무역을 쉽게 떠올리게 하며 많은 이들에게는 가부장적 가정 내에서의 여성의 노예적 위상을 암시해주는 것으로 보이기도 한다. 한편, 앞서 기니의 통화 역사가 보여주듯 기니는 사회계급의 배지로서 『3기니』에서의 울프의 포지션을 나타내주는 상징적 기표로서 기능하고 있음이 분명하다. 울프는 어떠한 사회개혁을 논할 때에도, 『3기니』에서 수도 없이 되풀이되는 "교육받은 남성의 딸"의 입장을 잊지 않고 있다. 즉 중산층인 자신이 섣불리 노동자나 노동자계급을 대신할 수 있다고 나서지 않는다. 자신이 속한 계층의 일원이자 여성이며 작가로서, 자신이 할 수 있는 일에 집중하고자 했다. 그리하여 울프는 '교육받은 남성의' '딸'이 처한 곤경과 역경이 어떻게 전쟁이라는 메가 내러티브와 연결되어 있는가에 대해 '글을 썼던' 것이다. 덧붙여, 1기니는 일종의 '문학적 상관물'로서―이 책의 화자가 끝부분에서 1기니라는 기부금이 너무 적어 미안하다고 사과하는 것에서 암시하듯―남성들에게는 적은 돈일지 모르지만 여전히 '가난한' 여성들에게는 큰돈이며 '귀중한' 돈임을 비유적으로 나타내주는 '구체적 사물'로서 더 자주 쓰이고 있다. 다시 말해 이 작품에서 기니는 물론 1차적으로 화폐 단위로서 사용되고 있지만, 문맥에 따라서는 '금화'로서의 그 본래의 뜻이 더 부각되고 있다. 가령 화자가 "금화는 희귀합니다. 금화는 가치가 큰 돈이지요Guineas are rare and valuable"라고 되풀이하거나 "……동시에 금화를 잡으려 손을 뻗습니다You stretch out [your] hand for the guinea"라고 말하는 것은, 많은 경우 기니는 금화로 번역되는 편이 더 적절하다고 판단되는 근거 중의 하나가 된다. 생활비를 벌기 시작한 여성들이 초창기에 받은 돈을 화자가 '6펜스 은화'라고 되풀이하여 표현하면서 그것을 남성 변호사들이 첫 변론 후 받았던 금화(기니)와 대비시키는 것 역시 또 하나의 좋은 근거가 된다.

『3기니』에 앞서 울프는 여성이 작가가 되기 위한 필요조건으로, 그녀의 아이콘이 된 '연 5백 파운드와 자기만의 방'을 주창하였다. 그 구절 중 뒷부분의 '자기만의 방'을 떼어내어 이름붙인 작품에서였다. 그것의 속편에서는 아예 제목에서부터 돈을 전면에 내세웠다. 어느 비평가는 동전 짤랑거리는 소리가 시종일관 『3기니』에서 들린다고 말하며 파운드를 나타내는 기호 "£"가 얼마나 빈번하게 등장하는가를 세어보기까지 한다. 돈의 중요한 위상은 그러나 남성과 여성에게서 현저하게 다른 양상을 띤다. 생활비를 벌기 시작한지 근 20년이 흘렀지만 여성들은 여전히 가난하다. 화자에게 기부를 요청하는 여자대학 재건 기금 모금 단체와 여성의 전문직 진출을 돕는 단체조차 집세가 없으며 헌옷가지라도 보내달라고 호소할 정도이다. 그 형편에 분개하는 여성 화자는 어떠한가? 장황한 기부 조건을 설명한 후 화자가 내놓을 수 있는 돈은 각각의 단체에 1기니씩 그리고 문화와 지적 자유를 수호하며 전쟁 방지를 도모하는 단체에 1기니, 총합 3기니, 곧 3파운드 3실링이다. 이와 반면에 교육받은 남성들은 어떠한가?

그들은 비교할 수 없을 만큼 돈이 많다. 여기서 울프는 스스로 '세인트 폴 성당을 폭파하기에 충분한 화약'에다 비유한 자신의 방대한 "사실"의 자료를 유감없이 활용한다. 본문에서 그리고 뒤에 수록된 유례없이 많은 분량의 '주석과 참고문헌'에서 울프는 각종 통계 수치와 연감 기록, 자서전, 전기, 일간지 속 증언들, 정확한 돈의 액수를 가차 없이 노출시키고 병치시켜 자료들로 하여금 스스로 진술하게 한다. 옥스퍼드와 케임브리지의 남자 대학들은 막대한 기부금과 유산으로 넘쳐난다. 군대는 연간 3억 파운드를 무기구입에 쾌척한다. 교육받은 남성계층의 최고 전문직인 교회 성직자들은 최고액 연봉자들이다. 거기에다 대학교수, 법관, 군인, 성직자, 정치가들이 자신들의 신분과 권위를 "선전"하고 차별화하기 위해 착용하는 복장, 가운, 모자, 가발 그리고 깃털, 훈장, 휘장, 리본 등의 장식물에 들어가는 돈은 수천 혹은 수만 기니가 된다. 『3기니』의 초판에 수록되었다가 오랫동안 알 수 없는 이유로 누락되었다가 다시 복원된 다섯 장의 사진은 그렇게 휘황찬란하게 치장한 전문직 남성들의 행렬을 희화하듯 잘 담아내고 있다.

전통적으로 여성들의 유일한 직업은 결혼이었으므로 남편과 아버지를 떠나 여성들 스스로는 근본적으로, 대대로 빈곤하였다. 근대에 들어 몇몇 딸들이 부족한 돈을 벌기 위해 일을 하고자 할 때, 아버지들은 가령 보수를 받고 가정교사를 한다는 것은 숙녀답지 않은 가문의 수치라며 극구 말리곤 했다. 딸들에게 대학교육이 허락되고 난 이후에도 전문직에 필요한 학위 표시 약자를 졸업생 이름 뒤에 기입하지도 않았다. 1919년 성차별금지법 이후에 전문직에 진입할 수 있었던 소수의 여성들도, 울프의 자료가 웅변해주고 있듯이, 승진과 봉급에서 현격한 성차별을 받았다. 그리하여 수많은 교육받은 남성들이 네자릿수 혹은 그 이상의 연봉을 받고 있을 때, "다년간의 경력과 높은 자격 요건을 갖춘 여성에게조차 1년에 250파운드를 번다는 것은 대단한 성취"라고 여겨질 정도였다.

사회적으로 제도화된 여성의 오랜 경제적 빈곤은 가정 내 가부장제에 계속 충성하도록 한다. 여성에게 가장 적합한 공간은 가정이라는 독단적인 가부장적 이데올로기를 심화시키는 것이다. 이는 산업혁명 이후 팽창 일로에 접어든 자본주의하에서 더욱 그러했다. 더 많은 숫자의 남성들이 더 많은 자본의 세력을 갖고 더한층 많은 소유와 지배와 군림을 추구하고 누렸으며, 그 욕망이 탐욕으로 변질되어 가면 갈수록 가정 내에서의 여성과 여성화된 타자들을, 곧 약소민족, 약소국가들을 억압하고 점령해나갔다. 이 과정에 수반되는 폭력과 전쟁은 그 자체로 "남성성의 배출구"이자 남성들의 "행복과 흥분의 원천"으로 "어떤 영광, 필연성과 만족감"을 가져다주는 수단이었다. 이리하여 사적인 가정과 가족 내에서의 파시즘과 독재주의를 낳은 남성들의 "유아기적 고착증"과 가부장적 욕망은 전쟁을 동반하는 더 큰 규모의 독재와 제국주의를 낳을 수밖에 없으며, 울프는 '기니'를 앞세워 이러한 과정을 하나하나 짚어나가고 있다. 가난으로 인해 여성은 무의식적으로든 의식적으로든 전쟁을 찬성할 수밖에 없다. 따라서 교육받은 남성의 딸들은 무엇보다 절대적 지배력을 가진 아버지의 "재정적 형벌"이 두려워 가부장제를 지지할 수밖에 없는 구조로부터 자유로워져야 한다. 결혼을 위한 가정교육을 넘어 대학교육을 받고 전문직에 진출하여 "생활비를 벌게" 됨으로써 경제적 독립을 이루고 "사심 없는 영향력"을 가져야 한다. "독자적인 수입에 바탕을 둔 독립적 의견이라는 무기"를 가져야 한다는 것이다. 따라서 울프는 어느 중년 남성 법조인이 전쟁 방지책을 물어왔을 때 그에 대한 답신은 맨 뒤로 미룬다. 그 이전에 선결되어야 할 문제는 여성의 대학교육과 전문직 진출을 돕는 일이라고 보면서 그것이 근본적으로 전쟁을 막는 데에 기여한다고 역설한다.

물론 문제는 그렇게 간단하지 않다. 울프는 기존 체제 안에 평등하게 진입해야 할 필요성과 그 안에 내재된 모순과 병폐를 거부하고 전복하려는 욕망 사이의 충돌을 가장 첨예하게 인식하고 직면한 작가 중의 하나였다. 대학교육은 편협되고 결핍된 여성 개인 가정교육의 대안이지만, 그것은 "우월심, 경쟁심, 질투심"으로 "전쟁의 성향"을 북돋우며, 자신들의 "위엄과 권세"에 대한 소유욕은 무력보다 더한 미묘한 방법으로 그것을 지키려 하고, 여자대학생의 숫자를 엄격하게 제한한다. 막대한 기부금을 제공해줄 거대한 제조업자와 자본가 졸업생의 양산에 주력함으로써 대학은 "자유에 대한 특별한 존경심도, 전쟁에 대한 특별한 증오심도 키워주지 못한다." 전문직의 상황 또한 크게 다르지 않다. 가령 남성 스스로 증언하는 여성 공무원의 탁월한 능력과 수완과 충성심에도 불구하고 양Miss이라는 말이 붙으면 봉급이 "납덩이"처럼 저절로 가라앉는다. 혈연과 학연에 의한 남성 중심적 고용 제도는 공직과 전문직 여성의 숫자 자체도 줄인다. 그러니 여성이 "하원the House of Commons을 직장으로 삼을 수 없다면 적어도 자신들의 집houses을 대단하게 만들도록" 하자는 익숙한 가부장적 압력에 처한다. 그것은 아주 미묘한 "냄새," 낌새, "분위기" 속에 실재하는 남성 "독재의 초기 태아 상태"로서 히틀러와 같은 독재자가 "나뭇잎 위의 유충처럼 웅크린 채, 영국의 심장부 안에 존재하고" 있는 것이다. 더 나아가 교육받은 남성들은 여자 형제와 딸

들의 전문직 진출을 막기 위해 "전투"를 벌이는 "투사"가 되기 일
쑤다. 따라서 딸들이 그러한 전문직에 종사하는 것은 결과적으로
전쟁으로 이어지는 똑같은 소유욕과 호전성과 조급함과 탐욕을
답습하는 것이기도 하다.

　이런 상황에서 여성에게 1기니는 대단히 큰돈이다. 그 돈을 함
부로 기부할 수 없다. 기부 조건을 설명하는 내용이 바로 대학교
육과 전문직에 대한 대안적 비전이다. 그 비전은 울프에게 있어
서는 아이러니컬하게도 여성의 열악하고 가난한 교육과 삶과 전
통에서 그 근거가 찾아진다. 『자기만의 방』에서와 마찬가지로 울
프는 '당하고만 살았다'는 피해자 의식에 머무르지 않는다. 전쟁
에 이르는 경제, 교육, 정치체제의 주류에 합류하지 못한 여성의
주변성이 오히려 비판과 개혁의 실마리를 제공하는 거리를 부여
했음을 알아챈다. 여자대학은 가난하며 젊다(역사가 짧다)는 특
성에 토대를 둔 새로운 대학은 "다른 사람을 지배하는 기술," "군
림하고 죽이고 땅과 자본을 쟁취하는 기술"이 아니라 "인간 교제
의 기술, 다른 이들의 삶과 마음을 이해하는 기술"을 가르치는 곳
이다. 특수화, 전문화가 아니라 "통합적"이며 "정신과 육체가 서
로 결합"하여 "멋진 전체성"을 이뤄내려는 교육을 위해 훌륭한
사색가나 지식인만이 아니라 "덕 있는 사람"이 가르치는 대학이
다. 한 마디로 배우는 게 좋아 배우러 오는 대학이다. 여성이 진출
하려는 전문직도 여성이 받아온 가난한 "무료 교육의 선생님"을
모셔야 한다. 그것은 "가난, 정절, 조소, 거짓 충성으로부터의 자
유"이다. "가난"은 먹고 살 수 있고 몸과 마음을 발전시킬 수 있는
최소한의 돈을 벌고자 하는 태도를, 그만큼의 돈을 벌었을 때 정
절은 '돈 자체를 위해 두뇌를 팔고 매춘하는 일을 거부해야 함'을
가르쳐 줄 것이다. "조소"라는 것은 자신의 공적과 부를 광고하여

명성이나 칭송을 얻으려는 굶주림을 조롱하는 것이다. "거짓 충성으로부터의 자유"라는 것은 국적, 종교, 대학, 가문, 성, 돈에 대한 자만심에서 벗어나라는 것이다. 그런 자만심을 얻기 위해 전문직에 종사하는 것을 지양하는 것이다. 결혼 외에 여성에게도 문이 열려 있었던 문학이라는 직업에서도 "조롱을 당하고 정조를 지켜야 하고 무명이 되고 가난해지는 것"이다. 그렇게 하여 두뇌의 간통이나 문화적 매춘을 그치고 '자신이 말하고 싶은 것을 자신의 길이로,' 자신의 방식으로 모국어를 사용하여 표현함으로써 문화와 지적 자유를 지켜나갈 것이다.

울프가 제시하는 실험적이고 모험적인 대안적 대학교육과 전문직은 단지 유토피아에 불과한가? 소위 의식의 흐름의 대표적 모더니스트 작가로 알려진 울프는 매우 현실적이다. 지금 여기 두 발이 땅을 디디고 있다는 현실 곧 "사실"을 잊지 않는다. 현재의 구조하에서 여성이 전쟁을 막는 독립적인 영향력을 발휘하려면 우선 고등교육을 받고 전문직에서 생활비를 버는 일 외에 대안이 없음을 잘 알고 있다. 여기에서 대안적 비전을 제시하고 분석하는 일은 여성이 대학교육을 받고 전문직을 가지면서도 거기에 물들거나 오염되지 말고 "문명화된 인간"으로 남아달라는 방향 제시이다. 자신만의 정신과 의지를 함양하여 그것을 "전쟁의 비인간성, 야수성, 공포, 어리석음을" 없애는 데 이용하기 위해서다. 그러기 위해 여성은 이제 "아웃사이더"로 남기를 의도적으로, 주도적으로 선택한다. 비록 아웃사이더 협회라는 단체를 이룬다고 하더라도, 이기적이고 비이성적이며 비인간적일 수 있는 사회단체의 일반적 속성을 경계한다. 기금도, 사무실도, 위원회도, 그리고 싸울 무기도 없는 협회다. 익명으로, 남성성에 무관심으로 응대하는 가운데 소극적이고도 수동적인 실험을 특징으로 한다.

아웃사이더는 전쟁 방지라는 협회에 가입하지 않고 그 협회 바깥에서 "모든 남자와 여자의 공통된 목적"인 "정의와 평등과 자유"를 위해 일할 것이다. 단, 성과 교육과 전통에서의 "차이"를 토대로 여성들은 여성의 방식으로 전쟁 방지를 위해 일할 것이다. 화자는 말한다. "사회 바깥에 있는 우리와 사회 내부에 있는 당신들 사이의 주된 차이는, 당신들은 당신들의 지위, 즉 연맹, 협의회, 캠페인, 유명인사 그리고 당신의 부와 정치적 영향력이 당신들의 힘이 미치는 곳에 마련해주는 모든 공적 조치가 제공하는 수단을 이용하는 반면, 우리는 바깥에 남아서, 공적 수단으로 공공연히 실험하는 것이 아니라, 사적 수단으로 사적으로 실험을 할 것이라는 점입니다." 물론 이것은 "사적인 것은 공적인 것이다"라는 울프의 기본 전제를 바탕으로 한 제안이다.

『3기니』에서 울프는 전쟁과 여성의 문제를 돈을 중심으로 다루었다 해도 과언이 아니다. 그러나 그저 "돈을 번다"고 하지 않고 "생활비, 생계비를 번다"는 표현을 반복하고 있다. "여성의 '권리'를 옹호"하고자 생겨난 페미니즘이라는 말은 "생활비 버는 '권리'"가 주어진 이상 이제 필요가 없으니 불태우자고까지 화자는 주장한다. 아웃사이더로서 독립할 수 있고 아웃사이더로서 남아 있을 수 있는 최소한의 돈만 버는 게 낫다는 의견이다. 그 이상의 돈을 벌고 단체로서 비대해질 때의 위험을 경고하고 있는 것이다. 돈은 많을수록 좋다는 작금의 만개한 자본주의 시대에 울프의 비전이란 시대착오적인 이상주의적, 낭만적 몽상일 뿐인가? 자기기만의 제스처일 뿐인가? 너무 '가난'했기에 억울했지만 '가난'했기에 보이는 게 있고 차라리 어느 정도 '가난'해야 알 수 있고 지킬 수 있는 어떤 실재하는 힘을 향여 울프는 천착했던 것이 아닐까? 바로 그러한 아웃사이더의 힘이야말로 작금의 사회가 어디를 향해 달려가고 있는가를 되돌아볼 수 있게 만드는 건 아닐까? 나라 간의 분쟁과 전쟁을 향해 눈덩이처럼 커져만 가는 이익 최우선의 또 다른 형태의 독재와 제국주의의 윤회와 난무에 브레이크를 거는 전복적 힘으로 작용하는 건 아닐까? 우리가 울프로부터 젠더 이슈를 넘어 시공을 초월하는 어떤 보편적 울림을 듣는 것은 바로 그녀가 감지한 이러한 힘 때문이 아닐까?

옮긴이는 원본에 충실한 '직역에 가까운 의역'이라는 원칙하에 『3기니』를 번역하였다. 될 수 있는 한, '아' 다르고 '어' 다른 차이를 그대로 옮김으로써 울프의 세밀한 논리와 감수성을 최대한 전달하고자 노력했다. 말하자면 작가와 독자 사이에 보이지 않는 다리가 되고자 한 것이다.(하지만 옮긴이도 모르게, 예리한 독자가 찾아내 즐길 거리는 충분히 남겨두었을 것이다.) 옮긴이 각주는 일반 독자의 이해를 도울 정도로만 간소화했다. 원본으로는 1938년판 Harcourt, Brace & Jovanovich, Inc.의 『*Three Guineas*』를 사용했음을 밝혀둔다.

오진숙

버지니아 울프 연보

1882년　　　　1월 25일, 런던 켄싱턴에서 출생.

1895년　　　　5월 5일, 어머니 사망, 이해 여름에 신경증 증세 보임.

1899년　　　　'한밤중의 모임Midnight Society'을 통해 리튼 스트레
　　　　　　이치, 레너드 울프, 클라이브 벨 등과 친교를 맺음.

1904년　　　　아버지, 레슬리 스티븐 사망. 5월 10일, 두 번째 신
　　　　　　경증 증세 보임. 이 층 창문에서 투신자살을 시도하
　　　　　　나 미수에 그침. 10월, 스티븐 가의 네 남매, 토비,
　　　　　　바네사, 버지니아, 에이드리안은 아버지의 빅토리
　　　　　　아 시대를 상징하는 하이드 파크 게이트를 떠나 블
　　　　　　룸즈버리로 이사함. 12월 14일, 서평이 『가디언 *The
　　　　　　Guardian*』에 무명으로 실림.

1905년　　　　3월 1일, 네 남매가 블룸즈버리에서 파티를 열면서
　　　　　　이후 '블룸즈버리 그룹Bloomsbury Group'이라는 예
　　　　　　술가들의 사교적인 모임을 탄생시킴. 정신 질환 앓
　　　　　　음. 네 남매가 함께 대륙 여행을 함. 근로자들을 위
　　　　　　한 야간 대학에서 가르침. 『타임스 *The Times*』의 문예
　　　　　　부록에 글을 실음.

1906년　　　　오빠인 토비가 함께했던 그리스 여행에서 돌아온
　　　　　　후 장티푸스로 사망.

1907년　　　　블룸즈버리 그룹을 통해 덩컨 그랜트, J. M. 케인스,
　　　　　　데스몬드 매카시 등과 친교를 맺음.

1908년	후에 『출항The Voyage Out』으로 개명된 『멜림브로지어』를 백 장가량 씀.
1909년	리튼 스트레이치가 구혼했으나, 결혼이 성사되지 않음.
1910년	1월 10일, 변장을 하고 에티오피아 황제 일행이라 사칭하고 전함 드래드노트 호에 탔다가 신문 기삿거리가 됨. 7~8월, 요양소에서 휴양. 11~12월, 여성 해방 운동에 참가.
1911년	4월, 『멜림브로지어』를 8장까지 씀.
1912년	1월 11일, 레너드 울프가 구혼함. 5월 29일, 구혼을 받아들여 8월 10일 결혼.
1913년	1월, 전문가로부터 아기를 낳는 것이 건강에 좋지 않다는 진단 결과를 들음. 7월, 『출항』 완성. 9월 9일, 수면제 백 알을 먹고 자살 기도.
1914년	8월 4일, 제1차 세계대전 발발. 리치몬드의 호가스 하우스로 이사.
1915년	최초의 장편소설 『출항』을 이복 오빠가 경영하는 덕워스 출판사에서 출간.
1917년	수동 인쇄기를 구입하여 7월에 부부가 각기 이야기 한 편씩을 실은 『두 편의 이야기Two Stories』를 출간.
1918년	3월, 두 번째 장편 『밤과 낮Night and Day』 탈고. 몽크스 하우스를 빌려 서재로 사용.
1920년	7월, 단편 「씌어지지 않은 소설An Unwritten Novel」 발표. 10월, 단편 「단단한 물체들Solid Objects」 발표, 『제이콥의 방Jacob's Room』 집필.
1921년	3월, 실험적 단편집 『월요일 아니면 화요일Monday or Tuesday』을 호가스 출판사에서 출간. 「유령의 집 A Haunted House」, 「현악 사중주The String Quartet」, 「어떤 연구회A Society」, 「청색과 녹색Blue and Green」

등이 수록됨. 11월 14일, 세 번째 장편 『제이콥의 방』 완성.

1922년	심장병과 결핵 진단을 받음. 9월에 단편 「본드 가의 댈러웨이 부인Mrs Dalloway in Bond Street」을 씀. 10월 27일, 『제이콥의 방』 출간.
1923년	진행 중인 장편 『댈러웨이 부인Mrs Dalloway』을 『시간들The Hours』로 가칭함.
1924년	5월, 케임브리지의 '이단자회'에서 현대 소설에 대해 강연. 그 원고를 정리한 『베넷 씨와 브라운 부인 Mr Bennet and Mrs Brown』을 10월 30일에 출간. 『댈러웨이 부인』 완성.
1925년	5월, 『댈러웨이 부인』 출간. 장편 『등대로To the Light-house』 구상, 장편 『올랜도Orlando』 계획.
1927년	1월 14일, 『등대로』 출간. 5월에 단편 「새 옷The New Dress」 발표.
1928년	1월, 단편 「슬레이터네 핀은 끝이 무뎌Slater's Pins Have No Points」 발표. 3월, 『올랜도』 탈고. 4월에 페미나Femina상 수상 소식 들음.
1929년	3월, 강연 내용을 보필한 『여성과 소설Woman and Fiction』 완성. 10월에 『여성과 소설』을 『자기만의 방 A Room of One's Own』으로 개명하여 출간. 12월에 단편 「거울 속의 여인: 반영The Lady in the Looking-Glass: A Reflection」 발표.
1931년	『파도The Waves』 출간.
1933년	1월, 『플러쉬Flush』 탈고.
1937년	3월 15일, 장편 『세월The Years』 출간.
1938년	1월 9일, 『3기니Three Guineas』 완성. 4월, 단편 「공작부인과 보석상The Dutchess and the Jeweller」 발표, 20년

전의 단편 「라뺑과 라뻬노바Lappin and Lapinova」 개필.

1939년	리버풀 대학에서 명예박사 학위를 수여하려 했으나 사양함. 9월, 독일의 침공, 런던에 첫 공습이 있었음.
1940년	8~9월, 런던에 거의 매일 공습이 있었음. 10월 7일, 런던 집이 불탐.
1941년	2월, 『막간Between the Acts』 완성. 3월 28일 오전 11시경, 우즈 강가의 둑으로 산책을 나간 채 돌아오지 않음. 강가에 지팡이가, 진흙 바닥에 신발 자국이 있었음. 이틀 뒤에 시체 발견. 오랫동안의 정신 집중에서 갑자기 해방된 데서 오는 허탈감과 재차 신경 발작과 환청이 올 것에 대한 공포 등이 자살 원인이라고 추측함. 7월 17일, 유작 『막간』 출간.

옮긴이 **오진숙**

연세대학교 영문과와 동 대학원을 졸업하고 미국 로드아일랜드대학에서 영문학 석
사·박사학위를 받았다. 논문으로 "The Politics of Representation/Reading: A Feminist
Critique of V. Woolf"가 있으며 현재 연세대학교 학부대학 대학영어과 교수로 재직하
고 있다.

버지니아 울프 전집 12
3기니 Three Guineas

1판 1쇄 발행	2019년 8월 23일
1판 2쇄 발행	2021년 6월 23일
지은이	버지니아 울프
옮긴이	오진숙
펴낸이	임양묵
펴낸곳	솔출판사
편집장	윤진희
편집	최찬미 윤정빈
디자인	오주희
마케팅	이원지 변승주
제작관리	박정윤
주소	서울시 마포구 와우산로29가길 80(서교동)
전화	02-332-1526
팩시밀리	02-332-1529
홈페이지	www.solbook.co.kr
이메일	solbook@solbook.co.kr
출판등록	1990년 9월 15일 제10-420호

ISBN   979-11-6020-090-4   (04840)
           979-11-6020-081-2   (세트)

• 잘못된 책은 구입한 곳에서 바꿔드립니다.
• 책값은 뒤표지에 표시되어 있습니다.